GOLDMAN

Buch

Sarah Fortune, die junge Londoner Anwältin, ist alles andere als eine konventionelle Vertreterin ihres Standes und Geschlechts. Von einem zutiefst libertinären Geist beseelt, war es ihr nicht selten durchaus recht, wenn ihr die Männer jene Art von Aufmerksamkeit schenkten, die nur bedingt mit juristischem Verstand zu tun hatten. Bis der verrückte Aristokrat Charles Tysall auf der Bühne erschien, Klient der Kanzlei und wie besessen von Sarahs flammendroten Haaren – obendrein allerdings so eifersüchtig, daß er sie am Ende ziemlich übel zurichtete.

Wieder genesen, ist Sarah froh, eine Erbschaftsangelegenheit im idyllischen Merton-on-Sea abwickeln zu können. Doch hinter der harmlosen Fassade des Badeortes lauern gefährliche Abgründe: Unter mysteriösen Umständen soll ausgerechnet hier ihr Peiniger Tysall ertrunken sein, wie zuvor auch schon seine rothaarige Frau Elisabeth. Und offensichtlich hatten die Tysalls ein sehr widerstreitendes Verhältnis zu den Pardoes, um deren Angelegenheiten sich Sarah nun kümmert. Unversehens gerät sie dabei ins Zentrum unheilvoller Verwicklungen.

Autorin

Frances Fyfield, geboren 1948 in Derbyshire, arbeitet seit Mitte der siebziger Jahre als Anwältin und Strafrechtlerin in London. In Deutschland wurde sie vor allem mit ihren Kriminalromanen bekannt. 1991 erhielt sie für ihren Roman »Tiefer Schlaf« den angesehenen Silver Dagger Award. Unter ihrem richtigen Namen Frances Hegarty schreibt sie psychologisch inspirierte Spannungsromane.

Außerdem von der Autorin bei Goldmann erschienen:
Frances Fyfield. NachtAngst. Roman (42570)
Frances Hegarty. Die falsche Madonna. Roman (42550)

Frances Fyfield

Roter Rausch

ROMAN

Deutsch von Pociao

GOLDMANN VERLAG

Die Originalausgabe erschien 1994 unter dem Titel
»Perfectly Pure and Good« bei Bantam Press, London.

Umwelthinweis:
Alle bedruckten Materialien dieses Taschenbuches
sind chlorfrei und umweltschonend.

Der Goldmann Verlag
ist ein Unternehmen der Verlagsgruppe Bertelsmann

Genehmigte Ausgabe 9/96

Umschlaggestaltung: Design Team München
Umschlagmotiv: Alexandre Cabanel,
»Die Geburt der Venus«, 1863
Druck: Elsnerdruck, Berlin
Verlagsnummer: 43032
T.T. · Herstellung: sc
Made in Germany
ISBN 3-442-43032-1

3 5 7 9 10 8 6 4

Für den geschätzten
Charles William Fyfield OBE –
darüber hinaus bekannt als der Onkel,
der das Leben bereichert.
Von einer Nichte, mit Liebe.

Prolog

Es war ein ganz normaler Ort. Menschen lebten und starben in ihm. Sonntags vormittags trafen sich einige der Männer, die gleich dort wohnten, auf ein Schwätzchen am Kai. Todesnachrichten wurden heruntergespielt, es ging um Lebensanschauungen, Beiläufiges. Unter den Männern war auch Stonewalls neuer Vater, der kein Kneipengänger war, es sei denn, der Krach zu Hause war lauter gewesen als sonst. Die meisten hatten gemischte Gefühle, was diese Treffen anging. Alle taten, als wären sie reiner Zufall. Wenn sie wieder aufbrachen, trafen sie keine neue Verabredung, gleicher Ort, gleiche Zeit. Alles andere wäre eine Art von Eingeständnis gewesen, als brauchten sie einander. Was zwar stimmte, sie aber nicht aussprechen konnten.

Das rasch gewachsene Dorf Merton-on-Sea rühmte sich einer Einwohnerzahl von achttausend, die sich im Sommer verdoppelte. Die High Street bildete das kurvenreiche Rückgrat des Ortes, flankiert von Gassen mit uneinheitlichen Cottages, die davon abzweigten wie verrenkte Glieder. Die Hauptdurchgangsstraße, zu schmal für den Laster der Müllabfuhr, schlängelte sich vom Kai bergauf und mündete in einen beinahe eleganten Platz mit einem Fleckchen Grün in der Mitte. Hier, wo noch vor einem Jahrhundert die Woll- und Getreidehändler gelebt hatten, waren die Häuser groß und wuchtig. Beherrscht wurde der Platz vom einzigen Hotel in Merton, dem »Crown«. Das Dorf war groß genug, um eine Art Zentrum in dieser unterbevölkerten Gegend der Ostküste zu bilden, und breitete sich landeinwärts bis hinter Sozialwohnungen und eine Kirche aus. Hinter den letzten Cottages dann begann das von keinem Hügel unterbrochene fruchtbare Ackerland.

Merton war durch Handel und Fischfang zusammengewachsen, beschnitten worden und weitergewachsen, ohne daß Planer oder Architekten die Hand im Spiel gehabt hätten, so daß Besucher eher den Eindruck von Eigensinn als Schönheit, planlosem Charme als Stil mit nach Hause nahmen. Wenn Merton überhaupt Ambitionen hatte, so waren sie bescheiden. Es strebte nach Beständigkeit, nicht Veränderung, und besaß einen verhaltenen Stolz, der nicht einsah, wozu das neumodische Zeug alles gut sein sollte, einen Sinn für Ordnung, der sich dem Chaos stets widersetzen würde, und eine durch Isolierung aufgezwungene Selbstgenügsamkeit. Die Einwohner folgten der Vernunft, hielten ihre Versprechen, kümmerten sich nicht um anderer Leute Angelegenheiten und schröpften ihre Feriengäste nur so viel, daß sie selbst einigermaßen gut leben konnten. Sie merkten es nicht und sie kümmerten sich auch nicht darum, daß die schreiend häßliche Hafenfassade die viktorianische Pracht dahinter so sehr verschandelte, daß jeder Liebhaber guten Geschmacks nur noch erschauerte. Den Einwohnern von Merton gefiel alles so, wie es war.

Ebenso Urlaubern und Ferienhausbesitzern. Leute mit weniger Glück oder Minderbemittelte, die nicht imstande waren, sich dem Wald von Bed-and-Breakfast-Schildern zu stellen, deren Wirtinnen keine Konzessionen an fremde Gepflogenheiten machten, mieteten einen Wohnwagen auf dem Campingplatz, der eine Meile vor der Stadt lag. Man erreichte ihn über den erhöhten Fußweg entlang der Küstenbefestigungen. Dieser Pfad verbarg eine Straße auf der landeinwärts gelegenen Seite und verlief parallel zur langen, schmalen Bucht, die zu einem belebten öffentlichen Badestrand, einer Rettungsstation, Pinienhainen und dem kilometerlangen unberührten Sandstrand im Westen führte. Manchmal sah man da, wo Wasser und Buchten ineinander übergingen, Robben spielten. Vor den Pinienhainen gab es Strandhütten, die meisten alt und vom Wind gebeugt.

Bei Flut wurde Merton zu einem Teil des Meeres. Dann füllte sich die Bucht so hoch mit Wasser, daß selbst die kleinen Dampfer passieren konnten, die gelegentlich zusammen mit den Fischkuttern und einer zunehmenden Zahl von Ferienbooten hier vor Anker lagen. Keine Jachten, sondern weniger kostspielige Hobbyboote, die zu Mertons notorisch schlechtem Stil paßten.

Bei Ebbe veränderte sich die Ansicht radikal. Wenn man vom Spielsalon aufs Meer hinausblickte, sah man jenseits des Parkplatzes nichts als auf der Seite liegende Boote und von zäher Vegetation gekrönte Sandbänke in einer bräunlichgrünen Landschaft voller versteckter Details, die für das darüber hinfahrende Auge unsichtbar blieben. Die Leute parkten auf dem Parkplatz am Kai, spähten hinab auf die vertäuten Boote, betrachteten die gleiche flache Aussicht im Osten und aßen Hamburger mit Zwiebeln im Spielsalon oder Fish and Chips an einem der drei Verkaufsstände. Im Juli war das kein schlechter Zeitvertreib. Anspruchsvollere Vergnügungsmöglichkeiten hatte Merton nicht zu bieten.

Die Männer, die sich sonntag vormittags am Kai trafen, taten dies nur im Sommer, denn im Winter konnte man sich da draußen kaum auf den Beinen halten.

Männlicher Tratsch war zurückhaltender als weiblicher, und nur die Jüngsten riskierten gelegentlich eine Bemerkung über vorbeigehende Mädchen; Unfreundlichkeiten blieben den Fremden vorbehalten. Stonewalls Vater fühlte sich hier, am Rand des Wassers, nie ganz wohl, besonders bei Ebbe, wenn sich dem Auge nur die sonderbar einladenden, nach Erde und Sand riechenden Priele darboten, die ins Meer hinausführten. Niemals stand er da, ohne sich selbst als eine Art Heuchler zu empfinden, einen Mann mit Geheimnissen. Wenn einer der anderen einen leisen, bewundernden Pfiff ausstieß, zuckte er vor Verlegenheit zusammen und mußte an die Frau denken, die er vor zwei Jahren beobachtet hatte, betrunken und verunstaltet, wie sie unsicher torkelnd zu einem Morgenspaziergang ins Wattenmeer aufgebrochen war. Besser gesagt, nicht er hatte sie beobachtet, sondern der Junge neben ihm, der kleine Stonewall, der auf sie gezeigt und gelacht hatte und sich dafür gefallen lassen mußte, daß sein Stiefvater ihm liebevoll die Ohren langzog für seine Ungezogenheit. Sie hatten sie beobachtet, als sie die High Street heruntergekommen war, an der Arztpraxis vorbei, obgleich sie aussah, als könnte sie einen Arzt gebrauchen, und ihrem eigenen zerschundenen Spiegelbild zugrinste, erst in den Schaufensterscheiben, dann im Wasser. Der Mann wurde heute noch unruhig, wenn er daran dachte, und er schauderte bei der Erinnerung daran, was ein Jahr später passiert war, als sie mit dem Boot hinausgefahren waren. Der arme Stonewall hatte das Wasser so gehaßt, daß sein Stiefvater ihn hatte zwingen müssen, sich daran zu gewöhnen, denn niemand, der so nahe am Wasser lebt, kann sich Angst davor leisten.

»Prima Tag für so was«, bemerkte einer der Männer, ohne dabei näher zu spezifizieren, was er meinte, und ohne daß einer nachgefragt hätte. Stonewalls Stiefvater wünschte, das Meer würde zurückkommen und die Vision vor seinem inneren Auge trüben. Zuerst diese Frau mit der Wolke aus rotem Haar, Mrs. Tysall, wie er später erfahren hatte, die ihm so betrunken und müde erschienen und mit ihren unpassenden Schuhen wie eine typische Stadtpflanze durch den schlammigen Sand gestolpert war. Und dann dieselbe Frau noch einmal, ohne Schuhe, leblos, mit verdrehten Armen im Seetang liegend, am anderen Ende des Watts, den Mund voller Sand, das rote Haar feucht und matt. Einen leichten Geruch hatte sie verströmt, hauptsächlich nach

Meer, der ihn an Sex erinnerte. So hatte er sie an einem Tag lebend und am nächsten tot gesehen, bei einem seiner Ausflüge mit dem traurigen Kind, diesem hageren, asthmatischen Nervenbündel, das mit seiner schönen, verwitweten Mum gekommen war und dem er den Unterschied zwischen Ebbe und Flut hatte beibringen müssen.

Stonewall fing an zu schreien, sobald man ihn in ein Boot setzte und die Kanäle entlangruderte, um eine Stelle zu suchen, wo das Wasser geschützte, flache Tümpel bildete. Doch waren sie erst einmal da, änderte er sein Verhalten und beruhigte sich. Dann spielte er stundenlang oder sang vor sich hin und ließ den Mann, den er noch nicht Dad nennen wollte, in Ruhe nach Würmern suchen, Ködern für seine Angelhaken. Es war jedesmal eine gewaltige Erleichterung, wenn Stonewall mit seiner Brüllerei aufhörte, diesem atemlosen Heulen, bei dem seinem Vater unweigerlich schlecht wurde. Wenn er den Jungen nicht bändigen konnte, würde das ganze wunderbare Gebäude seiner Ehe einstürzen – das war so sicher wie das Amen in der Kirche, mit so was kannte er sich ebensogut aus wie mit dem Wattenmeer. Schweigen dort draußen, ein Gefühl von Zufriedenheit und möglicherweise ein Durchbruch mit dem Jungen: Friede.

Bis er sich umgedreht und die rothaarige, unförmige Gestalt mit den langen braunen, gespreizten Beinen unter dem schlammbedeckten Rock entdeckt hatte. Zwei Jahre voller Sonntage seitdem. Er spürte die Panik wie einen Mundvoll Salzwasser. Wußte noch, wie er gedacht hatte: Dummes Weibsstück, wie kann sie das einem so kleinen Jungen antun? So dazuliegen, obszön im Tod, den Kopf halb in der Sandbank vergraben, die Hände über dem Kopf in Seetang verkrallt, als hätte sie sich dort verankern wollen. Als wartete sie darauf, daß ein Kind sie finde, das dann schreiend in seine Alpträume zurückstürzte.

Kein aus Merton stammender Mann fuhr ohne die notwendige Ausrüstung aufs Meer hinaus, und außerdem war er gekommen, um Würmer zu suchen. Er griff nach seinem Spaten, verschloß die Ohren vor dem Geräusch des schlammigen Sandes auf totem Fleisch und hatte sie in einer rasenden Viertelstunde begraben, gleich dort, tief in der Sandbank, bevor der Junge von seinem Tümpel zurückkam. Sollte jemand anders sie finden, jemand, der nicht mit einem hysterischen Kind und einer hochschwangeren Frau belastet war. Sollte die Flut diese rothaarige Schlampe bis morgen verstecken, wenn er bei der Arbeit war und der Junge in Sicherheit. Sollte das Meer sie verschwinden lassen, am besten in alle Ewigkeit.

Seit diesem Tag hatte Stonewall nicht mehr geschrien und tollte im Wattenmeer herum wie ein Fisch im Wasser. Es schien, als habe ein Gott gebilligt, was der Mann getan hatte. Aber dann war sie zurückgekehrt, wie ein böser Fluch, nur das rote Haar noch zu erkennen. Und allein ihm war schlecht geworden.

»Sie haben schon wieder 'ne Leiche gefunden, hab ich gehört, ja wirklich, oben bei Stookey«, sagte einer der Männer und füllte damit eine Lücke im Gespräch. Dünner Rauch stieg von seiner Zigarette auf. Stonewalls Dad klimperte mit den Münzen in der Hosentasche, um sein Unbehagen zu verbergen. Drei bis vier Leichen pro Jahr wurden an ihrer freundlichen Küste angeschwemmt, weiß Gott, woher. Meistens Männer, die von einem Trampschiff stammten, große Männer, die selten identifiziert werden konnten, Heimatlose des Meeres. Eine Leiche sorgte immer für Gesprächsstoff, war aber nichts Außergewöhnliches, schon gar nicht für die Kinder.

Manchmal war es schwer zu sagen, wie lange ein Mann im Wasser getrieben oder am Strand verwest war, bis man ihn gefunden hatte. Mrs. Charles Tysall hatte ein ganzes Jahr gebraucht, um wieder aufzutauchen. Anders als die armen Matrosen war sie identifiziert worden, ihr Tod jedoch blieb Gegenstand von Spekulationen, ihr unvermutetes Wiederauftauchen Stoff für lange Diskussionen in den Kneipen und beim Friseur. Stonewalls Vater hatte nie ein Wort dazu gesagt. Eine Leiche war nur eine Leiche.

Das Schuldbewußtsein hallte nur am Sabbat nach, wenn er an den Ehemann der Frau dachte, der gekommen war, um sie anzuschauen, nachdem man sie gefunden hatte. Schmerzgebeugt war er über den Sand zu der Stelle gegangen, wo sie gelegen hatte, und nie zurückgekehrt. Sie war einmal eine schöne Frau gewesen, bevor man ihr Gesicht derart gräßlich zugerichtet hatte. Jemand hatte sie geliebt. Sich nach ihr gesehnt und sie vermißt. Ein ganzes Jahr hatte sie im Sand begraben gelegen, dann brach ein unerwarteter Sturm die Sandbank auf und schwemmte sie ans Licht.

Daß Charles Tysall sie tatsächlich liebte, auf seine schmutzige, besessene Art, war etwas, das seine Frau Elisabeth nie bezweifelt hatte, doch das Wesen dieser Liebe war so heftig wie die Gezeiten gewesen und stellte die gleichen rückhaltlosen Besitzansprüche an alles, was sie berührte. Ungehorsam wurde mit Grausamkeit bestraft. Sie hatte um Aufmerksamkeit geworben, dabei den Ursprung seiner Verrücktheit aber mißverstanden und ihr rotes Haar und ihre eigene Vollkommenheit noch betont. Und so war es in Übereinstimmung mit seiner Logik völlig gerechtfertigt, sie durch Prügel gefügig zu machen. Angefangen beim Gesicht.

Die Männer am Kai wußten nichts von alledem, weder damals noch heute. Und auch nicht, was Elisabeth gedacht hatte, als sie sich in den Seetang krallte und darauf wartete, daß die Pillen und der Gin ihre Wirkung taten. Sie hoffte, sich damit an ihm zu rächen, und dachte dann zu spät daran, was nun möglicherweise geschehen würde. Daß sie es so nicht hätte tun dürfen – sterben ohne Klage oder Vorwarnung. Es war so unfair gegenüber allen, die ihr nachfolgen mochten. Sie, die niemals eine Freundin gehabt hatte, verspürte plötzlich ein schmerzliches Verlangen nach dem eigenen Geschlecht und wußte zugleich mit schrecklicher Gewißheit, was sie in Gang gesetzt hatte. Charles würde einfach eine neue Obsession finden, ein anderes rothaariges Haustier, das er bis zur völligen Unterwerfung quälen konnte. Elisabeth murmelte ein Gebet für ihre Nachfolgerin, bis ihr der Gedanke an sie entglitt; dann schloß sie die Augen, wartete auf das Meer und überließ sich endlich dem Vergessen, nach dem sie sich seit Tagen so gesehnt hatte. Sie wartete auf die Flut und spürte sie nicht mehr.

Eine Leiche ist nur eine Leiche, dachte der Mann auf dem Kai erneut. Seit diese Frau gestorben war und ihn dann durch ihr Wiederauftauchen bestraft hatte, war er Vater von Zwillingen geworden, und seine Frau war erneut schwanger. Bloß weil er die eigene Frau so sehr liebte, hatte er ein schlechtes Gewissen dem anderen Mann gegenüber. Ohne wirklichen Grund, das war ihm klar. Während das Meer über die schlummernde Gestalt von Elisabeth Tysall spülte, hatte ihr Mann Charles auf dem Sofa in ihrer extravaganten Londoner Wohnung gelegen, seinen Lieblingsdichter Browning gelesen und sich an seine Frau erinnert zu einer Zeit, als sie noch vollkommen rein, gehorsam und gut gewesen war.

»...Nun wußt' ich doch, nach bitterm Leid,
Porphyria liebte mich! Es schwoll
Mein Herz in Stolz und Seligkeit...«

Ich liebe dich, meine Porphyria, hatte er sich gesagt. Wußtest du das nicht? Komm zurück, bevor ich eine andere finde.

Ein Tod ändert nichts und doch alles. Während Elisabeth Tysalls Haar unter der Wasseroberfläche wogte, spürte der frühere Vermieter ihres Ferienhauses die ersten Anzeichen des eigenen, nahenden Todes. In seinem Anwesen, eine halbe Meile jenseits des Kaiendes in entgegengesetzter Richtung zum öffentlichen Strand, spielte Mr. Henry Pardoe, Unternehmer, Selfmademan mit bescheidenen Ansprüchen und großen Plänen, Scrabble mit seiner schüchternen kleinen Frau und entdeckte zu seiner Überraschung, daß es ihm Spaß machte. Natürlich ließ sie ihn gewinnen, was er halbwegs merkte, aber nicht wirklich wissen wollte. Abwesend rieb er sich die Brust, wo ein schwacher, aber bohrender Schmerz ihn immer wieder gemahnte, lieber heute als morgen sein Testament zu machen, obgleich er nicht ernsthaft an den Tod glaubte und verdammt sein wollte, wenn er dem alten Gauner Ernest Matthewson seine Londoner Honorare zahlen würde, wie er es immer getan hatte. Halsabschneider. Mouse würde ihm helfen, sein Testament aufzusetzen. Zärtlich betrachtete er ihre verwelkte Schönheit.

Das Leben ging weiter, und die wilde Flut ergoß sich in die Priele und bedeckte die Erde. Der Küstenstrich verschob sich mit den Gezeiten, kam näher bei Flut, trocknete aus bei Ebbe. Alles andere blieb gleich, egal, wer lebte und wer starb.

Eins

Malcolm Cook, Anwalt der Krone, war dunkel, schmal und fünfunddreißig Jahre alt. Die einzige Last auf seinen Schultern war ein Unmaß an Wissen. Er verstand mehr von der Unmenschlichkeit der Menschen gegen ihresgleichen und weniger von häuslicher Harmonie, als ihm lieb war. Seine Arbeit war ein Abbild der menschlichen Falschheit, doch dem eigenen Ebenbild versuchte er aus dem Weg zu gehen. Seine Abneigung gegen Spiegel ging so weit, daß er häufig mit völlig unpassenden Socken aus dem Haus ging.

Doch an diesem Morgen beim Rasieren vermochte er seinem Spiegelbild nicht auszuweichen, und wie üblich zuckte er zusammen, als er es sah. Ein Spiegel ist ein grausames Objekt. Der Kontrast zwischen seinem früheren Ich, einem ungemein fetten Clown, und dem, was er jetzt war – durch eigene Anstrengung auf die Umrisse eines Marathonläufers reduziert –, amüsierte ihn gelegentlich. Dann schüttelte er den Kopf und erwartete die Rückkehr seines alten Ichs, da er wußte, daß das neue nur ein Phantasieprodukt war, auf das die Beschreibung »attraktiv« nicht paßte, obgleich es häufig so bezeichnet wurde. Seit Tagen war der Widerspruch dazu, den er in seinem Ausdruck entdeckte, noch direkter. Er wirkte alt und bekümmert wie sein von Krankheit gezeichneter Stiefvater. Der Vergleich zwischen diesem und dem, der da während seiner morgendlichen Waschungen tapfer vor sich hinsang, verletzte ihn. Er war dabei, etwas zu verlieren, und damit auch sein ohnehin wackliges Selbstbewußtsein. Es fühlte sich an, als verlöre er seine Zähne.

»Komm da runter, dummes Ding«, murmelte er, ohne die Augen vom Spiegel zu wenden. Zumindest der Hund mit seinem ständigen Bedürfnis nach Nähe war nicht wankelmütig in seiner Zuneigung und folgte ihm von Zimmer zu Zimmer wie ein geschmeidiger roter Schatten. Er war so dankbar für Malcolms Gegenwart, daß er gar nicht anders konnte. Es brachte jedoch nichts, Vergleiche anzustellen zwischen dieser liebebedürftigen Kreatur und Sarah oder zu hoffen, daß die Dankbarkeit der einen die gleiche Hingabe in der anderen entfachen würde. Trotzdem ertappte er sich mit einem kläglichen Rest von Humor und einem Klaps auf das Handgelenk bei dieser Vorstellung. Immerhin hatte er die beiden gerettet. Zwei rothaarige Schönheiten auf der Suche nach einem Helden.

Und wer kümmert sich um mich? dachte Malcolm in einem plötzlichen Anflug von Selbstmitleid, das er erst unterdrückte, als er zu seinem Entsetzen feststellte, daß ihm Tränen in die Augen stiegen. Er tat gut daran, Spiegeln aus dem Weg zu gehen, er war schon immer viel zu gefühlsbetont für einen Mann gewesen, selbst für einen dicken Mann. Das jedenfalls behauptete sein Vater Ernest Matthewson. Ernest hatte sein Recht auf freie Meinungsäußerung seit dem Tag ausgeübt, da er Malcolms Mutter geheiratet und sich in den liebenswerten Tyrannen verwandelt hatte, der er auch heute noch war. Komisch, wie sich die Rollen ändern, wenn keiner hinsieht. Wer sich in diesen Tagen um wen kümmerte, war eine müßige Frage. Ernest Matthewson, Seniorchef, war ein Mann mit altmodischen Überzeugungen und einer grauenhaften, irrationalen Loyalität gegenüber den Mandanten der Firma, egal, wie widerlich sie waren, und obendrein der nachsichtige Arbeitgeber Sarahs, doch war seine Macht innerhalb der letzten zwölf Monate einer schwächlichen Reizbarkeit gewichen. Wer für einen Mandanten wie Charles Tysall gearbeitet hatte, verdiente wohl nichts Besseres, als krank zu sein.

Malcolm schnaubte verächtlich und versuchte Tysalls Bild zu vertreiben. An der Karriere seines Vaters gab es nichts, um das er ihn hätte beneiden müssen. Ernest verfügte über ein luxuriöses Büro und das entsprechende Einkommen, aber Malcolm hatte das Gefühl einer gewissen moralischen Überlegenheit. Das hinderte ihn keineswegs, Ernests gute Absichten zu übersehen. Malcolm liebte Ernest, und Ernest liebte Malcolm, dabei blieb es, selbst wenn sie sich stritten wie die Kesselflicker und dabei eine Zärtlichkeit vertuschten, gegen die sie machtlos waren.

Vielleicht verachtet er mein bescheidenes Leben, dachte Malcolm, aber wenigstens steht es mir frei, die Wahrheit zu sagen. Und wenigstens kann ich meinen Hund mit ins Büro nehmen, ohne daß sich einer den Kopf übers Mobiliar zerbrechen muß.

Auch die Tatsache, daß es spät war und immer später wurde, brauchte ihn heute nicht zu bekümmern. Es wäre ihm ohnehin gleichgültig gewesen. Die Hundeleine war verschwunden. Sie mußte in Sarahs Wohnung sein, ja genau: Sie war als letzte mit dem Köter draußen gewesen. Malcolm streichelte den seidigen Kopf des Spaniels, spürte die Wärme hinter seinen Ohren und das Wedeln des Schwanzes. Wenigstens eine Beständigkeit in seinem Leben.

Zusammen verließen sie seine geräumige Dachwohnung in dem riesigen viktorianischen Doppelhaus neben dem Park und gingen um das Gebäude herum zum Haupteingang. Er schloß auf, stieg ein Stockwerk höher und kam zu einer Tür, an der ein kleines Messingschild mit dem Namen »Sarah Fortune« hing. In diesem ganzen letzten Jahr waren sie zwischen den beiden Wohnungen gependelt, hatten jedoch, vor allem zu Anfang, mehr seiner zugeneigt. Das war in der Zeit, als ihr Appartement instand gesetzt wurde, um es milde auszudrücken. Der Kontrast zwischen damals und jetzt sprang ihm wieder einmal ins Auge, als er die Tür aufschloß. Es gab einen neuen Spiegel, der vom Ende des Flurs her grüßte, einen neuen Teppichboden und hellbeige gestrichene Wände in diesem Flur voller Bilder, die alle leicht verstaubt waren. Er konnte nicht vergessen, was an diesem Ort geschehen war, nicht mal an einem schönen Morgen wie diesem, an dem die Sonne die Erinnerung sterilisierte.

Das Vertrauen des Hundes war grenzenlos. Er knurrte nicht mal, als er über die Schwelle trat. Er könnte wenigstens winseln, dachte Malcolm grollend, immerhin ist er hier böse verletzt worden, andererseits hat er nichts, wofür er sich schämen müßte. Er unterdrückt keine Erinnerungen, bis zur nächsten Mahlzeit hat er einfach alles vergessen. Das war ein Trick, den Sarah ebenfalls lernen sollte.

Auf der frischgestrichenen Wand neben der Küchentür prangten bereits die ersten Flecken. Verschütteter Kaffee, Zeugnis von Sarahs Schlampigkeit. Diese stand in krassem Widerspruch zu der Veranlagung, ihre Umgebung zu verschönern, aus lauter altem Gerümpel Eleganz zu schaffen. Kaffeeflecken; Wein, nicht Blut. Malcolm verstand allmählich, daß er die Erinnerung an das Blut wohl nie mehr loswerden würde, wie sehr er sich auch danach sehnte. Jedesmal, wenn er herkam, hatte er das Gefühl, seine eigenen raschen Schritte zu hören. Vor zwölf Monaten hatte ihn der Hund, getrieben von Übermut und Neugier, hier hingeführt. Ein ungehorsamer Hund, der am Ende eines nächtlichen Trainingslaufs plötzlich verrückt spielte, durch den unverschlossenen Haupteingang stürmte und die Treppe hinauf. Er hatte Malcolm keine Wahl gelassen, als ihm fluchend hinterherzulaufen.

Nein, schieb die Erinnerung weg. Erinnerungen waren was für alte Männer. Natürlich mußte man sie akzeptieren, die Wunden der Vergangenheit, die alten Schrecken, aber dann auch einordnen, damit das Leben weitergehen konnte. Zuviel Grübelei mehrte nur die Last des Gepäcks, und Sarah und er selbst hatten auch so schon genug zu schleppen. Malcolm seufzte und überließ sich einem gedanklichen Ritual. Okay, gehen wir die Fakten durch. Darunter auch solche, die ihm persönlich peinlich waren. Als könnte er sie einem Fremden erklären und dann wieder zurück ins Regal stopfen, wo sie hingehörten. Das war seine Art, damit umzugehen. Also. Charles Tysall, Dads schwerreicher, gutaussehender Mandant, der sich an Sarah ranmacht, nachdem er sie in Dads Kanzlei kennengelernt hat. Halt, falsch, er macht sich nicht an sie ran, er ist besessen von ihr. Hat diese fixe Idee. Rotes Haar. Sarah zeigt ihm die kalte Schulter, und eines Nachts dringt er hier ein und lauert ihr auf. Es kommt zum Kampf, bei dem der große Spiegel zu Bruch geht. Sarah fällt in die Scherben und behält jede Menge böser kleiner Narben zurück, am ganzen Körper, bloß nicht im Gesicht, weiß der Himmel, warum. Von seinem durchgedrehten Hund geführt, geht Malcolm dazwischen und verfolgt den Angreifer bis raus in den Park. Das war ein Detail, das ihm beim Erzählen immer die größten Schwierigkeiten machte. Er hatte den Mann niedergestreckt wie ein Rottweiler ein Rind, hatte ihn heftiger und länger verprügelt, als notwendig gewesen wäre, und es komischerweise sogar genossen. Malcolm haßte Gewalt und hatte nicht gewußt, daß er dazu fähig war.

Es war eine grausame Art gewesen, Sarah in sein Leben zu ziehen, das wollte er gern eingestehen, doch da er sie mit jeder Faser seines durchtrainierten Körpers liebte, waren die Mittel dieser brutalen Einführung weniger wichtig als der Zweck.

Die Hundeleine lag in der Küche. Malcolm fand sie und machte dann eine schnelle Runde durch die Zimmer, schon wieder schuldbewußt, auf der Suche nach dem Gegenbeweis, irgendeinem Zeichen, daß sie die Koffer eben nicht packte und wegging. Das konnte sie doch nicht tun, angesichts all der Geheimnisse, die sie verbanden. Das Wissen um Charles Tysall, diesen reichen, kriminellen Geschäftsmann, den Malcolm mit aller Ohnmacht des Gesetzes verfolgt hatte, bevor Sarah klar wurde, was er noch war. Scheiß auf die Vergangenheit. Malcolm wollte die Zukunft.

Der Hund erstarrte an Malcolms Seite, schmiegte sich an ihn. Die roten Haare des Fells schmückten bereits die Anzughose. Fußtritte ein Stockwerk höher, harmlos, gemächlich. Beide entspannten sich wieder. Der Hund schüttelte sich, und am liebsten hätte Malcolm es ihm nachgemacht. Hunde lebten in der Gegenwart. Charles Tysall war tot. Schon möglich, daß er seine Frau verstümmelt, sie in den Selbstmord getrieben und sich dann Sarah zugewendet hatte, aber jetzt war er tot. Mausetot.

Das war nicht das Problem. Vielleicht mußten Sarah und Malcolm bloß mal ausspannen. Frische Seeluft, etwas in der Art.

Ich bin nur ein ganz normaler Mann, sagte sich Malcolm. Ein Mann, der versucht, anständig und ehrenhaft zu sein. Ich brauche keine solchen Erinnerungen und Probleme. Ich will nichts als lieben und geliebt werden.

Draußen in der Sommersonne, als er durch den Park zur Straße ging, zwang er sich, an Seeluft zu denken, doch seine Gedanken trieben immer wieder zurück. Das war das Problem, wenn man Erinnerungen wiederbelebte, selbst wenn man es so ordentlich machte wie er: Sie durchdrangen alles, wie ranziges Öl. Er konnte nicht an Sonne, See und Strand denken, ohne daß ihm Charles wieder einfiel. Ein Mann, teuflischer als alles, was ihm je begegnet war, und er blieb es, selbst im Tod. Nur Charles Tysall, diese Personifizierung des Grauens, konnte auf die Idee kommen, einen harmlosen Badeort zu verschandeln, indem er dort Selbstmord beging, wie zuvor seine Frau. Hatte der Mann nie von Naturschutz gehört?

Das Leben ist zum Kotzen, dachte Malcolm. Wenn er Sarah je zum Kotzen finden könnte, wäre es leichter.

Als er sah, wie der Hund davonsprang, mußte er lachen.

Einen Augenblick lang hatte er sich vorgestellt, wie er Sarah anderen Leuten vorstellte. Das ist meine Frau Sarah. Wir haben uns im Flur kennengelernt, unter dem Spiegel. Durch eine außergewöhnliche Reihe von Zufällen, die Sie kaum glauben würden. Und ich auch nicht.

Das »meine Frau« blieb ihm im Hals stecken. Er wollte ihr Mann sein, dieses wunderbare Geschöpf in die Arme nehmen und zu einer ehrbaren Frau machen. Das Lachen brach ab. O ja, sagte er sich. Man kann einen Traum zum Wasser führen, ihn aber nicht zwingen zu trinken.

Sarah Fortunes Mutter hatte ihr beigebracht, sich nie zu beklagen. Außerdem hatte Sarah lernen müssen, daß an ihrem Wesen etwas Anstößiges, ihre Energie lästig und das Los einer Frau nicht glücklich war. Der elterliche Ehrgeiz war auf eine Art Kalvinismus hinausgelaufen, den ständigen Druck, die Karriere über das Vergnügen zu stellen. Damit blieb ihr nichts anderes übrig, als ihre Nase in Bücher zu stecken und das rote Haar zu häßlichen Zöpfen zu flechten, bis sie genug gelernt hatte, um selbst für sich zu sorgen. Mit dem doppelten Moralkodex jeder Mutter hatte die von Sarah sich aber trotzdem gewünscht, ihre Töchter unter die Haube zu bringen, je eher, desto besser. Sie wollte, daß sie frei waren, aber dennoch unterdrückt, clever, aber dumm, unabhängig und folgsam zugleich. Indem sie Sarah so auf die sanfte Tour zerriß, nährte sie in ihr ein tiefes Gefühl von Wertlosigkeit, das Gehorsam gegenüber Erwartungen aller Art garantierte. Das Mädchen bestand sämtliche Prüfungen, wurde Anwältin, heiratete einen Kollegen, und alles schien in Ordnung, bis er hinter dem Steuer seines Wagens zu Tode kam, abgelenkt durch ein gerade erlebtes Schäferstündchen, nicht mit Sarah, sondern deren Schwester. Er war bequem gewesen, ein Opportunist, der jede sich ihm bietende Gelegenheit beim Schopf ergriff. Auf einen Schlag hatte Sarah ihr Vertrauen, ihren Mann, ihre Schwester und sämtliche Werte ihrer Mutter verloren, ganz abgesehen von dem Kind, das sie erwartete.

Nach einer Zeit der Erholung, in der sie nichts als arbeitete, lustlos, aber tüchtig wie immer, machte sie sich daran, ihr Arbeitsethos ebenso unbekümmert abzulegen wie sonst nur ihre Kleider, eine Übung, die sie unglaublich schnell und effizient absolvierte. Miss Fortune akzeptierte keine moralischen Prinzipien mehr, außer »Du sollst nicht unfreundlich sein«, wenige Instinkte, die nicht positiv waren, und keine unumstößlichen Tatsachen außer der, daß sich Männer am Ende immer aus dem Staub machen.

Sie behielt das bittere Gefühl, nichts wert zu sein, und sah alle Zufälle ihres Lebens als dessen Reflexion. Sarah konnte ebensowenig glauben, daß jemand sie wirklich liebte, wie sie über den Mond hätte fliegen können, betrachtete Sex als angenehme Notwendigkeit und Liebe als eine Abart von Klaustrophobie, eine geschickte Täuschung, eine Falle. Sie verströmte Wärme wie ein Feuer, war großzügig, wenn anderen Fehler unterliefen, und gelegentlich kalt wie Eis. Nichts war für sie selbstverständlich.

Miss Fortune, dreiunddreißig, dachte an den schrecklichen Augenblick, da sie Malcolm Cook aus einer Reihe von Gründen verlassen würde, die mitten in der Nacht alle äußerst plausibel erschienen, mehr jedenfalls als im hellen Sonnenschein eines Julimorgens. Zwei Jahre lang hatte er sie aus der Ferne geliebt und dann eines aus größerer Nähe; er hatte ihr das Leben gerettet und nie aufgehört, ihr die gleiche zielstrebige Hingabe zu schenken, die er von seinem Hund bekam. Er besaß mehr natürliche Anständigkeit, als ihr je in einem Mann begegnet war, und genau das trieb sie zum Wahnsinn. Erstens, weil sie wußte, daß sie das nicht verdiente, zweitens, weil sie nichts nehmen wollte, was sie selbst nicht geben konnte, drittens, weil er besser dran war ohne sie, und viertens, weil sie sich schon viel zu sehr auf seine Familie eingelassen hatte. Fünftens fühlte sie sich wie eine Gefangene und hatte nicht das Zeug zu einer guten Ehefrau.

All das waren Gründe, die sie sich an den Fingern abzählte, während sie den Wagen zurücksetzte und hörte, wie der hintere Kotflügel an der Mauer entlangschrammte. Und jeder enthielt ein Körnchen Wahrheit. Malcolm würde alle umwerfen wie einen Satz Kegel und all seine Empfindsamkeit, sein Verständnis und Mitgefühl in die Waagschale werfen. Und am Ende würde er ihr damit kommen, daß er der Besitzer des Hundes war. Nach dem befriedigenden Klang von Metall auf Stein fühlte sich Sarah erleichtert genug, um ihren Sinn für Humor wiederzufinden. Vielleicht war das alles, was sie je gewollt hatte: nicht einen Liebhaber, der im selben Haus wohnte wie sie und dessen Vater ihr Arbeitgeber war, sondern einen Hund.

Der Wagen war mit Abstand Sarahs auffälligstes Besitzstück, ein völlig unangebrachter Bonus der Firma, um sie bei Laune zu halten. Der Motor sprang bei der leisesten Berührung an, genau wie Malcolm. Von außen mußte es so aussehen, als wäre ihr alles einfach so in den Schoß gefallen. Fürs letzte Jahr stimmte das sogar, und zwar in einem Maße, daß sie sich vorkam wie ein Einkaufswagen im Supermarkt. Was genauso unsinnig war, wie einem kleinen roten Eichhörnchen eine Weltreise zu schenken.

Ernest Matthewson hatte es nicht mehr lange bis zum Ruhestand und residierte in einem riesigen, von seiner Frau eingerichteten Büro – der einzige Grund für die vielen Kolibris, die über die Jalousien und die Bezüge der Sessel flatterten, ohne daß er sie loswerden konnte. Sie sollten Gemütlichkeit vorgaukeln und ihn daran erinnern, wie er zu Hause lebte. Verwöhnt, umsorgt, strahlend wie ein Pascha auf seinem Thron, mit einer liebevollen Frau, die sein Herz und seinen Magen ruinierte, indem sie beides abwechselnd überfütterte und aushungerte. Er dachte an die Träume seiner schlanken Jugend, die sich zu diskretem Luxus, zu Gewichtskontrolle, den Konten seiner Mandanten, Computer, Goodwill, Diplomatie und Sprache ausgewachsen hatten. Sarah Fortune war seine Wahl gewesen. Vor Jahren hatte er ein Vorstellungsgespräch mit ihr geführt, als sie gerade Witwe geworden war, doch schon damals hatte er sich nicht vormachen können, daß sie für die Kanzlei geeignet war, nicht im grauen Einerlei dieser Zeit. Außerdem war sie die Frau, die Mrs. Matthewson als Schwiegertochter favorisierte.

»Ich bin dagegen«, sagte er laut, schlug die Faust auf den Tisch und zuckte zusammen. »Na schön, *na schön!* Ich bin trotzdem dagegen!«

Schon möglich, daß Sarah aus seinem fettleibigen, einzelgängerischen Stiefsohn wieder eine Art Mensch gemacht und ihn in den Schoß der Gesellschaft zurückgeführt hatte, doch ein Blick auf das Kind genügte, um zu zeigen, daß die Liaison in einer einzigen Katastrophe enden würde. Frauen beneideten sie, Jugendliche schmachteten nach ihr, und Mandanten sabberten bei ihrem Anblick. Ernest folgte diesem Beispiel nicht, aus Rücksicht auf sein Alter und seine schwache Gesundheit, hielt seinen Schützling jedoch für ein unbezahlbares Juwel, das aus Sicherheitsgründen ins Innere einer Uhr gesperrt gehörte. Außerdem liebte er Sarah zärtlich und ein kleines bißchen heimtückisch, denn er hoffte, daß sie ihr Bündel packte, und das, obwohl jeder Morgen, an dem sie an seinem Büro vorbeilief, ohne stehenzubleiben, der Beginn eines trüben Tages war. Nachdem er dem leeren Zimmer diese Erklärung abgegeben hatte, lauschte er.

Gewöhnlich stolperte sie über die letzte Stufe, gegenüber seiner Tür, wo der alte Teppich an den neuen grenzte und nach oben führte, weg von dem Bereich, den wichtige Mandanten in teuren Schuhen zu durchschreiten pflegten. Die abgetretene Stelle bremste den dynamischen Schwung ihrer Schritte, vor allem, wenn Sarah durch einen Armvoll Blumen für ihr Zimmer und die winzige Aktentasche behindert wurde – Vorwand irgendwelcher Nachtarbeit zu Hause. Sie stolperte und fluchte laut los. Der Klang dieser geistesabwesenden Obszönitäten ließ Ernest lachen. Was sie bei seinem ungeratenen Sohn bewirkten, wollte er sich lieber nicht vorstellen.

»Himmel, Arsch und Zwirn, nicht schon wieder!« Ihre Stimme war leise und musikalisch, als rezitiere sie ein Gedicht. Ernest riß die Tür auf und tat verärgert, dabei hatte er bloß Angst, daß sie schon weg sein könnte.

»Was ist eigentlich los mit Ihnen, junge Frau? Das passiert Ihnen jedesmal, und jedesmal fangen Sie an zu fluchen. Ich weiß nicht. Irgendwas stimmt mit Ihrem Vokabular nicht.«

»Irgendwas stimmt mit Ihrem Teppich nicht, das kommt der Sache näher. Er macht das auch jedesmal. Ich hab übrigens eben eine Beule in den Firmenwagen gefahren, damit Sie's gleich wissen. War aber kein anderer Wagen daran beteiligt. Nur ein verfluchter Betonpfeiler.« Sie stand da und grinste wie eine gerade gefütterte Katze mit halbwegs sauberen Pfoten. Nichts an ihr paßte in das Büro eines Kronanwalts, man hätte sie für den Rausschmeißer im Hippodrome halten können, wäre sie nicht so winzig und lebendig gewesen mit all den Sommersprossen im Gesicht und dem leuchtendroten Haar. Niemand hätte behaupten können, daß sie sich kleidete wie eine Sirene. Sie trug ein tadelloses kamelbraunes Kleid, und doch bewirkte irgendwas an dem breiten Gürtel aus weichem, dunklem Leder, daß sie zum Anbeißen aussah, ebenso einladend wie das in fettiges Papier gewikkelte Schinkensandwich, das sie ihm aufmunternd hinhielt.

»Ihres«, sagte sie. »Ach ja, und die Rennergebnisse. Wie geht's?«

Ernest beruhigte sich. Sein großer Magen knurrte und sackte dann in sich zusammen wie ein Fallschirm bei der Landung. Sarah erinnerte Männer immer an ihren Bauch:

Sie zogen ihn ein und ließen ihn später erleichtert und entspannt wieder raus.

»Schrecklich«, antwortete er. »Gräßlich, wirklich. Kommen Sie rein. Ich habe einen Fall für Sie. Damit können Sie London für eine Weile den Rücken kehren. Kommen Sie.« Die Worte waren ihm rausgerutscht, bevor es ihm bewußt wurde, und so wandte er sich jetzt abrupt von ihr ab. Es war eine Inspiration, die seit Tagen in ihm geschlummert hatte und nun plötzlich in Worte gefaßt worden war. Als wollte man ein Kind mit einem Messer zur Welt bringen. Was ihn außerdem bedrückte, war dieses irrationale Durcheinander von Instinkten: daß er sie aus dem Weg haben wollte und dabei genau wußte, daß sie ihm fehlen würde. Das war wohl auch ein Teil der Wirkung, die sie auf ihren verstorbenen Mandanten Charles Tysall gehabt hatte, ganz zu schweigen von Ernests Stiefsohn. Starke Männer schmolzen wie Wachs in ihren Händen, und dazu kam noch etwas, das nach Liebe und zugleich nach abgrundtiefem Mißtrauen schmeckte.

»Nur, wenn Sie wollen«, fügte er hastig hinzu, setzte sich, um seine Verwirrung zu verbergen, und biß gierig in sein Sandwich. Der Montag war stets einer von Mrs. Matthewsons vernünftigen Tagen, freitags war es entschieden besser.

»Ich schlage nur vor, daß Sie für eine Weile verschwinden, um mir so was wie das hier zu ersparen«, murmelte Ernest mit vollem Mund. Er spürte, wie ihm das Fett des Schinkens übers Kinn lief. »Sie machen meinem Magen zu schaffen.«

»Das Brot ist aus Vollkorn«, sagte Sarah gelassen, als mache das den entscheidenden Unterschied aus. »Voller Ballaststoffe.« Sie hatte noch nie an Diäten geglaubt und aß, was ihr in die Finger kam. Sie betrachtete ihn mit jenem allumfassenden Verständnis, das sie der Gattung Mensch entgegenbrachte. Was hinter diesen großen Augen vorging, hatte er nie gefragt, aus Angst, daß sie es ihm erzählen könnte. Als sie seine Nervosität bemerkte, dachte sie, wie gut es war, daß sie, Malcolm und dessen reizende Mutter sich zusammengetan hatten, um Ernests Post zu kontrollieren und ihm die schlimmsten Forderungen seiner Mandanten und ihre ekelhaften Enthüllungen zu ersparen. Oder daß Malcolm und sie es letztes Jahr geschafft hatten, ihre Abwesenheit mit einem Unfall zu erklären. Sie konnte wunderbar lügen. Ernest hatte über eine zerbrochene Windschutzscheibe gejammert, aber das war weit besser für sein explosives Magengeschwür und sein schwaches Herz gewesen, als ihm die Wahrheit über einen Mandanten zu sagen. Charles Tysall hatte genug Schaden angerichtet, und der größte Teil war bis heute nicht behoben. Manche Leute brauchten die Wahrheit, andere mußte man vor ihrer festen Überzeugung, alle Mandanten seien von Grund auf gut, in Schutz nehmen. Ernest gehörte zu letzteren. Vielleicht war das früher anders gewesen, doch heute verlangte es seine Gesundheit so.

»Dann erzählen Sie mal von dem Fall. Ich brauche was, das mich aufmuntert.«

»Ein sehr wichtiger Mandant«, murmelte Ernest.

»Das hab ich nicht anders erwartet, sonst würden Sie mich ja wohl nicht hinschicken.«

Ernest seufzte.

»Wichtig für mich, nicht für die Kanzlei. Einer von denen, die ich seit langer Zeit habe.« Er meinte Mandanten, die nicht von seinen Angestellten verführt werden sollten, die in ihren grauen Anzügen mit Bankiers und Buchhaltern, Industriebossen und Regierungsbeamten verkehrten und zum Mittagessen Mineralwasser tranken – um Himmels willen, nicht ein menschliches Wesen darunter. Ernest war sich durchaus bewußt, daß er leicht fehl am Platz war in dieser neuen Generation und man ihn nur seines vorgerückten Alters und der vielen häßlichen Tatsachen wegen behielt, die er über andere Leute wußte. Sarah jedoch hatte keine Chance. Sie wurde nur deshalb im Dachgeschoß der schlechter verdienenden Prozeßführungsabteilung geduldet, weil sich schließlich irgendwer um all den Krimskrams kümmern mußte, und dieser Irgendwer war am besten eine Frau ohne Ehrgeiz. Niemand würde sie den Sommer über vermissen. Keiner hier hatte eine Vorstellung davon, was sie eigentlich wert war.

»Nun, wenn Ihnen dieser Mandant so wichtig ist, soll das auch für mich gelten. Aber warum London den Rücken kehren? Und wann reise ich ab, und was für gräßliche Dinge soll ich tun?«

Ernest wäre fast vom Stuhl gefallen. Für eine so schwierige, wenn auch spontane Idee ging das alles verdächtig schnell. Nicht daß sie sich normalerweise gegen Vorschläge gesträubt hätte, doch verschleierte ihre Passivität oft die Tatsache, daß sie in Wirklichkeit halsstarrig wie ein Maulesel war, genauso wie sich hinter ihrem Lächeln ein Abgrund von Verzweiflung und ein seltsames Wissen verbarg, für das sie eigentlich noch zu jung war und das andere Frauen nie erreichten. Zu spät erinnerte sich Ernest an Charles Tysall und wo er gestorben war.

»Ein Familienerbe«, begann er. »Jemand muß sich darum kümmern. Am Meer gelegen. East Anglia. Sie haben doch immer gesagt, daß Sie das Meer lieben.«

»Ich habe keine Ahnung von Testamenten. Oder vom Meer.«

»Was hat das denn damit zu tun? Hören Sie, wir reden hier über eine Familie, die sich zusammenraufen muß. Beobachten Sie die Leute, entwickeln Sie ein Konzept, eine grobe Vereinbarung, wer was bekommen soll... Den Rest können wir dann den Tüftlern und Nachlaßgerichten überlassen.«

Sarah fegte die Krümel von ihrem Kleid. Ernest fand es wunderbar, wie sie aß, es erinnerte ihn an einen feingliedrigen Wolf.

»Ich habe nicht die leiseste Ahnung, wovon Sie reden. Sie sollten es mir lieber erklären«, sagte sie, und er holte tief Luft, bereit, Tatsachen mit blanken Erfindungen zu vermischen, nur um die Aussicht reizvoller zu gestalten.

»Ein großes Haus, okay? Nein, keine uralte Familienvilla, aber mit einer Menge Land und... nein, ich werde Ihnen nicht erzählen, warum das Vermögen so groß ist. Lassen Sie Ihrer Phantasie freien Lauf und kommen Sie selbst dahinter. Sie brauchen ein völlig vorurteilsfreies Bewußtsein. Je weniger Sie also wissen, um so besser. Die Familie besteht aus zwei Söhnen und einer Tochter, zwischen achtzehn und vierunddreißig, glaube ich, die sämtlich auf Kriegsfuß miteinander stehen. Warum? Ihr Dad ist vor zwei Jahren gestorben und hat das ganze Kuddelmuddel auf Lebenszeit seiner Frau hinterlassen. Und dann...«, er blätterte durch ein paar fettverschmierte fotokopierte Seiten, »... dann, ich zitiere: ›meiner Frau, die es nach eigenem Gutdünken an alle meine Kinder weitervererben soll.‹ Ein äußerst gefährliches Testament, er hätte mich damit beauftragen sollen, eins aufzusetzen, der undankbare Kerl, ich hab ja auch sonst alles für ihn gemacht. Er muß völlig verrückt gewesen sein.«

»War er's wirklich?«

»Wahrscheinlich. Was zählt, ist, daß seine Frau es ist. Völlig durchgeschnappt, neben dem Häuschen, übergedreht.« Er liebte es, Metaphern durcheinanderzuwerfen. »Sie wird nie in der Lage sein, ein gültiges Testament zu machen. Wenn sie aber ohne Hinterlassung eines Testaments stirbt, gibt es eine Katastrophe. Schreckliche Komplikationen mit dem Finanzamt. Die Kinder werden nicht gerade mit dem Messer aufeinander losgehen, aber sie haben Gras auf den Zähnen, oder war es Sand? Jedenfalls muß ein Außenstehender eine für alle akzeptable Übereinkunft austüfteln, zusammenschneidern, wer wann was bekommt. Dann können sie in Frieden leben, bis die alte Dame den Schirm abgibt, und die Übergabe wird ein Kinderspiel.«

Sarah erhob sich voller Anmut. »Sie brauchen einen Vermögensverwalter, nicht mich«, sagte sie.

»Ich brauche einen Rechtsexperten, der weiß, wie man Leute dazu bringt, Streitigkeiten aus dem Weg zu gehen. Ich denke, Sie müssen da hin, sonst ist Hopfen und Malz verloren. Sie können dort wohnen, ein Cottage ist immer frei, sie vermieten sie, wissen Sie, das spart Kosten.« Er war voller Selbstbewunderung: Alles ergab sich so selbstverständlich, daß er gar nicht groß darüber nachdenken mußte. Langes Nachdenken war ohnehin nicht seine Sache.

Sie beugte sich über seinen Schreibtisch und kniff ihn in die Backe.

»Wachen Sie auf, Ernest. Ich bin's, Sarah! Sie müssen diese Leute wirklich hassen, sonst würden Sie nicht daran denken, mich denen aufzuhalsen, bloß weil Sie mich auf Abstand von Malcolm haben wollen.«

»Sarah, nichts liegt mir...« Er wurde rot wie ein Schuljunge, den man beim Rauchen auf dem Klo erwischt hat, und sie lächelte wie eine nachsichtige Lehrerin, die ihm verzeihen würde.

»Nichts liegt Ihnen näher, Ernest, mein Lieber. Aber machen Sie sich deswegen keine Sorgen, bitte, und behandeln Sie mich auch nicht wie einen Dummkopf. Ich verdiene vielleicht nicht viel, aber was Besseres als das allemal. Natürlich haben Sie recht, wenn Sie meinen, daß ich auf lange Sicht nicht die Richtige für Malcolm bin. *Ich* weiß es, er aber nicht. Noch nicht. Er braucht vielleicht etwas länger. Haben wir uns verstanden?«

Er hätte heulen können. Sie setzte sich wieder.

»Regen Sie sich nicht auf, Onkel Ernest, bitte nicht. Sorgen sind unendlich viel schlimmer für Magengeschwüre als ein Schinkensandwich.« Sie warf einen Blick auf die fettverschmierte Fotokopie des schlecht getippten Testaments. »Ist meine Abschiebung nach East Anglia vielleicht eine Klausel im Meisterplan? Exakt der Ort, wo Charles Tysall ertrunken ist, wie ich sehe. Und es seiner Frau gleichtat. Wollen Sie mich strafversetzen oder was?«

»Nein, nein... Ich versichere Ihnen, Sarah, zum Teufel, ich schwöre...«

»Eben erst haben Sie mir das Fluchen verboten. Ich glaube Ihnen ja, aber entschuldigen Sie den Scherz: Ich dachte schon, ich sollte den einen oder anderen Geist flachlegen.«

Malcolm Cook besaß nicht die Geschäftstüchtigkeit seines gerissenen Stiefvaters und glaubte auch nicht, daß sein Leben deswegen verpfuscht sei. Er fand, daß schlechtere Bezahlung für mehr Erleuchtung kein schlechter Deal war. Den Rest – seine grenzenlose Freundlichkeit, sein Mitgefühl und seine Toleranz – hatte er sich im zähen Lernprozeß seiner Einsamkeit zugelegt. Der Metamorphose vom ulkigen Clown zum hageren Sportler war es zu verdanken, daß er ein unerschütterlicher Optimist geworden war, jedenfalls meistens. Heute abend allerdings nicht. »Ihr habt keine Ahnung von Frauen«, hatte Ernest mal zu ihm gesagt, eine Binsenweisheit, die freizügig auf das ganze männliche Geschlecht gemünzt war, in seinem Fall jedoch weniger zutraf als gewöhnlich. Malcolms frühere Fettleibigkeit hatte ihm nur die Gewohnheit des Alleinseins bewahrt, nicht aber seine Unschuld, was ihn eher zum Vertrauten als zum Mann mit eigener Erfahrung prädestinierte, ohne daß er deswegen naiv gewesen wäre. Selbst ein ehemals dicker Mann, der hoffnungslos verliebt ist und sich alle Mühe gibt, es zu verbergen, weiß, wann er verlassen wird.

Es hatte keinen Zweck, immer wieder alles durchzuakkern und herauskriegen zu wollen, wo der eine oder andere versagt hatte, keinen Zweck, zu streiten, alles zu analysieren und sich zu sagen: Wenn doch nur... Er wußte, daß man niemanden zum Bleiben zwingen konnte, wenn er gehen wollte, ebensowenig, wie sich ein Tiger in ein wirklich zahmes Kätzchen verwandeln ließ, und bei Sarah stimmte diese Analogie, denn sie verfügte über eine katzenhafte Geschmeidigkeit, wenn auch nicht über die Fähigkeit zu kratzen oder zu beißen. Nichts war ausgesprochen worden, weder in ihrer Wohnung, wo sie ihre Einkäufe vor ihm versteckte, noch in seiner, wo er sie aufopfernd gepflegt hatte, nachdem der besessene Charles Tysall mit ihr fertig gewesen war. Sie hatten einen heißen Sommer mit Wundenlekken und dann einen gemütlichen Winter mit heißen Toddies, Gelächter und warmen Decken durchlebt, und er hatte geglaubt, daß sie für immer ihm gehöre.

Er hätte wissen müssen, daß kein Mann so etwas je annehmen durfte. Im Frühjahr spürte er, wie sie an der Leine zerrte, genau wie der Hund, den er von den Osterglocken wegzog. Er spürte den betäubenden Schmerz des Verlustes seit dem Augenblick, da er ihn zum erstenmal bemerkt und sich vergeblich dagegen zu wappnen versucht hatte. Er durfte nicht nörgeln, er durfte nicht jammern, er durfte es einfach nicht. Er würde nie wieder der sein, der er vorher gewesen war. Wenn er sie liebte, mußte er sie in Würde gehen lassen und selbst Distanz halten, so gut er konnte.

»Wo zum Teufel hast du gesteckt?« fragte er mißmutig, als sie gegen acht seine Wohnungstür aufschloß. Soviel zum Thema Würde.

»Dein Vater hat uns eine Flasche Wein geschenkt«, antwortete sie ergeben. »Wir waren zusammen was trinken.«

Es gab eine Pause, in der sich beide der jeweils anstehenden Aufgabe zuwandten. Sie zog ihr Jackett aus und machte ein großes Getue mit dem Hund, dessen Begrüßung Vorrang vor allen anderen Formalitäten hatte, er paßte auf, daß der Reis nicht überkochte. Und dabei fragten sie sich insgeheim verzweifelt, ob sie wirklich noch einen Abend so tun konnten, als wäre nichts. Essen und den Raum mit Düften und munterer Konversation füllen, trinken, um die emotionale Verstopfung zu vertuschen, und beten, daß keiner von beiden zur Sache kam. Sie betrat die Küche, und der Hund folgte ihr auf den Fersen.

»Dein Vater hat einen Job für mich. Irgendwo in Norfolk.« Es klang übertrieben beiläufig. Sie begab sich auf die Suche nach etwas Eßbarem. »Ich werde also eine Weile weg sein.« Sie zuckte mit den Achseln, als bleibe ihr keine Wahl. »Keine Ahnung, wie lange.« Malcolm rührte überflüssigerweise im Reis und verbarg sein Gesicht im Dampf.

»Aber es paßt dir ganz gut in den Kram, oder? Wahrscheinlich hast du ihn dazu überredet. Kein Mensch prozessiert in Norfolk. Was willst du da machen? Charles Tysall ausbuddeln? Ihm die letzte Ehre erweisen?«

»Charles ist in London begraben. Dein Vater hat mir nur die Adresse des Mandanten gegeben. Du weißt ja, wie ausweichend er bei dem Thema ist. Ich glaube, ihm ist nicht mal aufgefallen, daß es ganz in der Nähe ist... Ein alter Mandant, sagt er.«

Malcolm drehte sich zu ihr um. Sein Gesicht war erhitzt. In seinen Augen schwammen Salz und Wasser, und seine Kehle war wie zugeschnürt.

»Mein eigener Vater ist an der Verschwörung beteiligt, obwohl er behauptet, daß er mich liebt. Also gut. Als brauchtest du Hilfe bei deiner Flucht. Du bist schon seit mehr als drei Monaten dabei, dich von mir zu lösen, und weißt bloß nicht, wie du es mir sagen sollst. Habe ich recht?« Er versuchte, lässig zu klingen.

»Ja.«

»Jetzt sag bloß nicht, daß es dir leid tut.« Mit zitternder Hand goß er sich ein Glas Wein ein und preßte dann ein Stück Küchenpapier vor die Augen, als sei es die Hitze, die ihm zu schaffen macht. Der Tag war lang und heiß gewesen. Er hatte Hunger.

»Ich würde sagen, daß es mir leid tut, denn genauso ist es, aber nicht, wenn du es lieber nicht hörst. Paß auf, Malcolm, es ist nichts, was du getan oder nicht getan hast. Ich liebe dich und bin dir dankbar, aber ich *muß* das Gefühl einfach ersticken.«

Er war ein Mann, der keine Schwierigkeiten hatte, sich auszudrücken, ein großer, freundlicher Mann, der gerne kochte, sich für schutzbedürftige Tiere einsetzte und ein geborener Liebhaber war, doch in diesem Augenblick hätte er sie am liebsten geschlagen. Er entdeckte den Ausdruck stummen Grauens in ihren Augen und hörte das warnende Knurren des Hundes, noch bevor er wußte, daß eine Hand sie am Kleid packte und sich der andere Arm hob, um ihr einen sinnlosen Schlag zu versetzen. Malcolm sackte zusammen und ließ die Arme sinken.

»Ich liebe dich, Sarah«, sagte er. »Ich liebe dich bis zur Verzweiflung. Du weißt, daß ich dich nie verletzen könnte.«

»Ich glaube, ich gehe jetzt lieber.« Das Grauen war immer noch in ihren Augen.

»Ja, tu das. Geh einfach.«

Leise fiel die Tür hinter ihr ins Schloß. Der Hund kratzte an der Tür, die er mit seinen Krallen bereits ruiniert hatte. Malcolms Appetit war verschwunden. Der Hund kam zurückgeschlichen und preßte ihm seine feuchte Schnauze zwischen die Beine. Er erwartete, daß Malcolm das gefiel, doch dann legte der seine Hand so fest um seine Schnauze, um sie wegzuschieben, daß der Hund protestierte und Malcolm ihn statt dessen streichelte. Er konnte keinen Hund schlagen, genausowenig wie eine Frau, und allein die Versuchung, Gewalt anzuwenden, war wie das Erlöschen all dessen, woran er glaubte.

Es war vorbei. Sie war gegangen, und er blieb voller Scham zurück.

Mrs. Ernest Matthewson stellte ein Tablett vor ihren Mann und beobachtete liebevoll, wie er sich aus den Tiefen des pompösen Sofas kämpfte, um es zu inspizieren.

»Was ist das?« fragte er barsch.

»Gedünsteter Kabeljau. Mit Meerfenchel.«

»Meerfenchel? Seetang?«

»Enthält jede Menge Eisen, mein Lieber. Noch mehr als Spinat.«

»Sieht ekelhaft aus. Kriege ich keine Kartoffeln dazu?«

Sie drohte ihm schelmisch mit dem Finger. »Heute nicht. Du hast getrunken. Iß, und ich bringe dir deinen Nachtisch.«

»Was immer das sein mag!«

»Fettarmer Joghurt.« Er stöhnte und warf ihr einen mörderischen Blick zu, der einen Augenblick später in ein Lächeln überging.

»Kannst du dich noch an die Pardoes erinnern?« fragte er, den Blick auf den Seetang gerichtet.

»O ja, sicher. Ein schrecklich großes Haus, irgendwo an der Küste. Von hier aus eine ziemlich lange Fahrt. Früher sind wir häufig dort gewesen, nicht wahr? Damals, als wir das noch nötig hatten.« Mrs. Matthewson schauderte. Sie verließ das Haus so selten wie möglich und sehnte sich nicht zurück nach der Zeit, als sie aus Loyalität mit ihrem Mann schreckliche gesellschaftliche Verpflichtungen bei irgendwelchen Mandanten hatte erfüllen müssen.

»Hat er sein Vermögen nicht mit Socken oder so was gemacht? Und sich wie ein Landgraf aufgeführt? Tausend verrückte Ideen im Kopf und ebenso viele Frauen im Bett? Dann hat er das halbe Dorf aufgekauft. Stimmt's? Außerdem hatte er einen schrecklichen Geschmack.«

Ernest nickte, sah ihr in die Augen und nahm einen großen Schluck von ihrem Wein. Er unterschätzte seine liebevolle Frau keineswegs, doch es gab Zeiten, wo es leichter war, sie abzulenken als sie zu unterhalten. Erinnerungen spielten da eine Schlüsselrolle.

»Ich hab das alles gesehen, Ernest. Glaub ja nicht, ich sei blind. Weißt du, was ich nur nicht verstehe? Wie Jennifer, seine Frau, die Seitensprünge ihres Mannes ausgehalten hat.« Sie starrte ihn an, als sei Untreue ansteckend. »Was für eine Toleranz besaß diese Frau, was für wunderbare – wie soll ich sagen? – Eigenschaften. Irgendwie war sie so unglaublich gelassen. Alle nannten sie Mouse, weißt du noch, weil sie genauso war wie eine Maus, klein und grau, niemand hörte auf sie, ein hübsches, untaugliches kleines Geschöpf, man mußte sie einfach gernhaben. Mitgefühl mit ihr haben, meine ich. Kein Mensch hat sie beachtet.«

Ernest rutschte nervös hin und her und hustete. Das Gedächtnis seiner Frau erstaunte ihn immer wieder.

»Ein Sohn hat sich ganz gut gemacht, die Tochter war ein bißchen vertrottelt, aber nett, und der zweite Sohn, hmm, das war ein übles kleines Kerlchen, spielte einem ständig irgendwelche Streiche. Pech. Am Schluß hat sich dann alles wieder eingerenkt zwischen Mouse und ihrem Mann – hast du mir zumindest gesagt, weißt du noch? Er hatte dieses goldene Haar, das ich so mag. Sah so aus, als hätte er sich noch einmal ganz neu in sie verliebt. Und dann ist er gestorben. Lieber Himmel, ihr Männer macht es einem wirklich nicht leicht. Wir müssen uns unser Auskommen verdammt schwer verdienen.« Sie klopfte sich genüßlich auf den Bauch.

Ernest räusperte sich, wedelte mit der Hand und griff nach ihrem Glas, als sei er in höchster Not. Sie protestierte nicht. Er versuchte so lässig wie möglich zu trinken, schaffte es jedoch nicht.

»Ich schicke Sarah hin. Mouse – hieß sie wirklich Jennifer? Na, jedenfalls ist sie verrückt geworden, und das Vermögen muß aufgeteilt werden, bevor sie auch noch stirbt. Sarah ist genau die Richtige dafür.«

Mrs. Matthewson stellte ihr Glas ab, während er ihr mit einem vagen Zögern, von dem sie sich keine Sekunde täuschen ließ, seine Informationen unterbreitete.

»Was hast du vor, Ernest? Warum, zum Teufel, nimmst

du unserem Malcolm Sarah weg? Da könnte doch auch jemand anderes hin. Du könntest es sogar von hier aus regeln. Wer soll ihm sein Essen machen?«

»Lieber Himmel, Weib, du glaubst doch nicht im Ernst, daß Sarah für ihn kocht, oder?« In seiner Stimme schwang sein ganzes schlechtes Gewissen mit, aber auch sein Widerwille gegen den Fisch.

»Dann macht sie eben etwas anderes«, sagte Mrs. Matthewson ausweichend. Ernest lachte höhnisch.

»Darauf kannst du Gift nehmen.«

»Das reicht, Ernest.« Möglich, daß er lauter bellte als sie, dafür konnte sie besser beißen. Sie stürzte den Wein hinunter, als sei es Wasser, und schwieg erst einmal, um ihre Mißbilligung zu unterstreichen. Endlich fuhr sie fort.

»Du hast keine Ahnung von Sarah und Malcolm. Du weißt viel weniger als ich. Sicher, er sagt immer, daß alles in Ordnung sei. Was für ein Lügner, der Junge. Wahrscheinlich schlägt er nach dir. Und du willst sie wegschicken? Du mußt verrückt geworden sein.«

»Sarah wird sich um die Pardoes kümmern«, unterbrach Ernest sie entschlossener als zuvor, da ihm ihre beiderseitige Begabung zum Lügen aufging. »Sie ist ein Katalysator, sie analysiert Träume. Und außerdem«, fuhr er fort, als hätte seine Frau überhaupt nichts gesagt, »wird sie unseren Jungen sowieso nicht heiraten, verstehst du. Nicht in tausend Jahren. Von da sind keine Enkel zu erwarten.« Das war ein kluger Schachzug.

»Woher weißt du das?« jammerte sie. »Sie hat ihn aus seiner Abgeschiedenheit gelockt, und auf ihre Art liebt sie ihn auch. Du kannst bloß die Tatsache nicht ertragen, daß sie zuviel über dich weiß. Oder deine vermaledeiten Mandanten. Oh, Ernest, was hast du getan? Was hast du bloß getan?«

»Ich hab überhaupt nichts getan!« rief er. »Sie will doch selbst hin! Sie wollte ans Meer!«

Mrs. Matthewson zögerte eine volle Minute.

»Charles ist tot, nicht wahr?«

Er verlor die Beherrschung, und seine Haut verfärbte sich.

»Natürlich ist er das! Seit einem Jahr! Und seine Frau seit zwei Jahren, wobei sie ein Jahr gebraucht haben, um sie zu finden. Was willst du denn noch, Weib? Sarah Fortune ist stark wie ein Ochse.«

Darauf sagte sie nichts mehr.

Sarah hatte den neuen Spiegel für den Flur in ihrer Wohnung ziemlich bald schon gekauft. Wie der alte fing er ihr Spiegelbild ein, wenn sie hereinkam, grüßte sie vom Ende des Flurs, durch den man die Wohnung betrat, und verriet sie mit der Berechnung eines alten Feindes. Die Erneuerung des Spiegels war Teil ihrer Therapie, ein positiver Schritt. Es ging darum, alles so wiederherzustellen, wie es gewesen war. Eine Geste, um zu beweisen, daß es nicht allein ihre Schuld war. Doch Sarah Fortune wußte, daß sie nicht mehr zu retten war. Sie beugte sich aus dem Fenster, stützte die Arme auf das schmiedeeiserne Geländer und starrte in die Nacht hinaus. Als sie sich das Geräusch des Meeres vorstellte, auf Donner, Tränen und irgendein Gefühl von Erleichterung wartete, fühlte sie nichts, nur das Bedürfnis, zu seiner Wohnung zurückzulaufen, Einlaß zu verlangen und zu sagen: Ich hab's nicht so gemeint, können wir nicht einfach so weitermachen wie bisher? Ein Impuls, der so stark war, daß sie sich zweimal bereits halb auf dem Weg nach oben ertappt hatte. Doch dann war sie zurückgeschlichen, voller Scham über ihr Nichterklärenkönnen, diese elende Feigheit. Aber wenn sie gesagt hätte, trotz allem liebe und respektiere ich dich, hätte er gelacht und gesagt: Wie kannst du mich lieben und trotzdem verlassen? Und sie hätte geantwortet: Weil ich nicht so sein kann, wie du mich haben willst, und am Ende würdest du mich dafür hassen.

Er sperrte niemanden ein, dazu war er ein viel zu guter Mensch. Jedenfalls nicht mit steinernen Mauern oder Fußketten, höchstens mit seiner Beständigkeit, dem unendlich geduldigen Warten auf sie und der unausgesprochenen Ablehnung dessen, was sie gewesen war und immer noch war. Sie sah ihn, als er um Mitternacht im Trainingsanzug aus der großen Vordertür trat, den Hund an seiner Seite. Er joggte durch den Park, es war sein allabendliches Ritual. Ein Liebhaber, der beste und aufrichtigste von allen, der über das vertrocknete Gras zurück in seine Welt tappt. Und sie zog sich in die ihre zurück.

Nur wenn sie sich mit beiden Händen die Ohren zuhielt, konnte sie die Erinnerung an Träume heraufbeschwören, den Instinkt des Mutes und das Rauschen des Meeres.

Zwei

Es gab keinen Zaun zwischen der kleinen Gestalt von Stonewall Jones und dem schäbigen Garten, den er betrachtete, oder dem grünlichen, lehmfarbenen Land, das sich hinter seinem schmalen Rücken bis zu dem fernen goldenen Streifen erstreckte, der das Meer war. Von seiner kleinen Anhöhe aus konnte er sehen, was er wollte. Wenn er so reglos dastand wie jetzt, verschmolz er mit der Landschaft, ein farbloser kleiner Junge, dessen rotblondes Haar zu seiner sommersprossigen Haut und auch zu seinen Augen paßte, die nur zu reflektieren schienen, ohne selbst eine Farbe zu besitzen. Stonewall hatte den richtigen Spitznamen. Andere hießen Jack oder John und waren mit elf längst aus härterem Holz geschnitzt. Stonewall dagegen konnte sich als geborener Beobachter mühelos in die jahrhundertealte Landschaft einfügen. Auch zu Hause nahm niemand mehr Notiz von ihm. Früher, als Baby, war er der Liebling seiner Mutter gewesen. Jetzt hatte sie neue Babys, und es gab nicht genügend Platz für alle. Er war zu nichts nutze, außer sich an schulfreien Tagen draußen rumzutreiben und hier hochzukommen mit den Ködern, die er zweimal in der Woche für Edward Pardoe aus dem Sand buddelte und soeben auf die Schwelle der Küchentür am rückwärtigen Teil des Hauses gelegt hatte.

»Baaah«, rief er leise. »Kschu, kuu, kuu.«

Stonewall sehnte sich verzweifelt danach, geliebt zu werden, wenn er es den anderen auch wirklich nicht leichtmachte mit seiner Gewohnheit, so gut wie nicht zu sprechen. Er hatte nicht die Möglichkeit, seiner Liebe zu dem Schaf im Garten Ausdruck zu verleihen, außer durch ein Geräusch, das an eine Taube erinnerte. Vögel konnte er vom Himmel zaubern und Würmer aus dem Meer, doch all das war nichts für einen Jungen, der sich nach einem Hund sehnte. Sal hatte nie gehorcht, sie war ein rostrotes Luder gewesen, munter wie ein Strandläufer, und deshalb hatte sie sich wohl auch so leicht von einem Dieb davonlocken lassen. Insgeheim sehnte sich Stonewall danach, dieses friedliche Schaf sein eigen zu nennen. Es würde ihn rückhaltlos lieben, und er es umgekehrt auch. Ihm gefiel auch das Haus, einfach weil es mehr als eine halbe Meile von allen anderen Häusern entfernt war und aussah, als sei es innendrin groß genug, um Katzen zu jagen.

Nicht daß er auch nur im Traum daran gedacht hätte, in solch barbarischen Maßstäben zu denken, denn letztlich hatten alle Tiere, nicht nur Hunde, diese Wirkung auf ihn: Er kriegte einfach wacklige Knie. Er hatte den Hund bekommen, damit er einen ständigen Begleiter hatte, der ihn auf seinen Streifzügen beschützte und obendrein etwas mitteilsamer machte. Letztere Rechnung war nicht ganz aufgegangen. Außerdem waren jetzt die Zwillinge da, und da lag vielleicht die Erklärung dafür, warum er es nicht über sich brachte, zu Hause über den Verlust seines Hundes zu weinen. In ihrem kleinen, überfüllten Cottage war ein Hund ein Luxus gewesen. Kein Wunder, daß Stonewall ständig von allen Seiten ermuntert wurde zu verschwinden. Sicher war er den anderen nicht egal, trotzdem hatte er das Gefühl, daß er zuviel Platz einnahm. Wahrscheinlich würden sie ihm sogar einen anderen Hund erlauben, doch darüber konnte er bisher noch nicht nachdenken. Ein Schaf mit gebogenen Hörnern wäre ein nicht ganz so offensichtlicher Ersatz für seine Streifzüge durch die Stadt. Stonewall grinste breit bei der Vorstellung. Es könnte an der Wäsche im Hinterhof knabbern. Er könnte ihm eine Leine besorgen.

»Du bist ein dummes Ding«, murmelte er, schüttelte sich und seufzte. Schafe wirkten immer so zufrieden. In der frischen Brise standen ihm die Haare zu Berge. Stonewall langweilte sich nicht an einem faulen Tag wie heute, Langeweile war ein Zustand, den er nicht begriff. Er war höchstens ein wenig ruhelos.

Rick würde heute nicht mitmachen. Kein Mensch hatte Lust, nach Geistern zu suchen. Alle redeten von einem weißhaarigen Geist, der hin und wieder Abfälle aus Mülleimern stahl, doch niemand, nicht mal Rick, glaubte daran, was er, Stonewall, gesehen hatte. Es ist ein Fehler, sagte er sich ernst, dafür bekannt zu sein, zu Hause den Mund nicht aufzukriegen, gleichzeitig aber woanders maßlos zu übertreiben.

Er wandte sich um und warf einen letzten Blick auf das Haus. Aus einem Fenster im oberen Stock winkte ihm eine undeutliche Gestalt in einem bunten Kleid zu. Einen Moment lang war er überrascht, dann winkte er zurück. Er legte alle Kraft in seinen Arm, drehte sich im Kreis und tanzte für sie, bis er sah, daß sie sich vor Lachen bog.

Das war kein Geist. Das war die verrückte Mrs. Pardoe, die immer zu einem Späßchen aufgelegt war. Komisch, wie ihr alles auffiel, sogar er. Er dachte daran, über die Wiese zu laufen und ihr zu sagen, daß er den feuchten Köderhaufen an der Hintertür deponiert hatte, in Zeitungspapier gewikkelt, und ob Edward ihn bitte irgendwann bezahlen könne. Oder zu rufen: Haben Sie meinen Hund gesehen? Doch dann tat er nichts davon.

Auf dem Weg nach Hause zu der Art Abendessen, die er verabscheute, Hackfleisch mit Kartoffelbrei und Erbsen, gelangte Stonewall aufgrund dürftigster Indizien zu der Überzeugung, daß der Geist seinen Hund gestohlen hatte, einfach weil es ihm leichterfiel, das zu glauben, als daß er tot war. Dann trottete er die halbe Meile zurück zu dem, was er für eine Stadt hielt.

Eine Fliege summte gegen das Fenster. Der Raum war voller angelesener Bücher, normalerweise kam er nicht mal bis zur Hälfte. Edward Pardoe gab vor, alle gelesen zu haben, und zitierte hin und wieder ein ausgefallenes Stück Dichtung oder Drama, um die Idioten zu beeindrucken, mit denen er trotz seiner überlegenen künstlerischen Neigungen notgedrungen unter einem Dach zu hausen hatte. Zu seinen Füßen lag ein Porträt von Joanna. Edward blätterte in seiner Taschenbuchausgabe von Browning.

»Meine letzte Herzogin, ihr Porträt an der Wand,
Sieht's nicht aus, als sei's lebendig ...?«

Das nun nicht gerade. Das Gesicht seiner Schwester wirkte flach und leblos, wie die mißlungene Illustration auf einer Pralinenschachtel. Edward warf das Buch beiseite, schob das Gemälde unters Bett und wandte sich dem Puppenhaus zu.

»Auftritt der Träumer«, murmelte er, und sie gehorchten. Innerhalb des Bühnenraums, in dem sie agierten, war jede Bewegung der winzigen Holzfiguren von seinen Fingern abhängig. Sie saßen mit übergeschlagenen Beinen in den Sesseln, lümmelten sich auf dem Bett, hoben die Arme oder sahen aus, als würden sie um ihr Leben rennen. Er spielte oft mit dem Puppenhaus, das er selbst gebaut hatte. Andere erwachsene Jungs von zweiundzwanzig beschäftigten sich mit Computern, höchstens noch mit Dampflokomotiven, je nachdem welchen frühen Geschmack ihre Väter gehabt hatten, doch Edward war anders. Er war wie der Gott eines Paradieses, der seine Geschöpfe nie ganz in Ruhe lassen konnte.

»O Mami, Mami«, heulte er, während er eine kleine, schmollende Figur, die er in der Hand gehalten hatte, hinsetzte, so daß ihr Ballettröckchen abstand und den hölzernen Schritt und winzige, geschlechtslose Glieder enthüllte. »Mami, ich hab Kopfschmerzen, und außerdem ist mein Kleid *hin.*«

»Halt den Mund«, antwortete Edward. Die kleine Figur fiel auf den Rücken, die Beine gespreizt. »Sei vorsichtig, Jo«, murmelte er.

Über das Puppenhaus gebeugt, widmete er sich jetzt ganz der Puppenmutter auf dem Sofa, die mit lauter Schleifen geschmückt war und eigentlich mehr Ähnlichkeit mit einem toten Zinnsoldaten kurz vor seiner Bestattung hatte. Am Eßtisch saß ein winziger Julian im Tweedanzug. Den hatte Joanna gemacht, damals, als sie noch mehr Zeit für ihn hatte. Richtige Männer nähen nicht, hatte sie gesagt. Sie bauen vielleicht Häuser, aber nähen tun sie nicht. Später hatte sich Edward immer gefragt, warum eigentlich nicht.

»Großer Gott!« Die echte Joanna, viel zu groß und erschreckend blond, stürzte ins Zimmer. »Was treibst du wieder, Ed? Es ist zu heiß, um hier drinnen zu hocken.«

»Geh weg, Joanna. Laß mich in Ruhe.«

»Du hättest die Tür abschließen sollen, wenn du deine Ruhe haben willst.«

Er stand mit dem Rücken zum Puppenhaus. Sein drahtiger Körper war zu schmal, um zu vertuschen, womit er sich beschäftigt hatte, und sein Gesicht kaum in der Lage, die Freude über ihren Anblick zu verbergen.

»Ach, du spielst!« sagte Joanna verächtlich, aber nervös. »Familienglück vermutlich. Du solltest lieber malen. Wann willst du bloß erwachsen werden?«

Genau das war Edwards Problem. Er weigerte sich, erwachsen zu werden. Wollte König im Schloß sein, ohne sich die Krone verdient zu haben, wie sein Vater immer gespottet hatte. Joanna fühlte sich mitschuldig, wenn sie daran dachte, wie unterschiedlich ihr Vater seinen zweiten Sohn und seine einzige Tochter behandelt hatte. Edward hatte es ihm nie rechtmachen können. Sie dagegen hatte einfach nie etwas falsch gemacht

»Was?« höhnte Edward. »Erwachsen wie du? Um bis zu einem Spielsalon aufzusteigen? Wie kultiviert! Wie reif!«

Joanna war nicht in der Stimmung, ihm seine Worte übelzunehmen. Edwards Neckerei besaß einfach keine Kraft, im Unterschied zu der seines älteren Bruders Julian, der sie mit einem einzigen Blick zum Weinen bringen konnte. Sie warf sich aufs Bett, kaute auf einer Strähne ihres blonden Haars und war genauso zappelig und nervös wie immer.

»Oh, Brüderchen, mir geht es echt beschissen. Weißt du, ich habe gemerkt, wie er gezittert hat, als er meine Hand hielt. Und jetzt geht er mir aus dem Weg. Seit Wochen kein Wort. Was hab ich denn bloß falsch gemacht? Bin ich vielleicht zu dick? Am liebsten würde ich sterben.«

»Ganz sicher hat es nichts damit zu tun, wie du aussiehst. Ich habe dir doch gesagt, warum, Gott weiß, wie oft.«

Beide kannten das Objekt von Joannas geradezu religiöser Leidenschaft. Das Thema war hundertmal durchgekaut worden, aber es war das einzige, das sie in sein Zimmer zu locken vermochte. Edward schüttelte den Kopf. Der Raum war voller Seufzer. Er trat ans Fenster, durch das die Sonne hereinströmte, stützte sich auf die Fensterbank und betrachtete die Aussicht, wie er es schon millionenmal getan hatte. Der Vorgarten führte auf eine schmale Straße, und dahinter breitete sich das flache Land zu einer braunen Ebene aus, bis dahin, wo die Sonne einen gelben Streifen Sand beleuchtete. Linker Hand lag das Dorf, und jenseits davon konnte er gerade noch erkennen, wie sich die Erde zu sanften Dünen wölbte. Wenn es nachts sehr still war, hörte man das Meer, tagsüber war es nicht mehr als ein weißgetupftes blaues Band. Das Bild verschwamm in der flimmernden Hitze. Im Geiste bepflanzte er das flache Land mit tropischem Buschwerk, vertiefte das Lavendelblau des Wassers, das die Dünen im August violett verfärben würde, fügte ein bißchen gelben Weizen, ein paar gesprenkelte Rehe und exotische Palmen hinzu. Mit einem künstlerischen Auge ließen sich enorme Verbesserungen erzielen.

Immerhin war es erheblich einfacher, die Landschaft im Geiste zu korrigieren, als sich das Talent anzueignen, sie tatsächlich zu malen. Er hatte versucht es zu lernen, doch wie bei allem, was er tat, hatte ihn seine Disziplin im Stich gelassen. Er gab den Lehrern die Schuld. Anderen die Verantwortung für seine eigene Faulheit zuzuschieben, war Edwards erster und einziger Ausweg. Blöde alte Wichser.

»Was ist los?« fragte Joanna verdrießlich. Angesichts seiner Gleichgültigkeit wechselte sie lieber das Thema. Dabei kaute sie immer noch auf der Haarsträhne, wie ein kleines Mädchen. Er fand das wunderbar.

»Du bist früh zu Hause. Erzähl mir bloß nicht, daß du schon wieder rausgeflogen bist.«

Noch ein Seufzer. Edward hatte sich wieder dem Puppenhaus zugewandt, um die Figürchen aufzurichten, doch ein ungeduldiger Atemstoß stürzte das Sofa um, auf dem die Mutter saß. Sie fiel zu Boden und blieb mit dem Kopf im Kamin liegen.

»Nein, nicht ganz. Hatte heute bloß nicht soviel zu tun, ehrlich.« Er schauderte, und Joanna zuckte mitfühlend mit den Achseln.

»Schon gut, du brauchst dich nicht zu verteidigen. Weißt du, was ich denke? Ich finde die Vorstellung, daß du als Grundstücksmakler arbeitest, absurd. So, jetzt ist es raus, und mehr werde ich dazu nicht sagen. Aber da du schon mal da bist, könntest du mir helfen.« Sie lag mit unter dem Kopf verschränkten Armen auf dem Bett. Ihre nackten Füße hinterließen erdige Flecken auf dem Überwurf, die ihn, zusammen mit ihren abgekauten Fingernägeln, daran erinnerten, daß ihre träge Pose nicht die einer willigen Kurtisane auf einem Gemälde war, sondern das schlichte, unbekümmerte Räkeln eines Teenagers. »Ich brauche Hilfe«, fuhr sie fort. »Wegen dieser schrecklichen Anwältin, die in einem der Cottages wohnen soll. Meinst du, du könntest einen Teil deines Angelgeräts wegräumen? In der Küche steht es einfach im Weg. Genau wie in der Halle und im Eßzimmer. Ich nehme an, das Abendessen sollte etwas besser ausfallen als sonst.«

»Es ist immer gut«, sagte Edward sanft. »Oft sogar hervorragend.«

Sie wurde rot, verbarg ihre Freude jedoch hinter einer raschen Handbewegung.

»Jemine! Da ist Julian aber ganz anderer Meinung. Er sagt, wenn du wirklich kochen willst, geh woandershin und lern es erst mal. Warum will er uns beide bloß hier weghaben?«

»Das weißt du doch ganz genau«, antwortete Edward mit leiser Stimme. »Keiner von uns beiden kann hier weg. Julian will sich alles unter den Nagel reißen und Ma in irgendein schreckliches Heim abschieben, kaum daß wir aus dem Haus sind, wie oft muß ich dir das denn noch sagen?« Er gab den düsteren Tonfall auf, der unweigerlich ihre Aufmerksamkeit auf sich zog. »Wie auch immer, mir reichen deine Kochkünste. Du könntest es glatt noch so weit bringen, daß ich zunehme.«

Jo grinste und warf ihm ein Kissen an den Kopf. Er fing es und warf es knurrend zurück. Auch sie erwischte es und schleuderte es noch heftiger als zuvor durch den Raum. Edward nahm seine King-Kong-Pose ein. Mit gespreizten Beinen, bis über die Schultern erhobenen Ellbogen und zukkenden Fingern torkelte er auf sie zu. Joanna spielte die Jungfrau, die auf den Drachen wartet, rang die Hände und schrie: »Oh, oh, oh!«, bis er ganz nahe war und ein Anflug echter Furcht in ihrem Lachen aufflackerte. Edward gab seine Pose wieder auf.

»Du nimmst mich nicht ernst«, sagte er. »Keiner tut das. Oh, ich armer, armer Kerl. Ich werd nie eine Jungfrau zu fassen kriegen.«

»Einen Stör aber vielleicht«, sagte seine Schwester, sprang geräuschvoll vom Bett und schüttelte ihren Rock zurecht. Das Bündchen saß locker um ihre schmale Taille, doch der Rock selbst war weit, altmodisch, mit Volants besetzt. So hoffte sie, ihre breiten Hüften zu verstecken, die sie verabscheute. Wenn ich doch bloß größer wäre, dachte Edward...

Joanna verabscheute auch ihre weiße Haut und daß ihre Wangen sich bei der kleinsten Gefühlsaufwallung oder Anstrengung röteten, so wie jetzt. Edward jagte ihr manchmal Angst ein. Er trieb einen Scherz immer zu weit.

»Außerdem nehme ich dich wohl ernst«, setzte sie achtlos hinzu und trat ein paar Schritte zurück. »Bloß nicht als Mädchenräuber. Oh, ich wünschte, *mich* würde einer rauben. Hör mal, meinst du, Julian rückt eine Flasche Wein zum Essen heraus? Aus Rücksicht auf das ›Gesetz‹ unter unserem Dach?« Julian, der Tyrann, der Despot, der unfaire Kritiker, der einem alles verderben mußte.

»Davon gehe ich aus«, murmelte Edward plötzlich deprimiert. »Vorausgesetzt, wir versprechen, ihn von Ma fernzuhalten.«

»O ja. Einfacher gesagt als getan.« Beide verfielen in Schweigen. Edward wandte sich dem Puppenhaus zu, um die kleine Figur, die er vom Sofa geblasen hatte, wieder aufzurichten. Er spürte, daß Jo sich neben ihm herunterbeugte, um mit der gleichen alten Faszination, die sie so leicht verspotten und er so rasch wieder entfachen konnte, das Puppenzimmer zu betrachten. In Augenblicken wie diesem hätten sie gleichaltrige Kinder sein können, statt er vier Jahre älter als sie. Am liebsten hätte er sie an sich gezogen. Die Anstrengung, die es ihn kostete, sich zurückzuhalten, war beinahe zuviel. Er spürte ihren Atem, den Babygeruch nach Talkum, und ihm wurde ganz schwindlig. Es juckte ihn in den Fingern, die warme Stelle auf ihrem Nacken zu berühren.

Von der Straße, die den Sommergarten von den dahinterliegenden Prielen trennte, kam ein Geräusch. Es war ein lautes Bimmeln, eine Parodie des Big Ben, da daa, daa da, daa da, da daa, gräßlich und unheimlich. Der Eiswagen. In Joannas Ohren klang es wie Sphärenmusik.

»Oh, nein!« jammerte sie. »Das ist er! Ausgerechnet jetzt, wo ich so schrecklich aussehe!«

Edward ballte die Fäuste. Die Tür knallte hinter ihr ins Schloß, der ganze Raum erzitterte, und im Puppenhaus fiel alles um. Edward spähte hinein, nahm die Ballettfigur und die kleine Puppe, die aussah wie ein Künstler im Arbeitskittel, und legte sie eng umschlungen auf das Ehebett im größten Zimmer des oberen Stockwerks. Dann warf er ein Tuch über das ganze Gebilde, als wolle er einen Papagei im Käfig zum Schweigen bringen, und bezog Posten hinter dem Fenster, außer Sichtweite.

Der Eiswagen bog in die Einfahrt, wo die Reste des ehemaligen Kiesbelags von Unkraut überwuchert wurden und die Wiese, wo das Schaf graste, in grasbewachsene Blumenbeete überging. Warmer, feuchter Dunst waberte vom Meer heran, der Vergessen verhieß. Edward sah, wie der Eiswagen unten stehenblieb, doch das Bimmeln ging weiter. Er schloß die Augen und versuchte sich das Geräusch des fernen Meeres vorzustellen. Es ging nicht. Bitte, lauf nicht hin, Jo, bitte nicht. Er würde es nicht ertragen, Zeuge ihrer Erniedrigung zu sein, mit ansehen zu müssen, wie sie sich mit ihren abgekauten Fingernägeln durch das blonde Haar fuhr. Sich aufführte, wie sie es ihm gegenüber nie tat. Er ballte die Faust. »Wieso kann ich nie haben, was ich will?« murmelte er verdrießlich. »Aber das wird sich ändern, wart's nur ab, Dad.«

Gerade als der Eiswagen mit seinem gräßlichen, für die Gläubigen bestimmten Läuten zum Stehen gekommen war, tauchte in der Eingangstür eine Gestalt auf, die bei seinem Anblick einen Freudenschrei ausstieß. Edward schloß die Augen, als er das schrille Kreischen und den aufgeregten Wortschwall hörte, der seinen Ohren solche Qualen zufügte. Ohne jede Belustigung beobachtete er, wie die rundliche Gestalt gegen den Rumpf des Wagens hämmerte und rief: »Hallo, hallo, oh, auf Wiedersehen, mein liebes kleines Ding, bist du heute auch brav?« Der Wagen setzte sich erneut in Bewegung und rollte ein paar Meter weiter. Das gehörte zum Spiel. Die schrill gekleidete Gestalt rannte laut lachend hinterher. Edward entspannte sich. Wenigstens war diese Närrin nicht Joanna. Nur seine geliebte Mutter, vollkommen verrückt und auf harmlose Art senil. Er sah eher gleichgültig als verächtlich auf sie herab. Wenn es nach ihm ginge, würde sie bald in einem Zoo landen. Und wenn nicht im Zoo, dann wenigstens hinter Gittern, und ein Grab wäre das beste von allem.

Joanna und das nötige Geld, um das Haus hier abzureißen und die Landschaft zu verändern. Ach, könnte es doch nur so sein! Er wollte nie wieder arbeiten und so weitermachen wie bisher, sorgfältig an der Stilisierung seines Rufes als gerissener Ränkeschmied und höchst interessanter, höchst unangenehmer junger Mann basteln. Ach ja, und möglicherweise als besserer Angler als sein Vater. Nichts anderes zählte.

Jeder einzelne war zuviel.

»Haben Sie wenigstens noch was Nettes vor heute abend, Doktor?«

»Nein«, sagte Julian Pardoe und schrieb dabei ein Rezept aus. »Das glaube ich nicht.«

»Wie kommt denn das? Bei so einem schönen großen Haus? Hab jedenfalls gehört, daß es das ist. Die Leute reden viel.«

»Ah, das zählt. Was die Leute reden. Schönes Haus. Sie sollten mal versuchen, dort zu leben. Sich mit einem undichten Dach und Idioten jeden Alters rumzuschlagen. Sie müßten...« Er hielt inne, weniger aus Verlegenheit als Beschämung, da er bemerkte, daß seine Stimme laut und gereizt klang. Miss Gloomer, eine störrische alte Jungfer von achtzig, die ihre chronische Krankheit tapfer ertrug, saß ihm in seinem Sprechzimmer gegenüber. Sie behielt ihre guten Manieren, während er die seinen vergaß. Ihr Gesicht war eine Landkarte des Leidens, der Geduld und inneren Stärke. Sie schaffte es nur deswegen, ohne zu zittern auf dem Stuhl zu sitzen, weil sie sich mit beiden Händen an ihren Gehstock mit dem feingearbeiteten Entenkopf als Griff klammerte. Seine Spitze bohrte ein Loch in den Teppich, fing jedoch das ständige Schütteln ihrer Glieder ab. Es wäre besser, wenn ich so wie früher mit ihnen redete, dachte Julian, aber ich ertrage es einfach nicht: Tugendhafte Weiber sind die schlimmsten, immer nett und geduldig, bis sie einen zur Raserei bringen. Ich kann ihnen nichts geben, nicht mal, wenn ich sie mag wie Miss Gloomer, ich hab einfach keine Geduld. Er lachte und füllte das Rezept zu Ende aus. »Ich sollte mich nicht beklagen, nein, wirklich nicht«, sagte er schließlich gereizt

»Warum nicht?« gab sie überraschenderweise zurück. »Das ist nicht verboten. Wir haben alle unser Päckchen zu tragen. Vielleicht sollten Sie versuchen, allein zu leben. Seit dem Tod Ihres Vaters sind Sie nicht mehr der alte. Früher hatten Sie immer ein nettes Wort für die Leute. Nun, ich vermute, das ist der Streß.« Sie schnappte rasch nach dem Rezept und machte sich auf den Weg zur Tür. O Gott, dachte er, ich sollte ihr helfen, statt hier rumzusitzen. Trotz seiner Verwirrung und ihren unsicheren Bewegungen fiel ihm auf wie scharfsinnig sie noch immer war.

»Ich glaube, es ist sehr schwierig, allein zu leben, Miss Gloomer...«, stotterte er in dem Versuch, sein Verhalten mit der Andeutung einer Unterhaltung wiedergutzumachen. Sie blieb stehen und lachte gackernd.

»Glauben Sie das bloß nicht! Es war das einzige, was ich je richtig gemacht habe. Selbst wenn es manchmal zum Fürchten sein kann.«

»Ich sehe später noch einmal nach Ihnen.«

»Brauchen Sie nicht. Nur wenn Sie Zeit haben.«

Diesmal kam sein Lächeln direkt von den Augen. Er hörte, wie der Stock sie den Flur entlangführte, und wartete noch einen Augenblick, ehe er auf die Klingel drückte. Allein zu leben, erschien ihm plötzlich eine himmlische Vorstellung. Hoffentlich war der nächste Patient ein dummer Tourist, der seine Grobheit verdiente. »Der nächste, bitte!« rief er, als auf sein Klingeln keine Reaktion erfolgte. Die Schwester stürzte lächelnd herein, ihre ewige Munterkeit war wie Salz in seiner Wunde.

»Heute waren Sie in Nullkommanichts durch, Doktor. Miss Gloomer war die letzte. Sie können nach Hause gehen.«

»Aha. Ist Dr. Freeman auch schon fertig, oder soll ich noch einen seiner Patienten übernehmen?«

Sie trat verlegen von einem Bein aufs andere. »Nun, nein, ich glaube nicht. Ein paar sitzen noch im Wartezimmer, aber das sind alles Stammpatienten von ihm, Sie verstehen...«

Dr. Freeman war erheblich beliebter als Dr. Pardoe. Außerdem erstarrte er in Anwesenheit von netten Frauen nicht zur Salzsäule. Vor langer Zeit war es mal genau andersherum gewesen.

Julian wußte nicht, ob er wütend oder erleichtert sein sollte, als er zum Wagen ging. Erleichtert, die häßliche moderne Gemeinschaftspraxis und ihre Effizienz hinter sich zu lassen, oder wütend auf sich selbst, weil er seine Patienten stets so kurz wie möglich abspeiste und vor jeder Vertreterin des anderen Geschlechts zurückscheute, als könnte sie beißen. Wenn er doch bloß den Charme eines Dr. Freeman besäße und den Patienten seine ungeteilte Aufmerksamkeit schenken könnte, statt mit den paar, die er hatte, so wenig Geduld zu haben, viel zuviel zu grübeln, von einer Unfreiheit in die andere zu stolpern und nie Ruhe zu finden.

Im Wagen war es glühend heiß. Er hatte ihn am Morgen waschen lassen, da er einige Hausbesuche bei Patienten machen wollte, die ihm von ihren Geistern erzählen würden, als hätte er selbst nicht genug davon. Freemans Wagen war pottdreckig und parkte unter einem Baum. Julian fragte sich, was aus seinen behaglichen Träumen geworden war und der endlosen Sympathie, die er einst besessen hatte. Er fühlte sich wie verwildert und schämte sich für sein Unglücklichsein, das ihn einfach nicht mehr loslassen wollte.

Auf dem für Ärzte reservierten Parkplatz stand ein verbeulter roter Sportwagen direkt neben seinem eigenen. Der Anblick dieses rücksichtslosen Unbekannten steigerte seine Gereiztheit nur noch mehr.

Sarah Fortune fühlte sich wie eine Fremde, fehl am Platz und leicht verwirrt. Die Pardoes erwarteten sie erst gegen Abend, und noch war es früher Nachmittag. Sie hatte mehrere Gründe gehabt, früher als erwartet in Merton anzukommen, konnte sich jedoch nicht entscheiden, womit sie anfangen sollte. Also bummelte sie ein wenig durch die High Street und versuchte sich zu orientieren. Als Ernest Matthewson sie auf ihre Aufgabe vorbereitete, hatte er sich mit Hintergrundinformationen bewußt zurückgehalten. Sie hatte einen Übersichtsplan von der Gegend, ein paar Adressen, und das war's. Sie sollte selbst in Erfahrung bringen, soviel sie konnte, hauptsächlich über die Familie, die sie bezahlte und ihr für die Zeit ihres Aufenthalts eine Unterkunft zur Verfügung stellte. Und so betrat sie aus einer Laune und mangelnder Begeisterung für die vor ihr liegende Aufgabe heraus den Friseurladen. Friseure wissen alles, und außerdem kann man bei ihnen wenigstens sitzen.

»Ach, Sie machen sicher Ferien bei uns, was? Waren Sie nicht schon mal hier? Ich bin sicher, daß ich Sie von irgendwoher kenne.«

»Nein«, antwortete Sarah und lächelte ihr entwaffnendes

Lächeln. »Zweimal nein. Ich werde hier arbeiten. Für die Pardoes. Kennen Sie sie?«

Die Frau, die gerade dabei war, ihr nasses Haar mit einem Handtuch zu bearbeiten, hielt keinen Augenblick inne und gluckste in sich hinein.

»Klar. Jeder hier kennt die. Ich hab nix zu befürchten. Ich zahl regelmäßig meine Miete. Wie finden Sie Mrs. Pardoe? Kommt jeden Montagmorgen, in ihren verrückten Klamotten. Völlig durchgedreht, die Gute, aber immer noch unabhängig, wissen Sie. Vermutlich müssen sie bald wen finden, der sich um sie kümmert. Arme kleine Mouse.«

»Ich habe Sie noch nicht kennengelernt. Sie erwarten mich erst heute abend. Ich dachte, bis dahin seh ich mich ein bißchen um.«

»Und lassen sich die Haare machen? Gute Idee.« Sie warfen sich im Spiegel einen Blick zu. »Föhnen oder wickeln?«

Sarah betrachtete die Reihe mit den vier uralten Hauben, unter denen eine Auswahl dösender Frauen saß, das Haar in Wickler gepreßt, die Hände über den fülligen Bäuchen gefaltet. Ein friedlicher Anblick, besonders im Verein mit den Gerüchen. An Sylvies üppigem Busen jedoch würden Konversation und Coiffure sicher lohnender sein.

»Was für Arbeit machen Sie denn für die Pardoes?« Die Neugier war gedämpft, so harmlos, daß sie nach einer Antwort verlangte. Sarah hatte allerdings noch nie einen Grund dafür gesehen, rückhaltlos ehrlich zu sein, wenn eine vage Ausflucht denselben Zweck erfüllte, und außerdem war sie selbst nicht ganz sicher. Ernest hatte sich so fürchterlich verschwommen ausgedrückt. Sie brauchen einen unvoreingenommenen Blick, hatte er gesagt.

»Oh, es hat was mit dem Haus zu tun.«

Die Frau nickte verständnisvoll.

»Ach ja? Ich hab gehört, es könnte ein paar neue Möbel vertragen. Mr. Pardoe hat ständig neue Teile angebaut. Er war ein Träumer. Hat nie was zu Ende gebracht.«

Vielleicht deutete Sarahs Kleidung, elegant im Vergleich zu dem, was sie draußen auf der Straße gesehen hatte, eher auf Innenarchitektin als auf Juristin hin. Sarah lächelte wieder, während Sylvie rauh, aber geschickt ihr Haar ausbürstete.

»So schlimm?«

»Nun ja, die alte Mrs. Pardoe ist zwar eine gute Seele, kann aber doch nicht mehr viel machen, oder? Die Tochter tut ihr Bestes, der Doktor hat zuviel um die Ohren, nehme ich an, und Edward, dieser gehässige, faule Kerl, taugt zu nichts. Wenn seine Schwester das doch bloß einsehen würde, aber nein, im Gegenteil, sie betet ihn geradezu an. Komische Sache, so 'ne Familie.« Sylvie wandte sich halb nach ihrer Assistentin um. »Mary! Stell Mrs. Smith ab, ja? Sonst schmilzt sie uns noch weg.«

Es war angenehm, so behandelt zu werden, als würde Sarah sie alle kennen.

»Armer Mr. Pardoe«, sagte Sarah mitfühlend. »Wie lange ist es her, daß er gestorben ist?«

»Daß er den Herzinfarkt hatte und vom Dach fiel, meinen Sie? Ein Jahr, schätze ich. Sie müssen nämlich wissen ...«, damit senkte sie die Stimme und schaltete den Föhn ab, »... es gab auch noch anderes, an dem er hätte sterben können, nur glaube ich, hatte er das inzwischen aufgegeben.«

»Was denn zum Beispiel?« hakte Sarah nach. Der Föhn dröhnte wieder los.

»Er hätte auch von 'ner Frau fallen können statt vom Dach«, kreischte Sylvie, brach in heiseres Gelächter aus und senkte dann die Stimme zu einem vertraulichen Flüstern, das so laut war, daß man es im Umkreis von hundert Metern verstehen konnte. »Er hat es toll getrieben, als er jung war. Alles in Ordnung, Mrs. Jones? Sie warten auf mich? Einen Moment noch.« Sie hustete ungeduldig. »Mrs. Pardoe aber war klug«, rief sie. »Sie hat sich nie beklagt. Hat einfach so getan, als ob sie nichts merkte, und gewartet, daß er mit den

Dummheiten aufhört. Am Ende kommen sie doch alle wieder zurück, nicht wahr?«

Sarah nickte, ein wenig unsicher, welcher Art von weltlicher Weisheit sie da beipflichtete. Ihr war es noch nie lohnend erschienen zu warten, daß jemand zu ihr zurückkam. Ihr Kopf glühte, und das Haar sprühte Funken unter der Bürste.

»Wunderbare Farbe«, schrie Sylvie. »Und echt, das seh ich gleich. Hatte schon mal 'ne Kundin mit solchem Haar. Wie hieß sie doch gleich? Oh, hallo. Wen haben wir denn da?«

Die Tür des Ladens hatte sich geöffnet, die Klingel schrillte. Auf der Schwelle stand ein hochgewachsener junger Mann, höchstens einundzwanzig, schätzte Sarah. Trotz seines bemerkenswert guten Aussehens wirkte er irgendwie schüchtern und unsicher. In seinem Schatten stand stolz ein kleiner Junge, dessen Haarfarbe sie an Sand erinnerte. Sarah saß mit dem Rücken zur Tür und wurde von Sylvie verdeckt, konnte die beiden jedoch im Spiegel sehen.

»Was willst du, Rick?« fuhr Sylvie den Älteren an. Es klang rauh, doch in Wirklichkeit freute sie sich, die beiden zu sehen.

»Der Bursche hier braucht einen Haarschnitt. Er hat Kaugummi drin.«

»Bewegt euren Hintern hier raus, alle beide, und schick ihn mir in einer halben Stunde wieder her, in Ordnung? Seht ihr nicht, daß ich zu tun habe? Wollen Sie Haarspray?« Das alles brüllte Sylvie Sarah in einem Atemzug ins Ohr.

Mit einer frisch gewaschenen Haarwolke und ihren spärlichen Informationen ging Sarah Fortune zu Fuß in Richtung Ortsrand, weg von den Menschen und weg vom Meer. Unterwegs kaufte sie Proviant für das Cottage, das die Pardoes ihr zur Verfügung stellen würden, und deponierte alles im Wagen, bis auf die Blumen, die sie mitnahm. Dieser Impuls zwang sie, über den eigentlichen Grund ihrer verfrühten Ankunft nachzudenken. Es ging nicht nur darum, sich umzusehen, sondern um noch etwas weit Wichtigeres. Sie hatte sich in den letzten Tagen, die sie für ihre Entscheidung gebraucht hatte, nach dem Meer gesehnt, doch als es jetzt vor ihr lag, zögerte sie, die Priele, Kanäle und den Kai zu besichtigen, die am Ende der Straße begannen, und verdrückte sich lieber ins Zentrum des Ortes. Weit entfernt von der Metropole, in der sie lebte, war sie, wenn auch nicht gerade ängstlich, so doch zumindest vorsichtig.

Morgen würde sie sich wieder nach dem Meer sehnen, allein der Gedanke daran war aufregend. Wie oft hatte sie ihren naiven Traum von einem bescheidenen Ort wie diesem geträumt, von einem Leben in einem rosenumrankten Cottage? Im Lauf der Zeit war er zu einer Routine, einer vertrauten Fluchtmöglichkeit geworden. Größere Ambitionen als solche und ähnliche Visionen von Privatsphäre und Für-nichts-verantwortlich-Sein hatte sie nicht, sie zogen sich wie goldener Flitter durch ihr Erwachsenenleben. Irgendwie hatte sie das Gefühl, daß Elisabeth Tysall ebenso empfunden haben mochte.

Am Ortsrand stand die Kirche. Laut Karte war es die einzige hier. Tapfer trug sie die Zeichen der Vernachlässigung als Zeugnis für die schwindende Zahl von Gläubigen, die nicht mehr brauchten als einen ständig sich ausweitenden Friedhof und hin und wieder den Segen eines halbvergessenen Gottes. Elisabeth Tysall, zweimal beerdigt, einmal unter einer Sandbank und später hier, hatte beides gebraucht. Ihr geweihtes Grab bildete das eigentliche Ziel von Sarahs Pilgerreise. Die neueren Gräber lagen auf einem Feld, das weniger attraktiv war als die moosüberwachsenen Steine, die schief gegeneinanderlehnten wie Zechkumpane auf dem Nachhauseweg. Ihre Inschriften waren nicht mehr leserlich, und zwischen ihnen wucherte Gras.

Die Gräber aus den letzten beiden Jahren wirkten weniger

fröhlich, denn an sie erinnerte man sich noch und bürdete ihnen mit toten Blumen eine Menge Trauer auf. Manche wirkten bereits leicht vernachlässigt, andere zeigten Spuren frischer Bepflanzung. Eine behelfsmäßige Holztafel trug die Inschrift von Elisabeths Namen. Niemand hatte einen Stein bestellt, aber Charles war ja ebenfalls umgekommen, nicht wahr, kurz nachdem sie identifiziert worden war. Drumherum wuchs nur Gras. Die Gräber rechts und links trugen weiße Grabsteine, und auf der einen Seite blühten Stiefmütterchen, auf der anderen welkte ein müder Blumenstrauß in einem Plastikbehälter.

Elisabeth, die sich den Falschen für ihre Liebe ausgesucht hatte. Sarah hätte am liebsten um sie geweint.

»Es tut mir leid«, sagte sie. »Es tut mir so leid. Ich hätte früher kommen sollen. Vielleicht weißt du, wie es ist. Ich hätte zu deiner Beerdigung kommen sollen, aber damals kannte ich die Geschichte nicht. Ganz auch heute noch nicht. Ist überhaupt jemand zu deiner Beerdigung gekommen?«

Sie merkte, daß sie so laut sprach wie eine Frau mit ihrer Nachbarin, eine Person, die sich sachlich gab, sich ihrer Gefühle schämte und sich doch von ihnen überwältigen ließ. Sarah teilte das Gras, um die Blumen hinzulegen, und wünschte dabei, einen größeren Strauß gekauft zu haben. Es gab keine Regung auf dieser Welt, derer sie sich geschämt hätte, abgesehen von Geiz. Hier lag eine junge, schöne Frau, die Selbstmord begangen hatte: Niemand trauerte um sie, niemand nahm Notiz von ihr, und das war eine Schande. Sarah begann das Grab zu säubern, bis ihre Finger auf etwas Spitzes trafen und sie die Hand rasch zurückzog. Blut tropfte von ihren Knöcheln, sie saugte daran und hockte sich erneut neben das Grab, um zu sehen, was es gewesen war. Im Gras verborgen lauerten ein paar Disteln, verwelkt und zu einem Strauß gebunden, der unter einem Bund langer, dunkelroter Rosen lag. Sie hätte nicht sagen können, wie alt sie waren, doch unter ihrer Berührung zerfielen sie. Sarah legte ihre Margeriten auf den unteren Teil des Grabes, nicht in Höhe des Herzens. Die Stille an diesem Ort war unheimlich.

Etwas weiter weg sammelte sich ein Schwarm schwarzer Krähen. Vor zwei Jahren war Elisabeth Tysall, Charles Tysalls Frau, bei Ebbe durch die Priele gewandert. Man hatte sie zum Opfer eines Unfalls erklärt. Sarah hörte Charles' kultivierte Stimme, der ihr erläuterte, warum Strafen notwendig waren, und wußte, daß diese Version nicht stimmte. Seine Porphyria hatte sich zwischen die Lavendelbüsche gelegt und gewartet, daß das Meer sie holen kam. Vielleicht hatte sie ihren Körper selbst mit Sand bedeckt, um ein Jahr lang darunter begraben zu bleiben, bis die Sandbank von einer Sturmflut aufgewühlt und ihre Leiche herausgeschwemmt wurde.

»Warum?« fragte Sarah sie. »Du hast ihn gewinnen lassen. Ich wünschte, ich hätte dich gekannt.« Rothaarig warst du, genau wie ich. Eine Schönheit. Jemand hätte um dich trauern müssen. Nicht nur Charles, der dich auf seine perverse Weise liebte, der dir ins Meer gefolgt ist, um deine letzte Ruhestätte zu finden, und dann in der gleichen unberechenbaren Flut ertrunken ist.

Sarah warf noch einen Blick auf das Grab, die trockenen Rosen und die verächtlichen Disteln. Wer hat dich geliebt, wem hast du etwas bedeutet, wohin bist du gegangen? Du und ich, wir hätten Freundinnen sein können.

Wieder fiel ihr die Stille auf, die in den Ohren brannte, und mit einemmal sehnte sie sich nach dem Klang einer menschlichen Stimme. Die Eindringlichkeit dieser Stille, das Fehlen jeglichen Vogelgezwitschers veranlaßte sie, sich umzusehen, und zum erstenmal bemerkte sie den Dunst des mittlerweile späten Nachmittags, der die Sonne verdeckte und das Pförtchen, das zur Kirche führte, zu verschlucken drohte. Sie stand da und sah hinab auf die Margeriten.

Ein Grabstein für Elisabeth Tysall, irgend etwas, um an ihr Leben zu erinnern. Jemand mußte sich darum kümmern.

Etwas Großes und Schönes für eine Frau, die ebenso verzweifelt hatte leben wollen wie die, die in diesem Moment auf die Blumen hinabstarrte.

Sarah ging zurück zu der Stelle, wo sie den Wagen hatte stehen lassen, und erwischte auf der Suche nach der Küstenstraße die falsche Abzweigung. Der rote Sportwagen mit der Beule im Kotflügel kroch über die Landstraße, befolgte die Anweisungen und fuhr wie die Einheimischen im zweiten Gang. Den Ort als Stadt zu bezeichnen war irreführend: Es war ein Dorf. Sie stellte sich vor, wie die Bevölkerung vom Hinterland samstags abends hier einfiel: wie Cowboys aus der Wüste, auf der Suche nach Alkohol und Vergnügen. Eine Fish-and-Chips-Fassade und eine viktorianische Kehrseite – so hatte Ernest es beschrieben. Eine Art Hafen, flankiert von einer Spielhalle und Schildern mit der Warnung: »Parken Sie nicht am Strand, die Flut könnte Ihren Wagen mitreißen.« Fahren Sie über den Kai, hatte Ernest gesagt, und achten Sie auf keine Abbiegung. Fahren Sie einfach weiter geradeaus, von der Hauptstraße weg, behalten Sie das Meer linker Hand, bis der Weg endet. Da steht das Haus, höchstens eine halbe Meile entfernt. Sie können es gar nicht verfehlen.

Sie hatte es verpaßt, weil sie um die Stadt herumgefahren war, aus lauter Neugier, und dann plötzlich in einer schmalen Straße vor einer mit Stockrosen bewachsenen Mauer stand. Hinter ihr wartete jemand geduldig. Sie fuhr zurück zum Kai, der jetzt ganz von Nebel verhüllt war, und fragte sich, was Ernest wohl damit gemeint hatte, das Meer linker Hand zu behalten, wo sie keinen Schimmer von Wasser entdecken konnte. Die zurückweichende Flut füllte einen schmutzigen kleinen Kanal draußen jenseits der braunen Sandbänke, hinter denen irgendwo das unsichtbare Meer beginnen mußte. Hinter ihr leuchteten die grellen Lichter des Spielsalons, und der Krach war ohrenbetäubend. Leute saßen auf einer Mauer, die den Kai von der Straße trennte, und aßen Fish and Chips. Es roch nach Salz, Essig und Petroleum. Alles war so schlampig und so normal, ein schäbiges Ferienleben, nichts Unheimliches in den Abfällen, die die Fußgänger hinterließen. Der Nebel war eher verwirrend als furchterregend: Er legte sich wie eine Decke um sie und ließ es früher als gewöhnlich dämmern. Plötzlich begriff sie, daß sie nun doch zu spät bei den Pardoes ankommen würde.

Ein Kuchen stand auf dem Tisch, die völlig mißratene Karikatur einer Torte, die aussah, als wäre sie aus Knetgummi. Zwei Schichten feste Masse, zusammengehalten durch eine klebrige Glasur, die statt mit Zucker mit Mehl angerührt worden war. Einer von Mutters halbwegs gelungenen Versuchen einer Beschäftigungstherapie, dachte Julian. Anschließend sah die Küche jedesmal aus wie ein Schlachtfeld. Zu ihren besten Zeiten war die Küche durchaus akzeptabel, trotz Edwards Angelutensilien, und obendrein der älteste Teil des zusammengestückelten Hauses. Es gab einen großen Tisch aus Kiefernholz, hohe, schwere Stühle, die nicht zusammenpaßten, und einen altmodischen Raeburn-Herd, den Joanna liebte, trotz der Arbeit, die er machte, und seiner Unzuverlässigkeit. Ein schwerer, vor sich hinsummender Kessel stand darauf. In der Küche war es immer warm. Im Gegensatz dazu wirkte der Vorratsraum neben dem uralten Kühlschrank angenehm frisch. Es war eine große Kammer mit Steinfliesen auf dem Boden, Fliegengittern vor den Fenstern und hellen Regalen voller Lebensmittelvorräte. Auf dem Boden standen zu allen Zeiten zwei bis drei Eimer mit Edwards stets überreichlich vorhandenen Fischködern, Würmern aller Art, in schlichtes Zeitungspapier verpackt und ganz sicher keine Proteinquelle für die Bewohner des Hauses.

Der Kuchen, so erklärte Mutter in einem ihrer seltenen verständlichen Sätze, sei für den Gast bestimmt. Joanna betrachtete ihn voller Grauen. Wenn Mutter doch bloß nicht immer solche Dummheiten machen würde.

»Sie ist spät dran, die Juristenschlampe, zum Glück. Blöde Kuh. Nichts ist fertig.« Joanna war gereizt, Julian ebenfalls.

»Reg dich bloß nicht auf, das steht dir nicht. Was soll ich tun? Mir den Kopf darüber zerbrechen, welchen Eindruck wir machen? Im übrigen bezweifle ich, daß sie eine Schlampe oder eine Kuh ist, und beides zusammen ist sowieso unmöglich. Sie ist nichts weiter als eine Angestellte.«

»Dann haben wir ja jede Menge gemeinsam«, fauchte Joanna. »Bloß werde ich nicht bezahlt.«

»Nein, dafür ist aber nicht zu übersehen, wie wohlgenährt du bist«, antwortete Julian. Das war das Ende der Auseinandersetzung. Ihr Krach führte zu einer Verzögerung, die der Käsesoße den Garaus machte. Joanna mußte von vorn anfangen, und das war der einzige Grund, warum sie nicht in Tränen ausbrach. Der gedünstete Heilbutt konnte weiß Gott keine Extraportion Salz vertragen.

Ungeduldig stellte Julian zwei Angeln gegen die Wand. Edwards Angelgerät schien sich in allen Räumen des Hauses auszubreiten, nur in seinem eigenen nicht. Wohin immer Julian ging, stolperte er über Edwards bewußte Versuche, Eindruck zu schinden und gleichzeitig alles mit Beschlag zu belegen. Angeln und Edward paßten eigentlich gar nicht zusammen. Er tat es bloß, um männlich zu wirken wie sein Vater.

»Hast du dir ihr Zimmer angesehen?« fauchte Joanna. »Du weißt schon, das Cottage. Ich nehme an, wenigstens das hast du fertiggebracht, oder?« Es war der armselige Versuch, sarkastisch zu sein, doch ihre Stimme war viel zu schrill, um Wirkung zu zeitigen.

»Ja, aber ich sehe nicht ein, warum du Ed nicht zuerst gefragt hast. Immerhin ist er viel mehr zu Hause als ich. Es ist in Ordnung. Ein paar Blumen könnten allerdings nicht schaden.«

»Sie ist doch bloß eine Angestellte«, zischte Joanna, überaus zufrieden mit sich selbst. Doch verflog dieses Gefühl im Nu. Sie hätten nicht von Blumen sprechen oder auch nur daran denken dürfen. Mutter vermochte ein Wort auf eine Meile Entfernung zu spüren, ebenso einen Streit oder wie man alles noch schlimmer machen konnte. Sie hatte einen unfehlbaren Instinkt dafür, wie auf Stichwort hin zu erscheinen, in der falschen Rolle und unweigerlich auch im falschen Kostüm, so wie jetzt, als sie plötzlich im Eingang der Küche stand, einen riesigen Strauß Löwenzahn in der einen Hand und ein Bund Kapuzinerkresse in der anderen. Aus ihrer Manteltasche lugte eine volle Weinflasche. Unter dem Regenmantel sah ein Abendkleid hervor, und im Haar trug sie drei Straußenfedern. Julian nahm ihr den Wein ab und stellte ihn in einem geschickten Manöver, hundertmal praktiziert und bar jeder Menschlichkeit, auf den Tisch. Mutters Augen füllten sich mit Tränen. Sie ist schon immer so aufreizend hilflos gewesen, dachte er. Sie hatte sich ihren Spitznamen Mouse wirklich verdient – und wie ihre Tochter hatte sie viel zu nah am Wasser gebaut. Keine von beiden konnte für ihre Überzeugung eintreten.

»Warum hast du das getan, Liebling? Oh, ich habe Hunger.« Unsicher trippelte sie auf ein Häufchen geriebenen Käse auf einem Holzbrett zu.

»Nein, hast du nicht«, sagte Joanna. »Rühr das nicht an, hörst du? Was willst du?«

»Etwas zu essen, glaube ich. Nur ein ganz kleines bißchen. Mögt ihr meinen Kuchen nicht?« Sie stand inmitten der Bühne und lächelte die beiden aus hellen, wässrigen Augen an.

»Wirst du dich zum Dinner umziehen?« fragte Julian ironisch.

»Soll ich? Es ist doch bloß eine Schlampe oder blöde Kuh, habt ihr gesagt. Ich wollte ihr gerade ein paar Blumen ins Zimmer stellen...«

»Nein!« rief Joanna. »Das tust du nicht. Nicht nachdem ich dort gefegt, Staub gesaugt und neue Handtücher aufgehängt habe – kommt nicht in Frage!«

Mutters Oberlippe zitterte. Sie betrachtete ihre Hände, die mit dem Unkraut und die andere.

»Doch, das werde ich«, murmelte sie. »Ich bin sicher, daß die blöde Kuh sie mag.«

Sie trippelte seitlich auf die Tür zu, eiliger als eine Krabbe, und im selben Augenblick schrillte die Glocke. Über all der Streiterei hatte niemand auf das Geräusch eines Motors geachtet, der normalerweise von weit her schon zu hören war. Jeder kannte den Klang ihrer diversen Autos, die draußen parkten wie eine Reihe von Wächtern. Edward heuchelte chronische Taubheit in seinem Wachtturm, gab vor, kitschige Schinken zu malen und Gedichte zu lesen. Seine Schwester hielt sich, indem sie kochte und vorgab, das sei genug. Julian betrachtete das alles voller Verzweiflung. Mutter war agil. Sie erreichte die Tür als erste, wußte nicht, wie sie die Klinke mit zwei vollen Händen herunterdrücken sollte, trat einen Schritt zurück und grinste wie eine Katze. Edward sprang in großen Sätzen die Treppe hinab und strich dabei seine große, schlaffe Krawatte glatt. Joanna stand einfach nur da, und Julian zögerte. Sie waren nicht an Gäste gewöhnt.

Dann ertönte ein Klopfen. Keiner von ihnen brachte es fertig, die Tür zu öffnen. Das würde ihre Besucherin wohl selbst tun müssen.

Schließlich betrat eine Gestalt die düstere Halle. Mutter taumelte vorwärts, noch immer grinsend, und warf Sarah Fortune die Blumen vor die Füße.

»Oh«, sagte ihr Gast ohne das geringste Anzeichen von Verwirrung. »Das wäre aber nicht nötig gewesen.« Sie bückte sich, um den Löwenzahn aufzuheben, sorgfältig und rasch, wie jemand, der daran gewöhnt ist, mit großem Respekt Unkraut zu jäten. Fasziniert sahen sie zu. Als Julian das grausame Licht einschaltete, hatte sie sich bereits wieder aufgerichtet und die Blumen zu einem sauberen Sträußchen zusammengesteckt. Von Kopf bis Fuß in Khaki gekleidet, sah sie aus wie eine Prinzessin mit ihrer gebräunten, sommersprossigen Haut, dem roten Haar, das sich über die Schultern ergoß, und dem dunkelbraunen Gürtel um die Taille. Sie trug nichts, das nicht völlig neutral war, und schien doch ein Wust von Farben. Ein humorvolles Gesicht, ein gerades Kinn und ein Lächeln, das die Blumenspenderin umarmte. Nicht schön, sondern einfach bezaubernd.

Mutter hob feierlich den letzten Löwenzahn auf. Sarah verbeugte sich und steckte ihn sich vorn in den Ausschnitt. Mutter strahlte.

»Macht es Ihnen etwas aus, gleich hereinzukommen? Das Essen ist fertig. Keine Zeit zum Frischmachen oder dergleichen.« Joannas Stimme klang grob.

Sarah nickte. »Natürlich. Es tut mir wirklich leid, daß ich so spät dran bin. Alles wäre gutgegangen, aber ich bin so dämlich, ich habe mich tatsächlich verfahren.«

»Dämlich!« Mutter fing an zu kichern. Sarah schüttelte ihr die ausgestreckte Hand.

»Was für herrliche Federn«, sagte sie. »Ich wünschte, ich könnte so was tragen.«

Es war dunkel und einsam in den Kiefernwäldern, die die Dünen bedeckten und zum Strand führten, doch als der Mann mit dem schneeweißen Haar zum Rand der letzten Erhebung kam, raubte der Wind unter dem weiten, rasenden Himmel ihm dermaßen den Atem, daß er zusammenfuhr. Die Erinnerung spielte einem solche Streiche. Er hatte sich gezwungen, in seinem üblichen Marschschritt so weit zu gehen. Das Meer hätte viel näher sein müssen als diese ferne, spöttische Verheißung. Die Flut war eine wankelmütige Frau, die keinen Befehlen gehorchte. Wie Elisabeth. Wie Sarah, die er voller Verwunderung an Elisabeths Grab gesehen hatte. Es hatte eine Zeit gegeben, da er ihre Zurückhaltung als Zeichen von Unschuld verstand. Jetzt wußte er es besser: Sie war schuldig, und diese Schuld würde sie sühnen. Wie Elisabeth. Der Mann betrachtete den Horizont, ohne Details wahrzunehmen, empfand keinen Schmerz und zählte nur die Minuten.

Drei

Alle starrten Sarah mit offenem Mund an. Es war Liebe auf den ersten Blick. Vor dem Tischgebet, vor dem Essen. Vor der zweiten Portion angebrannter Käsesoße und bevor irgendwem das gespenstische Bimmeln des Eiswagens in der Ferne auffiel. Nach einer vollen Sekunde Schweigen erstarb das Geräusch schließlich. Mutter klatschte in die Hände.

»Was, zum Teufel, hat er schon wieder hier zu suchen?« fauchte Edward. Sarah wandte ihm ihren Blick zu. Er sackte in sich zusammen.

»Ich fürchte, es ist meine Schuld. Ich habe vor einem – wie heißen sie doch gleich? Spielsalon? – anhalten müssen, um nach dem Weg zu fragen, und dieser junge Mann hat mir angeboten, mich hier rauszulotsen. Ich fand das sehr nett von ihm. So eine Eskorte hab ich noch nie gehabt.« Joanna war rot wie eine Tomate geworden. Es war ihr egal, ob das Essen genießbar war. Spontane Liebe wechselte mit spontanem Haß und dann wieder Liebe, während sie in die Küche floh. Edward wirkte belustigt. Das war nur eine Frau, nicht die Angestellte mit dem durchdringenden Blick, die er befürchtet hatte. Sie war zu attraktiv, um eine Bedrohung zu sein. Allein Julians Verhalten war beinahe brüsk, er zitterte ein wenig und schien nicht imstande, den Blick von ihrem Haar zu wenden.

Draußen blökte Hettie, das Schaf. Mutter hatte ihr eine Leine um den Hals gelegt. Nur ein Junge namens Rick bemerkte es und dachte voller Wärme daran, während er zur Arbeit zurückfuhr.

Stonewall trieb sich im Spielsalon herum, solange er konnte und sich traute, krank vor Unruhe und wohl wissend, daß man ihn früher oder später verscheuchen würde. Zwanzig Minuten ungefähr war es das reine Glück gewesen. Da hatte er die Verantwortung gehabt, als Rick von einem Sprung zum Kai zurückkam, mit jemandem redete und dann sagte, er sei mal eben fünf Minuten weg und ob Stonewall solange aufpassen könne? Der Spielsalon gehörte Ricks Dad, der eine Art Onkel war, wie jedermann hier, aber auf keinen Fall Stonewalls Lieblingsonkel. Vor allem nicht, als er betrunken hereinschaute und Stonewall neben der Kasse stehen sah. Das würde Ärger geben, wenn Rick wiederkam, und deshalb hing Stonewall immer noch hier rum, denn irgendwer mußte Rick schließlich vor seinem Dad beschützen.

Es nützte nichts. Trotz seines neuen kurzen Haarschnitts, den er die ganze Zeit mit nervösem Stolz berühren mußte, hatte Stonewall keine Macht, und deshalb hätte er am liebsten geschrien. Schlag lieber mich, wollte er zu Ricks Dad sagen, als hätte Rick das je zugelassen. Statt dessen ging der griesgrämige Mann noch auf einen Drink oder zwei los, kam zurück, packte Stonewall an seinem freirasierten Ohr und schob ihn auf die Straße hinaus. Rick hielt ihn nicht davon ab.

»Mach, daß du weiterkommst«, sagte er sanft. »Bis morgen.« Stonewall hätte dem Kerl am liebsten gegen das Schienbein getreten und laut losgeschrien. Ricks Dad mochte keine Zeugen.

»Geh weg«, murmelte Julian im Schlaf. »Arzt, hilf dir selbst.«

Er träumte von einem Mädchen mit rotem Haar, das den Strand entlanggelaufen kam. Den Hintergrund des Traumes bildete der durchdringende Kirmeslärm aus dem Spielsalon, als könnten die Geräusche die halbe Meile bis ins

Haus herüberdringen. Julian Pardoe wachte anf, konnte nicht wieder einschlafen und verfluchte sich dafür. Es gab keine Entschuldigung, keinen Grund zur Beunruhigung. Die Mahlzeit war angenehmer als erwartet verlaufen, der Gast, dessen Sachverständnis ihm womöglich eine wahre Bürde von den Schultern nehmen würde, der Inbegriff von Charme. Damit hatte Sarah ihre wachen Augen eher verschleiert als versteckt und auch jenes unübersehbare Talent, Dinge wahrzunehmen, das er irgendwie spürte. Julian hatte das Gefühl, daß sie ihm bis auf den Grund seiner Seele sehen konnte und auch die Scham darin entdeckt hatte, tat das jedoch als die Art von Hirngespinst ab, die von Rotwein und übermäßig schwerem Essen herrührte. Außerdem besaß er gar keine Seele, die er hätte offenbaren können. Tagsüber ging er wie ein Roboter seinem Beruf nach, und nachts war er ein Häuflein ruheloser Glieder, geplagt von allen möglichen Phantasien, nur weil es ihm peinlich gewesen war, sie so anzustarren, weil er zuviel in diesen blauen Augen gelesen und sich erneut von jener gräßlichen Schuld und Verzweiflung hatte überwältigen lassen. »Lassen Sie sich Zeit«, hatte er zu Miss Fortune gesagt, formell bis über das Maß reiner Unhöflichkeit hinaus, und sich da schon gefragt, wie rasch er Ernest Matthewson anrufen und diesen hundertkarätigen Diamanten wieder in die Sicherheit seiner eigenen Stadt zurückbeordern lassen konnte.

Dennoch ertappte er sich bei einer Einladung: »Kommen Sie morgen in meine Praxis, und ich erzähle Ihnen ein bißchen über das Vermögen, dann können Sie sich für den Rest des Wochenendes den Kopf darüber zerbrechen. Sie brauchen übrigens nicht das Gefühl zu haben, daß Sie die Mahlzeiten mit uns einnehmen oder auch nur hier bleiben müßten.«

Edward spielte die Rolle des ernsten, unkonventionellen jüngeren Bruders, der Gedichte zitierte und das Land beschrieb. Er erweckte den Anschein, als gehöre alles um sie herum ihm, und plusterte sich auf, bis er aussah wie ein kleiner Mann mit einer großen Karriere, eher sein Vater als der Sohn, der bei allem gescheitert war, was er angefangen hatte. Ihr Gast lauschte aufmerksam. Mutter häufte den Rest des Fischs auf den Teller der Fremden, während Julians Schroffheit seine Schwester erschreckte. Nichts davon schien Sarah zu stören. Julian hatte alles regeln, die Familie absichern wollen, aber nicht so. Nicht mit Hilfe einer Frau mit solchem Haar und solch ruhigen, belustigten Augen.

Sie hatten sie zum Cottage gebracht, und das Schaf mit dem verwachsenen Horn, das im Garten lebte und von Mutter gefüttert wurde, war ihnen gefolgt. Miss Fortune schien auch das nichts auszumachen. Es gab nichts, das sie aus ihrer schrecklichen, alles sehenden, allwissenden Ruhe bringen konnte.

Julian wälzte sich unruhig hin und her. Er hörte das Ächzen der Treppe, wie so häufig, und auch diesmal wollte er nicht nachsehen gehen, woher es kam. Wahrscheinlich war es Mutter, die durchs Haus geisterte, oder Edward, der zum Angeln aufbrach. Er wollte es nicht wissen. Er konnte nicht den ganzen Tag auf sie aufpassen, schon gar nicht nachts. Jedenfalls solange Edward sich nicht in Joannas Zimmer schlich, was bisher noch nicht vorgekommen war, jedoch über der Familie hing wie ein Damoklesschwert. War es wirklich unmoralisch, wenn Julian sich wünschte, daß seine Schwester ihre Jungfräulichkeit an den ersten jungen Mann verlor, der versuchte, sie ihr zu nehmen? Denn genau das tat er. Wenn sie doch bloß weggehen würde, bevor irgendeine Dummheit aus Begierde ihr ganzes Leben verpfuschte... besser, wenn Edward zum Angeln ging, auch wenn er dabei bloß den Strand beschmutzte, Schnüre und Haken herumliegen ließ, ohne an die Robben zu denken, so wie er das Haus mit seiner Ausrüstung und die Speisekammer mit Eimern voller weichschaliger Krabben und Würmer für die Merlane verunstaltete.

Die Stille der Nacht verstärkte das Rasen seiner Gedanken. Julian empfand Verantwortung, aber ohne jede Überzeugung oder Zuversicht. Er hatte allen Respekt vor sich selbst erstickt, und am Schluß stand er nur mit seinem ohnmächtigen Wissen da.

In weiter Ferne glaubte er einen Schrei zu hören.

Würmer unter diesem Schlamm: gute Köder.

»Du hast ja keine Ahnung, Junge. Keine Ahnung. Du kennst nicht mal den Unterschied zwischen deinem Arsch und deinem Ellbogen, geschweige denn daß du wüßtest, wohin mit deinem Pimmel, als wüßtest du überhaupt je, was du willst. Der Eiswagen ist von oben bis unten versaut. Willst du ihre Muschi etwa auch so versauen? Ist das alles, was du im Kopf hast?«

Dann folgte ein tiefes Stöhnen. Das Geräusch des Stiefels, der auf eine Rippe traf, war für sich allein genommen nicht vernehmbar, wäre da nicht die Luft gewesen, die zerteilt wurde, und der Schmerz, den der Junge unterdrückte. Die beiden waren voller Schlamm. Der Junge wälzte sich von der Düne weg, seine linke Schulter lag im Schlamm. Schwarzer Schlamm gluckste, wo sein Ellbogen unter die Oberfläche sank. In seinem Mund war Blut, es schmeckte nach Eisen, Salz und Schleim. Rick dachte an die Würmer unter der Oberfläche, stellte sich vor, wie ihm etwas die Kehle hinabglitt, und kämpfte, um sich hustend und würgend aufzusetzen.

»Ich hätte dich umbringen können, Dad.«

Es klang müde. Er wehrte einen weiteren Tritt in die Rippen ab und dankte dem Himmel, daß die Stiefel so schwer von Schlamm waren, daß sein Vater sie kaum mehr heben konnte. Es hätte schlimmer kommen können und war häufig schlimmer gewesen. Kein Tritt zwischen die Beine diesmal. Er hatte sich einfach auf den Rücken gedreht und gewünscht, daß er schon früher auf diesen Trick gekommen wäre, bevor der Schaden passiert war und bevor er merkte, daß das Ritual der Gewalt viel schneller vorbeiging, wenn er sich nicht wehrte. Bleib liegen, laß den Stiefel machen, vergiß die Scham.

»Mich umbringen, du kleiner Scheißer? Mich umbringen! Du kannst doch keiner Fliege was zuleide tun! Du läßt den Zwerg mit der Kasse allein und saust hinter dieser blonden Schlampe her? Du müßtest mal Tauziehen lernen, Bürschchen. Mit einem Haken. Ich würd ihn dir eigenhändig durch den Mund ziehen. Oder den Arsch.«

Der Junge wehrte sich nicht, als er aus dem Schlamm gezerrt und geschüttelt wurde. Dann fiel er wieder zurück. Er hätte seinen Vater packen und ihm die Zähne einschlagen können, doch er blieb liegen wie eine Marionette und lauschte dem Atem in seiner Brust. Aus dem Augenwinkel konnte er die Lichter von der Fassade des geschlossenen Spielsalons auf dem Wasser tanzen sehen, ein wenig verwischt vom Nebel. Er hörte, wie die Flut rasch und tief durch seinen Kopf rauschte und in jeder Faser seines Körpers pochte. Dad hob das Gesicht und schnüffelte wie ein Hund.

»Wir hauen besser ab«, murmelte er. »Das Wasser kommt.« Plötzlich war ihm kalt, er zitterte, das Adrenalin verpuffte und löste sich von einer Empfindung, die dem, was er an Scham aufbringen konnte, noch am nächsten kam. Schluß mit den Schlägen, dem Brüllen und Keuchen am östlichen Ende des Kais. Der Junge hatte recht. Er war stark. Er konnte es mit seinem alten Dad jederzeit aufnehmen: Besser, er sah sich vor.

»Komm nach Hause, Junge«, sagte sein Vater, beinahe unterwürfig, so wie immer, wenn es längst zu spät war. »Du holst dir noch den Tod.«

»Ich hab mein eigenes Zuhause!«

»Du könntest ein heißes Bad vertragen. Und ich auch.«

»Ich könnte ein Paar neue Eier vertragen, nach allem, was

du mir im Lauf der Jahre angetan hast. Jetzt reicht's, Dad, hast du verstanden?«

Komisch, sie unterhielten sich wie zwei Kumpel, die betrunken losgezogen waren, um die Sterne zu betrachten. Sie kämpften sich die Düne hinauf. Nach Mitternacht, still wie in einem Grab. Diese Entschuldigungen, verblümt und demütig, waren das, was Rick an Dads trunkener Gewalttätigkeit am wenigsten ertragen konnte.

»Ich dachte, du wärst draußen im Boot mit dem Pardoe-Flittchen. Wehe, du rührst sie an. Du weißt, was dir dieser pickelige kleine Mistkerl gesagt hat. Laß seine Schwester in Ruhe. Kein Job sonst, kein Spielsalon, kein nichts. Uns geht's gut, Junge. Bring das Boot nicht zum Schaukeln.«

Rick zupfte an seiner Hose und versuchte sich ein Lachen abzuringen.

»Ich laß sie in Ruhe, Dad, aber ich hab meine eigenen Gründe.«

»Erzähl mir doch nichts! Du läßt sie in Ruhe? Du warst heute zweimal oben am Haus, bist mit dem Eiswagen über den Holperweg gebrettert. Ich hab dich gesehen, hab's gehört. Irgendwelche Kids hätten mit der Kasse durchbrennen können, und du läßt einfach alles stehen und liegen.«

Rick holte tief Luft. Es schmerzte gerade so sehr, daß er wußte, er würde es überleben.

»Beim erstenmal war ich da, weil Mrs. Pardoe gern Eis ißt, die arme Alte. Und beim zweitenmal, weil diese Frau in den Spielsalon gekommen ist und nach dem Weg gefragt hat, verstehst du? Hat gesagt, daß sie da oben arbeitet. Lieber Himmel, sie sah einfach klasse aus. Bißchen alt, aber klasse.«

Dad grunzte. Manchmal erkannte er die Wahrheit, wenn er sie hörte, aber nicht immer.

»Was soll das heißen, alt?«

»Dreißig. So ungefähr. Hat gesagt, sie wär Anwältin. Tolle Frau.«

Sein Vater brach in lautes Gelächter aus und legte seinen großen, dicken Arm um die Schulter des Jungen. Rick zuckte zusammen. Schon möglich, daß der alte Mann jetzt so tat, als hätten sie sich versöhnt, aber es war nicht das erste Mal, und jetzt reichte es. Alles, was er wollte, war ein heißes Bad und etwas Schlaf. Und einen Traum. Daß er den Spielsalon ganz allein führte. Daß er mit Jo Pardoe im Meer herumtollte. Oder im heißen Sand lag...

»Alt! Dreißig! So, so, hast also mit dem verdammten Eiswagen einer Anwältin den Weg gezeigt. Das schlägt ja wohl alles!«

Rick sah schon vor sich, wie er die Story im Globe, im Ark Royal oder im Golden Fleece zum besten gab; es kam nicht drauf an. Wieder senkte sich der nasse, schwere Arm auf seine Schultern, und Rick protestierte nicht. Seine Hand fuhr sich zwischen die Beine. Diesmal fühlte sich nichts mehr taub an. Seine Kleider waren naß und stanken, sein Körper war unvorstellbar müde.

Was für ein Leben. Man rackerte sich ab, bloß um diesen Körper zu erhalten, ganz zu schweigen von den Träumen. Viele waren nicht übriggeblieben. Und der Körper taugte auch nicht viel. Jedenfalls nicht genug, um bei Joanna Pardoe landen zu können.

Das Schaf hatte Sarah überrascht. Es hatte ihr bis in das komische kleine Cottage folgen wollen, das als letztes von dreien in völliger Abgeschiedenheit links vom Haus stand. Wahrscheinlich war das Ganze früher eine Farm, hatte Joanna gesagt, redselig und schüchtern zugleich, ein nettes, nervöses Kind. Vor Jahren haben vermutlich Arbeiter hier gelebt. Dad hatte mal eine Farm haben wollen, aber er wollte ja immer alles, und das auf einmal. Tut mir leid, daß Sie nicht das beste erwischt haben, aber in dem hat's vor ein paar Wochen gebrannt, und wir wissen bis heute nicht, wieso. Vielleicht war es der Dorfgeist, wir haben diesen

Sommer einen neuen. Gute Nacht, schlafen Sie gut, und träumen Sie was Schönes.

Das Cottage war so klein wie eine Schuhschachtel, das Wohnzimmer ging in die Küche über, eine Treppe führte ins Schlafzimmer hoch, ein winziger Raum unter dem Dach. In einer halben Minute hatte man alles gesehen. Im Schlafzimmer entdeckte sie ein sturmfestes Fenster, das offenstand, um ein bißchen Luft hereinzulassen. In der Brise blähten sich hübsche Chintz-Vorhänge. Irgendwer hatte offensichtlich sporadische Anstrengungen unternommen, das Häuschen mit seinem uralten Boiler, dem noch älteren Klo, rasselnden Rohren und dem dünnen, gerippten Teppichboden, auf dem man eisige Füße bekam, etwas wohnlicher zu gestalten. Im Kleiderschrank mit der losen Tür hingen zwei Bügel, und das Bett war viel zu weich.

Sie war auf absurde Art enttäuscht, daß sie das Meer nicht hören konnte, und überließ der Anwältin in sich das Feld, um dieses Gefühl zu ersticken. Was wußte sie über die Pardoes, was erwarteten sie von ihr? Sie hatte einen vagen Eindruck von den verschiedenen Persönlichkeiten, aber keinen Schimmer von ihren angeblichen Reichtümern. Da war Julian, der Arzt, sandblond, mürrisch, gehetzt und müde, und Edward, ein gerissener kleiner Angeber, sorgsam auf sein Image als schwarzes Schaf der Familie bedacht, Joannas ein und alles. Das Mädchen, voll süßer Unschuld und zutraulich wie ein junger Hund, das über ihre Mutter wachte, als wolle jemand sie ihr wegnehmen, während die Mutter selbst die schrillen Rituale ihrer Verrücktheit übersteigerte und abwechselnd komisch und provozierend war. Finden Sie heraus, welche Träume sie haben, hatte Ernest gesagt. Finden Sie das heraus, und dann entwickeln Sie einen Plan, um das Geld gerecht zu verteilen. Dazu sind Anwälte da. Doch statt dessen mußte Sarah an Elisabeth Tysalls durchkreuzte Träume denken, welche Farbe sie für den Grabstein aussuchen sollte und welche Pflanzen für das Grab.

Die Luft vom Fenster war wie eine Droge, die ihr die Augen schloß, wenn das Bett auch kalt war. Nicht klamm, aber doch kalt vor Einsamkeit, die von der Stille noch gesteigert wurde. Keine ferne Musik, keine Rufe, Schritte, kein summendes Großstadtleben, wo weder Stille noch Dunkelheit je vollkommen sind. Und dann füllte sich das eisige Vakuum ihres Bettes mit Panik über das Alleinsein und klebrigem Angstschweiß.

Ihre Finger berührten ihr Gesicht. Um ihre Augen bildeten sich die ersten Falten. Sie konnte große Fetzen der Haut nehmen und hochheben, konnte die Kopfhaut vom Schädel ziehen, die Narben auf Schultern und Armen spüren, sich zwingen, an das heilende Meer zu denken, das alles kurieren würde. Schweiß rann ihr über den Rücken, bevor sie einschlief. Es war ganz und gar nicht das Landleben, von dem sie geträumt hatte.

Der Tag hatte nicht die geringste Ähnlichkeit mit der Nacht. Nach dem Versinken in jenem schrecklichen Schweigen wurde sie nun plötzlich emporgetragen zu einem wunderbar vielstimmigen Morgenkonzert. Zuerst die Vögel, kleine, dicke Drosseln, die laut zwitschernd auf dem Dach saßen und um Aufmerksamkeit wetteiferten, dann das weiche Gurren einer Taube, zwei hohe Töne und ein tiefer, keinerlei Variation, dafür lange Pausen, und zum Schluß ein von Menschen stammendes Geräusch, das diese natürlichen Geräusche zerschnitt wie ein Messer: das Heulen einer fernen Sirene, das zu einem dickbauchigen Stöhnen anschwoll, verebbte und sich erneut zu einem stetigen Klagelaut erhob, leise, laut, drei- oder viermal. Es klang wie eine aufgeregte Menschenmenge, ein Tier, das Schmerzen litt, ein Gebet für die Toten, ein Muezzin, der vom Minarett einer Moschee rief, und sie lauschte wie versteinert. Minuten später war sie unterwegs.

Es gab nur den klaren Himmel und einen endlosen Blick.

Das Dorf und der langgeschwungene Deich, der sich von ihm weg zum Meer hinzog wie ein Fragezeichen, lag zu ihrer Linken, eine halbe Meile entfernt. Das weite Land direkt vor ihr, gegenüber vom Haus, das nur durch den Garten von den Cottages getrennt wurde, sah nach nichts aus. Doch beim Gehen fiel ihr auf, daß dieses Nichts anfing sich zu bewegen, als Licht auf die Oberfläche traf und willkürlich angeordnete, schimmernde Kanäle voll von gurgelndem Wasser offenbarte. Sarah joggte in Turnschuhen auf den Ort zu. Alle fünfzig Meter wurden die Kanäle breiter, und das täuschend flache Land wich weiten Wasserrinnen, die jetzt nicht mehr einfach ans Ufer plätscherten, sondern in den zehn Minuten, die sie brauchte, um den Kai zu erreichen, immer lauter heranrauschten. Aus dem nächtlichen, mit Schlamm und Sand bedeckten Bassin war ein Teil des Ozeans geworden. Das Meer warf sich hoch gegen die Hafenmole: Boote, die am Abend zuvor noch unsichtbar gewesen waren, lagen nun in Augenhöhe, tanzten und schaukelten mit heiterer Leichtigkeit auf dem Wasser. Reste des mit Gestrüpp bewachsenen Landes erhoben sich über seine Oberfläche wie einzelne Haarbüschel auf einem glatten, kahlen Kopf.

Früher Morgen. Es roch nach Salz und Fisch. Zwei Männer hievten offene Kisten aus einem Boot und knallten sie auf das Steinpflaster. Sie wimmelten von nassen, zappelnden Fischen. Ein anderer Mann schrubbte das Deck des Bootes, das sie gerade entluden. Blut, vermischt mit Wasser, rann am Rumpf herab. Sarah versuchte sich ihre Übelkeit nicht anmerken zu lassen.

»Entschuldigen Sie... was war das für eine Sirene, die ich da gehört habe?«

»Sirene? Ach, das. Ein Rettungsboot.« Sie waren sparsam mit Worten, nicht unfreundlich, aber geschäftig.

»Angeln Sie mit Haken?« fragte sie naiv und beäugte das wässrige Blut.

»Haken sind was fürs Vergnügen. Mit einem Haken können Sie immer nur einen fangen. Wir benutzen Netze.«

Der Fischgestank überwältigte sie. Sie schämte sich, derart dumme Fragen zu stellen und sich damit milder Verachtung auszusetzen. Das Dorf lag im Morgenglanz. Im Hafen sah sie Schwäne, die sich würdevoll von der Flut davontragen ließen. Die Spielhalle war zu dieser selbst für den Postboten noch frühen Stunde unmißverständlich geschlossen. Ein Jugendlicher spritzte das Straßenpflaster, ohne die frechen Möwen zu beachten, die sich auf der Suche nach Resten von gestern kreischend über den Abfallkörben sammelten. Es war der unsichere, sanfte große Kerl, der mit seinem Schützling beim Friseur aufgetaucht war und ihr später bei ihrem feierlichen Einzug den Weg gezeigt hatte. Sie erkannte ihn wieder, trotz der frischen Prellungen in seinem Gesicht, die im blassen Sonnenlicht schimmerten. Er wirkte zu lethargisch, um sich über die Störung zu ärgern, und beobachtete, auf den Besen gestützt, wie sie die Straße überquerte. Beide lächelten.

»Hallo«, sagte sie. »Danke nochmals, daß Sie mich gestern abend zu dem Haus gebracht haben. Ich hab denen erzählt«, und damit nickte sie in die Richtung, aus der sie gekommen war, »daß ich mir vorgekommen bin wie eine Königin. Das war sehr nett von Ihnen.« Er zauberte ein neues Grinsen auf sein Gesicht und eine Menge Grübchen dazu. Sie erinnerte sich, wie gut er ausgesehen hatte unter den Lichtern des Spielsalons, in seinen engsitzenden Jeans und dem leuchtendweißen Hemd. In einer Ecke hatte eine Bingo-Maschine geplärrt, als er ihr über den Lärm hinweg zuhörte. Was für ein Kontrast zu der jämmerlichen Erscheinung heute morgen, da er nicht mehr König war, sondern Diener.

»Ist schon in Ordnung«, sagte er. »Ich heiße Rick.«

»Was haben Sie mit Ihrem Gesicht angestellt?« Diese Frage würde er heute sicher noch etliche Male hören. Für die anderen würde er eine Geschichte erfinden, um sie zum Lachen zu bringen, aber jetzt war es dafür noch zu früh.

»Nichts. Hatte Krach mit meinem Vater, weil ich den Wagen genommen habe.« Es schien nicht viel zu geben, was sie darauf antworten konnte.

»Tut mir leid. Da wäre ich lieber noch eine Weile herumgeirrt, als Ihnen solchen Ärger aufzuhalsen.«

»Ach was, halten Sie sich bloß nicht für so wichtig«, gab er zurück und lachte verächtlich. »Dad braucht keinen Grund, um mich zu verprügeln. Tatsache ist, er fand es sogar witzig, daß ich Sie da rausgebracht habe. Wollte bloß nicht, daß ich die Arbeit hier im Stich lasse. Hätte ja sein können, daß irgendwer abzischt, ohne zu bezahlen, oder so was.« Rick fühlte sich plötzlich unbehaglich. Er redete und redete, und sie verschwendete absolut keine Zeit damit, sich darüber aufzuregen, was er erzählte. Sie sah aus, als sei sie gerade aus dem Bett gestiegen, während ihm alles weh tat und er sich einfach irgendwem mitteilen wollte.

»Sind Sie verantwortlich für all die Maschinen?« fragte sie und deutete in Richtung Spielhalle.

»Yeah«, murmelte er. »Für all die Scheißmaschinen, die ganze Reihe. Und tagsüber fahr ich mit dem Eiswagen durch die Gegend. Toll, was?«

»Ach, das auch? Es muß wunderbar sein, hier zu leben.« Schon während sie sprach, wußte sie, daß die Frage und ihre Bemerkung ziemlich albern waren. Er spuckte in den Rinnstein.

»Sie machen wohl Witze.« Dann spuckte er auf die Straße, um zu unterstreichen, was er meinte. Sie war eine Spur irritiert, aber wirklich nur eine Spur.

»Okay, okay«, sagte sie. »Aber Sie sehen viel zu gut aus, um zuzulassen, daß man Sie grün und blau schlägt. Warum setzen Sie Ihren Dad nicht in ein Boot und schicken ihn zum Teufel? Kraft genug haben Sie doch, es sei denn, er hat noch mehr.«

Er lachte laut los, doch dann hielt er sich den Bauch. Das Lachen tat ihm weh.

»Um Himmels willen«, sagte sie. »Geben Sie mir den verdammten Besen, und setzen Sie sich hin.«

»Lieber nicht. Mein Dad...«

»Geben Sie schon her.« Er tat es, ging langsam zu dem Mäuerchen auf der anderen Straßenseite und zündete sich eine Zigarette an. Dann hockte er da und harrte der Dinge, die da kommen sollten. Sarah fegte das Pflaster vor der Spielhalle wie eine wütende Hausfrau, die höchstens zehn Minuten Zeit hatte. Sie sammelte die leeren Chipstüten und Hamburgerreste ein und stopfte alles in den Plastiksack, den er mitgebracht hatte. Dann fischte sie das Fensterleder aus dem Eimer und putzte die Scheiben, so rasch wie jemand, der Hausarbeit nicht ausstehen kann. Es war der Versuch, das Ganze mit der Raffinesse reiner Ungeduld in kürzester Zeit hinter sich zu bringen. Sie polierte Türklinken und rubbelte über Farbschichten. Innerhalb von zehn hektischen Minuten hatte sie alles erledigt. Die Gefühlsstürme der letzten paar Tage hatten sie dazu verleitet, vor ihrer Abreise von zu Hause auch ihre Wohnung von oben bis unten mit der gleichen gnadenlosen Energie zu putzen. Nach dem letzten Fenster erntete sie tatsächlich einen schwachen Applaus. Rick kam langsam über die Straße.

»Sind wir quitt?« fragte sie.

»Wieviel verlangen Sie pro Stunde?« fragte er, immer noch leicht spöttisch. Doch sein Lächeln war weniger angestrengt, und allmählich kehrte die Kraft in seine Gliedmaßen zurück. Sie sah wirklich umwerfend aus, hübscher Hintern, das sah man, wenn sie sich bückte.

»Oh, das kann ich beim besten Willen nicht sagen. Es kommt drauf an, wofür.«

»Sind Sie wirklich Anwältin? Ich weiß, daß die Pardoes eine erwartet haben. Mrs. P. hat's mir erzählt. Sie hat gesagt, da käme irgend 'ne alte Schachtel.«

»Vollkommen richtig. Und hier bin ich.« Jetzt grinsten alle beide.

»Ich weiß nichts über die Pardoes«, fuhr sie dann fort. »Warum sagen die Leute zum Beispiel, daß Edward ein Mistkerl ist? Ich hab's selbst gehört, beim Friseur.«

»Weil er eben einer ist. Weil, wenn er zum Beispiel da unten angeln geht«, er deutete auf den Strand in der Ferne, »kann ihn nicht mal der Anblick einer Robbe zur Vernunft bringen. Er läßt Haken und Angelschnüre einfach rumliegen, und die Viecher verschlucken sich dann dran. Und er spielt anderen gern Streiche, unser Edward. Und das ist noch lange nicht alles.« Ja, sie war toll. Kein bißchen alt, mit ihren Jeans und den Schmutzflecken auf der Nase. Dann fingen seine Gedanken an zu rasen, als er sich an die Pardoes im allgemeinen, an Diskretion im besonderen, an verletzten Stolz und seinen Dad erinnerte.

»Kommen Sie heute abend auf einen Drink vorbei, dann erzähl ich Ihnen, was Sie wissen wollen.«

Sie würde ihn auslachen, na klar, eine Frau wie sie fand immer eine Ausrede. Er nahm den Eimer, kippte das schmutzige Wasser auf die Straße und spritzte ihr den letzten Rest vor die Füße, spielerisch, nur um zu sehen, ob sie schreien oder zur Seite springen würde. Dabei hoffte er halbwegs, daß sie es nicht tat. Eine Herausforderung.

»Okay«, sagte sie und ignorierte das Wasser. »Wo?«

»Treffen wir uns hier. Ich hab heute meinen freien Abend«, sagte er und dachte mit einem unerklärlichen Triumphgefühl an seinen Dad.

»Okay, bis dann.«

Sie machte sich auf den Rückweg. Der Kai war plötzlich belebt. Ein kleiner blonder Junge blieb an der Ecke stehen und starrte sie an. Sein Blick hatte etwas, das ihr das Gefühl gab, als wolle er sie in aller Öffentlichkeit ausziehen, was aufgrund seiner kindlichen Unverblümtheit, des weit offenen Mundes und Fehlens jeglicher Verstellung noch stärker auffiel. Der Blick folgte ihr, als sie vorbei war, und blieb dann an ihrem Rücken haften. Eine Uhr an der Mole gab die Zeiten von Ebbe und Flut an, und daneben erkannte sie eine Markierung für den höchsten je gemessenen Wasserstand. Das gefiel Sarah, und sie fragte sich, wovon das Leben dieses Dorfes sonst noch beherrscht wurde.

In Merton-on-Sea war Charles Tysall gestorben und seine Frau vor ihm ebenfalls. Charles, der Sarah zu seiner fixen Idee erkoren hatte. Sie bestraft hatte wie zuvor seine Frau und dann losgezogen war, um die Stelle zu suchen, wo Elisabeth gestorben war. Charles, dessen Liebe zerstört hatte, was sie berührte. Sarah tastete nach ihren Armen. Plötzlich war ihr kalt. Über dem Wasser schimmerten die Geister zerbrochener Träume.

Mrs. Jennifer Pardoe, die überall nur Mouse gerufen wurde, hatte eine Schwäche für alles, was glänzte. Sie nahm ihre Garderobe ernst, und die morgendliche Auswahl dauerte eine Stunde. In einem heißen Sommer wie diesem waren Abendkleider *de rigeur*. Ballroben und ihre zahlreichen, euphemistisch als Cocktailkleider bezeichneten Gewänder waren ideal für Ende Juli. Für die eigentlich für sie bestimmten Anlässe, also Hochzeitsempfänge, Wohltätigkeitsveranstaltungen oder Eröffnungen von gräßlichen kleinen Galerien in pittoresken Dörfern, waren diese Kleider aus Chiffon mit ihrem tiefen Ausschnitt und den kurzen Ärmeln viel zu kalt. Kein Wunder, daß eine Frau einen Pelzmantel brauchte und im allgemeinen gut daran tat, das verdammte Ding niemals auszuziehen. Mrs. Pardoe hatte den Tanzabend im Jachtclub einmal einen Tummelplatz für gestärkte Gänsehaut genannt, eine Bemerkung, die nicht gerade geeignet war, sich des Beifalls ihres Mannes zu versichern oder sich Freunde zu machen, obgleich sie im Flüsterton erfolgt war. Im Gegenteil, damals, in den Zeiten ihres sozialen Aufstiegs, hatte er sich für sie geschämt.

Heute könnte sie das silberne Lamékleid tragen: zirka neunzehnhundertdreiundsiebzig. Ihr Stil orientierte sich an Marylin Monroe, dabei schien ihre Figur, die klein und rundlich war wie die einer Fregatte, eher für weite Gewänder als enganliegende Oberteile prädestiniert. Joanna hatte ihre Formen geerbt, und eines Tages würde das Kind lernen, daß sie keine Rolle spielten.

Mouse stieß einen kurzen, mitfühlenden Seufzer aus, als ihr plötzlich die Vision ihres verstorbenen Mannes in den Sinn kam, wie er mit ihr schimpfte, weil sie ganze Schränke mit Kleidern für Gelegenheiten vollstopfte, an denen sie nur teilnahm, weil sie sich nicht davor zu drücken wußte. Dann wandte sie ihre Aufmerksamkeit wieder der Gegenwart zu. Welches Kleid also? Das wadenlange aus Goldstoff ohne Ärmel und Rücken war wohl am besten. Dazu große funkelnde Ohrringe und ein goldener Armreif in Form einer Schlange mit kleinen grünen Augen und einem rosafarbenen Stein im Schwanz – perfekt. Nachdenklich erinnerte sie sich an qualvolle Nächte in viel zu engen Stöckelschuhen, während sie herausnahm, was sie schon damals insgeheim am liebsten dazu getragen hätte: ein Paar rosafarbener Turnschuhe. So angetan, ihren Pelzmantel lässig über den Schultern, ging sie zum Frühstück hinunter.

Am liebsten Champagnercocktail. Mit Brandy und Zukkerrand. Corn-flakes als Beilage.

Ein großes, häßliches Haus, dachte Sarah, als sie sich ihm auf dem Rückweg näherte. Sie sah es zum erstenmal so und stellte leicht schockiert fest, daß das Anwesen der Pardoes alles andere als ein Schmuckstück in schlichter Fassung war. Hätte man es über eine lange, gebogene Einfahrt erreicht, wäre es eine einmalige, große Enttäuschung gewesen. Doch so erhob es sich sozusagen aus heiterem Himmel, und jeder Schritt, der es einem näher brachte, enthüllte ein weiteres häßliches Detail. Das East Wind House war ein einziges

Sammelsurium von Anbauten und Erweiterungen. Die Dachziegel strahlten in einem neuen, grellen Orange, das nicht im mindesten zum weit dezenteren Rot der Mauern paßte. Das Ganze erinnerte an einen Menschen mit einem völlig unpassenden Hut. Das helle Blau der Dachsimse und der Regenrinne fügte noch einen weiteren Mißklang hinzu, ebenso der Anbau nach hinten, der mit wieder anderen Steinen und in der falschen Höhe erfolgt war. Die alten Fenster waren durch moderne Nachbildungen ersetzt worden. Alles in allem wirkte der Komplex wie eine Frau, die sich in einem Anfall von Unschlüssigkeit mehr mit Geld als mit Geschmack gekleidet hatte, eine Vision halb ausgeführter Träume, die gedankenlos wieder und wieder korrigiert worden waren und schließlich achtlos wie eine alte Strickjacke getragen wurden.

Die massive, nach oben zulaufende Eingangstür aus Eichenholz hatte ehedem zu einer Kirche gehört und trug nur noch mehr zu dem exzentrischen Äußeren bei. Sarah ignorierte das Portal und schlenderte ums Haus herum zum Hintereingang. Das feuchte Gras, das ihr bis zu den Knien reichte, benetzte ihre Füße. Man konnte noch die Reste eines weitläufigen Küchengartens erkennen, der von üppig wucherndem Rhabarber und dem Geruch nicht geernteten Gemüses beherrscht wurde. Eine Reihe von malerischen Kürbissen stach mit ihrem orangeroten Glanz ins Auge. Das Schaf mit dem verkrüppelten Horn stand an der Küchentür vor einem Topf mit ungebändigter Kapuzinerkresse und kaute und rülpste geräuschvoll.

Was, zum Teufel, trieb Ernest Matthewson für ein Spiel? Möglich, daß ein Element kostspieliger Extravaganz in dem Ganzen lag, das Gefühl, daß hier Geld zum Fenster rausgeworfen wurde, aber nichts an diesem Etablissement verströmte die Aura des Reichtums, die Sarah Fortune bei jedem Mandanten sofort erkannte und noch häufiger verachtete. Charles Tysall hatte den Geruch einer arroganten

Minderheit ausgeschieden, hier jedoch gab es nichts, das den Stundensatz von Ernests Londoner Kanzlei gerechtfertigt erscheinen ließ. Nicht mal der Streit in der Küche, dem sie ohne jede Scham lauschte.

»Wo ist Mrs. Tysall? Frühstückt sie denn nicht? Sie schien mir so dünn.«

»Halt den Mund, Mutter. Halt bloß den Mund... Und könntest du dieses schreckliche Kleid wieder ausziehen? Sie ist nicht Mrs. Tysall, sondern eine Anwältin aus London, und sie wird dich für noch verrückter halten, als du tatsächlich bist, wenn du weiter so rumläufst.«

»Mrs. Tysall und ich hätten gern Champagner...«

»Ach, du liebe Güte. Hol ihr ein Glas Limonade, Julian, ja?«

»Ich will keine...«

»Doch, du willst. Du hast es gerade selbst gesagt. Trink deinen Tee, du siehst aus wie...«

»Schlag mich nicht«, jammerte Mouse Pardoe, bis Julian täuschend ruhig, doch mit einem Anflug von Überdruß, ein Machtwort sprach.

»Sei nicht albern. Niemand will dich schlagen, weder jetzt noch in Zukunft. Warum hast du sie bloß dieses Kleid anziehen lassen, Jo?«

»Oh, es ist immer das gleiche. Wieso *ich?* Hast *du* je versucht, sie von irgendwas abzuhalten? Sie macht, was sie will. Wie soll ich sie deiner Meinung nach denn daran hindern? Ich hab genug anderes zu tun...«

»Etwa, daß du den ganzen Tag auf deinem Hintern sitzt? Haus und Garten verkommen läßt? So tust, als ob du kochen könntest? Ich weiß wirklich nicht, was du dir einbildest!«

Sarah erinnerte sich an das Essen vom Vorabend, die Politur auf den Möbeln, den halbwegs gelungenen Versuch, das Haus in Ordnung zu halten, ihre frische Bettwäsche und sagte sich, daß Julian alles andere als fair war. Joannas Stimme erstickte in Tränen.

»Ach, ja sicher! Ich tue nichts, während du für deine Kranken den Gott spielst. Ich wette, daß sie Schlange stehen und beten, einen anderen Arzt zu kriegen. Du siehst aus wie der tote Kabeljau in den Fischerbooten.«

»Zumindest mache ich meine Arbeit. Einer von uns muß ja wohl seine Pflicht tun.« Julians Stimme klang gefährlich. Es folgte eine Pause, das Klappern von Besteck und dann ein lautes Klirren.

»Oh, wie schade!« Mouse Pardoes Stimme ging in ein Kichern über. »Kein Champagner für Mrs. Tysall!« Julian ignorierte die Unterbrechung.

»Im übrigen könnte ich mehr für meine Kranken tun, wenn ich zu Hause nicht von lauter Idioten umgeben wäre. Ein Bruder, der nicht arbeiten will und keinen Job kriegt, wenn ich ihm nicht helfe, und eine Schwester, die es für selbstverständlich hält, daß man sie durchfüttert.«

»Okay«, rief sie. »Gib uns Geld, und wir gehen. Ist die Anwältin nicht deshalb gekommen?«

»Mrs. Tysall, bitte«, flötete Mrs. Pardoe.

»Geld?« lachte Julian spöttisch. »Andere Leute müssen auch erst mal ohne anfangen.«

»Ich gehe«, rief Joanna. »Und du kümmerst dich um Mutter. Aber das würdest du nicht tun, oder? Oder!?« Sie hämmerte mit der Faust auf den Tisch, ihre Stimme steigerte sich, fast hysterisch, und fiel dann wieder ab. Mouse Pardoe begann tonlos vor sich hin zu summen, dazu hörte man das Scharren eines Stuhls auf dem Steinfußboden. Dann wieder Julians Stimme, höhnisch und kalt.

»Sag Mrs. Fortune, wenn sie geruht zu erscheinen, daß ich sie um zwölf in der Praxis erwarte, und vergiß nicht, was ich dir sonst noch gesagt habe. Erklär ihr, wie man hinkommt. Aber lade sie nicht wieder zum Essen ein, weder heute noch sonstwann. Soll sie doch zusehen, wie sie zurechtkommt, solange sie hier ist. Ich glaube sowieso nicht, daß sie lange bleibt.«

Sarah wartete. Sie hörte das entfernte Knallen einer Tür irgendwo im Inneren des Hauses, Schweigen, Geräusche aus der Küche und spürte ein Gefühl von Erleichterung. Schließlich klopfte sie an die offene Tür und trat ein. Joanna sprang auf und drehte ihr den Rücken zu, als hätte sie an dem Herd mit dem großen, summenden Kessel zu tun, während sich Mrs. Pardoes Lippen erstaunt spitzten. Sie schien sich zu freuen. Sie sah so vergnügt aus wie ein zufriedenes Baby und schien auch etwa die gleiche Konzentrationsfähigkeit zu besitzen. Mitten auf dem Tisch prangte ein jämmerlicher Schokoladenkuchen.

»Guten Morgen, Mrs. Pardoe«, sagte Sarah. »Was für ein herrlicher Tag.« Das ärmellose, goldfarbene Kleid wirkte mindestens so schrill wie die riesigen Ohrringe, die auf die nackten Schultern baumelten und ständig klimperten, während Mrs. Pardoe ihren Toast aufaß und sich mit dem Zipfel des Tischtuchs die Lippen abtupfte. Dabei hinterließ sie kleine Spuren von Marmelade.

»Guten Morgen, Mrs. Tysall. Wie nett, Sie wiederzusehen.« Sarah fröstelte, als Joanna mit einer Kaffeekanne an den Tisch trat. Ihr Gesicht war gerötet, und irgendwie wirkte sie unsicher.

»Ich möchte, daß es Ihnen bei uns gefällt, und deshalb hab ich Ihnen einen Kuchen gebacken. Ich backe andauernd Kuchen, aber keiner will sie.« Mouse Pardoe sprach mit dem melodischen Tonfall einer Empfangsdame, die gerade einen Auffrischungskurs in Sachen Kundenbetreuung hinter sich hatte.

»Oh, Mutter«, sagte Joanna. Offenbar fühlte sie sich unbehaglich, verlegen, aber das Kämpferische war aus ihrer Stimme verschwunden.

»... und außerdem wünschte ich, daß ihr jungen Dinger Kleider tragen würdet. Hosen sind was für Männer, meine Lieben!« sagte Mrs. Pardoe und erhob sich. Sarah erhaschte gerade noch einen Blick auf die rosa Turnschuhe, bevor

Mouse Pardoe in einer Wolke von Parfüm aus der Küche rauschte, wobei sie übers ganze Gesicht strahlte und mit den Händen wedelte, als wolle sie ihnen ihren Segen geben. Joanna sah Sarah über den Tisch hinweg an und versuchte zu lächeln. Die Tränen lauerten immer noch und nicht mehr ganz so kontrolliert nach einem raschen, bewundernden Blick auf Sarahs Äußeres. Joanna sah nicht den Schmutz auf Sarahs Jeans, nur ihren tadellosen Sitz und das leuchtende Seidenhemd, das über den schmalen Hüften endete. Vor allem fiel ihr auf, daß Miss Fortunes Erscheinung in Jeans nicht die geringste Ähnlichkeit mit ihrer eigenen hatte.

»Haben Sie unseren Streit gehört?«

»Ich glaube, ich habe gerade noch das Ende mitgekriegt. Tut mir leid.«

»Gut. Dann haben Sie das Schlimmste verpaßt, als Edward auch noch beteiligt war. Aber schließlich ist er einfach rausgelaufen und hat die Tür hinter sich zugeknallt. Ein allmorgendliches Ritual. Wenn ich Sie wäre, würde ich wochentags bis halb neun im Cottage bleiben. Danach sind nur noch Mutter und ich hier. Nehmen Sie Kaffee? Toast?«

»Bitte. Kaffee.«

»Übrigens haben Sie eine Verabredung mit Julian in der Praxis, gegen zwölf, hat er gesagt. Ich bringe Sie hin, habe sonst aber strikten Befehl, keinerlei Geschäftsangelegenheiten mit Ihnen zu besprechen. Dabei hab ich sowieso keine Ahnung, weder vom Vermögen noch von sonst was.« Die Worte stürzten aus ihr heraus, als müßte sie sich für etwas rechtfertigen.

»Ist schon gut. Ich würde sicher nicht erwarten, daß Sie höhere Befehle mißachten.« Sie lächelten sich verschwörerisch zu, zwei Frauen, die sich über die männliche Vorherrschaft lustig machten. »Aber können Sie mir zumindest zwei Fragen beantworten? Erstens, wozu braucht diese Familie eine Anwältin, um rauszukriegen, wer was erben soll? Wieso können Sie das nicht selbst regeln?«

Joanna zeigte mit einer ausholenden Handbewegung auf das Chaos in der Küche. Teeflecken auf dem Holztisch, ein Haufen Abfälle auf dem einen Ende, zwei Angelruten neben dem Herd, Glasscherben auf dem Boden. »Das sehen Sie doch selbst, oder? Wir sind nicht gerade bewandert in der Kunst des Miteinander-Auskommens. Der verdammte Julian erteilt Befehle und macht uns das Leben zur Hölle, und Ed überwacht mich ständig. Julian und er reden nicht miteinander, ja, im Ernst. Und was war die andere Frage?«

»Warum um alles in der Welt nennt mich Ihre Mutter Mrs. Tysall?« fragte Sarah leichthin.

»Wie soll ich das wissen... oh, jetzt erinnere ich mich, Edward erwähnte es heute morgen, als sie damit anfing. Es gab wohl ein Paar namens Tysall, das vor Jahren eins der Cottages gemietet hatte. Mrs. Tysall hatte rotes Haar, wie Sie, und später kam sie auch manchmal ganz allein her. Dann hatte sie anscheinend einen Unfall, jedenfalls ist sie ertrunken. Ma hat sich beim Friseur immer mit ihr unterhalten. Nun, ich schätze, jeder hier hat über sie geredet. Es war damals ein richtiger Skandal, denn die Leiche blieb irgendwo stecken und wurde erst ein Jahr später gefunden, nach einem Sturm. Muß schrecklich gewesen sein.«

»Und was ist mit ihrem Mann?«

Joanna überlegte angestrengt. »Weiß ich nicht genau. Noch ein Skandal, aber da müssen Sie Julian fragen. Er hat mit den Leichen zu tun, geschieht ihm recht, er versteht sich sowieso besser mit Toten.« Sie lachte über ihren eigenen Witz. »Ach ja, als dieser Charles erfuhr, daß man seine Frau gefunden hatte, denn zuerst dachte er wohl, sie wär durchgebrannt oder so was, verstehen Sie, scheint er selbst rausgewandert zu sein, um sich die Stelle anzusehen, und da ist er dann von der Flut erfaßt worden. Tags darauf hat ihn das Meer bei Holkham an Land geschwemmt. Was für eine Liebe! Romantisch, wie?«

Joanna schenkte sich Kaffee nach. Sie genoß die unheimlichen Geschichten, die sie selbst nicht betrafen und weniger zählten als ihr eigener achtzehnjähriger Liebeskummer. Jedenfalls glaubte Sarah das. Leidenschaften von über Dreißigjährigen waren für Teenager obszöne Geheimnisse.

»Charles Tysall war einer unserer Mandanten«, sagte sie unaufgefordert, doch nicht ganz ungerührt. »Ich habe ihn gekannt.«

»Ach, wirklich? Ich nicht«, sagte Joanna und fragte sich, wie man es bloß schaffte, eine Figur wie Sarah zu bekommen und dann auch noch die passenden Jeans dazu. Es mußte eine Kombination von Rauchen statt Frühstücken und dem Leben im sündigen Paradies London sein, nach dem sie allerdings nicht das geringste Verlangen hatte.

»Nun ja, flüchtig.« Sarah trank ihren Kaffee schwarz, in kleinen Schlucken. »Ganz schön heißes Pflaster hier«, lachte sie. »Familienzwiste, Selbstmorde, Sirenen, Tod und alle möglichen anderen Abenteuer. Sogar ein Geist, haben Sie gestern abend gesagt. Hier scheint ja jede Menge los zu sein.«

Joanna warf ihr einen mitleidigen Blick kaum verhohlener Ungeduld zu.

»Wovon, zum Teufel, reden Sie da eigentlich? Uns gehört der größte Teil des Dorfes«, sagte sie kummervoll. »Und nichts ist hier los. Rein gar nichts!«

Vier

Die Arztpraxis hätte überall sein können. Es war nichts Ländliches an ihr, und mit ihrem sauberen, antiseptischen Geruch, der so sehr an Krankheit erinnerte, schien sie die passende Umgebung für die Erörterung eines Testaments.

»... den Rest meines beweglichen und unbeweglichen Vermögens allein meiner Frau Jennifer, die es nach eigenem Gutdünken an meine Kinder weitervererben soll.«

»Sehen Sie«, sagte Julian von der anderen Seite eines deprimierenden Schreibtisches aus Metall, ohne ihre Neugier zur Kenntnis zu nehmen. Er verzichtete auf Höflichkeiten und starrte auf einen entrückten Punkt, der Sarahs Gegenwart nicht einschloß. »Ich kann nicht so tun, als gefiele es mir, denn das ist nicht der Fall. Nichts an dieser Sache gefällt mir, und ich bedaure außerordentlich, daß Ihre Anwesenheit hier nötig ist. Ernest Matthewson hat meinen Vater mehr als die Hälfte seines Lebens vertreten, aber gelegentlich machen seine Ideen nicht viel Sinn, wenn Sie mich fragen.«

»Ich dachte, es sei Ihre Idee gewesen«, unterbrach sie ihn. Julians Miene war ausdruckslos. Ein knappes, gequältes Lächeln huschte, wie von einem Zauberstab herbeigerufen, über seine Züge und enthüllte einen Anflug von Menschlichkeit in diesem Gesicht, das aus Stein gemeißelt schien und gezeichnet von tiefem Leid – seinem eigenen und womöglich auch einem fremden.

»Meine Idee? Ernest hat mich schlicht darüber in Kenntnis gesetzt, daß Sie kommen. Aber machen Sie sich nichts draus. Jetzt sind Sie da, und wer weiß, wozu es gut ist. Sie haben das Testament gesehen, aber nicht die aktualisierte Liste der Vermögenswerte meiner Mutter.«

Keine Spur von Selbstgefälligkeit, mit der sie gerechnet hatte. Sie nahm die drei getippten Seiten, die den Briefkopf eines örtlichen Grundstücksmaklers trugen. Ein Blick darauf offenbarte eine lange Liste von Häusern, Geschäftsräumen und Läden. Sarah fragte sich, ob es noch irgendwelchen Grundbesitz im Dorf gab, der nicht den Pardoes gehörte.

»Etwa zwei Drittel«, sagte Julian, als könnte er ihre Gedanken lesen. »Er hat zwanzig Jahre dafür gebraucht. Mein Vater hat leidenschaftlich an Ziegel und Mörtel geglaubt und die Gewinne aus seinen Geschäften in nichts anderes investiert. Es war bezeichnend, daß er gerade auf einem Dach saß, als er den Herzinfarkt bekam. Er hatte sich in den Kopf gesetzt, mit seinen siebzig Jahren noch die Blätter aus der Regenrinne zu holen. Er war besessen von der Idee, alles allein zu regeln, und konnte nichts delegieren. Seit seinem Tod ist meine Mutter so, wie Sie sie erlebt haben; es scheint chronisch zu sein. Sie kann nicht mehr lesen noch kochen, hat keinen Sinn für Eigentum oder Anstand mehr, weiß nicht, was Zeit ist oder Angst, ist ohne jeden Begriff, was ihren eigenen Zustand angeht, und erst recht ohne Vorstellung von unserem. Sie kann einen zum Wahnsinn treiben. Sie ist schwierig, fordernd, verletzlich und völlig unfähig, ihre Angelegenheiten zu regeln, da sie nicht weiß, was ihr gehört. Ich übrigens auch nicht. Aber ich glaube, Edward weiß es. Er hilft bei dem Grundstücksmakler aus, der die Sachen für uns verwaltet.«

Er seufzte, als langweilte ihn das ganze Thema. »Vater hat sich um die Sache herumgedrückt, verstehen Sie«, fuhr er mit unterdrückter Gereiztheit fort. »Für einen so intelligenten, materialistischen Mann war er viel zu unentschlossen. Und nun hat er Mutter alles aufgebürdet. Erstaunlich. Ich hatte immer geglaubt, daß er mich liebt und mir vertraut. Aber offensichtlich nicht.« Sarah sah, wie er zusammenfuhr.

»In den letzten paar Jahren hatten Mutter und er offenbar noch einmal zueinandergefunden. Sie waren wie zwei Jungverliebte, die Scherze machten, statt daß er einfach nur Befehle gab. Vater hat sogar seine gesellschaftlichen Verpflichtungen aufgegeben, die sie so haßte. Statt dessen hat er sich dem Angeln verschrieben. Und davon geträumt, seltene Schafe zu züchten. Eins davon läuft noch im Garten herum.«

Sarah wollte alles. Sie wollte wissen, wo Mrs. Pardoe ihr goldenes Kleid zum erstenmal getragen hatte und was Mr. Pardoe tatsächlich für ein Mensch gewesen war. Sie wollte Familienporträts, Anekdoten, Zeichen von Kummer statt nervtötender Formalitäten. Alles, was sie bis jetzt sah, war, daß dieser Mann und seine Frau eine Familie um sich geschart hatten, deren Mitglieder sich äußerlich ganz erheblich unterschieden: Edward, dunkel und schmal, Joanna, blond und rundlich, und der älteste, der ihr gegenübersaß, stämmig und attraktiv, mit einem vorspringenden Kinn, rotgoldenen Locken und Augen, die wie im Fieber brannten. Es sah nicht so aus, als hätte er Lust, vom eigentlichen Thema abzuschweifen. Sarah vermutete, daß es besser war, sich so zu verhalten, wie sie es mit Mandanten oft tat, und zu tun, als hätte sie mehr zu bieten als bloß gesunden Menschenverstand. Und nicht selten hatte sich dabei herausgestellt, daß es tatsächlich so war.

»Sehen Sie«, fing sie an, »das Testament ist juristisch einwandfrei.«

»Das weiß ich selbst«, gab er barsch zurück. »Und es verpflichtet mich als Ältesten, ein Vermögen zu verwalten, zu dem ich keinerlei Zugang habe. Mutter kann mir keine Vollmachten geben, da sie erst einmal verstehen müßte, was das hieße. Ich hab's versucht, aber es geht nicht. Ich schaffe es, die Mieten zu kassieren, Schecks zu bezahlen und auch alles andere einigermaßen zu regeln, aber nur, weil der Bankdirektor mein Patient ist. Ich trage Verantwortung, ohne wirklich etwas tun zu können. Und natürlich weiß ich auch, das brauchen Sie mir nicht extra zu sagen, daß Edward, Joanna und ich im Falle ihres Todes zu gleichen Teilen erben würden. Bis dahin sind uns allerdings die Hände gebunden. Wir haben zwar ein Vermögen, aber kein nennenswertes Einkommen daraus. Es reicht, gut, aber mehr auch nicht. Und Mutter könnte noch dreißig Jahre leben.« Diese letzte Äußerung war nicht ohne Wärme, es lag sogar ein Hauch von Bewunderung in seiner Stimme. Sarah ertappte ihn bei einem Lächeln, lächelte zurück und sah, wie sich sein Gesicht gleich wieder verhärtete – ein Mann, der von einer Bitterkeit und Einsamkeit gezeichnet war, die über seine Kräfte gingen. Sarah erkannte die flüchtigen, verräterischen Anzeichen eines Zustands, der ihr selbst zur zweiten Natur geworden war. Julian war ein Mann, der sich zu hart beurteilte.

»Na schön«, sagte sie munter. »Zuerst brauchen wir also eine genaue Vermögensaufstellung und eine Bewertung des Ganzen. Dann läßt sich entscheiden, wie es verwaltet werden soll. Und zu guter Letzt gehen wir mit den Plänen zum Nachlaßgericht, und dort können Sie ein Testament für ihre Mutter aufsetzen lassen.«

»Ganz einfach«, sagte Julian ironisch. Da war das Lächeln wieder.

»Nein, nicht einfach, aber möglich. Es geht wie beim Monopoly und wird Sie ungefähr soviel kosten wie ein Haus. Aber ich nehme an, das spielt keine Rolle, denn davon scheinen Sie ja jede Menge zu besitzen. Zweck unseres Planes ist, sicherzustellen, daß Ihre Mutter glücklich und gut versorgt ist. Das ist das vorrangige Ziel. Dann, genügend Kapital für Sie, Edward und Jo flüssigzumachen, damit Sie die Flügel ausbreiten und früher oder später Ihre Träume verwirklichen können.«

Julian lachte, was ihn selbst überraschte. Es lag eine gewisse Ironie in diesem Lachen, aber immerhin war es ein Lachen.

»Welche Träume? Was sollte ein einfacher Landarzt schon für Träume haben?«

»Jeder hat Träume«, widersprach Sarah. »Ihr Vater muß davon geträumt haben, Grundbesitz zu erwerben, und er hat es getan. Jo hat mir erzählt, daß Edward davon träumt, Künstler zu sein. Sie träumt vielleicht vom Kochen. Geld ist dazu da, Träume zu verwirklichen. Warum sonst sollte man dafür arbeiten?«

»Manche von uns verweigern sich.«

Sie konnte doch nicht im Ernst glauben, daß Edward wirklich Träume hatte. Nein, das sprach nicht gerade für ihre Intelligenz. Wenn Edward auch vorgab, Künstler sein zu wollen, war und blieb er doch derselbe Edward, der all seine Fehlschläge darauf zurückführte, daß er sich langweilte, der sich von einem gehässigen Jungen zu einem trägen Mann entwickelt hatte und von einem Job zum anderen gewechselt war, bis sein Vater ihm Pfründe beim örtlichen Grundstücksmakler gesichert hatte. Seine Konzentrationsfähigkeit war erbärmlich, sein Mangel an Konvention nichts als fauler Zauber. Julian betrachtete Sarah und kam zu dem Schluß, daß ihr neutraler Ausdruck nur Cleverness sein konnte. Möglicherweise wiederholte sie nur, was man ihr gesagt hatte, glaubte jedoch, was sie wollte. Er lehnte sich auf seinem Stuhl zurück. Diesmal verschwand das Lächeln nicht wieder aus seinem abgezehrten Gesicht.

»Miss Fortune, ich glaube, Sie sind eine Hexe. Ich hatte erwartet, daß Sie mich der Habgier bezichtigen, und nun reden Sie von Träumen. Treiben Sie auch Dämonen aus?«

Sarah schüttelte lächelnd den Kopf. »Ich finde es einfacher, sie zu bestechen. Geister, Dämonen, Kobolde, Reuegefühle – die Symptome eines Lebens jenseits der dreißig.«

Julian erlaubte sich ein erneutes kurzes Lachen, das abrupt abbrach, als es an der Tür klopfte und eine dralle Krankenschwester eintrat, die professionell lächelnd auf den Stapel mit Notizen zurauschte, der in einem Drahtkorb auf dem Schreibtisch lag. Dann sah sie Sarah, hielt schlagartig inne, hörte auf zu lächeln, grabschte die Notizen und verschwand wortlos. Ärgerlich fiel die Tür hinter ihr ins Schloß. Sarah tat, als studiere sie die Vermögensliste der Pardoes, die Julian ihr gegeben hatte. Ein Posten mit der Bezeichnung »Spielsalon, Ostkai« fiel ihr ins Auge. Das Zimmer war plötzlich stickig.

»Reicht das für den Anfang?« fragte Julian, jetzt wieder wie der Arzt, der sich erkundigt, ob die Medikamente für die Woche reichen. Am liebsten hätte sie ihn geschüttelt, stand jedoch leichtfüßig auf und klemmte sich die Papiere unter den Arm.

»Ich frage mich, ob mich Ihre Sprechstundenhilfe für eine Simulantin hält. Daß ich mich krank schreiben lasse, um mich in der Sonne zu aalen oder so was? Sie scheint ... ein wenig besitzergreifend.« Sie empfand einen unerklärlichen Ärger, sah hinab auf die elegante Hose, die sie gegen die schmutzigen Jeans eingetauscht hatte, zu auffällig für eine Dorfpraxis.

»Tut mir leid. Sie müssen ihr einen Schock versetzt haben. Jedenfalls ist es mir so gegangen, als ich Sie zum erstenmal gesehen habe. Zufälligerweise sind Sie einer Patientin von uns wie aus dem Gesicht geschnitten. Es ist, äh, schon zwei Jahre her, aber es war ... nun ja, es ist schwierig, sie zu vergessen.«

»Mrs. Tysall«, antwortete Sarah schlicht. »Ihre Mutter nennt mich Mrs. Tysall. Jemand beim Friseur hat gesagt, ich sähe aus wie eine alte Kundin. Es ist ziemlich verwirrend, und, rundheraus, mir wird geradezu schlecht bei dem Gedanken, aber ich nehme an, Sie alle meinen Elisabeth Tysall, die draußen auf dem Friedhof liegt und nicht mal einen Grabstein hat. Charles Tysalls Frau.«

Er hatte sich vom Stuhl erhoben. Sein Gesicht war plötzlich bleich geworden, und seine großen Hände spielten mit einem Bleistift.

»Ihre Schwester sagt, Sie hätten mit den Leichen von Elisabeth und ihrem Mann zu tun gehabt«, fuhr Sarah fort, noch immer von einem grundlosen Ärger getrieben. »Sie war Ihre Patientin, sagen Sie. Ich wollte schon immer mal jemanden treffen, der sie gekannt hat. War sie sehr ... charmant?«

Der Bleistift fiel zu Boden. Julian verlor die Fassung.

»Machen Sie, daß Sie rauskommen. Sie haben ganz recht, da kann einem schlecht werden. Sie ähneln Elisabeth nicht im geringsten. Niemand tut das.«

Sarah stand da und beobachtete, wie seine Wut in kaum verhohlenen Schmerz umschlug. Langsam brach die Fassade seiner Selbstbeherrschung in sich zusammen.

»Dämonen und Geister«, murmelte sie. »Ich wollte keine alten Wunden aufreißen. War sie eine Freundin von Ihnen? Sie hat mit Sicherheit jemanden gebraucht.«

Er schüttelte den Kopf und kehrte unvermittelt zu seiner geschäftsmäßigen Schroffheit zurück.

»Bitte gehen Sie, Miss Fortune. Ich bezweifle, daß Sie in der Lage sind, uns zu helfen. Verbringen Sie das Wochenende als unser Gast im Cottage. Und dann sprechen wir noch mal drüber.«

»Wie sie wünschen.«

Stonewall Jones rannte aus dem Spielsalon, linker Hand den Kai hinab, dann noch mal links und eine kurvenreiche Gasse entlang, die zur Hauptstraße führte. Dabei kam er an mehreren Häusern vorbei, in denen Verwandte von ihm lebten. Seine Mutter zum Beispiel, die im Augenblick zur Arbeit war und deren liebevoll gemachte Sandwiches in seiner Tasche zerbröselten, dann seine kleinen Brüder, die drei Türen weiter bei Tante Mary untergebracht waren, während

Onkel Jack sich wahrscheinlich wie jeden Tag in der Polizeiwache um die Ecke befand. Das Dorf war voller Leute, von denen er jederzeit fünfzig Pence hätte bekommen können und die ihn auf unterschiedlichste Art und nicht ohne Vorhaltungen bei sich aufgenommen hätten, wenn er sie darum bitten würde, doch keiner war wie sein Cousin Rick.

Rick hatte seine Fehler, aber als Held war er unschlagbar. Stonewalls Stärke dagegen lag in seiner Diskretion als Spion, und obendrein besaß er das Talent, überzeugend zu lügen, obgleich er von Natur aus mehr zur Wahrheit neigte. Außerdem hatte er ein gutes Gedächtnis und ein scharfes Auge für Details. Und deshalb war er so aufgeregt: die Rothaarige.

Sein Gedächtnis reagierte mehr auf visuelle als verbale Eindrücke. Stonewall redete ständig mit Rick und manchmal auch mit seinen Klassenkameraden, alle anderen aber gingen leer aus. Wieder erschien die Rothaarige vor seinem inneren Auge. Sie stammte aus einer Zeit, als er noch kleiner gewesen war, aber nicht so klein, daß er sich nicht an sie erinnert hätte: Eines Tages war sie mit einem grün und blau geschwollenen Gesicht weinend aus der Arztpraxis gekommen. Das war zwei Jahre und ein ganzes Leben her, aber er hatte es nie ganz vergessen, dazu hatte er keine Gelegenheit gehabt. Zuerst hatte er ihre Kreditkarten gefunden und noch andere Papiere mit ihrem Foto, halb vergraben im Schlamm eines Priels. Und dann, genau ein Jahr später, hatten sein Stiefvater und er die Leiche entdeckt.

Dem war schrecklich übel geworden, was Stonewall für alles andere als ein gutes Beispiel hielt. Nach diversen Erfahrungen mit verbotenen Videos für Erwachsene, die er im Haus eines Schulfreundes gesehen hatte, war er bei weitem nicht so schockiert gewesen wie sein Stiefvater. Die Rothaarige hatte ihn eher an einen toten Hund als an eine Leiche erinnert, und dieser Eindruck wurde noch unterstrichen von dem langen Haar, das ihn an die Ohren eines rothaarigen

Spaniels erinnerte. Es war matt, verfilzt und feucht gewesen, kaum erkennbar unter dem Sand. Sie war ein Ding, nichts Lebendiges dran.

Der Mann, den sie einen Monat später gefunden hatten, war anders gewesen. Diesmal waren es Rick und er, zwei Piraten, die in den trägen Stunden des letzten Sommers auf der Suche nach Strandgut gewesen waren. Insgeheim hatte Stonewall natürlich gebetet, daß sie noch eine Leiche finden würden, wegen all des Wirbels, den die Leute letztes Mal um ihn gemacht hatten. Das hatte ihm einen wunderbaren, flüchtigen Einblick davon vermittelt, wie es sein mußte, berühmt zu sein.

Sie waren so tapfer gewesen, daß ihm in der Erinnerung heute noch ein Schauer über den Rücken lief. Diese zweite Leiche – ein Mann – hatte nur zwei Tage im Wasser gelegen und wirkte so lebendig, daß man kaum hinsehen konnte. Ein Mann mit starrem Lächeln und dem Mund voller Sand. Er lag, von Schlamm bedeckt, auf einer Sandbank draußen. Seine dunkle Hose war bis auf die Knöchel herabgerutscht, und sein Hintern sah aus wie ein kleiner weißer Hügel. Als sie ihn auf die Seite wälzten, fielen seine Eier und sein Pimmel vor. Behangen wie ein Esel, hatte Rick gesagt. Zitternd vor Aufregung, hatten sie gekichert und dann Onkel Jack geholt, der durchgedreht war und von einem Rettungsboot gefaselt hatte. Sie hatten immer weitergekichert und sich beglückwünscht. Als ob irgendwas außer einem Ruderboot bei Ebbe nur auch in die Nähe hätte kommen können. Die Leiche mußte über Land abtransportiert werden. Wenn man eine gesehen hat, kennt man alle, hatte Rick gesagt. Sie hatten in dem wasserlosen Kanal gestanden und ausgelassen geschrien, bis der Arzt kam und zu wissen schien, wer der Tote war. Da lachte es sich nicht mehr so leicht. Am Ende hatte er die Leiche mit ihrer Hilfe ans Ufer geschleppt und den Wagen herangeholt, so nah es ging. Mit einem Fetzen von Ricks triefendnassem Segel hievte er den Körper über zwei Priele und in den Kofferraum. Was anderes war angesichts der ständig steigenden Flut nicht zu machen.

Das meiste blieb sowieso dem Doktor überlassen. Alle anderen wandten sich ab, auch Rick und er, aber erst als sie gesehen hatten, was es zu sehen gab: wie der Arzt gegen die Leiche trat, als wäre sie ein Fußball. Es waren nur ein paar Tritte, aber sie waren brutal. Stonewall hörte noch das Geräusch des Schuhs, der sich in den vom Wasser aufgetriebenen Oberkörper bohrte. An den Anblick konnte er sich nicht recht erinnern, da er den Kopf abgewendet hatte, aber das Geräusch war noch da, wenn er es wollte. Schlock, schlock, schlock, Ausdruck eines verrückten Hasses. Zuerst war es noch ulkig gewesen. Alles, was er mit Rick erlebte, war irgendwie lustig, aber auf diesen Vorfall waren sie nie wieder zu sprechen gekommen. Später hatte der Ertrunkene Stonewall leid getan. Er vermutete, wenn er ertrank, würde es ihm ähnlich ergehen: Man würde ihn wegschaffen und irgendwo beerdigen, genau wie den Mann. Seine Mum und Dad würden nicht kommen, sie hätten sicher zuviel zu tun.

Stonewall hämmerte an die Tür des Swamp Cottage und stieß sie auf. Sie hatte ein Schloß, das nie benutzt wurde; zu stehlen gab es hier nichts. Einbrüche waren nie ein Problem im Dorf gewesen, außer in allerletzter Zeit, aber das ging wahrscheinlich auf das Konto von Touristen, oder es war der Geist. Die Tür führte geradewegs in eine winzige Küche, wo zwei einsame Teller in der Spüle lagen und eine Fliege gegen das Fenster summte, dann ging es eine Stufe runter ins Wohnzimmer, wo der Fernseher brüllte. Rick saß auf dem alten Sofa und zupfte abwesend die Füllung aus einem Riß in der Lehne, während er auf den Bildschirm starrte. Beim Anblick des Rucksacks auf dem Boden und der Prellungen um Ricks Augen geriet Stonewall in Panik.

»Du haust doch nicht ab, Rick? Du gehst doch nicht hier weg, oder? Dein Dad bringt dich um.« Seine Stimme war schrill vor Angst.

»Hat er bereits versucht«, brummte Rick. Er stand auf. Rick war so groß, daß die Decke des trostlosen Zimmers nur durch Zentimeter von seinem Kopf getrennt war. Er fuhr dem Jungen durchs Haar. »Reg dich ab, Kleiner, so schlimm war's nicht. Vielleicht fahr ich heute abend raus. Aber vielleicht auch nicht.«

»Kann ich mit?«

»Nein. Das geht nur vormittags. Deine Mum würde dich vermissen. Weiß Gott, warum.«

Stonewall beruhigte sich wieder. Wenn Rick zu Späßen aufgelegt war, konnte es ihm so schlecht nicht gehen. Der Junge nahm das Sofa in Beschlag und fing seinerseits an mit der Füllung zu spielen und den Flachs zu zwirbeln. Er war unendlich erleichtert, Rick so normal zu finden. Außerdem platzte er vor Neuigkeiten, als hätte er drei Portionen Pommes und hinterher noch eine ganze Schokolade verputzt.

»Ich sag dir was, Rick, ich hab gerade einen Geist gesehen, echt, ich schwör's. Schon zum zweiten Mal. Eine Frau.«

»Ach, ja?«

»Ich hab diese Frau wiedergesehen, verstehst du? Dieselbe wie damals, ist schon lange her, als mein Dad noch im Boot mit mir rausfuhr...«

»Klar weiß ich das noch. Die erste Zeit hast du vor Angst geschrien wie 'n brünstiger Kater, jawohl.« Rick zog ihn auf, doch ohne Boshaftigkeit. »Warte mal«, fuhr er dann fort, immer noch grinsend, »du meinst, du hast gerade eine Frau gesehen, die so häßlich war wie ein Geist? Bloß eine? Davon gibt's Dutzende da draußen.« Er brüllte vor Lachen.

»Es ist dieselbe wie die, die im Sand lag«, sagte der Junge halsstarrig. »Sie ist durch die Priele gewatet, betrunken, mit einem kaputten Gesicht. Ich war mit Dad da draußen, und er hat mich zurechtgestaucht, weil ich über sie lachen mußte. Es war die Leiche, die ich mit Dad gefunden habe, nicht die, wo du dabei warst. Ich hätte mich gar nicht an sie erinnert, wenn ich nicht die Papiere mit ihrem Bild gesehen hätte. Na ja, jedenfalls hat die, die ich gerade gesehen hab, dasselbe rote Haar. Jede Menge davon. Sie muß ein Geist sein. Oder ihre Zwillingsschwester...« Unter Ricks spöttischem Blick sackte er in sich zusammen.

Stonewall konnte der Bedeutung seiner Gegenwart bei der Entdeckung der beiden Leichen einfach nicht widerstehen und spielte darauf an, wo immer sich eine Gelegenheit ergab. Zweimal hintereinander war er in der Schule ein umschwärmter Star gewesen. Rick dagegen hatte bloß die eine gefunden. Ein paar Hunde und Katzen in den Prielen, ein paar Schwäne, die von Bleigewichten vergiftet worden waren, eine Robbe, die einen riesigen Angelhaken verschluckt hatte – aber nur eine Leiche. Das war die einzige Sache in Stonewalls kleinem Leben, die ihm Überlegenheit verschaffte. Und das nutzte er weidlich aus.

»Rotes Haar? Du hast einen Geist mit rotem Haar gesehen?« spottete Rick. Stonewall war ernüchtert.

»Ich hab sie gesehen, als ich dich gesucht habe. Und dann noch mal, als sie in die Stadt ging, zusammen mit deiner Freundin.« Das letzte war eine Falle, aber Rick zuckte nur mit den Achseln.

»Das war doch kein Geist, Kleiner. Das ist eine Anwältin, jedenfalls behauptet sie das. Gehört zu den Pardoes. Sie bräuchten einen Gärtner und keine Anwältin. Im übrigen ist Jo nicht meine Freundin.«

»Ach, nein? Da hab ich aber was anderes gehört«, sagte Stonewall, den tollen Kerl markierend. Rick hätte fast losgelacht, brachte es aber nicht übers Herz.

»Wie auch immer, jedenfalls bin ich hinter den beiden her. Deswegen bin ich ja draufgekommen, daß die Rothaarige ein Geist ist. Deine Joanna ist zum Gemüsehändler gegangen und der Geist zum Arzt. Genau wie's die andere mit dem roten Haar gemacht hat. Meine Tante Mary hat immer gesagt, es wäre empörend.«

Stonewall liebte es, den Klatsch der Erwachsenen weiterzuerzählen, der in seinen elfjährigen Augen nie etwas von seinem Glanz verlor, egal, wie unverständlich er auch sein mochte. Ihm gefiel einfach der Tonfall, er wußte, daß sie über Sex sprachen, wenn sie die Stimmen senkten und sich in irgendwelche Ecken zurückzogen. Zu Hause bei den beiden Babys hatte er keinen besonders guten Stand, war immer der letzte in der Reihe und hörte bloß zu. Unglaublich, sagte Rick manchmal aufrichtig erstaunt darüber, was dieses Kind, so still zu Hause und ihm gegenüber so gesprächig, an Wissen aus zweiter Hand alles mit sich herumschleppte. Stonewall spürte, daß Ricks Aufmerksamkeit nachließ.

»Wirst du mit deiner Freundin zusammen rausfahren?« fragte er, um das Interesse erneut anzufachen.

»Sie ist nicht meine Freundin, habe ich gesagt. Bist du taub?«

»Sie glaubt aber, daß sie es ist«, murmelte Stonewall.

»Sie und wer noch?« fragte Rick großspurig. Dann erhaschte er in dem zersprungenen Spiegel, der auf dem Kamin stand, einen Blick auf sein Gesicht und zog eine höhnisch grinsende Grimasse. »Sie und Granny Pardoe, aber so würde jede Frau mit mir den kürzeren ziehen«, murmelte er. »Wie wär's mit einem Eis unten am Strand?«

Der Junge verbarg seine Begeisterung hinter einem Achselzucken, nickte und folgte Rick mit einem kleinen Hüpfer und einem vergnügten Seufzer, der ihm irgendwie rausrutschte, bevor er ihn unterdrücken konnte.

»Und da ist noch was«, sagte er, als sie die Gasse entlanggingen.

»Ja, ja, ich weiß schon, noch ein Geist, was? Der mit dem weißen Haar? Der große Kerl? Ach, komm, den hat doch angeblich jeder schon gesehen.«

»Vielleicht kommen Geister immer zu zweit.«

»Nun, ich weiß nicht«, sagte Rick und zog ihn am Ohr. »Ich glaube, du brauchst eine Brille, Kleiner. Eine dunkle ohne Scheibenwischer, damit du nicht mehr soviel siehst.«

»Dieser Geist hat meinen Hund«, sagte Stonewall halsstarrig und zu Tode beschämt, als er merkte, daß sich seine Augen mit Tränen füllten. »Jawohl. Ich hab ihn gesehen, und dann ist Sal weggelaufen.«

Rick dachte an seine Verabredung am Abend und wünschte sich halbwegs, daß er sie nicht gemacht hätte. Dann dachte er an Jo und versuchte sie aus seinen Gedanken zu vertreiben.

Als Sarah zu ihrem Cottage zurückkehrte und sich fragte, ob es nicht besser wäre, ihre Sachen zu packen und einfach zu verschwinden, als darauf zu warten, daß man sie rauswarf, sah sie neben dem Hintereingang zweierlei. Das erste war Mrs. Pardoe, die im Kohlfeld lag und sich sonnte. Sie erinnerte sie an ein Heiligenbildchen, wie sie so dalag, in der Pose des Gekreuzigten, die Beine übereinandergelegt, das Kleid nach oben verrutscht und die Arme ausgebreitet. Die Erde schien ihr nichts auszumachen. Sarah trat vorsichtig näher, bis ihr Schatten über den Körper fiel. Es war sehr heiß. Sie selbst wäre schrecklich gern zum Strand gegangen.

»Hallo.«

»Sie stehen mir im Licht«, sagte Mrs. Pardoe und rutschte mißvergnügt hin und her. »Geben Sie mir meine Sonne wieder.«

»Kann ich Ihnen irgendwas bringen?« Der Körper, der da vor ihr lag, hatte immer noch ausgesprochen wohlgeformte Beine, während das seltsam alterslose Gesicht an einen Kobold erinnerte.

»Ein Eis«, sagte die Dame träumerisch und schloß die Augen.

Das zweite, was Sarah sah, war Joanna, die in der Küche stand und heulte. Joanna hatte nicht das Selbstbewußtsein ihrer Mutter, aber auch bei ihr hatte Sarah das Gefühl von Schönheit, sie war nur im Moment nicht zu sehen.

»Tut mir leid«, sagte Joanna. Offensichtlich war es ihr nicht einmal peinlich. »Tut mir leid. Ich kann nicht anders.«

»Ist es wegen Ihrer Mutter?«

»O nein, an die bin ich gewöhnt. Der geht's gut, wirklich. Richtig gut. Man paßt sich einfach an, verstehen Sie?«

Sarah verstand nicht, nickte jedoch.

»Ich meine, sie ist nicht in Gefahr oder so, wenn sie allein bleibt, und sie erwartet auch nicht viel, das hat sie noch nie getan. Ich meine, ich könnte heute abend problemlos ausgehen, obwohl Ed und Julian freitags abends ebenfalls weg sind. Ich glaube, Ma ist ganz gern ein bißchen für sich, und sie geht sowieso lächerlich früh zu Bett, also ist alles in Ordnung, sie braucht keinen Babysitter, aber ich kann nirgendwohin, verstehen Sie? Ich meine, nicht mal rüber zu Caroline. Obwohl sie schon zweimal gefragt hat und ich gesagt habe, ich würde...«

Sarah nickte immer noch.

»Denn ich bin anders, und Caroline macht man nichts vor, verstehen Sie? Sie weiß auch, daß ich mit Rick gegangen bin, und er ist nun mal der bestaussehende Junge hier in der Gegend, aber jetzt spricht er nicht mehr mit mir. Julian hat ihm gedroht. Und sie hat ihre Freunde eingeladen, und ich müßte so tun, als würde es mir nichts ausmachen, verstehen Sie, ein Glas Wein trinken und einen Witz drüber machen. Was ich vielleicht noch könnte, so grade eben könnte, auch wenn's gar nicht wahr ist und nur 'ne ganz kleine Party, aber nicht so: Nicht, wenn ich nicht mal was anzuziehen habe...«

Sarah nickte. Ein finsteres Dilemma, an das sie sich selbst noch gut erinnern konnte. Heinrich IV. hatte sein Königreich für ein Pferd geboten. Ein Teenager mit Liebeskummer würde es für die richtigen Sachen zum Anziehen hergeben. Wenn man genauer hinsah, war Joanna bemerkenswert schlecht, fast kindlich gekleidet. Sarah setzte sich auf einen unbequemen Holzstuhl und verabschiedete sich von ihren Träumen von einem einsamen Nachmittag am Strand. Sie zog ihre Zigaretten aus der Tasche und zündete sich eine an, ohne Joanna eine anzubieten.

»Was würden Sie denn brauchen?« fragte sie sanft.

»Was Klassisches«, sagte Jo fieberhaft. »Ich hab's in einer Modezeitschrift gesehen... Caroline liest sie auch. Sachen, in denen man elegant wirkt. Sie wissen schon, älter, schmaler, so was. Teure Sachen. Julian meint, ich soll sie mir kaufen, wenn ich will, aber Edward sagt, mach das nicht, es ist nicht gut, so schnell erwachsen zu werden. Ich lache immer nur und sage, ist nicht schlimm, aber es ist wohl schlimm.«

Sarah spürte, wie ihre spontane Abneigung Edward Pardoe gegenüber wieder hochkam.

»Was Klassisches? Ein bißchen Schmuck? Nur ganz wenig?« fragte Sarah nachdenklich.

»Genau. Edward würde mich umbringen. Ich kann es mir sowieso nicht leisten, ich hab ihm eine neue Angelrute zum Geburtstag versprochen, und die kostet ein Vermögen...«

»Stehen Sie mal auf.«

Joanna stand auf. Sie war größer als Sarah.

»Ich hab ein paar wunderbare Hemden, die passen immer. Und darunter Leggings? Kommen Sie mit.«

»Oh, das kann ich nicht, Miss Fortune, ehrlich. Tut mir wirklich leid, daß ich Sie so vollquatsche, ich kenne Sie ja kaum... Oh, es ist schrecklich...«

»Schwestern im Geiste«, sagte Sarah leichthin. Kleider eigneten sich entweder als Stoff zum Träumen oder als Vertrauensbasis. »Ich würde nicht auf Edward hören«, setzte sie freundlich hinzu. »Männer verstehen nichts von solchen Dingen. Eine hübsche, freche Farbe, keine Muster, das brauchen Sie.«

»Schwarz«, sagte Jo. »Dann würde ich es schaffen.«

Der Sand war weich. Seine schlechtsitzenden Schuhe rutschten plötzlich weg und kämpften um Halt, er schlug mit den Armen, verlor das Gleichgewicht und stürzte mit wehender Jacke den Hang hinab. Wieder und wieder überschlug er sich, bis er endlich, Haar und Mund voller Sand, am Strand liegenblieb. Zuerst kam ein unglaubliches Gefühl von Wut und dann Heiterkeit, als er losließ wie ein Kind und sich in einem seligen, ungehinderten Taumel ohne jedes Gefühl von Gefahr um sich selbst drehte. Am liebsten hätte er es gleich noch einmal gemacht. Der Himmel war strahlend blau, als er die Augen öffnete und lachte. Plötzlich beugte sich ein Gesicht über ihn.

»Das war nicht gerade elegant«, sagte Edward Pardoe.

Der Mann brummte, setzte sich auf und strich sich über das üppige weiße Haar, das sich im Nacken kräuselte. Er trug die bunt zusammengewürfelte Kleidung eines Vagabunden, viel zu dick für den Sommer. Jetzt zog er mit einem Anflug von Eleganz die langen dünnen Beine an und schlang die Arme um die Knie. Komisch, wie Kleider einen bis zur Bedeutungslosigkeit verändern konnten. Er fing an zu verstehen, daß eine Maske zur Gewohnheit werden kann. Früher hätte diese Transformation ihn erschreckt, doch das war vorbei.

Edward vermutete, daß das Gesicht unter dem Stoppelbart einmal schön, vielleicht sogar auffallend gewesen war. Eine Weile saßen sie schweigend nebeneinander.

»Ich würde dieses Stück Küste hier gern umgestalten«, sagte Edward. »Es ist so... unvollkommen.«

»Aber es ist da«, sagte der Mann.

»Ja, ich weiß. Doch das Meer müßte meine Füße umspülen. Die Bäume müßten exotischer sein als diese öden Kiefern. Ein paar ungewöhnliche Sträucher. Blumen im Winter. Ich könnte es schaffen. Ich werde es schaffen.«

»Erst die Kunst, dann die Natur«, murmelte der Mann. »Diese Art von Träumerei hat ihren Preis.«

Sie verfielen erneut in Schweigen. Das Meer blieb entrückt. Der Mann starrte wie verzaubert in die Ferne.

»Hat man Sie gesehen?« fragte Edward, als spielte es keine Rolle.

»Was glauben Sie? Vom Meer oder vom Land? Ich nehme es an. Ein widerlicher kleiner Junge mit seinem Hund. Der Hund ist hinter mir hergerannt. Ich hasse Hunde. Ich treibe mich rum, Strandhütten, Fischerboote, hin und wieder ein leerstehendes Cottage, in dem die Leute freundlicherweise ihre Seife vergessen haben. Das Dorf ist von Feriengästen überlaufen, dummen Trotteln. Sie bemerken einen nicht, wenn man so ehrwürdig aussieht.« Er berührte seine weißen Locken. »Die Leute beachten mich längst nicht mehr.«

»Vielleicht haben sie es getan, als Sie noch jünger waren«, sagte Edward hämisch.

»Ich bin ein Mensch ohne festen Wohnsitz«, sagte der Mann ruhig. »Das ist meine eigene Entscheidung, kein Schicksal. Und das heißt nicht, daß ich ein Mensch ohne Bedeutung wäre.« Noch während er das sagte, fragte er sich, ob es stimmte, und sah hinab auf seine Hände. Natürlich konnte er sich noch daran erinnern, wie man sich die Nägel schnitt.

»Wie sind Sie den Hund wieder losgeworden?«

Die Art, wie der Mann mit seiner aristokratischen Stimme und seinem völlig gleichgültigen Gebaren trotz seines Aussehens Überlegenheit ausstrahlte, war beunruhigend. Er sah aus wie ein Ausgestoßener und benahm sich wie ein Fürst.

»Mit dem Köter? Habe ihn begraben. Es war nur ein Hund.«

Edward schluckte. »Sie sind nicht unsichtbar«, sagte er scharf. »Ich habe im Dorf Gerüchte über einen Geist mit weißen Haaren gehört, der kleinere Einbrüche verübt. Offensichtlich sind Sie dabei, Ihr Talent zu perfektionieren.«

»Mrs. Tysall hatte ein Talent für das Aufbrechen von

Schlössern«, sagte der Mann plötzlich aus heiterem Himmel. »Schlüssel konnte sie nicht ausstehen, aber sie kam überall rein – oder raus.«

»Ich habe Mrs. Tysall nicht gekannt«, sagte Edward irritiert. »Das war mein wunderbarer Bruder, wie ich Ihnen bereits ausführlich erklärt habe.« Beide starrten auf das Meer, ohne sich anzusehen.

»Ich muß sicher sein«, sagte der Mann.

»Wie Sie in die Praxis gelangen, müssen Sie schon selbst rauskriegen«, fuhr Edward fort. »Aber wie ich gestern schon gesagt habe: Sie brauchen die Schlüssel zu seinem Schreibtisch.«

Er ließ ein Schlüsselbund in den Sand zwischen ihnen fallen. Der Mann wandte den Blick nicht vom Horizont, als er mit langen, trägen Fingern danach tastete.

»Übrigens – bleiben Sie von unseren Cottages weg, hören Sie? Wir haben einen Gast im letzten der drei. Meine Schwester hält sie für eine blöde Kuh, aber sie scheint ziemlich gewieft zu sein.«

»Ahh, Ihre süße Schwester.«

»Lassen Sie Joanna in Ruhe, sie gehört mir«, sagte Edward scharf.

»Aber sicher. Ich habe keinen Augenblick daran gezweifelt. Ahh, die Liebe einer Schwester. Warum sollten Sie sich dessen schämen? *Sag, wir hatten einen Vater, einen Schoß. Sind wir nicht dieserhalb auf ewig eins? Und noch viel mehr durch die Natur? Das Band des Blutes und des Geists? Eine Seele, ein Leib, eine Liebe, ein Herz, ein alles?*«

Erneutes Schweigen.

»Wer hat das geschrieben?« fragte Edward sanft. »Das gefällt mir.«

»*Schade, daß sie eine Hure ist.*«

Edward ballte die Fäuste.

»John Ford. Ein Stück. War nicht persönlich gemeint.« Edward entspannte sich wieder.

»Hier«, sagte er schroff. »Seien Sie dankbar für die Liebe einer Schwester. Sie hat die Sandwiches für mich gemacht. Das tut sie jeden Tag. Schade, daß Sie Ihr Essen nicht angeln können. Ich würde Ihnen eine Rute leihen.«

Der Mann nahm die Sandwiches, ohne sich zu bedanken, packte sie aus und schlang sie mit der Gier eines Hundes vor dem Futternapf hinunter. Seine Zähne waren braun. Die Stille wurde nur vom Mahlen der Kiefer unterbrochen, dem sanften Rauschen der Bäume hinter ihnen und dem fernen Rufen der Touristen am Strand. Edward konnte sich vorstellen, daß der Mann sogar Aas verzehren würde, mit Knochen und allem. Ein leichter Schauer lief ihm über den Rükken.

»Essen ist eine völlig irrelevante Angelegenheit«, erklärte der Mann. »Ich verachte das vulgäre Geschäft der Nahrungsbeschaffung. Dennoch nehme ich an, es wäre nützlich, wenn ich angeln gelernt hätte. Können Sie angeln?«

»Nicht besonders gut. Ich gehe nachts raus, um es zu lernen«, sagte Edward kläglich. »Wenn keiner zuguckt. Mein Vater konnte angeln«, setzte er schließlich noch hinzu, ohne zu wissen, warum. »Er hat immer gesagt, es macht einen zum Mann.« Das Schweigen dehnte sich unerträglich lange.

»Wie bin ich bloß auf jemanden wie Sie gestoßen?« fragte Edward halb im Spaß, nur um es zu brechen. »Sie haben ganz schön Schwung in meinen Sommer gebracht.«

»Träume«, sagte der Mann abrupt. »Wir sind alle in Träumen verloren.« Aus seinem Mund klang das Wort merkwürdig obszön.

»Ach, ja?«

»Sie sind auf mich gestoßen, weil ich mich in einem Ihrer Cottages verkrochen hatte«, fuhr der Mann gleichmütig fort. »Und es schien Sie zu belustigen. Sie haben gesagt, Sie würden mich nicht gleich rauswerfen, wollten mir sogar noch ein anderes leerstehendes Plätzchen zeigen, vorausgesetzt, ich wäre so gut, ein Feuerchen drin zu machen, gerade groß genug, um es unbenutzbar zu machen. Nicht zuviel verlangt von einem Mann, der über eine Menge Freizeit verfügt.«

»Wir scheinen eine ziemliche Entwicklung genommen zu haben«, murmelte Edward.

»Träume, alles Träume. Sie träumen davon, die Landschaft zu verändern. Und dafür müssen Ihr Bruder unschädlich gemacht und Ihre Mutter getötet werden.«

So brutal hätte Edward es nie ausgedrückt. Er spürte das Prickeln auf seiner Kopfhaut und ein fürchterliches Brennen in den Gliedern.

»Und Sie?«

»Ich träume von einem Beweis für Niedertracht und Ehebruch. Ich träume von Rache und Wiederherstellung meiner Ehre. *Tod, Ihr seid ein lang erwarteter Gast, ich heiße Euch und Eure Wunden willkommen.*« Edward rappelte sich leicht benommen auf. Genug war genug.

»Erzählen Sie mir nichts über meine Träume. Wir treffen uns morgen oder übermorgen um die gleiche Zeit hier wieder.«

Der Mann nickte, und der Wind wehte sein langes weißes Haar aus dem einst markanten Gesicht. Rache und Ehre. Erst die Rache für Elisabeth. Und dann sollte Sarah, die rothaarige Sarah, die sich wie Elisabeth bei den Pardoes eingeschlichen hatte, endgültig Sühne tun. Erst dann würde er Ruhe finden. Seine Augen starrten noch immer auf das Meer.

Sarah Fortune hatte ihren Koffer für alle Eventualitäten gepackt, ohne allerdings an die Extreme des Landlebens zu denken, sofern sie noch existierten. Schwarz war kein Problem. Eine kleine Jacke aus Veloursleder und Seide mit ellbogenlangen Ärmeln, die sie ständig trug. Die Jacke hatte leicht gepolsterte Schultern und wirkte über den Leggings kühl und elegant. Vervollständigt wurde das Ganze von einem kirschroten Gürtel und einem diskreten, aber schweren Halsband und passenden Ohrringen aus Silber. Die Kleine wirkte auf einen Schlag zehn Jahre älter, wie umgewandelt in eine geschmeidige schwarze Katze und mit einer gehörigen Portion Selbstbewußtsein ausgestattet.

»Das Hemd müßte gebügelt werden. Wo ist ein Bügeleisen?«

»Ah, im Schrank. Oh, Sarah! Diese Jacke ist einfach toll!«

Eine Anwältin, die ihre Mandantin für die Party bei einer Freundin ausstaffiert. Wenn das die schlimmsten Ausschweifungen eines Lebens auf dem Land sind, könnte ich Gefallen daran finden, dachte Sarah. Im Verlauf der ausgiebigen Inspektion ihres Koffers hatte sie eine Menge Familiengeschichten gehört, denn Joanna redete wie ein Wasserfall. Zum Beispiel, daß ihr Vater ein so liebenswerter Tyrann gewesen war, daß sie alle aus dem Heulen gar nicht mehr rausgekommen waren, daß Julian dagegen aber bloß ein Scheusal war. Und daß Mutter sich nie hatte durchsetzen können, als Vater noch am Leben war, das arme Ding. Daß Edward phantastisch war, aber ständig falsch beurteilt wurde, und Joanna Pardoe sich nicht mehr vom Leben wünschte, als richtig kochen zu lernen, zu heiraten und jede Menge Babys zu kriegen.

Sarah hatte ihr darin zugestimmt, daß der Feminismus überbewertet wurde und, nein, eine Karriere nicht immer der Weg zum Glück war und, ja sicher, eine Familie ein ausgezeichnetes Lebensziel sein konnte, wenn man das Temperament dafür mitbrachte. Dann erfuhr sie alles über Rick, und wie wunderbar er war und daß er Joanna nicht mehr liebte, nachdem Julian ihm gesagt hatte, daß er die Finger von ihr lassen sollte.

»Ich nehme an, das ist ein besserer Vorwand für eine Abfuhr, als einem zu sagen, daß man zu dick ist«, schloß Joanna versonnen und schlüpfte in die frisch gebügelte Bluse, der man ihren Preis durchaus ansah. »Lieber Himmel, wie spät ist es eigentlich?«

»Dick? Wer ist hier dick?« antwortete Sarah. Sie hatte einen Spiegel aus dem Schlafzimmer geholt, und Joanna drehte sich kichernd und schon halb überzeugt davor hin und her. Noch besser aber, sie war sicher, daß andere keinen Augenblick an ihrem ausgezeichneten Geschmack zweifeln würden.

»Was haben Sie mit meinem Haar gemacht?« Es war auf dem Kopf zu einem Schwanz gebunden und würde den ganzen Abend anmutig herunterfallen. Um die Ohren lösten sich einzelne blonde Locken. »Meinen Sie wirklich, daß ich das tragen kann?«

»Darauf können Sie einen lassen, wenn Sie wollen. Caroline, oder wie sie heißt, wird vor Neid erblassen. Sie sehen umwerfend aus. Ich würde alles tun für solches Haar«, setzte Sarah inbrünstig hinzu.

»Aber Ihres ist doch wunderschön!«

»Nicht immer«, antwortete Sarah.

Mrs. Pardoe hatte mittlerweile am Fenster im oberen Stockwerk Stellung bezogen, wo sie manchmal bis zum späten Nachmittag wartete, ob der Eiswagen vorbeikam. Das war nicht jeden Tag der Fall, aber häufig genug, um ihr Ausharren zu rechtfertigen.

Sie beobachtete ihre Tochter, die von den Cottages zurückkam, wo sie vorher mit der Anwältin hingegangen war. Als sie Joanna wie eine moderne Prinzessin heranstolzieren sah, den Kopf hoch erhoben, das Gesicht von rosiger Zuversicht erfüllt, lehnte sie sich zurück und stieß einen vergnügten Seufzer aus.

Ernest Matthewson war ein alter Freund, einer, auf den man zählen konnte. Er hatte wirklich gute Ideen.

Ernest erinnerte sie an Essen: Eis, Schokoladenkuchen, Steaks und Champagner. Und an all die Jahre, in denen man sie »Mouse« genannt hatte.

Fünf

Malcolm Cook saß mit seinem Stiefvater und seiner Mutter beim Abendessen, wie alle vierzehn Tage. Manchmal war es eine Qual, allerdings nie, als Sarah noch dabeigewesen war. Doch es gab keine Chance, sich davor zu drücken. Das Essen war immer reichhaltig, denn die rundliche Mrs. Matthewson brauchte nie lange, um sich von einer Periode des Diäthaltens zu erholen. Ernest blieb an diesem Tag der fettarme Yoghurt um Malcolms willen erspart – nach Meinung seiner Mutter war der Junge viel zu dünn. Sie tat ihr Bestes, indem sie die Sahne in der Suppe versteckte und heißes Knoblauchbrot servierte, das angeblich mit einem kalorienarmen Belag bestrichen war. Ihr Mann ließ sich nicht nötigen, Malcolm dagegen nicht täuschen. Im Gegenteil, er spielte das Spiel zwar mit und machte ihr Komplimente, aß jedoch nur, was er für nötig hielt

»Möchtest du noch etwas, Malcolm, mein Junge? Noch eine Kartoffel?«

Bisher war alles ruhig geblieben. Es war ein ganz normales freitagabendliches Essen. Hauptsache, sie ließ die beiden nicht allzulange allein. Sie saßen beim Kaffee, tief in den weichen, mit Kolibris geschmückten Polstern vergraben, und taten, als wäre nichts, als im Flur das Telefon klingelte und Mrs. Matthewson glaubte, sie könnte ruhig einen Augenblick verschwinden.

»Vater«, fing Malcolm an. »Warum hast du Sarah weggeschickt?«

»Hab ich nicht«, antwortete Ernest entrüstet. »Es war ihr

eigener Wunsch. Sie hat darum gebeten. Konnte es kaum abwarten aufzubrechen. Sie wollte unbedingt ans Meer. Sie redet sowieso dauernd davon, auf dem Land zu leben, irgendwo in Meeresnähe. War 'ne prima Chance, es auszuprobieren, und hat überhaupt nichts mit dir zu tun.«

Malcolm griff in die Zigarrenkiste, die links von ihm auf einem reichverzierten und mit noch mehr Vögeln geschmückten Tischchen stand. Er nahm eine von Ernests feinsten Zigarren, steckte sie sich in die offene Brusttasche und zündete sich eine von den eigenen Zigaretten an, was sein Vater haßte. Ernest zuckte sichtlich zusammen.

»Du mußt meine Dummheit für grenzenlos halten«, fuhr Malcolm im ruhigen, strengen Tonfall eines Anwalts fort. »Aber manchmal setzt sie aus, und es kommt etwas zum Vorschein, das Intelligenz genannt wird. Vielleicht hast du im Hinblick auf Sarah und mich recht gehabt, was ich bezweifle, aber mußtest du so grausam zu ihr sein?«

»Grausam?« polterte Ernest los. »Was heißt hier grausam? Nun schön, ich dachte, ein bißchen Zeit zum Nachdenken könnte euch beiden nicht schaden, und es schien eine gute Gelegenheit. Und ja, ich muß einräumen, daß mir nicht ganz klar war, wohin ich sie schickte. Sie hat jedoch gesagt, es wäre ihr egal. Hatte wohl sowieso was in dem Teil der Welt zu tun. Wollte irgendwen besuchen, glaube ich.«

»Natürlich wußtest du es. Du warst einmal sehr gut mit den Pardoes befreundet. Ihr Vermögen auseinanderzudividieren, das könnte ein anderer in ein paar Stunden sicher besser als sie. Aber vor allem weißt du, was sonst noch in Merton passiert ist: Daß Charles Tysalls Frau dort Selbstmord begangen hat und er ihrem Beispiel gefolgt ist.« Malcolm hielt seine Stimme ruhig. Ernest war immer dann am unberechenbarsten, wenn er sich aufregte. Im Moment brachte er nicht mehr heraus als ein unwirsches Brummen.

»Was ist eigentlich aus dem Tysall-Imperium geworden, Vater?«

Ernest schnaubte verächtlich. »Es wird Jahre dauern, bis der Nachlaß gesichtet ist. Was weißt du schon von solchen Geschäften? Warum zerbrichst du dir darüber den Kopf? Du hast doch viel mehr Spaß, wenn du deine schmuddeligen Kriminellen jagen kannst...«

»Und was war Charles anderes? Der Inbegriff der Rechtschaffenheit etwa? Er war vielleicht in Eaton und stammte aus einer guten Familie, ja, aber er hat Geschäfte mit gestohlenen Ideen gemacht, Menschen in den Ruin getrieben, seine Frau mißhandelt...«

»Dafür gibt es keine Beweise«, murmelte Ernest. »Vielleicht hat er mir einiges erzählt, aber es ist gut möglich, daß da nur seine Phantasie mit ihm durchgegangen ist. Sprich nicht schlecht von den Toten.«

Die Perserkatze sprang von ihrem Kissen, als Malcolm sich über seinen Vater beugte. Ernest stieß mittlerweile ein leichtes Pfeifen aus, das nach einem Verdauungsschläfchen klang und möglicherweise vorgetäuscht war. Malcolm, der sich der Schande von Gewaltanwendung stets bewußt war, sich aber selbst nur im Zaum hielt, indem er zwanzig Meilen in der Woche lief, hätte nie Hand an einen Schlafenden gelegt, auch wenn die Versuchung groß war. Wenn dieser alte Mann doch bloß nicht so verdammt machiavellistisch wäre, wenn sie sich nur je wirklich darüber unterhalten hätten, was Sarah passiert war, kurz bevor Malcolm sie damals gefunden hatte. Wenn sich Sohn und Mutter im Interesse von Ernests Gesundheit bloß nicht verschworen hätten, ihn vor Informationen zu schützen, die ihn aufregen könnten. Aber jetzt war es zu spät.

»Ich denke an Sarah, nicht an deine verdammten Mandanten«, murmelte Malcolm, mehr zu sich selbst. »Denn sie hat mir einiges über die Liebe beigebracht, Dad. Ja, das hat sie. Ich meine nicht bloß Sex, ich meine die Liebe.«

Ernest fuhr aus einem Traum hoch und rieb sich den Bauch.

»Scharf. Das ist das Problem. Ein bißchen scharf«

»Was soll das heißen?« fragte Malcolm. »Ich spreche von Sarah.«

»Ich auch, aber was ich gerade meinte, ist, ich hätte diesen Pie nicht essen dürfen. Zu scharf«, grummelte Ernest und rieb sich immer noch den Bauch. Er warf seinem Stiefsohn einen flehentlichen Blick zu.

»Ist dir eigentlich klar, daß deine Loyalität Mandanten gegenüber geradezu lächerlich ist?« fragte Malcolm. »Du überspannst den Bogen einfach. Ich dachte, du wärst geheilt. Würdest du es mir zum Beispiel verraten, wenn Tysall noch lebte?«

»Nein«, sagte Ernest. »Tut er nicht, aber ich würde es dir auch nicht sagen, wenn es anders wäre. Nur damit du zu Ende brächtest, was du schon einmal versucht hast? Ihn wegen Betrugs zu verfolgen, wo er doch bloß ein paar Ideen übernommen hat? Das ist eine völlig normale Praxis. Das könnte ich einem meiner Mandanten nicht antun. Nicht mal einem toten.«

Wieder zuckten Malcolms Finger in schrecklicher Versuchung. Er ballte die Hände zu Fäusten und steckte sie in die Taschen. Seine Mutter stand wie angewurzelt in der Tür und wirkte plötzlich unendlich verloren. Trotz all ihrer Mühe, ihrer und Sarahs, lagen sich Vater und Sohn unablässig in den Haaren, und die Liebe, dieses gefährliche und explosive Gut, war vergänglicher denn je.

»Ich liebe es, verstehen Sie?« rief Rick über den Lärm hinweg. »Ich meine, so ist es nun mal. Möglich, daß ich nichts anderes kann und es deswegen so ist, aber ich liebe es. Kann nichts dran machen.«

»Darf ich mal versuchen?«

»Klar dürfen Sie. Schade, daß Stonewall nicht hier ist. Er ist ein absolutes As an den Dingern. Welche Maschine wollen Sie? Versuchen Sie die hier, die ist wirklich gut.«

Sarah war nicht verwirrt von den vielen Apparaten, nur ihr Krach ging ihr auf die Nerven. Sie hörte ein wüstes Durcheinander von donnernden Geräuschen, schrillen Pfeiftönen, Maschinengewehrfeuer, elektronischen Stimmen, die Befehle schnarrten, gedämpften Explosionen von einem Dutzend Bomben und dem Klimpern fallender Münzen. In einer anderen Ecke des großen Raums saß eine andere Generation und spielte Bingo. Man sah eine Reihe von eifrigen grauen Köpfen, Handtaschen auf dem Schoß, Spielerinnen, die mit der Hingabe einer Kirchengemeinde der Stimme lauschten, die klangvoll aus dem Lautsprecher hallte. »Nummer sechs, alte Hex', Nummer drei, voll dabei ... kaum gelacht, steht die acht.« Über ihnen standen die geschmacklosen Preise, auf die sie sich konzentrierten. Als hinge ihr Leben davon ab, ob sie einen der limonengrünen Pelzbären, eine grellrosa Puppe, ein Plastikskelett oder Puzzlespiel gewannen. Auf dem obersten Brett, verstaubt und unbarmherzig grell beleuchtet, standen Tischlampen aus Glas und Messing mit angekrausten Nylonschirmen, schimmernde Vasen, ganze Sätze von billigen Gläsern, riesige Teddybären und grinsende Tonkatzen mit glitzernden Augen, doch nicht eines dieser Teile war den Preis für auch nur drei Spiele wert oder gar die Sehnsucht, die es entfachte.

Sarah saß auf einem Hocker, der so bequem wie ein Fahrradsattel war, steckte fünfzig Pence in den Schlitz und beobachtete einen maskierten Mann, der die Straße auf dem Bildschirm entlangrannte. Rechts und links von ihm taten sich Abgründe auf. Der Feind bewarf ihn mit Bomben und quoll in der Absicht, ihn zu erledigen, massenweise aus Türen und Fenstern. Wenn man in einer völlig perversen Koordinationsleistung einen Knopf drückte und gleichzeitig einen Hebel betätigte, flogen die Killer in die Luft, und man hatte den Flüchtling vor einer tausendköpfigen Gang gerettet. Sarah versagte schmählich. Innerhalb von Sekunden war der Ärmste tot und in einer grandiosen Explosion, die noch lauter war als die anderen, von der Bildfläche verschwunden. »Game over«, hieß es auf dem Bildschirm.

»Wissen Sie, was?« brüllte ihr Rick ins Ohr. »Sie sind zu nichts zu gebrauchen. Noch mal?«

Zu ihrer Linken stand ein Junge. Sein Körper war gespannt, und seine Hände bewegten sich so rasch, daß sie nur als verwischte Bewegung sichtbar waren. Die Augen starrten wie verzaubert auf die grünen Monster, die sein Haar in die gleiche Farbe tauchten. Der Bildschirm spuckte das schnelle Rattern eines Gewehrs und die stummen Laute künstlichen, unbeseelten Leidens aus.

»Nein, danke. Und wo gehen Sie hin, wenn Sie mal Luft holen wollen?«

»Warum?« rief er.

»Ist das hier alles?«

Er grinste. »Ist das nicht genug?«

Er liebte den Lärm, verstand jedoch ihre Botschaft und führte sie in den hinteren Teil des Spielsalons, wo man zwar immer noch seine Stimme erheben mußte, um sich verständlich zu machen, aber nicht mehr so stark. Eine Weile war sie taub und blind. Das Licht hier war unheimlich. Der Teppich endete in zwei Hinterzimmern. Das eine enthielt einen Tisch, einen Stuhl, eine Spüle, einen Kessel, ein paar Pappkartons und diverse »Außer-Betrieb«-Schilder, das andere noch mehr gegeneinandergelehnte Maschinen, die, so schmutzig und unbeleuchtet, merkwürdig leblos wirkten. Irgendwie erinnerten sie Sarah an den Friedhof.

»Ausrangiert«, sagte Rick. »Ich mag sie gar nicht ansehen. Die meisten sind aus der Mode gekommen. Es gibt ständig was Neues. Die Kids spielen so lange daran herum, bis sie sie in- und auswendig kennen, und dann wollen sie was anderes. Die alten interessieren sie nicht mehr. Ich bin meistens vorn. Sonst gibt's hier nichts mehr, nur noch den Hinterhof.« Er öffnete eine Tür hinter den stummen Maschinen. Der letzte Rest des rasch abnehmenden Tageslichts an der Grenze zwischen spätem Abend und Sommernacht wirkte düster nach dem grellen Schein der Bildschirme. Rick schien erschöpft. Die Prellungen waren im Spielsalon irgendwie weniger aufgefallen, hier draußen bildeten sie zusätzliche Schatten auf seinem hübschen Gesicht. Ein attraktiver Bursche, zehn Jahre jünger als sie. Sein Gesicht dürfte eigentlich nicht den kleinsten Kratzer zeigen. Die Welt müßte ihm zu Füßen liegen und er selbst voller Träume sein.

Nach einer Stunde in einem Pub namens Globe hatte er angeboten, ihr den Spielsalon zu zeigen – oder hatte sie danach gefragt? Er konnte sich nicht erinnern und hatte auch vergessen, welche Vorwürfe er sich wegen seiner in aller Herrgottsfrühe bereits ausgesprochenen Einladung zu einem Drink gemacht hatte. Er saß einfach gern mit ihr da, halbwegs hoffend, daß ihn jeder, der ihn kannte, so sah, bis auf Jo natürlich. Was auch der Fall war. Morgen würde es eine Menge Tratsch in der Stadt geben, und er würde dem armen kleinen Stonewall eine Menge erklären müssen. Als er zu den Sternen aufsah, die vom Hinterhof des Spielsalons aus sichtbar waren, fühlte er sich plötzlich traurig, leer und mutterseelenallein. Am liebsten hätte er sein ganzes Leben vor ihr ausgebreitet, all das Zeug, worüber er sonst nie sprach. Außerdem war er müde, die gequetschten Rippen und das frühe Aufstehen machten sich bemerkbar. Wahrscheinlich war es das Bier, die ungewohnte Stille, ihr Parfüm. Er glitt von der Mauer und blieb unten sitzen. Sie hockte sich neben ihn.

»Tut mir leid«, sagte er. »Manches setzt einem eben doch zu.«

»Du bist ganz blaß, Rick.«

Ohne nachzudenken, griff er nach ihrer Hand. Wahrscheinlich war er betrunken.

»Du bist wirklich nett, weißt du? Warum hast du meine Einladung überhaupt angenommen? Du wolltest doch nur einen Spaziergang am Strand machen. Ich bin ein Wrack, sieh mich an.«

»Ein nettes Wrack. Du hast 'ne Menge Freunde hier.«

Er rappelte sich auf. »Grund genug, sich durch die Hintertür davonzumachen, schätze ich. Was ich jetzt brauche, ist ein Kaffee. Ich wohne gleich um die Ecke. Gute Nacht. Tut mir leid.«

»Ich hätte auch gern einen.«

Irgendwie war es beschämend, sich an seinem freien Abend über den Hinterhof des Spielsalons durch die Gasse zu stehlen und dann die Straße rauf bis zum Swamp Cottage. Er nahm sie mit, damit sie sah, wie er lebte. Ordentlich, ein bißchen unaufgeräumt, aber sauber. Er konnte prima saubermachen, wenn er auch sonst nicht zu viel taugte. Komisch, wie sie gleich alles in die Hand nahm, aber deswegen kein bißchen bestimmend wirkte, genau wie heute morgen. Getoastete Käsesandwiches hervorzauberte, ohne zu fragen, wo was war, toll. Man hätte glauben können, daß sie schon ein dutzendmal hiergewesen war. Es war wie mit Stonewall, bloß ganz anders. Er mußte was essen, nachdem er den ganzen Tag schon nicht dran gedacht hatte. Wenn man ständig den Gestank von gebratenen Zwiebeln und Eis mit Schokosplittern in der Nase hatte, konnte man schon mal vergessen, selbst auch was zu essen. Der Raum wurde wieder klar, das löchrige Sofa und alles, und er war trotzdem stolz drauf. Sie hatte eine hinreißende Art zu essen, mit langen Fingern und spitzem Mund. Und er wollte ihr immer noch sein Leben erzählen. Kein guter Handel, wie? Sie hatte sich das Meer ansehen und über die Pardoes reden wollen, und er hatte nur sich selbst im Kopf. Und Jo. Komischerweise hatte er es überhaupt nicht als Verrat empfunden, über Jo zu reden. Es war sogar ein gutes Gefühl gewesen, als sie ihm erzählte, wie sie Jo ausstaffiert hatte, um mit den anderen auszugehen. Nicht mit einem anderen Typen. Das war der Augenblick, als der Raum plötzlich wieder klar wurde. Seit zwanzig Minuten sprach er nur von Jo.

»Warum hat Edward mir gedroht?« fragte er laut.

»Edward? Es war Julian. Du hast es ihr selbst gesagt.«

So war es, wenn man mit einer Frau zusammen war, die zuhörte. Man brauchte nichts zu erklären, alle zusammenhanglosen, betrunkenen, müden Gedanken fügte sie fein säuberlich zusammen.

»Nein. Ich hab sie danach nur noch einmal getroffen. Da habe ich ihr erzählt, daß ihr Bruder mir geraten hat, die Finger von ihr zu lassen. Ich meinte natürlich Edward. Julian ist in Ordnung. Er würde so was nicht machen. Er würde einem auch nicht drohen, wenn man mit der Miete im Rückstand wäre, genausowenig wie sein Dad. Edward hat mir gesagt, wenn ich sie nicht in Ruhe lasse, schmeißt er uns raus. Dabei gab es überhaupt keinen Grund. Ich liebe Jo, verstehst du? Wir haben schon im Sandkasten zusammen gespielt, und seit damals bin ich hinter ihr her, aber was soll's? Ich taug wohl nicht für so 'ne Wahnsinnsfrau, oder? Nicht mal, wenn ich sie liebe. Nicht mal, wenn ich sie mir so sehr wünsche, daß ich an nichts anderes denken kann.«

»Wieso nicht?«

Das war der einzige Punkt in der wirren Unterhaltung des Abends, den sie nicht zu begreifen schien, sie, die sonst alles zusammenzusetzen vermochte, was er sagte, und das noch, während er es sagte. Himmel noch mal, sie kannte sein halbes Leben, den Spielsalon, seine Träume, nur den allergrößten nicht. Sie war mehr als umwerfend, hatte sein Ansehen im Ort erheblich verbessert, auch bei seinem Dad, der in einer Ecke der Kneipe gehockt und sie mit offenem Mund angestarrt hatte. Geschah ihm recht. Trotzdem hatte sie keine Ahnung. Zum Beispiel davon, daß er in seinem Alter noch nie gebumst hatte. Aus Angst vor dem Versagen und nach einigen ungeschickten Versuchen hatte er nie mehr zustande gebracht, als ein Mädchen zu befummeln.

»Warum solltest du für Jo nicht taugen?«

»Dad hat mich einfach zu oft getreten!« schrie er so laut, daß er tausend Bildschirme mit computerisierten Morden und lauten Helden spielend hätte übertönen können. »Er hat's mir unmöglich gemacht. Glaub ich jedenfalls.« Er hielt ihre Hand und wußte selbst nicht genau, wieso. Es schien noch gar nicht so lange her, daß er nach ihr gegriffen hatte, als er an der Mauer herabglitt, und dann, ein oder zwei Augenblicke, bevor das Zimmer wieder klar wurde, hielt er sie immer noch. Er konnte sie riechen, wollte sie riechen. Käse, Toast, Parfüm. Lange Ärmel aus einem Stoff, den er gern berührte, fühlte sich an wie Wildleder. Hier war diese tolle Frau und sah, daß er heulte wie ein Baby. Wie Stonewall an jenem Nachmittag, als die Flut das Halsband seines Hundes angespült hatte. Als hätte er noch eine Bestätigung dafür gebraucht, daß Sal tot war.

Hand in Hand saßen sie auf seinem Sofa, er und diese ältere Frau. Er überließ sich einfach seiner bohrenden Verzweiflung und seiner Scham. Sie tat irgendwas, berührte ihn und sagte kaum ein Wort. Sie legte ihr Kinn gegen das seine, dabei war sie so winzig. Bestimmt, damit sie ihm in die Augen sehen und sich krank lachen konnte. Aber genau das tat sie nicht. Sie lächelte, statt zu lachen, und machte noch was. Anscheinend hatte sie ihre Bluse verloren. Ihre Arme waren mit hübschen kleinen Narben übersät, die aussahen wie eine Reihe sinnloser Tätowierungen.

»Treten schadet nicht«, sagte sie aus weiter Ferne. »Hat's noch nie getan. Einem Mann wie dir.«

Er dachte an den Mann, den er mit Stonewall gefunden hatte, mit weißer Haut und genauso leblos wie sein Pimmel. Es hatte ihm mehr ausgemacht als alle Stiefeltritte seines Vaters zusammen, und außerdem wußte er, daß es damit jetzt vorbei war. Aus und vorbei...

Später fragte er sich, wie er auf diesem durchhängenden Sofa aus dritter Hand mit seiner herausquellenden Füllung bloß seine Furcht und seine Jungfräulichkeit hatte verlieren können. Er hätte sich gern an die Einzelheiten erinnert, um sie im Geist Revue passieren zu lassen.

Rick erwachte, voller Bewunderung für das, was er zum erstenmal in seinen einundzwanzig Lebensjahren getan hatte. Er hatte eine Frau gebumst, langsam und schön. Eine Frau, die ihm die Decke bis zum Kinn gezogen und die Schuhe abgestreift hatte, bevor sie ihn mit einem klaren Kopf, dem Hauch ihres Parfums und einem Stolz allein gelassen hatte, für den er niemandem Dank schuldete.

Edward legte sich nach Einbruch der Dunkelheit hin und grübelte. Er hätte angeln gehen können, aber er tat es nicht. Angeln, um zu beweisen, daß er zu irgendwas nutze war, um einem toten Vater zu gefallen oder einfach nur Macht über die Kreatur zu erlangen – er wußte es nicht. Es war eine Sucht. Der alte Seidenüberwurf war zerknüllt, der Platz neben seinem Körper leer und kalt. Seit die kleine Joanna jeden Morgen in sein Bett gekrochen war, um ihn in einer Orgie von Unschuld wachzukitzeln, eine Gewohnheit, die sie vor langer Zeit von sich aus aufgegeben hatte, wachte Edward stets in der Erwartung auf, sie neben sich vorzufinden. Sie war in sein Bett gekommen in einem gefährlichen Alter für einen Jungen, der in der Schule gehänselt, von seinen Hormonen gequält und zu Hause wegen seiner Faulheit beschimpft wurde. Und so hatte er nichts dagegen getan, daß sie sich in sein Bewußtsein und seine Haut einbrannte als das einzige begehrenswerte Mädchen der Welt. Immer wieder übte er in feuchten Tagträumen seine Rolle bei ihrer Entjungferung. Er sah sie beide vor sich – sie blond und rund, er dunkel und schmal, wie sie im Sand der Dünen lagen, es miteinander trieben und danach nackt über ihren Privatstrand tollten. Das Ergebnis war, daß er, pingelig, wie er war, irgendwann aufstehen mußte, um die Bettwäsche zu wechseln.

Das Tageslicht war verloschen, das Puppenhaus zugedeckt. Edward stand mit der Staffelei vor dem Fenster. Ein Stück Aquarellpapier steckte im Rahmen und zeigte im Schein der Lampe einen Teil der Generalstabskarte, die er in größerem Maßstab kopiert hatte. Statt der markierten Pfade und Symbole hatte er Abbildungen der Dinge selbst eingefügt. Die Kiefern entlang der Küste bildeten einen Wald aus winzigen dunkelgrünen Bäumen. Die Fußwege wurden von Brombeersträuchern gesäumt, an denen winzige Früchte hingen. Und es gab auch kreative Neuschöpfungen auf seiner Karte, zum Beispiel war die Dorfkirche weiß wie im Mittelmeerraum, das Getreide auf den Feldern farbig, und die Gärten standen voller Palmen. Den Friedhof hatte er näher an den Strand gerückt und grellbunte, halbwegs menschliche Figuren wie seine Mutter darauf gemalt, die tanzten und sich ihr eigenes Grab schaufelten. Georgianische Prachtvillen mit makellosen Proportionen ersetzten die verwinkelten, wildwuchernden, schiefen Cottages im Ort. All das verschaffte Edward ein Gefühl von Macht. Dorf und Küste verwandelten sich in sein privates, elegantes Königreich. Doch all das entglitt ihm jetzt, wie die Rute beim Angeln, wie der Fisch, der ihm gar nicht erst an den Haken ging, so leidenschaftlich er sich mit seiner teuren Ausrüstung auch abmühte. Wie Jo.

Vielleicht war das aber einfach auch nur eine bequeme Sicht, an der er aus Trägheit festhielt. Jo sorgte für ihn. Jeden Tag Sandwiches, egal, ob er sie brauchte oder nicht, nachts eine Wärmflasche fürs Bett, gebügelte Hemden, saubere Pinsel. Selbst seine Angelausrüstung hielt sie in Schuß, wie ein Kind, das ständig seine Anerkennung suchte. Doch nein, das war die andere Joanna. Nicht die, die sich heute abend rausgeputzt hatte, nicht das kleine Mädchen, das ihn ihre Kinderkleider hatte aussuchen lassen, mittlerweile gegen seine Kritik aber immun war und so aussah, als könne sie jede Party sprengen, einfach, indem sie in der Tür auftauchte. In wessen Kleidern? Mit wessen Hilfe? Sarah Fortune. Die Frau, die Joanna zuerst eine Schlampe und Kuh genannt und die sie nun plötzlich zur Freundin, Vertrauten und modischen Beraterin erkoren hatte, alles an einem einzigen schrecklichen Tag.

Edward hatte jeden Gedanken ans Angeln aufgegeben und seiner kichernden Mutter einen mörderischen Blick zugeworfen, als sie Jo zum Abschied zuwinkte. Da sie wußte, daß er imstande war, sie zu schlagen, kicherte Mutter noch mehr, zog sich in die Küche und dann ins Bett zurück, während er in sein Zimmer ging und bis nach Einbruch der Dunkelheit vor sich hinbrütete. Jetzt hatte er Hunger.

Joanna hätte früher niemals das Haus verlassen, ohne ihm etwas zu essen zu machen. Ihm und nur ihm. Nicht seinem Bruder.

Sie prallten in der Küche aufeinander. Beide tasteten nach dem Lichtschalter, und beide schreckten vor dem anderen zurück.

»Tut mir leid, Julian. Hab nicht gewußt, daß du zu Hause bist.«

»Entschuldige, Ed.«

Beide suchten nach etwas Eßbarem und gelegentlich auch nach der Gesellschaft des anderen. Zwar gingen sie sich im allgemeinen aus dem Weg, so gut sie konnten, nicht aber beim Frühstück, beim Abendessen und dem gar nicht so seltenen nächtlichen Imbiß, der nach Joannas experimentellen Kochversuchen zuweilen notwendig war. Eine Angewohnheit, die ihr ein Dorn im Auge war, denn so wußte sie nie genau, was noch im Kühlschrank oder der Speisekammer war.

Julian starrte auf ein Stück Zeitungspapier am Boden der Speisekammer: Edwards Köder. Die Angelhaken lagen in der Küchenschublade, Angelschnüre und sonstige Gerätschaften waren überall verteilt. Julian konnte nicht hinsehen, ohne sich vorzustellen, wie die Würmer alle fügsam nebeneinanderlagen. Ein paar Tage konnten die Viecher in Zeitungspapier überleben, doch Edward hatte immer mehr als genug, als vergrößerte es seine Chancen, wenn er sich riesige Vorräte anlegte, die er dann doch nur sterben ließ. Julian konnte nie an den in Zeitungspapier eingeschlagenen Würmern auf dem kühlen Kachelboden der Speisekammer vorbeigehen, ohne sich zu fragen, warum es so viele Männer in seinem Bekanntenkreis auf sich nahmen, die armen Würmer brutal auf Haken zu spießen, nur um Schollen zu angeln, die sie auch ganz bequem im Laden kaufen konnten.

»Ich wünschte, du würdest sie woanders lagern, Ed«, sagte er und versuchte sich seine Gereiztheit nicht anmerken zu lassen.

»Sie können da nicht raus, keine Angst. Aber ich bringe sie woanders hin, wenn du willst.«

Edward gab sich versöhnlich, geradezu herzlich.

»Willst du einen Drink, Chef?«

»Ja«, sagte Julian. Er hatte sich nur deshalb überrumpeln lassen, weil er genau das wollte, was Edward ihm da vorschlug: einen Schluck Whisky, bei dessen Vorstellung sich sein Mund zusammenzog. Die Qualität war ihm egal. Julian hatte das Zeug normalerweise nicht im Haus, denn es hatte sich in der Vergangenheit als gefährlich erwiesen, seine Krankheiten nicht geheilt und Schlaflosigkeit in Alpträume verwandelt.

»Wo ist Jo? Und Ma?« fragte er, nicht weil er es wissen wollte, sondern um überhaupt irgendwas zu sagen.

»Ma schläft den Schlaf der Gerechten. Jo ist ausgegangen. Ich hab sie gesehen, als ich hereinkam, und wollte sowieso mit dir über sie reden. Und über unsere gebildete Anwältin.« Letzteres klang, als spucke er aus.

»Oh.« Julian war vorsichtig. Er hatte sich angewöhnt, allem, was Edward sagte, mit Mißtrauen zu begegnen, besonders, wenn sein Bruder ein ernstes Gesicht dazu aufsetzte. Natürlich konnte man Edward auch noch seine siebenundsiebzigste Chance geben, doch seit er klein war, hatte der Junge nie etwas anderes im Kopf gehabt, als zu lügen und zu betrügen. Charakterzüge, die Jo einfach nicht sehen wollte, während sie Julian ständig aufs neue ärgerten, genauso wie Edwards Faulheit. Sei fair, mahnte er sich. Mutter hat den Jungen immer verwöhnt, während Vater ihn zu hassen schien, seit er laufen konnte.

Der Versuchung, sich ein weiteres Mal überrumpeln zu lassen, würde er widerstehen können, nicht aber der Gelegenheit, über Miss Fortune zu reden, wie indirekt auch immer. Dieses beunruhigende Wesen, das er eben erst wieder gesehen hatte, als er am Spielsalon vorbeikam. Sie hatte auf einem der hohen Stühle gesessen wie eines der Kids, völlig ins Spiel versunken. Irgendein nicht identifizierbarer Bursche hatte sie offenbar unter seine Fittiche genommen. Und wieder hatte ihn dieser Blitz des Wiedererkennens durchzuckt wie gestern abend, als sie im Hauseingang stand. Soviel zu seiner ersten Bewertung... Die Grausamkeit seiner unausgesprochenen Beschreibung ekelte ihn an, so unfair war sie. Aber er suchte doch bloß nach Vorwänden.

»Paß auf, Julian«, sagte Edward. »Ich mag diese Frau einfach nicht. Sie ist viel zu charmant, um harmlos zu sein. Sie übt einen schlechten Einfluß aus.«

»Was? Auf dich?« witzelte Julian.

»Nein, auf Jo.« Julian wartete auf eine Erklärung und empfand allmählich so etwas wie Sympathie für das aufrichtig besorgte Gesicht seines Bruders. Vielleicht tue ich ihm unrecht, dachte er. Ich darf nicht so hart sein.

»Sieh mal, als ich nach Hause kam, war unsere Schwester gerade im Begriff zu gehen und plusterte sich dabei ganz gewaltig vor Mutter auf. In den Klamotten dieser Anwältin, ich bitte dich. Ganz in Schwarz, wie eine Edelnutte. Das ist nicht Jo. Das ist jemand anders. Im Grunde ihres Herzens ist sie immer noch ein Kind.«

Das würde dir so passen, dachte Julian sarkastisch. Wie

oft hatte er Jo gedrängt, sich wie eine junge Frau anzuziehen und nicht wie ein kleines Mädchen? Im Augenblick aber war er bereit, diese Gedanken beiseite zu schieben, sie würden ohnehin wiederkommen. Er war bereit, seine Kritik an Edwards verdächtiger Verstimmung zurückzustellen, denn er suchte ja selbst verzweifelt nach einem Vorwand, um sich Sarahs zu entledigen, weil er sie für gefährlich hielt. In Edwards Blick funkelte nichts als Falschheit und die geballte Tücke seiner perversen Phantasie. Julian beschloß, das alles zu ignorieren. Er rieb sich die Stirn.

»Tut mir leid, aber ich hatte einen schweren Tag. Ich komme gerade von Miss Gloomer, der Armen. Sie haben bei ihr eingebrochen. Wahrscheinlich einer dieser verfluchten Touristen. Hat ein Brot und ihren Gehstock geklaut, also wirklich. Sie behauptet, daß es ein Geist gewesen sei, aber das hat sie aus den Gerüchten, die im Moment die Runde machen. Ein Mann mit weißem Haar. Sie hat gesehen, wie er wegging, konnte sich aber nicht bewegen. Ein Beruhigungsmittel wollte sie nicht, also habe ich ihr einen Sherry empfohlen, und dann hatte ich plötzlich Hunger. Na ja. Was meintest du eben zu Sarah Fortune?«

Edward errötete leicht und schluckte.

»Ich glaube, wenn wir einen Anwalt brauchen, sollten wir uns um jemand anderen bemühen. Diese Frau ist zu ... umstürzlerisch. Aufdringlich, übertrieben familiär. Sie macht Mutter ganz hysterisch vor Aufregung und Jo aufsässig.«

Sie warfen sich einen Blick seltenen Einverständnisses zu. Julian nickte.

»Einverstanden. Morgen sagen wir's ihr.«

»Gut.« Edward machte Anstalten, sich zu erheben.

»Ed? Du solltest mehr mit mir reden, hörst du? Es lohnt sich. Ich weiß, du glaubst, du hättest es besonders schwer. Es tut mir leid. Es war kein leichtes Jahr.«

»Nein«, sagte Edward, überrascht und gerührt. »Nein, wirklich nicht.«

Der Geist mit dem weißen Haar und dem allzu menschlichen Gesicht flüchtete nicht weiter als bis in den Garten gleich hinter Miss Gloomers winzigem Rasenstück. Auf diese Weise konnte er beobachten, wie der Arzt kam und ging, und warten, bis sich die Aufregung gelegt hatte. Er saß auf der stillen, warmen Erde und verschlang mit großen Bissen das Brot, immer drei Scheiben auf einmal, die er sich in einem Klumpen in den Mund stopfte. Er brauchte dringend einen Zahnarzt für seine Backenzähne und noch einiges andere. Wahrscheinlich war es nicht ungefährlich zu bleiben, wo er war. Die Strandhütte, die er sich für die Nacht ausgesucht hatte, lag ein gutes Stück entfernt. Seit rund einem Jahr hatte er keinen Wagen mehr gefahren, keine warme Mahlzeit zu sich genommen, keinen Laden betreten oder einem Menschen in die Augen gesehen. Ganz langsam wurde er von innen zerfressen, wie von einem Wurm, der ihn damit jedoch zugleich auch am Leben erhielt.

Das Jahr war vergangen wie im Flug oder, besser gesagt, versunken seit dem Tag, da ihn die Flut erfaßt hatte. Er hatte sich im kalten Wasser unter der wärmenden Sonne treiben lassen, und das hatte ihn gerettet. Zuerst war er überrascht gewesen, daß er schon sterben sollte, doch dann hatte sich Empörung darüber geregt. Er hatte sich der Strömung überlassen, sich so wenig wie möglich bewegt, um seine Kräfte zu schonen, und sich fünf Meilen von seinem Ausgangspunkt entfernt mühsam an die Küste zurückgekämpft. Seine Nacktheit und die Erleichterung, die er darüber empfand, hatten ihn Schutz suchen lassen. Er versteckte sich in einer halb zerfallenen Kirche und zeigte Gott triumphierend das Siegeszeichen, unendlich stolz, das Meer überlistet zu haben. Er fühlte sich allmächtig und frei, unvorstellbar lebendig, eins mit der flachen, wilden Küste, die er nun entlangwanderte wie ein König, der sein Reich inspiziert.

Der Zeitung, mit gestohlenem Geld gekauft, denn Stehlen war immer das einfachste, hatte er entnommen, daß er tot war. Es belustigte ihn, daß offenbar ein Fremder an seiner Stelle gestorben war. Es steigerte sein Machtgefühl und die Gewißheit, tun zu können, was er wollte. Es war, als sei er imstande gewesen, den Tod dieses anderen Mannes anzuordnen. Alle weiteren Nachforschungen würden vermutlich schnell im Sande verlaufen. Plötzlich war es ihm als ausgezeichnete Idee erschienen, tot zu bleiben. So konnte er, was zu tun war, ungestört erledigen. Erst danach würde er sich wieder zu erkennen geben und seinen angestammten Platz einnehmen wie ein Phoenix aus der Asche. Er würde allen eine Todesangst einjagen. Edward hatte er erzählt, daß er Urlaub mache, doch die Zeit verstrich und entglitt ihm in seiner Zwischenwelt. Er versuchte sich zu orientieren, durchstreifte Küste und Hinterland, trieb von einem Dorf zum anderen und verschlief den größten Teil des Winters. Jeder Tag erschien ihm wie eine Minute. Im Frühjahr rief Merton. Er war faul gewesen, die Arbeit wartete. Auch die Erinnerungen waren unscharf geworden, bis auf eine.

Wer hatte sie beerdigt? Wer hatte sie berührt, sie begraben? Und da, im Schein des Lichts, das aus Miss Gloomers Fenster fiel, war der Feind. Ein liebgewonnener Feind, der sanft und mit sichtlicher Zuneigung auf die Bewohnerin einsprach, aber dennoch ein Feind. In der Tasche des Mannes befand sich der Beweis, den er aus dem Schreibtisch der Praxis entwendet hatte.

Nach einer Stunde entfernte er sich mit der Selbstverständlichkeit eines geladenen Gastes, der sich plötzlich an die Uhrzeit erinnert, schlüpfte hinaus auf die Straße, eine Gasse hinab und in den Hof hinter dem Spielsalon. Die Hintertür gab ohne Schwierigkeiten nach. Ein Stück bemooster Steinboden, stickige Räume voller stummer Maschinen, die dastanden wie Wachposten, das alles ließ ihn kalt. Ihm war übel. Er rülpste in der Dunkelheit. Er träumte, daß er durch die Dünen und ins offene Meer gejagt wurde. Das Wasser schlug über ihm zusammen, und nirgends war ein Boot in Sicht. Er träumte von einem Suchtrupp, angeführt von dem Jungen mit dem Hund, der ihm gefolgt und nicht mehr von der Seite gewichen war. Der Köter hatte mit der gleichen verstohlenen Hast von seinen kostbaren Vorräten gefressen, mit der er auch selbst aß. In plötzlicher Wut hatten seine Finger gezuckt und sich um den Hals des winselnden Tieres gelegt, in sein rotes Fell gekrallt. Der Hund versuchte ihm das Gesicht zu lecken, während er ihm mit einer Glasscherbe vom Strand die Kehle aufschlitzte. Zuerst aber löste er das Halsband, denn es hinderte ihn daran, den Hund richtig zu packen. Wie dumm von ihm, seine Kräfte auf diese Art zu verschwenden, aber er hatte diese Erinnerung gebraucht, für den Fall, daß er schwach werden sollte. Wie eine Frau mit rotem Haar, die sich seinem Griff entwand und noch atmend zu Boden gesunken war. Er dachte an Grabsteine, rotgefärbte Grabsteine, an Kastanienbäume, die ihre Tentakel unter einem begrabenen Körper ausstreckten. Er wünschte sich, daß alle Farben aus seinem Kopf verschwänden, doch keinen Augenblick zweifelte er an seinem Verstand.

»...ob alt, ob jung,
jeder bekam von ihr
dieselbe willige Ermunterung,
errötend wohl. Sie dankte Männern – gut!
Doch dankte sie,
ich weiß nicht wie... als werte sie
meinen neunhundertjähr'gen Namen so
wie jedes andere Geschenk.«

Seine Porphyria, Brownings letzte Herzogin – er konnte sie nicht mehr auseinanderhalten.

Die Luft war frisch und warm. Sarah begann an den Geräuschen zu erkennen, wann die Gezeiten wechselten, am melodischen Klirren der Boote in den fernen Kanälen, am nächtlichen Schrei der Möwen, an der Tatsache, daß es vollkommene Stille nicht gab, nur die unterdrückten Laute pulsierenden Lebens. Sie gewöhnte sich bereits daran zu laufen, statt den Wagen zu nehmen, doch seit sie hier war, was ihr eher wie ein Jahr als wie ein Tag erschien, hatte sie das ungebändigte Meer noch nicht gesehen. Nur diese geheimnisvollen Wasserläufe, die ruhig dalagen, aber bis tief unter den Kai reichten und in unsichtbaren, landeinwärtsziehenden Strömen gurgelten. Das alles war faszinierend, hübsch, geheimnisvoll und doch nicht genug, um die Sehnsucht nach einem weiten blauen Himmel und einer von mächtigen Wassern gesäumten Wildnis zu stillen.

Die Küste von Norfolk entsprach laut Karte in allen Punkten ihrer Vorstellung, und die Pardoes konnten bis morgen warten, wenn sie sie bis dahin nicht sowieso bereits vor die Tür gesetzt hatten. Heute nacht war sie wie berauscht. Zwar war die Flut noch weit draußen, doch sie rückte vor, Sarah konnte es spüren. Sie konnte wieder atmen, sie war eins mit sich. Hinter ihr lag ein Junge in tiefem Schlaf: Träum was Schönes, junger Mann, und träume morgen weiter.

Im Dunkel der Nacht war es sicher. Vor ihrem Cottage, wo die Rosen ein wenig traurig die Köpfe hängen ließen, angegriffen vom rauhen Wind des Meeres, den sie in der Hitze überhaupt noch nicht bemerkt hatte, betrachtete Sarah die einsame Terrasse, wie sie ein Heim betrachtet hätte. Das verrückte Schaf stand bereit, um sie zu begrüßen. Sie mußte lachen. Es stieß sie in die Seite, als sie die Tür öffnete und nach dem Lichtschalter tastete. Noch etwas, das sie bereits gelernt hatte: Auch vollkommene Dunkelheit war nur ein Hirngespinst.

Das elektrische Licht war brutal. Auf dem Küchenboden entdeckte sie ein Dutzend große Würmer, feuchtklebriges Fleisch, das unbeweglich auf einem doppelt gefalteten Stück Zeitungspapier lag. Sie waren träge ineinander verschlungen, wie der Kopf der Meduse. Nur einer bewegte sich, fast unmerklich, der Rest hätte lebendig, bis zur Unbeweglichkeit betäubt, tot oder kurz vor dem Sterben sein können.

Sie sollten sie zum Schreien bringen, füllten ihre Kehle jedoch mit Galle, die den Schrei erstickte. Sie würgte, und dann kam ihr das Schaf zu Hilfe. Hettie tappte durch den schmalen Eingang, versperrte ihr jede Möglichkeit zum Rückzug, schnüffelte mit allen Zeichen völliger Gleichgültigkeit an der feuchten Masse von runzligem, unterirdischem Fleisch und rülpste laut. Sarahs Herzschlag, der ihr anormal laut in den Ohren klang, beruhigte sich langsam wieder. Ihre Haut war erhitzt, das Leben kam zurück und mit ihm die Erinnerung an das Wohlgefühl, das sie auf dem Weg nach Hause begleitet hatte, und ein vager Sinn dafür, wie lächerlich das Ganze war. Sie war doch nicht so weit gekommen oder hatte so lange gelebt, um sich jetzt von ein paar Würmern einschüchtern zu lassen. Sie hatte das Landleben gewollt – hier war es.

Mit abgewandtem Blick und zusammengebissenen Zähnen, um die Übelkeit zu unterdrücken, suchte sie nach einem Plastikeimer, packte das Zeitungspapier an zwei Ecken und warf die ganze Kollektion in den Eimer. Dann nahm sie ihn, ging raus, über die Straße und schleuderte ihn von sich, so weit sie konnte. Sie hörte, wie er aufprallte und noch ein Stück weiterrollte, und verspürte eine absurde Genugtuung. Am Schluß bearbeitete sie den Küchenboden mit Scheuerpulver. Erst dann fand sie Zeit für ihre Wut.

Drüben im Haus, auf der anderen Seite des Rasens, brannte Licht. Eine Lampe am Vordereingang, direkt gegenüber von ihr, und noch eine irgendwo im Inneren. Zwei Autos standen vor dem Haus. Jo war also zu Hause, jedenfalls sollte sie es sein, um zwei Uhr morgens. Ihre Wut trieb Sarah über das mittlerweile taufeuchte Gras. Es war ein seltsam hinderliches Gefühl an den nackten Beinen, es zerrte an ihrem Rock und verlangsamte ihre Schritte. Schließlich stand sie zögernd und verstohlen vor dem Küchenfenster auf der Rückseite des Hauses.

Die Pardoes waren eine Familie, deren Mitglieder in der Gewißheit zu Bett gingen, daß ihre Autos draußen wie Wachposten standen. Allerdings nicht alle. Durch das Küchenfenster erspähte Sarah Mouse Pardoe am Tisch: im Morgenmantel, ohne Ballkleid, Schmuck oder sonst was, mit einer Brille auf der Nase. Mouse Pardoe sah aus wie die Königin Mutter ohne Hut – der Inbegriff konzentrierter Aufmerksamkeit. Sie verspeiste ein appetitlich aussehendes Sandwich, das sie sich offensichtlich selbst gemacht hatte, und las ohne jede Schwierigkeit den Guardian. Keine Spur von Theatralik, übertriebener Zurschaustellung, ewigem Lächeln.

Mrs. Pardoe blätterte weiter, faltete die Zeitung mit müheloser, aus langer Praxis gewonnener Routine und nahm einen Schluck Wein. Sie wandte sich um, stellte den großen, schweren Kessel auf den Herd, rieb sich die Hände und las weiter.

Als Frau kannte Sarah keine Vorsicht, als Anwältin schon. Sie ging zurück zu ihrem Cottage.

Sechs

Joanna war aufgedreht wie sonstwas. Ohne den üblichen Schmatz auf die Wange fegte sie an Edward vorbei, der am Küchentisch saß.

»Du bist gestern spät gekommen«, sagte er mürrisch und vorwurfsvoll.

»Wirklich? Nicht besonders spät. Oh, ist es nicht herrlich, daß heute Samstag ist?«

»Was ist denn so herrlich an einem Samstag?«

»Die Wolken verziehen sich, sagt Caroline, aber das ist nur, weil sie einen Job hat. Vielleicht sollte ich mir auch einen suchen. Caroline sagt, sie könne mir helfen, einen zu finden. Das bringt einen auf andere Gedanken, sagt sie. Egal, jedenfalls hab ich dir deine Sandwiches gemacht, falls du angeln gehen willst. Ich bin den ganzen Tag einkaufen und komme erst am Abend wieder...« Sie wandte sich ab, die Luft ging ihr aus.

»Ich dachte, du kommst vielleicht mit mir. Hör mal, es tut mir leid, daß ich dich wegen deiner Aufmachung gestern abend ausgelacht habe.«

»Ist schon gut. Mach dir keine Gedanken. Ich muß los.« Diese neue, beispiellose Unabhängigkeit, ihr trotziger Mut, die mit kühner Entschlossenheit hervorgebrachten Worte, das halsbrecherische Tempo und die allem zugrundeliegende Nervosität, falls er Einwände erhob, streiften ihn wie der Hauch eines eisigen Windes.

»Ed«, sagte sie. »Was habt ihr denn letzte Nacht wieder gegessen? Es ist überhaupt nichts mehr da.«

»Würmer«, sagte er bissig. Er haßte es, wenn sie ihn Ed nannte.

»Gegrillt oder gebraten?«

Die Würmer beunruhigten ihn, beunruhigten ihn immer mehr, als er so in der Küche saß und beobachtete, wie die Sonne durch die Tür strömte. Die Köder auf einen unerklärlichen, kindischen Impuls hin aus der Speisekammer zu holen, war etwas, das er bereute wie einen Drink zuviel. Alles hatte sich gegen ihn verschworen, sogar der Schlaf. Das einzige, was noch seine Ordnung hatte, war, daß Stonewall Jones in aller Frühe schon neue Würmer angeschleppt hatte. Am liebsten wäre Edward explodiert. Seine Mutter und Julian verachtete er, solange er zurückdenken konnte. Seit seinem ersten kindischen Streich, nicht unähnlich dem, den er letzte Nacht Sarah gespielt hatte, war er daran gewohnt, daß man ihn nicht mochte, trotzdem fühlte er sich an diesem Morgen ausgesprochen unwohl. Der Mann mit dem weißen Haar hätte Miss Gloomers Stock nicht nehmen sollen, Jo hätte sich nicht so in den Mittelpunkt stellen und Julian nicht die Hand auf seinen Arm legen und sagen sollen, es tue ihm leid. Gleich würde seine Mutter die Treppe herabschweben, ihm eine Kußhand zuwerfen und sein ganzes mühsam erbautes, bequemes, haßerfülltes Kartenhaus endgültig zum Einstürzen bringen.

»Hier«, sagte Jo und warf ihm eine Tüte in den Schoß. »Tu mir einen Gefallen, ja? Bring die Sachen zurück zu Sarah, ich meine, Miss Fortune, und mach nicht so ein langes Gesicht. Sag ihr tausend Dank und frag sie, ob sie heute abend mit uns essen will, okay?«

»Julian hat sich doch wohl klar genug ausgedrückt, oder?« sagte er streng.

»Aber ich mag Sarah, und ich lebe auch hier.«

Damit hatte er wenigstens etwas zu tun, auch wenn es ihm im Grunde unangenehm war. Als er über den Rasen ging, hoffte Edward insgeheim, daß Miss Fortune bereits gepackt hatte und abgereist war. Wenn das die Konsequenz seiner nächtlichen Überraschung sein sollte, würde er wenigstens nicht wieder den grotesken Drang verspüren, sich zu entschuldigen.

Auf halbem Weg entdeckte er, daß ihr Wagen weg war. Er ging weiter und spähte durch die Scheiben des Cottages, die jemand geputzt zu haben schien. Drinnen hatte sich alles verändert. In der Spüle lag ein Blumenstrauß, und weiter hinten sah er ein Tuch, das sie über das häßliche Sofa gebreitet hatte. Hettie, das Schaf, bewachte laut blökend den Eingang. Edward gab ihr einen Tritt und spürte, wie sein Fuß in dem wolligen Flies versank, bevor sie davonsprang. Hettie verstand sich auf solche Manöver und war Edwards gelegentliche Brutalitäten gewöhnt. Er ließ die Kleidertüte vor der Tür stehen und hoffte, daß das blöde Vieh sie auffraß.

Mit den Sandwiches, die er so häufig in den Abfalleimer warf, hätte er den ganzen Tag am Strand verbringen können. Sollte er gehen, den Mann mit dem weißen Haar treffen und seinen Plan weiterverfolgen, der ihn von allen familiären Fesseln befreien würde? Ihm ein Geschenk machen? Nein, es war bereits zu spät. Er konnte warten. Morgen oder übermorgen würde die Schlampe aus dem Cottage wieder abgereist und alles wie früher sein.

Sarah betrachtete die Auslage. Brötchen, Hörnchen und süße Scones, Teekuchen und riesiges, butterstrotzendes Gebäck, und alles so krumm und schief, wie es nur echtes Hausgemachtes sein kann. Die Kuchen standen hinter Glas. Das Café lag in der High Street, und hinter dem Tresen mühte sich ein rundliches Mädchen mit dicken, dreieckig geschnittenen Weißbrotscheiben ab. Ein Dutzend Gäste und ihre fetten Köter warteten auf Sandwiches. Auf der anderen Straßenseite gab es ein Schaufenster voller Strickgarn, eine nüchterne Erinnerung daran, was eine rechtschaffene Frau mit ihren langen Winterabenden anfangen konnte.

Sarah wäre wohl von niemandem als »rechtschaffene« Frau bezeichnet worden, außer von sich selbst, hatte nur selten im Leben einen Kuchen gebacken und wußte, daß sie anders war als die meisten ihrer Geschlechtsgenossinnen. Backen hatte nie zu ihren Verpflichtungen gehört, bei keinem Mann, und der Gedanke daran erfüllte sie mit sarkastischer Belustigung.

»Iß noch was«, drängte eine Frau ihren Mann. »Es tut dir gut.« Sarah senkte den Kopf. Ihr Körper war ebenso leicht wie ihr Herz. Würde Julian sie wegen ihres mangelnden Taktgefühls zurückschicken, und machte es ihr etwas aus? Ja, tat es. Mit größter Sorgfalt hatte sie die umfangreiche Vermögensliste der Pardoes studiert. Sie besaßen dieses Café, ein oder zwei Boote, den Grund, auf dem ein Pub stand, den Friseur, den Spielsalon, die Hälfte der Geschäfte und mehr als ein Dutzend Häuser. Sie kontrollierten sozusagen die Lebensader der Stadt. Sie konnten diesem Mini-Imperium am Meer, das wie ein Halbedelstein im sandfarbenen, vollgesogenen Land lag, jederzeit den Hahn abdrehen.

Sarah saß da und dachte an Träume. Sie stellte sich Ernest vor, der einen mit Würmern garnierten Kuchen aß, und hoffte, daß er daran erstickte. Sie dachte an Malcolm, der niemals Kuchen aß, und vermißte ihn mit einer Heftigkeit, die sie bisher ganz gut in Schach hatte halten können. Sie stellte sich ihn hier in Merton vor, mit seiner Vorurteilslosigkeit. Der Hund, ein wunderbar schlankes Tier im Vergleich zu den hiesigen, würde wählerisch in der Gosse schnüffeln. Gestern abend hatte Rick in dem Gespräch, das dem zweiten Bier voranging, von Stonewall und seinem Hund erzählt. Und wie Stonewall sich ein Taschengeld verdiente, indem er Würmer ausbuddelte, die andere dann als Köder benutzten. Später war sie froh gewesen, das zu wissen.

Der Kaffee kam. Er war dünn und fade, wurde aber dennoch triumphierend serviert. Er war nicht das, wovon Sarah träumte, aber sie hatte ja auch nur noch diesen einen, der sich hartnäckig hielt: die Vision von einem selbstgenügsamen, unschuldigen Leben auf dem Land. Den Blick immer noch auf die imposante Vermögensliste geheftet, empfand sie einen Moment lang heftigen Neid, für den es nicht die geringste Veranlassung gab, wenn sie an das Dilemma der Pardoes und ihr nervöses Warten auf irgendwelche Reichtümer dachte. Niemand durfte soviel erben und dann den Rest seines Lebens mit Schmollen verbringen. Hin und wieder hatte Sarah Wohlstand als ein Ziel an sich gesehen, als Möglichkeit, etwas zu verändern und sich Freiheit zu verschaffen. Sie lehnte sich in ihrem unbequemen Sessel zurück, beobachtete, wie rundum die Sandwiches verspeist wurden, und wünschte, sie wäre hungrig. Träume waren Nahrung, die man zu sich zu nehmen vermochte, indem man anderen einfach nur zuschaute. Obwohl sie ihre Ambitionen schon lange nicht mehr definieren konnte, ganz zu schweigen von erfüllen, und weder ausdauernd genug war, um Millionärin zu werden, noch das Zeug zu einer Diebin hatte, konnte sie immer noch andere dabei beraten, wie man sein Vermögen verfallen ließ, es benutzte, genoß oder aber, und das wäre das Allerbeste, verschenkte.

Ein rotgesichtiger Mann in der Ecke brach in brüllendes Gelächter aus. Er war billig gekleidet und stopfte sich mit Eis voll. Auf seine laute, polternde Art war er zufrieden. Dieser Mann war nicht reich. Die Pardoes müßten eigentlich glücklicher sein als er. Sie müßten die Welt als Kuchen sehen, von dem sie nach Belieben kosten konnten, statt sich lustlos, von der Liebe enttäuscht und verbittert, mit ihren privaten kleinen Problemen herumzuschlagen. Ihr Geld war ein Privileg, ihr Verhalten eine Schande, und irgendwann im Lauf des Tages würden sich die beiden Brüder zusammensetzen und beschließen, sie, Sarah, zum Teufel zu jagen.

Ein Schatten fiel über ihren Tisch, und Sarah, das Mädchen mit dem Kaffee, kicherte. Rick stand vor ihr. Seine Prellungen gingen zurück, und er grinste über das ganze Gesicht.

»Keine Angst, wir bleiben nicht«, sagte er. »Ich wollte Stonewall bloß kurz zeigen, daß du kein Geist bist.«

»Daran habe ich nicht die geringsten Zweifel«, sagte sie geziert, und als sie lächelte, vertieften sich ihre Grübchen.

»Nein«, sagte er. »Ich auch nicht.« Dann lachte er laut. »Ist das etwa ein Geist, Stoney?«

»Nein«, sagte der Junge, »aber der andere auch nicht.«

»Oh«, flüsterte sie. »Zwei Geister?«

Stonewall wand sich, hin und her gerissen zwischen dem Wunsch zu schweigen, der Angst, etwas zu verlieren, und dem Verlangen, alles mitzumachen, was Rick vorschlug. Und im Moment spürte er eine Schwingung, die seine gewöhnliche Angst noch steigerte.

»Was hättest du denn gern?« fragte sie Stonewall.

Rick lachte schon wieder. »Das darfst du ihn nicht fragen.«

»Eis?« sagte Stonewall düster.

»Zwei«, schlug sie munter vor.

Rick ging, um es zu bestellen. Das höfliche Rumsitzen war nichts für ihn, solange er wußte, daß er sich mit seinem Grinsen in jeder Schlange vorpfuschen konnte. Er schwankte ein wenig.

Stonewall sah Sarah an, und Sarah sah Stonewall an. Sie ist in Ordnung, dachte er verzweifelt, sie muß in Ordnung sein, Rick mag sie, und sie ist anders als alle Frauen, die ich kenne. Sie wiederum fand einfach nur, daß er ein hübscher Kerl ist.

»Es ist ein Geist«, sagte Stonewall, als sein Eis kam – auf einem großen Glasteller und mit Waffeln bestückt wie ein Schiff mit vollen Segeln. »Er war bei Miss Gloomer.«

»Ich hatte dir doch gesagt, du solltest nach Hause gehen

und auch da bleiben«, sagte Rick. Der Junge ignorierte die Unterbrechung. Kaum zu Hause, war er wieder zum Fenster raus, und wozu war ein Fenster auch sonst gut?

»Ich hab gesehen, wie er reinging. Und gestern abend hab ich ihn gesehen und dann unten am Strand, als ich zum Würmersammeln war. Ed Pardoe kennt ihn auch, diesen Geist.«

Rick wirkte besorgt.

»Erzähl mir was über mich«, neckte Sarah den kleinen Stonewall, nicht ganz so obenhin, wie es klang. »Über mich, als ich noch ein richtiger Geist war. Wessen Geist war ich? Was habe ich gemacht?« Zuviel kaltes Eis auf einmal im Mund. Stonewall schluckte und schnappte nach Luft. Sie warteten – warteten tatsächlich auf seine Antwort.

»Sie sind viel zum Arzt gegangen. Sie waren verheiratet. Mit diesem anderen Geist, glaube ich. Der immer mit Edward Pardoe dasitzt und quatscht. Sie sind von einem Bus überfahren worden. Dann sind Sie ins Meer gelaufen und nicht mehr wiedergekommen. Ich hab Sie gesehen, aber das waren nicht Sie, sondern jemand anders.«

Stonewall konnte sich denken, was Rick sagen würde. Er würde sagen, iß dein Eis nicht so schnell, das weicht dir bloß die Birne auf, doch die Frau mit dem Haar lauschte aufmerksam. Ihre Haut war plötzlich blasser, so daß das rote Haar noch kräftiger leuchtete als vorher. Rick grummelte bloß: »Und warum hast du nichts unternommen, als du gesehen hast, wie der Geist bei Miss Gloomer reinspaziert ist, du Heini?«

Stonewall zog den Kopf ein. »Weil meine Mum dann gewußt hätte, daß ich schon wieder mal zum Fenster raus bin, klar? Sei doch nicht so blöd.« Er sah hoffnungsvoll auf den leeren Teller und schluckte den letzten Löffel Eis runter.

Für mehr würde die Fremde auch mehr bezahlen müssen.

Als sie gegangen waren, rieb sich Sarah die Arme unterhalb der weiten, ellbogenlangen Hemdsärmel. Instinktiv tasteten ihre Finger dabei nach den winzigen Narben, mit denen ihre Oberarme übersät waren. Sie werden mit der Zeit kleiner, hatte der Chirurg mit manischer Fröhlichkeit erklärt, dann fallen sie gar nicht mehr auf.

Genug. Samstag nachmittag, Ferienzeit: für Familien, Geister, moralische Verpflichtungen und düstere Erinnerungen war hier kein Platz. Am liebsten hätte sie die gesamte Menschheit mit ihrem Unglück und ihrem Elend abgeschüttelt und zusammen mit den eigenen Unzulänglichkeiten im Meer versenkt.

Als sie schließlich wieder auf der belebten Straße stand, überfiel sie das alte Verlangen, sich und ihre Ängste tatsächlich in der Weite des Meeres reinzuwaschen. Sie hatte sich so danach gesehnt. Sie stieg in den Wagen. Die glühende Sonne brannte auf das Verdeck und verstärkte das Gefühl des Eingeschlossenseins noch mehr. Sie fuhr quer durch die Stadt auf die flache, verlassene Küste zu. Sie war auf der Suche nach etwas, das sie hier sicher finden würde: eine Stelle, wo andere nicht hingingen. Eine Wüste mit Wasser, die Leere, die sie brauchte, um ihre Krankheit zu heilen.

Sie fuhr schnell und bog schließlich in einen schmalen Feldweg ein. Auf den Böschungen rechts und links wucherte Mädesüß, dessen Ranken übers Verdeck streiften. Sie hatte die Küste direkt vor sich, als sie über die Piste holperte, die für Schmuggler und Vogelbeobachter gedacht war, bis das Land plötzlich zu Ende war. Die Stadt hinter sich lassend, hatte sie einen Ort gefunden, wo Cola oder Eis überflüssig waren.

Zwei andere Wagen parkten ebenfalls auf diesem letzten Fleckchen festen Landes. Vier Leute, eingemummelt trotz der Hitze, hockten auf Jagdstühlen und hielten die Ferngläser aufs Hinterland gerichtet. Alle vier sahen so aus, als seien Frühstück und Mittagessen verstrichen und als warteten sie immer noch auf den Anblick jenes seltenen Vogels, der sie hergelockt hatte. Sie schienen mit der Landschaft verwachsen zu sein. Sarah ignorierte sie ebenso, wie die vier Sarahs Wagen nicht beachtet hatten. Sie schob Handtasche und Schlüssel unter den Fahrersitz und lief, ohne abzuschließen, Richtung Meer. Ein Jahr unerbittliches Training hatte ihren Körper schlank, schön und fest gemacht. Hundert Meter von den gleichgültigen Zuschauern entfernt blieb sie stehen und zog aus, was sie am Leib hatte. Sie legte die Kleider zu einem Häufchen zusammen und stellte die Schuhe als Markierung obendrauf. Allein schon das in der Sonne schillernde knallrote Seidenhemd würde ihr den Weg zurück weisen.

Sie lief weiter, auf die blaue, waagerechte Linie zu. Der Sand sah aus wie weicher Flanell und bildete kleine Mulden, die sich unter den Füßen wie Samt anfühlten. Je weiter sie lief, um so mehr schien das schmale blaue Band zurückzuweichen. Als sie schließlich stolperte und in eine mit seichtem Wasser gefüllte Senke fiel, gab sie die Verfolgung auf. Das Wasser war sanft wie Seide und die Brise ein leiser Ventilator. Sie lag da und überließ ihre nackten Gliedmaßen dem prickelnden Gefühl des Salzes. Es war ein völlig natürlicher, zugleich aber selig dekadenter Zustand. Die schmale Senke war eine Couch und paßte sich der Form an, die sich Sarahs Körper gesucht hatte, während ihr das weiche Wasser über den Nacken ins Haar kroch. Ein genußsüchtiger Millionär würde ein Vermögen für ein solches Erlebnis zahlen. Während sie träge Wasser auf ihren flachen Bauch und die Schenkel spritzte, spürte sie erneut und mit einem kleinen Schauer des Widerwillens die winzigen weißen Narben auf ihrem Unterleib, die gleichen wie auf Armen und Rükken. Sie erinnerten sie an Würmer. Am liebsten hätte sie sich die Haut mit Sand gescheuert, bis sie verschwanden, doch im Wasser waren sie irgendwie weniger auffällig, und sie konnte sich plötzlich nicht mehr vorstellen, daß sie sich verschoben und bewegten wie Maden in einem Kadaver, die alles Gesunde und auch den Willen zu leben zerstörten. Von der barmherzigen Glut der Sonne eingelullt, verlor sie allmählich ihre düstere Stimmung. Sie räkelte sich wie eine Katze vor dem Feuer und döste zum Geräusch der sanften Brise und der Stille.

Zehn Minuten, eine Viertelstunde, sie hatte keine Ahnung, wie lange sie schon so dalag. Noch wußte sie nicht, was sie geweckt hatte, ob es der Klang ferner Stimmen war oder das plötzliche Gefühl einer ungeheuren Kälte, die um sie herumwirbelte.

Als sie die Augen öffnete, war überall Wasser. Gierig leckte es an ihren nackten Brüsten, stieg ihr bis über die Knie und zog daran, als wollte es sie einladen, sich davontragen zu lassen. Einen Moment lang war sie versucht, sich treiben zu lassen wie ein Boot, doch dann setzte sie sich auf. Alarmiert, verwirrt, noch halb im Traum verstrickt. Sie sah, wie ihre Senke gewachsen war und das Wasser von der Brise gekräuselt wurde. Sie rappelte sich auf. Vom Rand der Erhebung, auf der sie stand, erschien das Band des Wassers jetzt plötzlich unheimlich viel näher und klarer und der Wind in ihrem Gesicht rauher. Sie suchte die Küste nach ihren Kleidern ab und fand sie nicht. Zwei stecknadelgroße Figuren standen neben einem Spielzeugauto, sprangen hektisch auf und ab und winkten und schrien dabei, als jubelten sie einer unsichtbaren Mannschaft zu. Sie erschienen ihr sehr weit weg und der Rand des Meeres jetzt noch näher als erst Augenblicke zuvor.

Sarah rannte los. Der Weg zurück war kein Vergleich mit dem sorglosen Laufen zuvor, als sie sich die goldene Oberfläche unter ihren Füßen noch flach vorgestellt hatte. Jetzt gab es überall kleine Erhebungen und Kuhlen, Rinnen, in denen sich das Wasser sammelte und reißende Bäche bildete, die an ihren Knien zerrten wie ein hysterisches Kind. Der erste Kanal war kein Hindernis, beim zweiten stockte ihr der Atem, während ihr das Blut wie Feuer in den Adern brannte, und der dritte warf sich auf sie wie eine von Maschinen angetriebene Welle von Haß. Sie blieb nicht wieder stehen, um nach ihren Kleidern zu sehen, sondern kämpfte mit über den Kopf erhobenen Händen gegen die peitschende Flut. Sie krümmte sich, und das Wasser zerrte an ihren Hüften, bis es sich neckisch zurückzog, gerade als sie glaubte, sich dem erbarmungslosen Sog nicht länger entgegenstemmen zu können. Endlich wurden ihre Schritte fester, sie platschte durch eine langsam nachlassende Strömung, die nur noch sanft um ihre Waden rauschte, und stieg dann unsicher den Hang zu ihrem Wagen hinauf. Das Prickeln der Disteln und des Sandes, die die Grenze der Flut markierten, war wie ein Segen. Oben stand eine Frau. Sie hatte den Gurt des Fernglases um den Hals, kräftige Schuhe an den Füßen und Tränen der Bestürzung im Gesicht.

»Wie konnten Sie bloß so dumm sein?« rief die Frau. »Er wollte schon hinter Ihnen her«, und damit deutete sie auf den Mann, der, zitternd auf einen Stock gestützt, neben ihr stand. »Ich mußte ihn zurückhalten! Wir stehen seit Stunden hier und rufen Sie, und er hätte fast einen Herzanfall bekommen, aber Sie hören ja nicht! Ich könnte Sie umbringen!« Doch dann entspannte sich ihr Gesicht vor Erleichterung. »Oh, Sie dummes, dummes Ding. Kennen Sie sich denn nicht aus mit den Gezeiten? Sie müssen schreckliche Angst gehabt haben.« Sarah stand tropfend und zitternd, gedemütigt und beschämt da.

»Ich hätte es wissen müssen. Es tut mir leid, daß ich Ihnen so einen Schreck eingejagt habe. Danke. Sie haben mich geweckt. Das Rufen war nicht umsonst. Danke Ihnen beiden.«

Ihr Zittern wurde stärker.

»Ihre Kleider«, sagte die Frau noch freundlicher als zuvor. »Ihr hübsches rotes Hemd.« Soviel zu der Annahme, sie hätten sie nicht ankommen sehen.

»Sie werden sie wahrscheinlich zurückkriegen«, sagte der Mann. Irgendwas mußte er einfach sagen, um sich von seinem Schock zu erholen. »Wahrscheinlich werden sie irgendwann hier wieder angeschwemmt. Oder woanders.«

Sie spürte das schreckliche Bedürfnis, einfach loszukichern, und hob die Hand vor den Mund. »Ich glaube, ich steige lieber in den Wagen, da ist es warm.«

»Wollen Sie eine Decke oder so was?«

»Nein, danke, danke.«

Sie mußte einsteigen, den Motor anlassen und losfahren, sonst würden die beiden sie nur weiter beobachten, nicht lüstern oder neugierig, sondern aufrichtig besorgt, was das Gefühl der Blöße noch verstärkte. Die Hitze vom Fahrersitz ging wohlig in ihren Körper über, sie tropfte auf den Bezug, das Lenkrad war warm unter ihren weißen Knöcheln, und durch die Windschutzscheibe sah sie die nahende Flut, die auf das Land zurollte wie eine ungeheuer große Armee mit weißen Hellebarden und einem unhörbaren Schlachtruf, unaufhaltsam, unwiderstehlich, der älteste Feind der Menschheit überhaupt. So saß sie da, bis die Kälte nachließ und sie die Finger wieder bewegen konnte. Das Ehepaar beobachtete sie von seinem Wagen aus.

Die Hinterreifen drehten sich im sandigen Kies, es klang wunderbar. Auf der holprigen, rüttelnden Rückfahrt zur Hauptstraße bekam sie Lust zu singen. Aus schierer Freude am Überleben und den damit verbundenen Offenbarungen.

Erstens, wenn Elisabeth Tysall in einem solchen Wasserloch gelegen hatte, warm, betrunken, mit Medikamenten vollgepumpt, um ihren Tod in einen seligen, sanften Schlaf zu verwandeln, hatte sie eine verlockende, sehr würdevolle Methode gewählt, und das war irgendwie tröstlich. Die Art, wie Elisabeth gestorben war, hatte Sarah schon immer beschäftigt. Zweitens wußte sie jetzt, daß sie nie ein wirkliches Verlangen nach dem Tod gehabt hatte, obgleich man die Verlockungen selbst an beiden Händen nicht mehr hätte abzählen können. So oft hatte sie sterben wollen. Sie fand eine Zigarette, zündete sie unbeholfen an und genoß diesen wilden, warmen Augenblick der Euphorie.

Am späten Samstag nachmittag zuckelten die Leute von den Stränden zurück. Sie überholten Sarahs Wagen und entdeckten, auch ohne erst lange zu ihr hinüberstarren zu müssen, den nackten Busen in Lenkradhöhe. Und da war noch etwas: Angesichts von Tod und Gefahr erschienen Kleider völlig überflüssig. Ein Mann hielt inne und pfiff dann durch die Zähne, während sie beide darauf warteten, nach rechts abbiegen zu können. Seine Kinder auf dem Rücksitz kicherten und purzelten durcheinander. Sarah winkte ihnen gelassen zu und lachte dann über den kleinen Verkehrsstau vor der Spielhalle, wo Feriengäste nach Parkplätzen suchten. Noch immer grinsend, fuhr sie links ran. Ein kleiner Kugelkopf mit Stoppelhaaren schob sich neben ihr Fenster. Ricks Gesicht erschien auf der anderen Seite. Während der Junge den Blick abwandte, sah er sie an.

»Hast du dich etwa schon wieder verirrt?« Sie hatte ausreichend Zeit, um zu bemerken, daß die Prellung um das eine Auge in dunkelrote Striemen übergegangen war. Eindeutig auf dem Weg zur Besserung. »Oder was ist es sonst?« fragte Rick und grinste. »Deine Art juristischer Service?«

»Das bezweifle ich. Sie werden mich feuern. Ich war schwimmen.«

»Wenn du so bei ihnen reinmarschierst«, sagte Rick, »behalten sie dich für immer.«

Der frühe Abend war warm, doch der Himmel hatte sich zugezogen. Edward liebte dieses Bild – wenn sich der Himmel bezog. Wenn er erst sein Geburtsrecht erlangt hatte, würde er einen zugezogenen Himmel malen, mit Engeln zwischen den Wolken, die herabschwebten, um ihn zu segnen. Er schloß die Augen und dachte noch darüber nach, als Julian alle im schaurigen Halbdunkel ihres edwardianischen Eßzimmers zusammentrommelte, wo einem die Stühle die Schienbeine ruinierten und tote Fliegen aus dem violetten Samt der Vorhänge fielen, wenn man sie zuzog.

Edward schwieg, während Julian die Versammlung leitete wie ein Schuldirektor und allen, einschließlich Mutter, auch wenn sie sicher nur die Hälfte verstand oder sich kaum für das alles interessierte, erklärte, daß die von Vaters Testamentsvollstrecker geschickte Anwältin für ihre Zwecke nicht geeignet sei. Ob sie ihm zustimmten? Mutter lachte bloß und sagte nichts außer: »Nein, nein, nein, das siehst du ganz falsch.« Joanna regte sich auf und fragte sich, ob Julian so unerbittlich war, weil sie ihren Gast anfänglich als Kuh bezeichnet hatte, oder ob es an den Auseinandersetzungen beim Frühstück gestern morgen lag. Edward nickte nur und dachte an seine Staffelei, die oben auf ihn wartete, und den Mann, der morgen am Strand warten würde. Sie brauchten keine lästige Anwältin, die seine Schwester zum Weinen brachte.

Als er Joanna so schluchzen sah, verspürte er eine Gereiztheit, die sich über den ganzen Körper ausbreitete und das krasse Gegenteil von Verlangen war. Wenn er doch bloß für eine Sekunde an jemand anders denken könnte: Junge, Mädchen oder Frau, egal was für einen Körper, Hauptsache, es war nicht dieses rundliche, schniefende, schöne Kind.

»Dann sind wir uns also einig«, sagte Julian, und das klang keineswegs wie eine Frage.

Edward saß vor den hohen Fenstern, von deren Rahmen die Farbe blätterte. Die Scheiben waren getrübt vom Salz des nahen Meeres. Es trieb über die Küste, die sie besaßen, die öde Marsch, die sie besaßen, zu dem Haus, das sie besaßen, und er besaß gar nichts. Bitterkeit stieg wie quälender Husten in ihm auf. Es war mild und stickig im Eßzimmer, da die Fenster ständig klemmten. Mutter saß in ihrem Abendkleid da und zupfte an dessen Saum. Schließlich hob sie ihn so hoch, daß man ihre Knie sah, und kaute an einem Faden. Und als dann ein Auto vor dem Eingang vorfuhr, sprang sie auf und eilte zum Fenster.

»Oh«, sagte Mutter überrascht. »Oh, meine Lieben!« Joanna und Julian folgten ihr ans Fenster, wo Edward stand und lachte, aber wie versteinert.

»Wer immer das ist, sie braucht einen Drink und ich auch«, sagte Mutter. Sie stand ganz still, keine Spur von ihren sonstigen Zuckungen und dem ewigen Zupfen an irgendwas, und in ihrer Stimme schwang ein sehnsüchtiger Unterton. Julian sah sie an, und es war mehr als nur ein Anflug von Wärme darin.

Sarah Fortune stieg aus dem Wagen und präsentierte den perfekten Halbmond ihres Hinterteils, als sie sich bückte, um nach ihrer Handtasche zu greifen. Sie hängte sie sich über den Kopf, so daß der Riemen zwischen den beiden hüpfenden Brüsten lag, als sie splitterfasernackt zurücktrat, um mit dem Fuß die Tür zuzuknallen. Ihr Haar war eine wilde Wolke, die Schultern waren gebräunt und ihre Bewegungen beherrscht. Joanna hatte das Gefühl, nicht hinsehen zu können, starrte ihr jedoch mit angehaltenem Atem nach.

Sarah ging quer über den Rasen auf die Cottages zu, eine Hand auf der Handtasche, als trüge sie ein Kostüm und sei auf dem Weg zu einem Geschäftstermin. Kein Anzeichen von Eile oder Angst lag in ihrem Gang; entweder machten ihr die neugierigen Blicke nichts aus, oder sie bemerkte sie gar nicht. Julian biß sich in einem Anflug von Mitgefühl auf die Lippe. O Gott, wie schrecklich für sie, nicht zu wissen, daß sie alle dawaren, um wie eine Jury auch die kleinsten Einzelheiten ihres Körpers mit kritischem Blick zu begutachten. Doch während er noch hinsah, blieb Sarah stehen, warf einen Blick auf die lächerliche Handtasche und warf sie ins hohe Gras. Sie hob die Arme. Das Gras war warm und feucht, und sie schien das Gefühl um ihre Füße zu genießen.

Teures dunkelbraunes Leder flog über den Rasen, und immer noch konnten sie den Blick nicht abwenden. Der Himmel schimmerte rosig im frühen Sonnenuntergang.

Sarah selbst schien zu glühen, als sie plötzlich mit unerträglicher Leichtigkeit und Präzision eine Reihe von perfekten Rädern schlug und vor ihren Augen so geschickt eine Hand über die andere setzte, daß nur das feuchte rote Haar anzeigte, wo sie gerade war. Dann hob sie die Handtasche wieder auf, legte sie sich auf den Kopf und ging, sie dort oben balancierend, auf ihr Cottage zu, langsam und mit ausgestreckten Armen. Ihre nackten Füße streiften durchs Gras. Hettie, das Schaf, folgte ihr auf den Fersen und blökte jämmerlich. Ein Büschel hellgelber Kapuzinerkresse hing aus ihrem Maul, als sie hinter Sarah hertrottete. Und dann versank die Sonne wie ein großer roter Stein im Wasser.

Sie standen da wie verzaubert, bis Edward in entzücktes Lachen ausbrach. Joanna stieß die Luft aus, die sie so lange angehalten hatte, und stimmte in seine überschäumende Fröhlichkeit mit ein, bis ihr erneut Tränen in die Augen stiegen.

»Nun«, sagte Julian und schüttelte sich, »das beweist nur, wie recht ich habe. Was ihre Eignung betrifft.« Doch Edward entging der Ausdruck schierer Verzweiflung im Gesicht seines Bruders nicht.

Mouse Pardoe wandte sich zu ihm um und ließ den Kleidersaum sinken, auf dem sie gekaut hatte. Ihre Stimme war sanft und einschmeichelnd, als spräche sie mit einem Baby.

»Wird mein kleiner Junge etwa eine Dame entlassen, nur weil sie sich auszieht? Würde er das tun? Würde er so dumm sein? Er müßte es besser wissen. Kein Mann würde dafür entlassen, nicht mal ein Arzt.« Ihre Stimme hatte sich um eine volle Oktave gesenkt und kam dann als hohes Quäken wieder, quengelnd, aber unmißverständlich: »Wenn Julian diese Dame feuert, wird seine Mummy alles zerdeppern, was sie zu fassen kriegt. Haben wir uns verstanden?«

Er drehte sich scharf um, starrte einen Augenblick lang in ein Paar entschlossener Augen und machte eine Bewegung auf sie zu. Sie sprang zurück und fing wieder an auf dem Saum ihres Kleides zu kauen, stumm und mit abgewandtem Blick. Er sah zu Edward hinüber, als brauche er moralische Unterstützung, und bemerkte, daß auch der den Blick abgewandt hielt. Edward betrachtete offenbar die Fußspuren im hohen Gras. Joanna wich Julians Blick mit schmollend verschränkten Armen aus. Noch schimmerten die ewigen Tränen in ihren Augen, doch ihr Körper war voller Trotz. Er hatte das Gefühl, daß das Treffen ohne eindeutige Entscheidung ausgegangen war. Merkwürdigerweise machte ihm das aber nichts aus.

»Ich denke«, sagte Joanna, verzweifelt entschlossen, das Eis zu brechen, »ich gehe lieber mal nachsehen, ob alles in Ordnung ist. Ich nehme ihr was zu essen mit.« Und setzte dann nervös hinzu: »Ich meine – vielleicht hat sie einen Unfall gehabt.«

»Das bezweifle ich«, sagte Edward trocken.

»Halt den Mund«, antwortete Joanna weit ruhiger, als sie tatsächlich war. Edward hielt sich immer abseits, fühlte nichts, mußte ständig alles analysieren. Ihm war völlig egal, wie einem zumute war. Außerdem starrte er sie auf eine Weise an, die ihr schon seit Urzeiten unangenehm war. Lässig kam er auf sie zu und legte ihr den Arm um die Schultern.

»Was würdest du für einen solchen Körper geben, Jo?« Sie drehte sich um, wütend und erhitzt, nahm den Arm von ihren Schultern und schleuderte ihn von sich.

Aus der Küche kam das Geräusch eines klirrenden Glases. Mouse unterstrich ihre Drohung.

Sieben

»Sie hat dich verlassen, was?«

»Könnte man sagen.«

»Dacht ich mir's doch.« Detective Sergeant Ryan, Malcolms ehemaliger Kollege, kniff die Augen zusammen und betrachtete ihn. Malcolm Cook saß ihm gegenüber. Weder Ryans Blick noch seine Stimme waren mitfühlend, weniger aus mangelnder Sympathie für seinen Freund als aus langjähriger Erfahrung mit Männern, die sich Anwälte schimpften. Das war ein Menschenschlag, dem es – besonders im Hinblick auf Frauen – ganz einfach an gesundem Menschenverstand fehlte. Ryan wußte, daß seine eigenen Leistungen da alles andere als perfekt waren. Seine Einstellung dem schönen Geschlecht gegenüber reichte von besitzergreifender Leidenschaft und reiner Lust, bei der man sich nicht mal an Namen erinnerte, bis hin zu alltäglicher Zuneigung und der Einsicht, daß man nichts tun konnte, um jemanden zu halten, weil das Leben und die Frauen sich nun mal gegen den Rest der Welt verschworen hatten. Das einzige, was er für Malcolm Cook tun konnte, war, so viel Alkohol zu besorgen, wie der Mann verkraften konnte.

»Eines muß ich dir sagen, Malc, du warst entschieden besser drauf, bevor ihr beiden euch zusammengetan habt. Es gab eine Zeit, da warst du ein großer, fetter Kerl, der sein Bierchen trank und den Arsch nicht vom Stuhl kriegte. Dann hast du angefangen durch die Gegend zu rennen, hast dich in diesen Rotschopf verknallt und deine Speckschwarte verloren. Und seitdem verstehst du keinen Spaß mehr, kannst du keine Minute mehr stillsitzen, sondern zappelst ständig nur rum. Die hat dich ganz schön fertig gemacht, alter Junge.«

»Hol mir noch einen.«

»Mach ich. Einen doppelten. 'ne Tüte Chips dazu?«

»Nein.«

Ryan gefiel es nicht, wie Malcolm so ins Leere starrte, alle fünf Minuten Nachschub bestellte und nicht das geringste Anzeichen von Unternehmungslust zeigte. Nicht mal seine Hand zitterte, wenn er sie hob. Das deutete auf eine kostspielige Nacht hin, selbst hier in dieser billigen Kneipe, die sie beide bevorzugten. Malc war ein Kumpel, soweit sich das von einem Anwalt sagen ließ, aber das hieß noch lange nicht, daß er sich an seiner Schulter ausweinen sollte. So was versaute einem nur das Jackett.

Der Drink war im Nu runter, wenn auch nicht ganz so schnell wie der davor. Malcolm lächelte. Wenn er das tat, war er ein anderer Mensch.

»Hör mal, ich bin nicht hier, um zu jammern, sondern um mich zu betrinken, verstehst du? Und ich würde gern über ein altes, beinahe vergessenes Thema sprechen: Charles Tysall, unser gemeinsamer Freund. Mein Vater hat mich mal wieder genervt. Nein, nicht offen, sondern durch die Blume, damit es richtig schön unter die Haut geht. Dem Mann geht's nicht gut, er verträgt keine Aufregung, und Charles Tysall stilisiert er zum Heiligen, bloß weil er tot ist und sein Mandant war. Alle Mandanten sind für ihn Helden, diese Heuchelei macht mich ganz krank. Ich will ihm erzählen, was Charles mit Sarah gemacht hat, und wenn er einen Herzanfall kriegt – ich hab dir ja gesagt, daß wir meinem ehrenwerten Dad damals die Details vorenthalten und nur gesagt haben, was sein Mandant mit *anderen rothaarigen Frauen* gemacht hat. Ich will aber, daß er Bescheid weiß. Alle Leute sollten die Wahrheit wissen, selbst kranke alte Männer.«

»Du bist nicht besonders glücklich mit ihm, wie?« fragte Ryan spöttisch.

»Er hat Sarah fortgeschickt. Noch dazu nach Merton, stell dir das vor. Er hat... die Sache etwas überstürzt.«

»Ah, ich verstehe. Rache ist süß... Du verlierst die Frau und verpaßt dem armen alten Kerl dafür einen Herzanfall. Schlag dir das aus dem Kopf Malc, es würde doch auch nichts ändern, oder?«

»Nein.«

»Was dieser Charles mit deiner Sarah angestellt hat, ist doch auch nie vor Gericht gekommen. Weil sie sich geweigert hat, als Zeugin auszusagen. Mit deiner Zustimmung. Ich hätte dich dafür umbringen können.«

Malcolm hob eine Hand, wie um zu protestieren, und ließ sie wieder sinken.

»Sie hatte ihre Gründe. Ich wollte nicht, daß irgendwer ihre Motive auseinandernimmt, und will es auch heute noch nicht. Im übrigen hat Tysall uns die Mühe erspart. Als die Leiche seiner Frau gefunden wurde, ist er los und hat's ihr nachgemacht. Mich würde interessieren, wie er dazu kam? Das habe ich nie richtig verstanden. Ich hätte nie gedacht, daß er der Typ eines Selbstmörders ist. All die Male, die wir versucht haben, ihn wegen Betrugs festzunageln, und du wegen der Frauen, die er mißhandelt hat... Er schien so lebenshungrig.«

Ryan machte ein selbstgefälliges Gesicht.

»Ich habe nichts damit zu tun. Ich habe den Mistkerl bloß in einem Café getroffen und ihm den Vorschlag gemacht, rauszukriegen, wer denn wohl seine Frau beerdigt hat. Hätte ja auch sein können, daß es gar nicht die Flut war, die sie unter sich begraben hat, verstehst du? War wahrscheinlich so, aber ich hab ihm diesen Floh ins Ohr gesetzt. Daß womöglich die großen, groben Hände eines anderen Mannes ihrem lilienweißen Körper die Sterbesakramente verpaßt hatten. Ich wußte, das würde ihn zum Platzen bringen. Möglich, daß er seine Frau wieder und wieder vermöbelt hat und sogar mit dem Messer auf sie los ist, aber die Vorstellung, daß irgendwer anders sie berührt hatte, die brachte ihn absolut auf die Palme. Wie du sagst: Ich hätte nicht damit rechnen können, daß er einfach so ins Meer marschiert. Ich wollte ihn bloß ein bißchen auf Touren bringen.«

Ryan nahm einen Schluck, und sein Glas war leer. Zeit, zu Bier überzuwechseln. Whisky war nur in kleinen Dosen gut, er würde später darauf zurückkommen. Irgendwas machte ihm zu schaffen, etwas, das ihm nicht gefiel und Malcolm sicher auch nicht.

»Also ist Sarah jetzt am Meer, wie? Paßt irgendwie nicht zu ihr, würde ich denken. Die Gegend hat einfach keine Klasse. Fish and Chips, eine Spielhalle und Wohnwagen unten am Strand. Ich kann mir deine Sarah da einfach nicht vorstellen.«

Malcolm lächelte. Ryan fand das Lächeln noch trauriger als den finsteren Blick.

»Du kennst Sarah nicht. Sie hat ... bescheidene Ansprüche.« Er schien zu zögern, fast davor zurückzuschrecken, mehr zu sagen, fuhr dann jedoch fort: »Ich würde nur zu gern alles wissen, was ihr etwas ausmachen oder sie aufregen könnte. Worüber die Leute da in Merton möglicherweise heute noch tratschen. Es könnte sie unvorbereitet treffen, dabei soll sie das Ganze doch vergessen. Du hast den örtlichen Polizeibeamten kennengelernt, als du deine Nachforschungen angestellt hast. Du weißt, was die Leute so geredet haben – ich hab da nie was mitgekriegt: wie's Anwälten ja immer geht. Wie lange haben sie gebraucht, um Charles Tysall zu finden, und wie sah er aus?«

Ryan machte ein durchtriebenes Gesicht. Malcolm kannte ihn so nur allzu gut, und ihm lief ein Schauer über den Rücken. Es war das Gesicht eines Polizeibeamten, der die Fakten nicht preisgeben will und einzuschätzen versucht, welche Konsequenzen die Wahrheit haben könnte, ein kurzes Zögern, das schon in der Sekunde vorüber war, die er brauchte, um einzusehen, daß es nichts zu verlieren gab.

»Die Burschen haben mich angerufen, als sie die Leiche gefunden hatten«, sagte Ryan vorsichtig. »Ich habe ihnen eine Beschreibung gegeben, und sie paßte. Tysall war zuletzt gesehen worden, als er bei steigender Flut zu Fuß das Dorf verließ, also war die Sache mehr oder minder klar. Dann tauchte dieser Arzt auf der Bildfläche auf, der Tysall wohl flüchtig gekannt hatte und, ach ja, den lokalen Gerüchten zufolge seine Frau noch um einiges besser.« Er wartete, bis das gesackt war. In Ryans Augen besaßen alle Toten ein paar Tugenden, waren aber ansonsten eine einzige Last, besonders Frauen.

»Na ja, jedenfalls war der Arzt schon vorher darüber aufgeklärt, daß es vermutlich Tysalls Leiche war, also war sie es auch. Stell dir vor«, setzte er hinzu und rutschte noch unbehaglicher auf seinem Stuhl hin und her als zuvor, »an der Küste da werden drei bis vier Leichen pro Sommer angeschwemmt. Nicht identifizierbare Leichen. Von irgendwelchen gecharterten Kolchern. Fischer, die Selbstmord begangen haben. Gott, ich fände es schrecklich, in so einem Kaff zu leben. Drei Pubs, eine Kirche und sonst nichts zu tun. Aber die Frau fand es herrlich.«

Er wußte, er hätte den Mund halten sollen. Seine Vorbehalte gegen die fadenscheinige Identifizierung hätten bleiben müssen, was sie waren – sein Geheimnis. Aber wenn er lange genug weiterredete, würde Malcolm vielleicht vergessen, was er gesagt hatte. Keine Chance, dachte Ryan, als er das ruhige, vom Alkohol nur leicht gerötete Gesicht vor sich sah, während sein eigenes glühte. Er hätte es besser wissen müssen. Malcolm starrte ihn an. Wenn du die Katze einmal aus dem Sack gelassen hast, kannst du sie nicht wieder reinstopfen.

»Ich würde die Identifizierung eines Ertrunkenen durch einen flüchtigen Bekannten nicht unbedingt als zweifelsfrei ausreichend bezeichnen«, sagte Malcolm und ließ sich nicht mehr als höfliche Neugier anmerken. Ein Polizist konnte steif wie ein Brett werden, wenn man ihn angriff, selbst wenn es ein alter Freund war. »Wußtest du, daß sogar nächste Verwandte mit großer Regelmäßigkeit ihre Toten falsch identifizieren? Wenn du jemanden für tot hältst und siehst dann eine Leiche, scheint sich der Kreis zu schließen. Ich glaube, wir brauchen noch einen Drink.« Er ging mit den federnden Schritten eines Läufers zum Tresen und tastete mit der Hand nach seiner Brieftasche. Ich sollte mich einfach nicht mit Anwälten einlassen, dachte Ryan, besonders wenn sie was vertragen. Er tätschelte den seidigen Kopf von Malcolms Hund, der ihn anzugrinsen schien. Braves Mädchen, immer gehorsam, zutraulich, stellte keine Fragen und belog einen nicht.

»Nur noch eines«, sagte Malcolm, als er sich wieder hinsetzte. »Du hast den örtlichen Behörden eine Beschreibung von Charles Tysall gegeben, die auf die Leiche paßte. Wie sah die aus?«

Ryan legte sein Gesicht in Falten und strengte sich an, um sich zu erinnern. Er kannte Charles Tysall, ja, aus den Akten, von seinen Gaunereien und Frauengeschichten. Er wußte, daß er nichts anderes als ein Mörder war, ein Mann, der süchtig war nach Zerstörung. Der auf Vollkommenheit aus war, und wenn er sie fand, schlug er sie in Stücke. Doch wenn Ryan sich recht erinnerte, war er dem Mann höchstens zweimal im Leben begegnet. Die tote Frau dagegen, die er in seinem Wagen ins Krankenhaus gebracht hatte, hatte er mehr als zweimal gesehen, und jedesmal war sie weniger wiederzuerkennen gewesen als zuvor. Manchmal hatte sie etwas gesagt, manchmal nicht. Sein Gesicht entspannte sich.

»Ich habe ihnen die Beschreibung gegeben, die ich von

Elisabeth Tysall hatte. Das war, als ich mit ihr auf der Unfallstation war. Sie erzählte mir, wie er aussah.«

»Wie denn?«

»Sie sagte, er sei behangen wie ein Esel.«

Der Mann im Strandhaus kochte Tee. Er hatte einen kleinen Gasofen aus einem leerstehenden Wohnwagen geklaut, Wasser besorgte er sich aus einem See, unweit des kleinen Campingplatzes, und der Aluminiumtopf stammte aus einem anderen verlassenen Strandhaus. Er liebte diese Holzhütten über alles, sie erinnerten ihn an Puppenhäuser. Sie säumten den öffentlichen Badestrand von Merton und zogen sich dann weiter die Küste entlang wie eine Leine voller nasser Wäschestücke bei Regen – unregelmäßig, bunt, schwer und reizlos, nach dem persönlichen Geschmack ihrer Besitzer gestrichen, als wären sie für die Ewigkeit bestimmt.

Außerdem gab es noch eine Reihe von Gartenhäuschen mit zweiteiligen Türen. Sie standen auf Stelzen und wurden im Sommer vermietet. Sie standen so hoch, daß die Flut, der sie kaum hätten widerstehen können, ihnen nichts anhaben konnte. Einige behaupteten sich mehr schlecht als recht und mehr aus Glück als aus Logik. Ihre Farbe blätterte ab, und ihr Zauber war längst verflogen. Die Besitzer waren weggezogen an Orte, wo die Kinder bessere Alternativen hatten als eine Spielhalle im Regen und die Eltern nicht die Nase voll von der Kälte, vom Heulen des Windes und dem spartanischen Glanz des Strandes. Mertons Anspruch auf Ruhm als Ferienparadies richtete sich an Leute, die altmodisch waren und zäh, die Pommes, klebrige Süßigkeiten, Bier und Becher mit dampfendem Tee zu schätzen wußten. Dafür war der Mann mit dem weißen Haar dankbar.

»Ich heiße Charles, und doch hab ich keinen Namen«, sang er vor sich hin und wippte im Inneren der kleinen Hütte hin und her. Es war Sonntag morgen, und er beobachtete die Dämmerung. »Ich bin aus dem Meer erstanden wie Christus von den Toten. Der Sonntag ist ein Tag der Vergebung für alle Sünder, aber zu denen gehöre ich nicht. Ich heiße Charles.«

Es gab Zeiten, da er das beinahe vergaß. Genauso, wie er vergaß, wer er gewesen war, als er diesen Namen geführt hatte; bis es ihm wieder einfiel. Das Strandhaus, es war das letzte in der Reihe, stand ein wenig schief, wie auch der Stuhl, so daß er ständig zur Seite geneigt dasaß. Der Stock mit dem geschnitzten Entenkopfgriff half ihm, das Gleichgewicht zu halten. Es verstieß gegen die örtliche Gemeindesatzung, in einer Strandhütte zu nächtigen. Es konnte Wind aufkommen, und der konnte den unersättlichen Hunger des Meeres verstärken. Die Leute hier hielten sich an die Regeln. Charles hatte dafür nur Verachtung übrig. Wie auch für Leute, denen die kleinen Dinge, die er stahl, so am Herzen lagen; die sie aber trotzdem zurückließen, damit er sie stehlen konnte.

Leute ohne Namen, die sich tagsüber am Strand vor der Hütte herumtrieben, ihren Spielen und Vergnügungen nachgingen, ihre Hunde ausführten oder ihre kostbaren Kinder, aber nie nach rechts oder links blickten und schon gar keinem Alten Beachtung schenkten. Er konnte sich unter ihnen bewegen, als wäre er unsichtbar. Wenn es viele waren, hörte sich die erregte Menge an wie der Gänseschwarm, der im vergangenen Herbst über ihn hinweggezogen war. Damals war er zu der Erkenntnis gelangt, daß ihm seine neue Existenz ans Herz gewachsen, daß sie besser war als seine frühere. Wer brauchte Prestige, wenn man nur die Hand ausstrecken mußte, um es zurückzuverlangen? Wer brauchte eine schöne Wohnung, wenn es auch ein leeres Feriencottage tat? Häuser wie das, in dem Edward ihn gefunden hatte. Er war auf der Suche nach Elisabeth und dem, der sie begraben hatte. Und Sarah, diese Hure, würde er gleich mit erwischen. Selbst hier ließ sie ihm keine Ruhe. An Elisabeths Grab hatte sie gestanden, hatte ihn zu Tode erschreckt, als sie nackt über den Strand gelaufen kam, auf der Flucht vor der heranrollenden Flut. Starr vor Entsetzen war er hinter die Kiefern zurückgewichen, so stark war der Eindruck, daß da Elisabeth dem Meer entstieg. Sie wollte ihn quälen, von seiner Rache abbringen, aber er wußte, wie er ihr begegnen würde. Wenn das erledigt war, wenn er seine Version von Gerechtigkeit in die Tat umgesetzt hatte, war immer noch Zeit, nach Hause zurückzukehren.

Ein Mann ohne Namen brauchte ein Motiv. Den zufälligen und verächtlichen Beobachtungen nach, die er von der Menschheit gemacht hatte, brauchte das sonst niemand. Die Leute existierten einfach nur, wie schwerfällig sich dahinschleppende Tiere.

Ein Kind versuchte die wackligen Stufen seines Strandhauses zu erklimmen. Ein plumpes kleines Ding mit einer Windel und lockigem Haar, das vor Anstrengung keuchte. Charles spähte durch die obere Hälfte der Tür, zischte, bleckte die Zähne und sah, wie das Kind ihn entdeckte und weinend davonwatschelte. Gut. Oh, was für ein sauberes kleines Geschöpf. Er hätte es fressen können. Allein bei der Vorstellung wurde ihm schwindlig.

Die Flut, diese launische Schlampe, hatte sich wieder zurückgezogen und eine weite Fläche voller Schlamm und Sand hinterlassen, auf der die Dummköpfe ihre Spielchen treiben konnten. Wenn sie wüßten, wie schwer es war, sich sauberzuhalten. Es war allein das Verlangen nach frischem Wasser, das ihn immer wieder zwang, die halbe Meile bis zum Dorf zu laufen, das ihn unvorsichtig werden ließ.

Ja, das war das schlimmste Problem, schlimmer als etwas zu essen aufzutun. Er tastete sich mit dem Stock die Stufen hinab und verschwand hinter der Hütte in Richtung Dünen, um die Stelle zu finden, wo er Edward treffen würde – falls der junge Mann geruhte zu erscheinen. Ein paar Sandwiches wären nicht übel; er hätte allein von Sandwiches leben können, das würde ihm auch seine ständigen Beutezüge ersparen. Nur wenn er hungrig war, wurde die Zerstörungswut übermächtig. Eine Folge von Hypoglykämie hätte er gesagt, als er noch einen Namen hatte. Das war jetzt nicht der Fall. Er verfügte nicht mal mehr über die Hälfte seines ursprünglichen Wortschatzes. Fetzen von Gedichten, das war alles. Die unvergeßliche und zynische Stimme Brownings war das einzige, was er aus tausend Büchern behalten hatte.

»Heut war sie mein, ganz mein – und war
Vollkommen rein und gut – und drum
Mußt' ich es thun!... Ich wand ihr Haar
Zu einem Strang und schlang ihn stumm
Dreimal um ihren Hals herum
Und schnürt, ihn zu...«

Er sang die Worte zur Melodie eines Kirchenlieds.

Aus den löchrigen Taschen seines Trainingsanzugs, den er hinter dem kirchlichen Gemeindesaal gefunden hatte, zog er die verknitterten Briefe, die Krankenblätter und Umschläge, die er mit methodischer Sorgfalt aus Dr. Pardoes Schreibtisch entwendet hatte.

»Mein liebster Julian«, äffte er mit hoher, heiserer Stimme nach, was er las, »wie wunderbar zu wissen, daß wir uns bald wiedersehen... Deine Dich liebende Elisabeth.«

O ja, er hat dich geliebt, Elisabeth, der gute Arzt hat dich zu Tode geliebt. Sieh nur, was er für dich getan hat, für den Fall, daß du einen Skandal anzettelst. Lies auf dem Krankenblatt nach, was er für dich getan hat. Der letzte Liebesbrief war ein Rezept für so viel Diazepam, daß es eine ganze Horde Frauen außer Gefecht gesetzt hätte.

Der namenlose Charles sah hinaus aufs Meer. »Mir entkommen?« murmelte er. »Nie.«

Kleine Flammen tanzten vor seinen Augen, die Sonne funkelte in den seichten Tümpeln, die die Flut zurückgelassen hatte, brach sich darin und blendete ihn. Er konnte das Haus der Pardoes in Brand stecken, ja, das konnte er, ein Haus, das er schon ein dutzendmal heimlich betreten und wieder verlassen hatte. Seine Bewohner waren so verrückt oder geistesabwesend, daß sie ihn nicht bemerkten. Charles hatte das Prasseln der Flammen bereits im Ohr, den Anblick vor Augen, wie sie ins Dunkel herausgerannt kamen und er sie einen nach dem anderen mit dem Messer oder seinem Stock erledigte, bis er schließlich auf den Händen herumtrampeln konnte, die seine Frau berührt und ohne Erlaubnis begraben hatten. Und dann noch Sarah, die sich wieder in seine Pläne drängte...

Die Bilder waren beruhigend. Sonntag war ein Tag der Vergebung. Der namenlose Charles lauschte auf die Kirchenglocken, hörte jedoch nur den Wind in den Kiefern hinter sich und das trostlose Kreischen der Möwen am Strand. Eines Tages, bald, würde er nach Hause zurückkehren. Dabei fragte er sich, wie er je wieder sauber genug werden sollte, um nach Hause gehen zu können – und wo zu Hause war.

Edward haßte allein den Gedanken daran, in die Kirche zu gehen, und bezeichnete jede Art von Religion als Opium fürs Volk. Joanna begleitete ihre Mutter, schon um frische Blumen auf das Grab ihres Vaters zu legen. Natürlich hatte es für Mr. Pardoe keine normale Grabstätte gegeben. Undenkbar, daß er in den dichtgeschlossenen Reihen lag, die mittlerweile bis zu dem Feld dahinter vorgerückt waren. Nein, für ihn kam nur ein Grab auf dem alten Friedhof in Frage, den er dem Pfarrer vor langer Zeit als Gegenleistung für seine Barmherzigkeit abgeschwatzt hatte. Daran dachte Joanna jetzt, als sie mit ihrer Mutter in der Kirche saß und ihr zum erstenmal aufging, wie sehr die Leute ihnen Daddys privilegierte letzte Ruhestätte womöglich verübelten. Sie dachte auch daran, wieviel besser ihr eigenes Leben sein könnte, wenn ihre Familie nicht so reich wäre, wie angenehm, wenn sie sich ganz normal um eine Freundschaft zu jemandem bemühen könnte, statt über Gesellschaftsschichten hinweg. Jedesmal, wenn sie ein Geschäft betrat, erinnerte sie irgendwen unweigerlich daran, daß er ihnen noch die Miete schuldig war. Wenn sie nichts besäße, würde Rick sie vielleicht lieben, doch so, wie es jetzt stand, konnte sie nie auf gleicher Stufe mit ihm stehen, nie, nicht mal hier, um gemeinsam ein Kirchenlied zu singen.

»Da, da, da, da, da, daah«, sang ihre Mutter inbrünstig. Ihre Stimme war laut und heiser, sie sang ohne Worte, und die Federn ihres Hutes tanzten vor ihrem Gesicht hin und her. Ein purpurrotes Abendkleid lugte unter dem Regenmantel hervor und fiel bis auf die rosabeschuhten Füße. Ihr Gesicht war noch leicht gerötet von der gestrigen Sonne. Niemand stört sich daran, dachte Joanna ein bißchen trotzig, warum sollte ich es also tun? Mutter war beliebt, war es immer gewesen. Die Männer kamen in Scharen, um sie nach der Kirche zu begrüßen. Auch das war immer so gewesen, erkannte Joanna plötzlich, erstaunt über ihre Beobachtung. Arme kleine Mouse – alle bedauerten sie.

Auf der anderen Seite der Federn nahm Julian Mutter sanft das Gesangbuch aus der Hand und drehte es richtig herum, damit sie wenigstens so tun konnte, als lese sie den Text. Sie ignorierte seine Geste. Beim letzten Lied des Gottesdienstes spürte er mehr, als daß er es sah, wie Sarah Fortune aus der Bank hinter ihnen schlüpfte. Erst kam sie zu spät, dann ging sie als erste. Beim Segen schloß er die Augen und sah nichts als die Vision ihres radschlagenden Körpers auf der Wiese – wie sie eine Hand geschickt über die andere setzte.

Die Sonne blendete sie mit grellem Glanz, als sie blinzelnd aus der Kirche traten und das Brausen der Orgel im Läuten der Glocken unterging. Auf den Pfaden zwischen den Gräbern bildeten sich kleine Grüppchen, Frauen mit

Frauen und Männer mit Männern, eine Trennung, die so alt war wie die Zeit.

Julian überblickte die kleine Gemeinde meist höheren Alters, die mehr von der Gewohnheit und Regelmäßigkeit ihres Lebens zusammengehalten wurde als vom Glauben an den Wert der Tugend. Das traf mit Sicherheit auf Ricks Vater zu, den Mann von der Spielhalle, der ihm immer auf eine überfreundliche Art begegnete, obwohl ihm doch klar sein mußte, daß Julian als Arzt bestimmte Merkmale an Rick aufgefallen waren, Beweise für Gewaltanwendung unter Alkoholeinfluß. Sie hatten es immer damit erklärt, daß der Junge die Treppe hinuntergefallen war. Ricks Dad, sein Cousin, Constable Curl, der Dorfpolizist, und andere, die Gottes Vergebung vielleicht ebenso dringend gebraucht hätten wie Julian, die jedoch nie darum beteten, vielleicht weil sie, anders als er, glaubten, schon der bloße Besuch der Kirche genüge, um ihre Seele reinzuwaschen. Plötzlich murmelte jemand neben seinem Ellbogen: »Haben Sie einen Augenblick Zeit für uns, oder müssen Sie gleich wieder weg, Doktor?«

Gut, daß sie glaubten, er sei immer beschäftigt, würde immer gebraucht; das einzige, was ihm nicht gefiel, war ihre Unterwürfigkeit. Würde sie ihm wegen seiner Qualifikation und seiner Leistungen entgegengebracht, würde er sich darüber freuen, doch sie verbeugten sich vor einem Pardoe nur deswegen, weil sie ihn mit Geld und Einfluß gleichsetzten. Das aber, nichts anderes, nicht mal seine Grobheit, die sie tolerierten, schloß jede Form von Gemeinschaft mit ihnen aus.

»Was meinen Sie, Doktor? Ist es nicht an der Zeit, daß wir die Sache mit dem Geist ernst nehmen? Ich meine, nach Miss Gloomer – das geht doch zu weit, finden Sie nicht? Es könnte dieser Weißhaarige sein, der hier immer wieder auftaucht. Jede Wette, daß er echt ist. Keine Spur von einem Geist.«

»Er hat doch niemanden verletzt, oder?« gab Julian zurück. Die Sache interessierte ihn nicht im geringsten, abgesehen von dem Zwischenfall bei Miss Gloomer. Sollte sich da draußen ein armer Schlucker rumtreiben und Sachen mitgehen lassen, die andere nicht mehr brauchten, war es weder der erste noch der letzte. Die Vorstellung, diesen Mann zu jagen, war Julian irgendwie zuwider, im Gegensatz zu Ricks Dad oder Constable Curl, die sich immer als Hüter von Recht und Ordnung aufspielen mußten.

»Mein Neffe hat ihn mehrfach gesehen«, murmelte Curl.

Julian lachte. Stonewall Jones war ihm das liebste der Kinder im Dorf. Er war eigensinnig, verschwiegen und unglaublich tapfer angesichts von Schnittwunden, Windpokken und all den anderen Krankheiten, die er schon gehabt hatte, aber mit Sicherheit keine zuverlässige Informationsquelle.

»Das iss nich komisch, Doc. Es muß was geschehen.«

»Und was, zum Beispiel?« sagte er leichthin, ohne die Verantwortung übernehmen zu wollen. Sie schwiegen. Im Grunde wollte keiner mehr, als das Maul aufreißen. »Abgesehen davon, daß man die Türen verschließt, die Augen offenhält und ihn in Ruhe läßt?«

Sie nickten und zogen einer nach dem anderen ab. Es weitersagen, das war es, mehr verlangte die Bürgerpflicht nicht an diesem neuen Tag, der so schön und warm war, daß man nicht umhin konnte, ihn zu genießen. Zu Hause wartete der Sonntagsbraten als Präludium zu einem Mittagsschläfchen. Die Hitze machte die Männer träge und lenkte ihre Gedanken auf anderes. Ricks Vater tastete nach seiner Krawatte, sie zwängte ihm die Kehle ein, war lästig. Die ohnehin nur mäßig entschlossene Stimmung löste sich in Nichts auf.

Joanna rief nach ihrem Bruder. Der Pfarrer stand neben ihr, und der Küster drückte Mutter gerade einen Kuß auf die Wange, während sie ihn umarmte. Ihr Puder rieselte auf sein dunkles Jackett, ohne daß er Anstoß daran nahm.

Wir könnten im offenen Wagen durch die Straßen fahren, dachte Julian in einem plötzlichen Anfall wilder Belustigung, und Mama winkt den Leuten zu wie die Queen. Sie ist die einzige von uns, die sie lieben können, weil sie so genügsam ist. Gemeinsam traten sie durchs Friedhofstor. Keine Spur von Sarah Fortunes Wagen mit dem verbeulten Kotflügel.

»Einen Augenblick noch«, sagte Julian. Er ging zurück zum Tor und lief quer durch den alten Friedhof in den neueren Teil, wo Elisabeth Tysall begraben lag.

Derselbe behelfsmäßige Grabstein, der wie ein Makel auf ihm lastete. Alles andere war sauber. Seine Rosen waren verwelkt, doch zu ihren Füßen und über ihrem Herzen standen Vasen mit frischen Blumen.

Das Bimmeln des Eiswagens tröstete die Gläubigen über das Verstummen der Kirchenglocken hinweg. Die Reaktion ließ nicht lange auf sich warten; nachmittags bildete sich gelegentlich sogar eine Schlange. Rick und Stonewall parkten am Rand des Campingplatzes, neben dem größten Fußpfad, der über die Dünen zum Wasser führte. Hier kamen alle Leute vorbei, die zum Strand wollten oder zurückkamen, und sie scharten sich um den Eiswagen, als wäre er verlokkender als eine Fata Morgana in der Wüste.

»Was ist denn bloß los mit dir, Stoney? Hast du einen Hitzschlag oder was?« Rick streute großzügig Schokostreusel über eine Doppelwaffel und sah sie schmelzen, noch während er sie durchs Fenster reichte. Der Bursche mußte sich beeilen, wenn er was davon haben wollte. Rick sprach über die Schulter nach hinten, wo Stonewall herumhing und darauf wartete, ins Tiefkühlfach zu tauchen, um ein Mivvi oder Himbeersplit oder einen von den gefrorenen Lollys rauszufischen. Die sahen aus wie Raumschiffe und waren in diesem Jahr äußerst beliebt, erinnerten aber so stark an einen Penis, daß Rick und er bei jeder Bestellung kichern mußten, vor allem, wenn sie von Mädchen kam. An diesem Nachmittag jedoch war gar nichts komisch.

»Nichts ist los«, antwortete Stonewall störrisch.

»Aber immer, wenn du das sagst, weiß ich, daß du lügst.« Oh, Rick war gut drauf heute, er lachte mit den Kunden, und die Prellungen um die Augen gaben ihm das Flair eines Piraten. Rasch und geschickt teilte er das Eis aus, sein Hemd war blitzsauber, und wenn ihm das Haar in die Stirn fiel, warf er es zurück und blinzelte dabei. Die Schlange war zu Ende. Später, wenn es alle wieder in ihre Wohnwagen zurücktrieb, würde das Geschäft noch einmal aufblühen. Rick überprüfte ihre Bestände und pfiff vor sich hin.

»Na, komm schon, Stoney, sag schon was.« Draußen hörte man ein schlurfendes Geräusch. Stonewall sah aus dem Fenster.

»Gehst du mit der Rothaarigen aus, Rick? Machst du das?«

Das war es also, ein kleiner Stich Eifersucht, ein bißchen von der alten Unsicherheit, die ihn erneut beschlich; als wäre sie je ganz verschwunden, seit er seinen richtigen Vater verloren hatte.

»'türlich nicht. Ich mag sie, das ist alles. Sei ja nett zu ihr, wenn du sie siehst, Stonewall. Sie hat mir Freitag abend einen großen Gefallen getan.« Rick lachte wie eine Hyäne. Er hatte schon das ganze Wochenende rumgealbert, als platze er vor lauter heimlichen Witzen, die Stonewall nicht verstand.

»Und was ist mit Jo?«

Rick unterbrach seine Suche und hörte auf zu lachen. »Das ist was anderes«, sagte er schroff.

Stonewall trat mit seinem ausgelatschten Turnschuh gegen die Tür. Er fühlte sich erbärmlich, ohne eigentlich zu wissen, warum.

»Jetzt mach nicht so ein Gesicht. Wir haben anderes zu tun, wenn wir hier fertig sind. Mein Dad sagt, wir sollten uns hinter den Geist klemmen. Deinen weißhaarigen Geist. Typisch, hat natürlich keine Lust, sich selbst drum zu kümmern, deshalb überläßt er es uns.« Rick fing wieder an zu pfeifen.

»Du glaubst mir also?« fragte Stonewall mit zitternder Stimme. »Nein, tust du nicht. Du hast in dem Café nur so getan, um ihr zu gefallen. Du glaubst mir nie, bis andere es tun. Du hast ja auch nicht geglaubt, daß der Geist meinen Hund hat.«

Er trug das steife, zerrissene Halsband schon seit zwei Tagen in der Hosentasche. Rick konnte sehen, wie es aus den Shorts lugte, über den dünnen, leicht gebräunten Beinen, die mit Sommersprossen übersät waren.

»Und wenn du den Geist suchen gehst«, sagte er, und seine Stimme war schrill vor Nervosität, »dann schickst du mich weg. Wenn du ein Mädchen hast, auch. Das ist alles, was du tust. Genau wie die anderen.«

Jetzt liefen sogar Tränen über sein verschwitztes Gesicht und hinterließen Rinnsale, die noch schlimmer wurden durch die schmuddelige Hand, mit der er sie wegwischen wollte. Im Fenster erschien das Gesicht eines Kunden. Rick reichte ihm drei von den phallusartigen Lollys, nahm das Geld und knallte das Fenster wieder zu. Dann zog er Stonewall neben sich auf den Boden. Man hörte nichts als das Summen der Kühlanlage. Er nahm ein Stück Küchenpapier und fuhr damit über das Gesicht des Jungen, um Schleim und Tränen wegzuwischen. Schließlich legte er seinen Arm um die schmalen, zitternden Schultern.

»Jetzt hör mir mal zu, du kleiner Dummkopf, und paß genau auf. Du bist mein Kumpel, mein bester Kumpel, verstehst du? Und wenn ich mich nicht ständig um dich kümmern kann, dann ändert das gar nichts daran. Ich bin mit Jo Pardoe gegangen, als ich so in deinem Alter war, es war ein bißchen so wie mit dir und mir, ich mochte sie auf die gleiche Art, aber dann hat sich was verändert, und alles mußte aufgeschoben werden. Wahrscheinlich war es meine Schuld.«

Stonewall griff nach dem Küchenpapier und putzte sich die Nase, konnte die Tränen jedoch nicht zurückhalten.

»Du liebst sie mehr als mich«, flüsterte er. Vor lauter Scham blieb ihm das Wort beinahe im Halse stecken. »Fikken« oder »Möse« zu sagen war leichter.

»Nun, nun, nun«, sagte Rick erstaunt und fuhr mit der freien Hand durch Stonewalls Stoppelhaar, eine Geste, die dem Jungen nur scheinbar unangenehm war, in Wirklichkeit liebte er sie genauso, wie Sal es geliebt hatte, wenn er sie streichelte. »Das ist ein Topschnitt, den sie dir da verpaßt hat, mein Freund. Und was die Liebe angeht, also, das sehe ich so: Ich liebe dich für immer, und nichts steht zwischen uns, verstehst du? Und wenn ich noch jemand liebe, muß er dich auch lieben. Jo würde es tun, sie tut's ja jetzt schon, obwohl ihr Bruder dich nie dafür bezahlt, daß du die Würmer für ihn ausbuddelst. Er fängt sowieso nie was, also laß es einfach, hörst du?« Er hielt inne. Ein Gesicht preßte sich gegen das Fenster des Wagens. Rick hob zwei Finger. Erst mußte er zu Ende bringen, was er gerade sagte, denn es war wichtig.

»Es gibt Gelegenheiten, wo ich was zu tun habe und du was anderes, aber du bist immer da, der erste und der letzte, in schlechten wie in guten Zeiten. Und jedem verdammten Wichser, der dir was will, reiß ich den Kopf ab. Denn ich liebe dich, Stoney, mehr als jeden anderen. Und so wird es immer sein, bis du *mir* sagst, daß ich abhauen soll. Verstehst du? Ich liebe dich bis zum letzten Blutstropfen, mein Kleiner, und nichts wird da was dran ändern.«

Es klopfte am Fenster. Rick stand auf, stellte sein Lächeln wieder an und pfiff dabei vor sich hin. Der Himmel hatte sich verdunkelt; wenigstens einmal würden sie früh Schluß machen können. Eine Woche Hitze und überhaupt ein trokkener Sommer. Selbst wenn er ans Geschäft und an seinen

Vater dachte, konnte er nicht traurig sein über ein bißchen Regen. Eines Tages würden Stonewall und er ein richtiges Imperium aufbauen. Und dann wären sie nur noch nett zu Leuten, die sie wirklich mochten.

»Drei Mivvis«, rief er über die Schulter. »Doppelte!« Stonewall trat ihm gegen das Schienbein, wie um zu beweisen, daß er noch lebte, drehte sich cool wie ein Barmixer zum Kühlfach und erledigte die Bestellung mit Feuereifer. Vier Mivvis noch, dann waren alle weg, zwei Doppeldecker, fünf Pimmel, vier Karamelltorpedos, fast genauso schlimm von der Form her, sechs einfache Vanillebecher und eine Eisbombe. Stonewall konnte gar nicht mehr aufhören zu grinsen. Dann spürte er eine Hand auf der Schulter, die nur Rick gehören konnte, klar, für wen anders gab's ja auch weder Platz noch Bedarf.

»Setz dich wieder, Junge, und bleib, wo du bist. Ich glaub, ich hab deinen Geist gesehen.«

Auffallend wegen seiner Größe, marschierte der Weißhaarige unter dem sich verdüsternden Himmel entlang, der sein Haar noch heller erscheinen ließ. Wäre er mit lauter Badezeug unter dem Arm, eingerolltem Windschutz, Thermosflasche, Handtuch, feuchten Kleidern und Plastikflaschen vorbeigeschlurft, wäre er nicht weiter aufgefallen. Aber die anderen hatten ein Ziel. Er wirkte verloren.

»Groß«, flüsterte Rick abgehackt seinem kleinen Kumpel zu, der dasaß und seine Beine umklammerte. »Ich meine, echt groß.« Er sagte nicht gutaussehend, sondern schmal, groß, mit gleichmäßigen Zügen, Gesicht und Gestalt hatten was Leichenhaftes. Rick und Stonewall glaubten beide nicht, daß man jenseits der fünfzig noch gut aussehen konnte, in dem Alter zählte man einfach nicht mehr. »Volle weiße Haare, kann die Ohren nicht sehn, bißchen Stoppelbart, aber nicht viel, 'ne Hose, die nicht paßt. Sieht aus wie 'ne Trainingshose, aber zu kurz.«

Stonewall nickte in ekstatischer Freude darüber, daß Rick

ihm endlich glaubte. Der weißhaarige Mann blieb vor dem Fenster stehen. Das erste, was an ihm auffiel, waren die eingefallenen Wangenknochen, dann kam die tiefe, aristokratische Stimme.

»Ich hätte gern etwas von dem, was ihr zu verkaufen habt«, begann er. »Bloß habe ich kein Kleingeld.«

Rick beugte sich vertraulich vor, so daß er halb aus dem Wagen lehnte und es so aussah, als gäbe er ein Geheimnis preis. Er legte die Hand an den Mund und zischte leise: »Ich will dir was sagen, Kumpel. Wir hatten einen guten Tag, und es schmilzt uns sowieso weg. Du kriegst eins umsonst. Geht aufs Haus«, setzte er noch hinzu und blinzelte dem Alten verschwörerisch zu. Er selbst fand sich nicht sehr überzeugend, anders als Stonewall, der immer noch seine Beine umklammerte und dabei krampfhafte Lachanfälle unterdrückte.

Der Eisbehälter stand auf der rechten Seite. Rick füllte eine Doppelwaffel und reichte sie dem Mann, der keinerlei Anstalten machte, sich zu bedanken oder auch nur zu lächeln. Rick wußte, daß er sich verraten würde, wenn er ihn weiter so anstarrte, also tat er so, als warte er auf den nächsten Kunden. Gleichzeitig beobachtete er aus dem Augenwinkel, wie die sahnige Masse in der Kehle des Mannes verschwand wie eine Maus im Staubsauger, das ganze Eis auf einmal, in einem Rutsch, schrecklich, der Adamsapfel hüpfte auf und ab, und dann war auch die Waffel weg. Der Bursche hätte einen ganzen Hund auf einmal verschlingen können. Bei dem Gedanken mußte auch Rick unwillkürlich schlucken. Irgend etwas stimmte nicht mit den Zähnen des Weißhaarigen, hinter dem sich erneut eine Schlange gebildet hatte, aber dann war die Vorsicht doch stärker als das offensichtliche Verlangen des Mannes, um einen Nachschlag zu bitten, und er ging ohne Gruß davon.

»Ich glaube, der hat Hunger«, murmelte Rick.

»Dann ist er also kein Geist«, sagte Stonewall, ließ seine Beine los und stand auf.

»Es sind noch vier Bananensplits übrig«, sagte Rick. »Die hätte er haben können.«

»Vielleicht hat er Sal gefressen.«

»Hol mal den Spiegel, Stoney. Ich glaube, mir stehen die Haare zu Berge.«

Ihr Haar sah aus wie Stacheldraht, und es gab nichts, was sie dagegen tun konnte. Mrs. Pardoe stopfte es unter einen Hut oder Turban, je nach Gelegenheit und Jahreszeit. Sie legte ihre Federboa um, setzte den gräßlichen Hut auf und trippelte durch das Gras zu den drei kleinen Cottages am Ende der wildwuchernden Wiese. Ohne die hochhackigen Schuhe, mit denen sie bei jedem Schritt steckengeblieben wäre, war es ganz leicht.

Die Rosen um die Tür sahen aus, als freuten sie sich über den Regen, der in blütengroßen Tropfen vom Himmel fiel, den Hut niederdrückte und die Federn durchnäßte. Mrs. Jennifer Pardoe klopfte heftig an die Tür ihres eigenen Hauses. Sie trat ein, am ganzen Körper flatternd, doch wie bei einem Spielzeug, dessen Batterie zu Ende ist, hörte das auf, als die Tür hinter ihr ins Schloß fiel.

Sarah Fortune erhob sich hinter einem Stapel von Papieren im Wohnzimmer. Sie wirkte müde, als wäre sie erschlagen von der Hitze und froh über den Regen. Genauso ging es Mouse Pardoe. Sie legte Hut und Mantel ab und machte es sich bequem.

»Lieber Himmel, was für ein Segen«, sagte sie. »Wollen Sie uns nicht einen Tee machen? Ich halte das nicht länger aus.«

Ihre Bewegungen waren rasch und energisch. Keine Spur von der Zappelei, dem unkontrollierten Kichern. Sie war eine ganz normale alte Dame von fünfundsechzig Jahren, ein wenig seltsam gekleidet vielleicht, aber das ging als exzentrisch durch. So saß sie gemütlich zwischen Sarahs Papieren, griff beiläufig danach, warf einen Blick auf die Kopie von Mr. Pardoes Testament und legte sie lächelnd wieder hin.

»Sie arbeiten, Liebes? Das ist schlecht für Ihre Augen. Wie gefällt Ihnen dieses schlichte Testament? Es war meine Idee.«

»Soll ich die Vorhänge zuziehen?« fragte Sarah. »Für den Fall, daß wir Besuch bekommen?«

»Die sind alle ausgeflogen. Machen Sie sich keine Sorgen, ich habe Ohren wie ein Luchs, und warum wohl, glauben Sie, bestehe ich auf dem Schaf? Ich habe meine Gründe. Sobald ein Wagen vorfährt oder jemand zur Tür kommt, wird Hettie uns warnen. Dann setze ich meine Senilen-Nummer fort, und Sie ertragen mich mit Geduld, einverstanden?«

»Aber sicher«, murmelte Sarah. »Ich verstehe.«

Mouse Pardoe strahlte. »Ich weiß. Ernest hat es mir gesagt.«

Acht

»Der verstorbene Mr. Pardoe war ein richtiger Tyrann«, erklärte Jennifer Pardoe. »Voller Charme, aber auch voller Scheiße.« Sie rülpste leicht nach diesem Kraftausdruck, dessen Klang ihr offensichtlich passend erschien. »Er war sehr liebenswert und sehr energisch, und mich kannte alle Welt nur als Mouse. Ich habe ihn über alles geliebt, leidenschaftlich, aber auch realistisch. Meine Stimme zählte wenig, selbst wenn ich grundsätzlich gegen etwas war und damals wie heute die Meinung vertrete, daß Eigentum Diebstahl ist. Doch meine Meinung galt nichts, meine Wünsche wurden nicht respektiert; bis er dann im Alter irgendwann über alle Versuchungen erhaben war. Da fing er plötzlich an auf mich zu hören, und ich gewann allmählich die Oberhand. Ehrbarkeit faszinierte ihn, obgleich er selbst nicht im geringsten ehrbar war. Es ist eine Schande, daß so vieles so spät kommt.« Sie schlürfte ihren Tee ungefähr so stilvoll wie ein durstiger Arbeiter und blickte Sarah über den Becherrand hinweg an.

»Nein«, sagte sie und beantwortete damit die Frage, die in der Luft hing. »Ich selbst bin nicht im geringsten ehrbar. Und Sie auch nicht. Allein die Vorstellung von Ehrbarkeit habe ich schon immer für reine Zeitverschwendung gehalten.«

Sarah nickte zustimmend.

»Jedenfalls haben wir uns bestimmte Dinge gebeichtet, mein Mann und ich«, fuhr Mrs. Pardoe fort. »Das war lange vor seinem Tod, und irgendwie hat uns das endlich auf dieselbe Stufe gestellt. Ich möchte darauf aber jetzt nicht näher eingehen. Er hörte auf, sich für den Besitz zu interessieren, und machte sein Testament so, wie Sie es gelesen haben – weil er mir vertraute. Er vertraute auch Julian, aber der war damals nicht ganz zurechnungsfähig. Das hatte nichts mit Alkohol zu tun, verstehen Sie mich richtig, es war eine andere Art von Sucht, irregeleitete Liebe. Dann starb mein Mann auf seine typisch dumme Art. Und sofort schwirrten alle möglichen Leute um mich herum und erklärten mir, was ich nun am besten machen sollte. Dabei engten sie mich nur ein. Zwar hatte ich meinen Mann am Ende dazu bewegen können, auf mich zu hören, sonst aber tat das keiner. Die Kinder dachten gar nicht dran. Mir wurde klar, daß sie mich in alle möglichen Richtungen stoßen und zerren würden, dabei wußte ich ganz genau, was ich mit all dem Zeug machen wollte, das sich in unserem Besitz befand. Er übrigens auch – es sich anzueignen, war für ihn nur eine Art Spiel gewesen. Aber ich konnte mich nicht durchsetzen.«

»Wer hätte Sie daran hindern wollen?« fragte Sarah.

»Ich habe bloß eine Andeutung darüber fallenlassen, was wir mit unserem Besitz machen könnten, und Edward hat mich schon geschlagen. Ich habe Edward als Kind verdorben, weil ich ihm alles habe durchgehen lassen. Er war ein so hübsches Kind.« Jennifer Pardoe sagte das, als bedürfe es keiner weiteren Erklärung. »Wie gesagt, niemand wollte auf mich hören. Das hatte sich bei uns schon so eingebürgert, und ich bin kein Mensch, der für Konfrontationen und Konflikte gemacht ist. Also habe ich beschlossen, verrückt zu spielen. Mich unbedarft zu geben und trotzdem beachtet zu werden. Man bekommt eine Menge Beachtung, wenn man verrückt ist. Ich genieße das, obgleich es gelegentlich auch anstrengend wird. Als Verrückte kann man seinem Exhibitionismus freien Lauf lassen, und das war mir bisher nie gestattet. Man kann tragen, was man will, machen, was man will – herrlich, Sie sollten es auch mal probieren.«

»Zum Beispiel im Kohlfeld liegen?« fragte Sarah.

»Ja. Wunderbar. Wenn ich das täte, ohne verrückt zu sein, würde irgendein Dummkopf garantiert einen Krankenwagen rufen. Zudem habe ich eingesehen, daß ich wahrscheinlich sowieso ein bißchen verrückt bin. Ich gehe gern mit dem Schaf spazieren und rede mit den Vögeln, warum auch nicht? Das alles könnte ich nicht tun, wenn ich gesund wäre, oder?«

»Warum nicht?«

Mrs. Pardoe beugte sich vor und tätschelte Sarahs Knie. »Ich weiß, daß Sie die unheimliche Gabe besitzen, fast alles zu verstehen, meine Liebe, aber eines können Sie in Ihrem Alter einfach noch nicht wissen, und zwar, wieviel Macht man auf dieser Welt verliert, wenn man alt wird. Und wenn die alte Macht zerbröselt, muß man sich eine neue Basis schaffen. Das sind die Grundlagen der Politik. Übrigens stand ich immer etwas links von der Mitte. Ernest Matthewson billigte das ganz und gar nicht.« Sie warf einen Blick auf ihre Micky-Maus-Uhr. »Ich glaube, ich gehe jetzt besser. Wir müssen uns ein andermal weiter unterhalten. Ich frage mich, ob Rick heute mit dem Eiswagen und mit meiner Zeitung kommt. Wahrscheinlich nicht, bei dem Regen.«

Sie trank den Tee aus und reichte den Becher zurück. Geständnisse sind meist mit dem Genuß der einen oder anderen Flüssigkeit verbunden. Ein trockener Mund redet nicht gern.

»Dieser Rick liebt Ihre Tochter«, sagte Sarah. »Und sie ihn.«

Mrs. Pardoe nickte. »Eine jugendliche Schwärmerei, hoffe ich.«

»Eine jugendliche Schwärmerei kann sehr real sein.«

»Nun ja, einen besseren Kandidaten kann sie sich im Grunde auch gar nicht wünschen. Ein netter Junge aus der Arbeiterklasse, genau wie Mr. Pardoe. Wenn er die entsprechenden Möglichkeiten bekommt, kann er es weit bringen.

Ich muß jetzt los.« Sarah wollte sie daran hindern, doch gegen so viel Entschlossenheit konnte sie nichts ausrichten.

»Wenn ich meine Tatterich-Rolle weiterspielen will, sollte ich mir vielleicht allmählich einen Stock zulegen. Übrigens, Kleines, wissen Sie eigentlich, was mit dem Vermögen geschehen soll?«

»Sie haben es doch gerade erst gesagt, oder? Und Sie waren auch diejenige, die Ernest Anweisung gegeben hat – nicht Julian?«

»Natürlich. Bloß sollte es so aussehen, als sei es Ernests Idee. Sie hätte von jedem stammen können, bloß nicht von mir. Ich habe ihm erklärt, die Kinder sollten einsehen, daß sie alles haben, was sie brauchen. Daß wir diesen Riesenbesitz nicht brauchen. Nur möchte ich, daß sie es selbst erkennen, ohne daß es ihnen irgendwer erklärt. Sie sollen lernen, ihr Schicksal selbst in die Hand zu nehmen, und Geld macht alles nur schwieriger. Es reißt Gräben auf.«

»Und warum hat Ernest mich vorgeschlagen?«

Mrs. Pardoe wandte den Blick ab, setzte ihren Hut auf und ließ die Federn vor dem Kinn auf und ab wippen.

»Eigentlich gehört er andersherum«, erklärte sie. »Die Federn nach hinten. Aber so macht es mehr Spaß, finden Sie nicht?« Mouse sah Sarah jetzt an.

»Mein alter Freund Ernest tut nie etwas, ohne ein Dutzend Gründe dafür zu haben, wußten Sie das nicht?«

»Ich wußte nicht, daß er so clever ist.«

»Das ist er gar nicht, nur listig. Was er wirklich über Sie sagte, war...« Sie zögerte, zum erstenmal, als sei ihre Verrücktheit mit dem Hut zurückgekehrt.

»Ja?«

»... daß Sie ein Katalysator sind. Ist das so was wie eine geschmeidige Katze? Könnte ein Katalysator Hettie, dem Schaf, helfen? Das Tier treibt mich noch in den Wahnsinn.«

Mrs. Pardoe schlurfte über den nassen Rasen und sang im Regen vor sich hin.

Katalysator ist nicht das, was Ernest gesagt hat, dachte Sarah. Ein solches Wort hätte er nie benutzt. Und er hat auch nicht begriffen, daß jemand, der in eine andere Rolle schlüpft, sowie Mrs. Pardoe, womöglich zu dem wird, was er spielt.

Miss Gloomer lag im Sterben. Julian kam von seinem nächtlichen Krankenbesuch. Zurück zu dem Haus, das er seit dem Tod seines Vaters nie mehr so ganz als Zuhause hatte akzeptieren können, obwohl er dessen Individualität jenseits aller Klassengegensätze früher einmal geliebt hatte. Er bog in die Einfahrt und blieb mit den Händen am Steuer sitzen, um durch den Regen die Fenster zu betrachten. Mutter stand mit den Hühnern auf und ging auch früh zu Bett. Aus Edwards Zimmer mit dem Ausblick über die Küste drang ebenfalls kein Licht. Ich darf ihn nicht immer als Spion und Versager sehen, dachte Julian. Ich darf mich nicht darüber freuen, daß Joanna und er wahrscheinlich in entgegengesetzter Richtung das Haus verlassen haben, bloß weil ich Angst habe, was sie sich einfallen lassen könnten, um es sich in einer nassen Nacht wie dieser gemütlich zu machen. Ich habe eine schmutzige Phantasie.

Er betrachtete die Wiese. Die Nacht kühlte rasch ab, und das Gras glänzte im Nieselregen. Morgen würde er es mähen, vorausgesetzt, er hatte die Zeit dazu, im Moment aber sah er nur die gespenstische Vision einer nackten Sarah Fortune in all dem Grün. Er stieg aus und schlug wie mechanisch den Weg zu den Cottages ein. Seine Füße tappten weich durchs Gras. Er konnte sagen, daß er geglaubt habe, einen Eindringling gehört zu haben, daß er gekommen sei, um sich nach ihrem Zustand zu erkundigen, nachdem Joanna ihm die Geschichte mit dem überraschenden Einbruch der Flut erzählt hatte, oder auch, daß er keine Zeit gehabt habe, früher zu kommen, was nicht stimmte. Er konnte Elisabeth Tysalls Grabstein erwähnen und Sarah um Rat fragen, aber er hatte immer noch Angst. Es war lächerlich, und er wollte sich gerade abwenden, um zurückzugehen, doch da sah er, daß die Lampe an der Tür ihres Cottages nicht nur die kümmerlichen Rosen beleuchtete, sondern gegen den rechteckigen Lichtschein, der durch die Tür fiel, auch Sarahs vornübergebeugte Gestalt. Er hörte das jämmerliche Blöken des Schafes und Sarahs Stimme, die es beruhigte. Julian trat auf sie zu. Sie schien nicht im mindesten überrascht, ihn zu sehen.

»Oh, Sie sind es. Sehen Sie nur, wir müssen etwas wegen diesem Schaf unternehmen.«

»Warum?« Jetzt klang seine Stimme ebenfalls wie ein verzweifeltes Blöken.

»Es macht schon den ganzen Abend diesen Krach, darum ... und auch den ganzen Nachmittag. Es rennt mit dem Kopf gegen die Tür. Es hat eine Weile gedauert, aber jetzt weiß ich, daß es nicht nur das Bedürfnis nach Gesellschaft ist. Eines der Hörner wächst ihm ins Auge.«

Julian ging neben ihnen in die Hocke. Das Schaf zappelte, doch Sarah hielt es fest und drängte es gegen den Eingang. Er sah, daß das linke Horn mit einem heißen Lappen umwickelt und die Spitze so schief gewachsen war, daß es nicht über der Stirn endete, sondern auf den blutunterlaufenen, tränenden Augapfel drückte. Darunter hatte sich eine gräßliche, entzündete Wunde gebildet.

»Sie hat Schmerzen. Morgen früh wird sie von Fliegen übersät sein«, erklärte Sarah sachlich. »Ich habe versucht das Horn zurückzubiegen, und Hettie war auch sehr geduldig, aber es ist zu hart. Deshalb habe ich ein heißes Küchentuch drumgewickelt. Ich dachte, das hilft vielleicht, es aufzuweichen. Aber ob es das Richtige ist? Hettie scheint es nicht besonders zu gefallen.«

Julian fluchte leise und versuchte sich an irgendwelche weisen Ratschläge zur Tieraufzucht zu erinnern, die sein Vater beim letzten seiner vielen Hobbys erfahren hatte.

Was war es noch, was Vater damals hatte tun wollen – oder war es Mutters Idee gewesen, seltene Schafe zu züchten? Wir müssen dem Land etwas zurückgeben, hatte sie gesagt.

»Ich kann nicht genug sehen«, murmelte er und spürte, wie das Tier unter seiner Hand zitterte. »Macht es Ihnen was aus, wenn wir sie mit zu Ihnen reinnehmen?«

Es wirkte bizarr, wie sie im grausamen Licht der Küche standen. Der Kessel blubberte auf dem Kocher, und das Schaf versuchte sich dem Druck von Julians Beinen zu entziehen.

»Die Hitze scheint es zu erweichen. Hier, halten Sie es am Maul.« Sarah gehorchte mit beiden Händen. Die Angst in den Augen des Tieres schien den ganzen Raum zu erfüllen. Langsam und mit beträchtlicher Kraft drehte Julian mit beiden Armen am Horn und bog es ein Stück nach hinten, außer Reichweite des kranken Auges. Rasch wischte Sarah die Feuchtigkeit weg, die sich um die Wunde gebildet hatte. Hettie schlug aus und wich zurück. Genug war genug. Sie ließen sie hastig zur Tür poltern. Das Küchentuch hing ihr noch am Horn.

»Sie sieht aus wie eine Frau, die vom Friseur kommt, aber nur halb fertig ist. Ich wußte gar nicht, daß Schafe soviel Aufmerksamkeit brauchen.« Sie hatte sich abgewandt, um sich die Hände zu waschen, bis hoch zu den Ellbogen. Julian tat es ihr nach.

»Ich hätte Sie mir nie in der Rolle einer Krankenschwester vorgestellt«, sagte er leichthin.

»Oh, ich hatte selbst keine Ahnung«, sagte Sarah mit gleicher Beiläufigkeit. »Möchten Sie einen Drink? Ich habe jede Menge da.«

Die Animosität zwischen ihnen war verflogen. Er spürte, wie er zitterte, als er an das verwachsene Horn dachte, das sich in den Kopf des Tieres bohrte wie die Erinnerungen in seinen eigenen Schädel. Im Inneren des Cottages war es kalt. Es war so gebaut, daß es im Sommer kühl blieb und im

Winter die Wärme hielt. Sarah trug einen kurzärmeligen, butterblumengelben Baumwollpullover mit tiefem V-Ausschnitt. Ihr Haar war frisch gewaschen, und der Duft nach Seife, Shampoo und Parfum überdeckte mühelos die Reste von Komposthaufen, Schaf und auch den durchdringenden Medizingeruch von Miss Gloomers Krankenbett. Sie setzten sich in das kleine Wohnzimmer. Ein großes buntes Tuch lag über dem Sofa. Die häßliche Tischlampe stand auf der Erde, wo sie ein diffuses Licht verbreitete und den Raum dermaßen veränderte, daß selbst die falsche Kohle im elektrisch beheizten Kamin anheimelnd wirkte. Sein erster Schluck schon sagte ihm, daß ihr Whisky ausgezeichnet war. Sie trank mit dem unübersehbaren Behagen eines Connaisseurs.

»Haben Sie den Umweg hierher gemacht, um mir zu sagen, daß ich gefeuert bin?« fragte sie ohne Bitterkeit, als spiele die Antwort keine große Rolle.

»Nein. Wir behalten Sie aufgrund Ihrer Geschicklichkeit im Umgang mit einem gewissen Schaf. Wo haben Sie das bloß gelernt?«

Sie zuckte mit den Achseln. Der Pullover verschob sich ein wenig, und er bemerkte zwei kleine reliefartige Narben an ihrem Hals, als hätte man ihr da vor kurzem zwei Leberflecke entfernt.

»Ich weiß es nicht. Tiere sind wohl einfach unkomplizierter als Menschen. Noch einen?«

Das Glas war leer gewesen, ehe er sich versah. Er nickte. Sie stand auf. Das Licht fiel auf ihren Arm, und er bemerkte drei weitere Narben über dem Ellbogen; sie erschienen fast weiß auf dem goldenen Braunton ihrer Haut. Es lag nichts Entstellendes in diesen Narben, doch ihr Anblick erfüllte ihn mit einer seltsamen Unruhe.

»Wir haben uns am Freitag unterhalten«, sagte er plötzlich. »Über die verstorbene Elisabeth Tysall. Was wissen Sie über sie?« Sarah folgte der Richtung seines Blickes zu den

Narben und zog den Pullover mit beiden Händen enger um den Hals.

»Nichts, solange sie lebte. Aber dann hörte ich von ihr. Ich weiß, daß ihr Mann mich für eine Doppelgängerin von ihr hielt. Ich weiß, daß er sie schrecklich mißhandelt haben muß und sie sich hier am Strand umgebracht hat. Besser gesagt, sich dem Wasser überließ. Gestern hätte ich um ein Haar entdeckt, wie. Wenn es damals so warm wie gestern war und sie betrunken genug oder berauscht genug, um sich einfach hinzulegen und einzuschlafen, dann war es vielleicht ein friedlicher Tod, ein schlichtes Loslassen. Ohne Schmerzen.«

»Glauben Sie?«

»Vorausgesetzt, sie geriet nicht in Panik. Und hatte genügend genommen, um sich einfach treiben lassen zu wollen.«

Julian betrachtete sie aufmerksam und suchte nach Zeichen von Leichtfertigkeit. Mittlerweile begriff er, daß sie ziemlich verschieden waren, Elisabeth Tysall und diese Frau. Abgesehen von ihrem Haar und der Zugehörigkeit zur gleichen Klasse weiblicher Schönheit hatten sie wenig Ähnlichkeit.

»Ich würde gern mehr über Elisabeth Tysall erfahren«, sagte Sarah sehnsüchtig. »Niemand scheint je wirklich nach ihr gefragt zu haben.«

Julian nahm einen großen Schluck Whisky und stellte das Glas wieder ab. Die Aussicht, sein schlechtes Gewissen zu erleichtern, löste dieselbe Reaktion wie bei Hettie am Ende des unerklärlichen Schmerzes aus. Er kam sich dumm vor und auch ein wenig unruhig...

»Die Tysalls hatten ein Cottage hier bei uns«, fing er an. »Besser gesagt, sie machten es mit lauter Verschönerungen zu ihrem, dabei gehörte es nach wie vor uns. Sie wirkten enorm wohlhabend, dabei vermute ich, sie gehörten zu der Klasse von reichen Leuten, die eigentlich nur sehr wenig besitzen. Nicht wie wir hier. Merton ist zwar alles andere als glanzvoll, aber Elisabeth Tysall gefiel es. Charles, ihr Mann, ließ sie auch allein herkommen, obwohl er sonst extrem besitzergreifend war. Vermutlich glaubte er, daß es in einer so kleinen Küstenstadt keine Versuchungen geben würde. Mit Vergnügungsmöglichkeiten für Erwachsene sind wir nicht gerade gesegnet. Keine Kasinos, keine Möglichkeiten, ins Rampenlicht zu treten. Und man landet sicher nicht im County-Kalender, wenn man in der Spielhalle rumhängt.« Er betrachtete sie bedeutungsvoll und wurde mit einem Unschuldsblick belohnt.

»Sie ging gern spazieren, genau wie ich damals, als diese Landschaft mir noch wie verzaubert erschien.«

Er nahm sich vor, langsamer zu trinken, denn er fühlte sich bereits leicht berauscht.

»Also begleitete ich sie. Ich hatte Charles zweimal getroffen, als Vater sie auf einen Drink zu uns eingeladen hatte. Charles hielt mich für einen Bauerntrampel, einen unbedarften Provinzler. Und genau das bin ich wohl auch. Elisabeth hatte ich in der Praxis näher kennengelernt, als sie wegen eines Rezepts nachfragte. Ich weiß nicht, wie es kam. Ich konnte den Blick einfach nicht mehr von ihr abwenden, und zwischen unseren Verabredungen erschien mir das Leben wie ein Vakuum. Eine Woche, in der ich sie nicht sah, und davon gab es viele, war eine Woche voller Höllenqualen. Zwischendurch schrieb sie mir Briefe, neckte mich, ließ mich schmoren. Sie war sehr vorsichtig und warnte mich immer wieder vor Charles' rasender Eifersucht. Ich sagte, verlaß ihn, und ich nehme es mit der ganzen Welt auf für dich, aber sie sagte, nein, du kennst mich nicht, und niemand auf der Welt kommt gegen Charles an. Und dann gab sie ganz unerwartet an einem Wochenende einfach nach. Ich kann es nicht beschreiben«, sagte er. »Ich würde mich sicher anhören wie ein kleiner Junge, wenn ich es versuchte.« Julian lehnte sich zurück, erschöpft von der Erinnerung.

»Ich weiß noch, wie ich ihr gesagt habe, du bist so schön, daß ich von nun an gegen jede andere Frau immun bin. Was soll ich tun, wenn du nicht für immer bei mir bleibst? Verlaß ihn, heirate mich. Ich werde nie wieder eine Frau so lieben, du bist die Erfüllung meiner Träume. Sag das nicht, hat sie mich immer wieder gebeten. Bitte, sag das nicht.« Er fing an zu zittern, griff nach dem Glas und verschüttete dabei ein wenig von dem guten Whisky.

»Zwei Wochen später kam sie wieder. Sie wissen vielleicht, wie es ist, wenn man einen Menschen so sehr vermißt, daß es weh tut. Ich war mittlerweile rasend vor Wut, denn sie hatte sich die ganze Zeit nicht gemeldet, kein Brief kein Anruf, nichts, und natürlich konnte *ich* sie nicht erreichen, wegen Charles, aber ich war einfach verrückt danach, sie zu sehen. Meine vollkommene Elisabeth, die Erfüllung meiner Träume. Aber als sie kam, war sie alles andere als vollkommen schön. Im Gegenteil, als sie in die Praxis platzte, war sie höchstens noch an ihrem Haar zu erkennen. Ihr Gesicht war völlig entstellt. Vielleicht mit Glas zerschnitten, schwierig zu sagen, bei all den Nähten und Schwellungen. Ich konnte gar nicht hinsehen.«

Einen Augenblick stützte Julian den Kopf in die Hände, dann spielte er wieder mit dem Glas. Seine Handflächen waren schweißnaß.

»Natürlich fragte ich, warum und wieso. Mein schlechtes Gewissen meldete sich, vielleicht war ja unsere Affäre schuld daran, was ihr zugestoßen war. Es fiel ihr schwer, deutlich zu sprechen; ein Mundwinkel war aufgeschlitzt. Sie sagte, es habe nichts mit mir zu tun gehabt, Charles habe es aus einer Laune heraus getan. Ich glaubte ihr nicht. Ich war wie betäubt, angewidert und erschreckt, und deshalb benahm ich mich wie ein ungeduldiger und sehr verantwortungsloser Arzt. Ich verschrieb ihr eine hohe Dosis Tranquilizer, also Schlafmittel, und erklärte, das beste sei, wenn sie erst einmal vierundzwanzig Stunden schlafe. Ich habe in der Apotheke angerufen und ihr nicht mal angeboten, bei ihr zu bleiben. Statt dessen bin ich losgegangen und hab mich betrunken, bis ich sternhagelvoll war.«

Er trank sein Glas aus.

»Könnte ich noch einen davon haben? Ich versichere Ihnen, daß ich nicht vorhabe, diese Übung heute abend zu wiederholen. Ich bin seitdem nie wieder betrunken gewesen, obwohl ich es weiß Gott versucht habe.«

Er schloß die Augen und lauschte dem Geräusch der Flüssigkeit, die ins Glas gluckerte. Großzügig bemessen, genug, um ihn aus seinen Träumereien zu reißen. Die Hand, die ihn berührte, als er nach dem Glas griff, war warm und ermutigend.

»Ich glaube, einen Tag später ist sie verschwunden. Ich kam nicht aus dem Bett und mußte die Samstagssprechstunde in der Praxis absagen. Später erfuhr ich, daß sie vorbeigekommen war, um mich zu sprechen. Möglich, daß man sie nicht gerade freundlich behandelt hat, trotz ihres Zustands. Alle glaubten, sie sei schlecht für mich, und mochten sie nicht besonders. Sie konnte sehr arrogant sein, um es freundlich auszudrücken. Aber eine so schöne Frau hat wohl das Recht, grob und abweisend zu sein – wahrscheinlich sind zu viele Leute darauf aus, sich ihr zu nähern.«

Er hielt sich mehr am Glas fest, als daß er trank. Sarah sah, daß er nicht aus Vergnügen trank, sondern um zu vergessen.

»Ich nahm an, daß sie zu ihrem Mann zurückgegangen war. Wenig später erhielt ich einen Brief von ihm, mit dem er den Vertrag für das Cottage kündigte. Ich fühlte mich so wie jeder andere an meiner Stelle auch: schuldbewußt, aber auch erleichtert. Diese Schuld war allerdings nichts im Vergleich zu dem, was ich erlebte, als sie ein Jahr später eine halbe Meile vom Kai entfernt in der Sandbank gefunden wurde. Eine Tote, bereits bestattet, die ins Reich der Lebenden zurückkehrte.«

»Wie kam es, daß sie dort ›begraben‹ worden war?«

»Keiner weiß es – und wenn es jemand weiß, sagt er es nicht. Die Wasserläufe da draußen verändern sich ständig. Möglich, daß sie tatsächlich der Sand unter sich begraben hatte, um sie dann nach Monaten wieder freizugeben. Einen Tag, bevor sie gefunden wurde, hat es eine Sturmflut gegeben. Vor allem von den Haaren konnte man darauf schließen, wie lange sie dort gelegen hatte. Dann kamen die polizeilichen Ermittlungen. Ihr Mann behauptete, sie sei nie wieder in London aufgetaucht und er habe geglaubt, sie sei nach Amerika zurückgekehrt, woher sie stammte. Elisabeth hatte praktisch seit dem Tag, an dem sie mich nicht in der Praxis angetroffen hatte, dort draußen unter dem Sand gelegen. Ich wünschte, das wäre nicht so deutlich geklärt, aber so ist es. Ich werde mir mein Leben lang vorwerfen, daß ich derjenige war, der sie da hingebracht hat. Sie hatte mich um Hilfe gebeten, und ausgerechnet ich, ihr Liebhaber, mußte derjenige sein, der ihr die Mittel zum Selbstmord verschaffte. Ihr letzter Halt...«

Der Whisky stand unberührt da, und im Zimmer war es still. Julian hustete gequält.

»Charles kam natürlich, um die Leiche zu identifizieren... Er rief mich an, und ich sagte, er könne in seinem alten Cottage wohnen, wenn er wolle, doch ihn interessierte bloß, wie seine Frau so lange hatte im Sand vergraben sein können. Woher sollte ich das wissen? Ich war ärgerlich, kurz angebunden. Ich sagte, ich wolle es gar nicht wissen, und schrie ihn an, daß er sie mehr hätte lieben sollen. Es war die Woche, in der mein Vater starb, und mein Verhalten in den letzten Tagen vor seinem Tod erklärt vielleicht, warum er mir nicht mehr traute. Charles akzeptierte keine der Erklärungen, die man ihm gab, er wollte sogar, daß ich mitkam, um ihm die Stelle zu zeigen. Ich konnte es nicht, wollte es auch nicht. Kurz danach wurde ich gerufen, um seine Leiche abzuholen. Sie war an Land gespült worden. Ich wußte, es konnte nur er sein. Wissen Sie, was ich gemacht habe? Ich habe dem nassen Bündel in die Rippen getreten und damit auch noch den letzten Nagel in den Sarg meiner Selbstachtung geschlagen. Dann bin ich nach Hause gegangen, um meinen Vater zu beerdigen. Damals wurde mir etwas klar, und ich habe es seitdem nicht wieder vergessen: Daß ich nämlich nicht dazu tauge, ein menschliches Wesen unter all den anständigen Leuten hier zu sein, ganz zu schweigen von einem Arzt. Ich habe Elisabeth getötet, verstehen Sie? Und genausogut hätte ich mich selbst umbringen können.«

Sarah stand auf und ging in die Küche. Er sah, wie sie den Kessel aufsetzte und den Herd anzündete. Eine Motte kam durchs Fenster und flatterte vor den Spiegel, den Joanna zur Anprobe benutzt hatte. Jetzt reflektierte er das Licht der Lampe, wohin sich nun auch die Motte wandte. Julian konnte das Geräusch der flatternden Flügel um die Lampe kaum ertragen.

»Kaffee?« fragte Sarah.

»Ja.« Er wartete, beugte sich vor und fing die Motte mit beiden Händen ein. Dann stand er auf und trug sie zum offenen Fenster. Sarah kam zurück, stellte den Kaffee auf den Boden neben die Lampe und ließ sich, wie zuvor schon, zu seinen Füßen nieder. Es lag keine Spur von Unterwürfigkeit in dieser Pose, nur die Aufforderung zuzuhören.

»Jetzt will *ich* Ihnen etwas erzählen«, sagte sie. »Es gibt etwas, das Sie wissen sollten. Fragen Sie nicht nach den Quellen dieser Information, glauben Sie mir einfach, daß Elisabeth Tysall sich nicht Ihretwegen umgebracht hat. Sie hatte alles bereits geplant, bevor sie dieses letzte Mal herkam, und nichts hätte sie davon abbringen können. Sie hatte einen Brief an Ernest Matthewson geschrieben und ihn bei ihrer Bank deponiert, mit der Bitte, ihn weiterzuleiten, sobald ihr Tod offiziell bestätigt war. Die Bank befolgte ihre Anweisungen. Ernest war krank, seine Frau öffnete den Brief und gab ihn schließlich mir. Ich habe ihn einem Freund gezeigt – sonst niemandem. Auf Seite eins erläuterte Elisabeth, was sie vorhatte, wie und wo sie es tun würde. Sie schrieb, daß sie mehrere Affären gehabt habe, alle aus Rache an Charles, der sie nicht mehr liebte; der Selbstmord aber sollte die Rache für ihre Entstellung sein. Sie hatte ihn nicht anzeigen können, solange er sie bedrohte, doch sie hatte bis ins Detail geplant, daß ihr Körper gefunden, ihre Verletzungen untersucht und ihr Mann angeklagt würde. Sie hatte nicht viel Ahnung von juristischen Verfahren, vor Gericht wären wir nie damit durchgekommen. Außerdem hatte sie keinen Funken Lebenswillen mehr, der war ihr längst verlorengegangen. Sie brauchte auch Ihre Tranquilizer nicht, da sie sich nach und nach bereits ein ganzes Pillenarsenal angelegt hatte. Eigentlich hätte noch ein versiegelter Brief an ihrem Körper entdeckt werden müssen, aber der war nicht aufzufinden.«

Sarah richtete sich träge auf und lehnte sich auf die andere Hüfte. Julian spürte eine wilde Hitze in seinem Blut, Ärger, Erleichterung, ein präzise erinnertes, unausgelebtes Verlangen, das bis jetzt bei den Toten geruht hatte. Wut, Schuldgefühle.

»Was nicht heißt, daß Ihre Reaktion auf ihr Gesicht nicht schrecklich grausam war«, fuhr Sarah mit weicher Stimme fort, »etwas, wofür Sie sich schämen sollten. Aber es heißt, daß Sie die Ereignisse nicht beeinflußt haben. Sie haben sie nicht getötet. Charles hat sie getötet. Und was den Fußtritt angeht – Leichen haben keine Gefühle, die lassen sie bei den Lebenden zurück. Ihr Vater war gerade gestorben. Im Schmerz sind wir alle zu allem möglichen fähig. Als mein Mann gestorben ist, hätte ich am liebsten jemand umgebracht, verstümmelt oder gefoltert. Das haben Sie zumindest nicht getan.«

Julian beugte sich in seiner verzweifelten Sehnsucht nach einem Hoffnungsschimmer vor. Er starrte in ihre gesprenkelten Augen und fand sie bodenlos, großzügig, einsam, doch ohne Traurigkeit. Er rührte sich nicht, als sie sein Gesicht in die Hände nahm und ihn küßte. Der Kuß hörte nicht mehr auf. Julian wich ein wenig zurück, stöhnte dann auf und gab sich mit einem langen, schaudernden Seufzer der Umarmung hin.

»Sarah, Sarah...«

»Nicht denken«, murmelte sie. »Hör auf zu denken. Vertreiben wir die Dämonen.«

Er glaubte auch, sie sagen zu hören, daß man Charles Tysall einfach nicht erlauben dürfe, so vielen das Leben zu nehmen, doch nichts von dem, was sie sagte, erschien ihm sicher. Er hörte nur das Rascheln von Kleidern, sah sich selbst hinter ihr die Treppe hinaufsteigen, das dunkle Schlafzimmer betreten, in das der Mond schien, sich das Hemd ausziehen, und dann ein wildes Durcheinander geschmeidiger Glieder. Und wieder verschmolzen sie in einem Kuß, der scheinbar nicht wieder aufhörte. Er erinnerte sich an ihre schmale Gestalt, spürte ihre Stärke und versuchte sich zurückzuhalten. Er zitterte. Sie beruhigte ihn und lenkte ihn sanft auf den überwältigenden Augenblick hin, in dem er aufschrie. Das wußte er noch. Als er die Erde wieder berührte, hätte er am liebsten geweint. Statt dessen schlief er ein wie ein Kind.

Die Reifen von Edwards Wagen knirschten im Kies. Es war aber nicht das satte Geräusch einer wohlgeharkten, dick beschichteten Einfahrt, nur das Scheuern von abgefahrenem Gummi auf ausgetretenen Kieseln, die nach dem warmen Regen im Schlamm versanken. Angeln: Was war denn eigentlich dran am Angeln? Und dann die Art, wie er es tat: heimlich, versteckt, nachts. Wegen des romantischen Mondscheins auf den Wellen, ja, ja, hauptsächlich aber aus

Scham, denn er angelte, weil er eine Fähigkeit erwerben wollte, um die andere Männer ihn möglicherweise beneideten. Ein Mann nach seiner Vorstellung mußte ebenso imstande sein, einen Fisch aus dem Wasser zu holen, wie es die anderen, unbedeutenderen Männer waren. Er hatte seine Versuche auf nachts verlegt, weil sie, zumindest bisher, völlige Reinfälle waren. Die Fische bissen einfach nicht an. Sie blieben unter der Oberfläche und lachten ihn aus. Die Angelruten waren auf dem Stand neuester Technik, und die Köder stimmten auch, jedenfalls laut Lehrbuch. Edward begriff, daß er einen Lehrer brauchte, war aber nicht unterwürfig genug, um etwas zu lernen. Er konnte die Rute auswerfen, aber er konnte nichts fangen. Es war wie mit allem anderen – sein Versagen stand in deutlichem Mißverhältnis zu seinen Bemühungen. Wenn Vater ihm das Angeln doch bloß beigebracht hätte.

Das Haus schien leer. »Joanna!« rief er am Fuß der Treppe. Es war ihm gleich, ob er sie weckte. Wie konnte sie schlafen, wenn er Gesellschaft und etwas zu essen brauchte, und zwar genau in dieser Reihenfolge. Schweigen. Ihr Wagen war weg, wahrscheinlich war sie mit einer ihrer Freundinnen unterwegs, und weiß der Teufel, ob es dabei blieb. Er knallte sein Angelzeug auf den Küchentisch, leerte Schachteln, Schwimmer, Bleigewichte, sämtliche Utensilien seines Mißerfolgs aus den Jackentaschen und dazu auch die in Pergamentpapier gewickelten Sandwiches; blöde Kuh. Die Kunststoffverpackung der Haken splitterte, und sie fielen auf den Tisch, kleine Dinger, nicht größer als ein Daumennagel. Edward schob ein paar in die Küchenschublade. Das ganze Haus wimmelte von Zeichen seiner Ungeduld und seines Verlangens. Neue Ruten, neue Rollen, Haken in sämtlichen Schubladen. Mutter, Julian und sogar Vater hatten ihn überall seinen Mist ausbreiten lassen. Sie hatten geglaubt, daß die Angelei einen Mann aus ihm machen würde. Hunderte von Malen hatte er das gehört.

»Joanna!«

Nichts. Hungrig und gelangweilt ging Edward hinauf in sein Zimmer und sah aus dem Fenster. Der Regen war in ein sanftes Nieseln übergegangen, und der Himmel klarte auf, so daß die Hitze tagsüber erträglicher sein würde. Edward kam sich sehr verloren vor und war immer noch ärgerlich. Das Puppenhaus stand zugedeckt da. Mit der geballten Faust schlug er in das Dach aus Sperrholz, hörte es splittern und krachen und die Gegenstände im Inneren durcheinanderrollen, als der ganze Bau ins Wanken geriet und schließlich ächzend wieder zur Ruhe kam. Eine Inspektion des Gemetzels würde zuviel sein, also wandte er sich erneut dem Fenster zu, und weil er den Blick aufs Meer nicht ertragen konnte, betrachtete er die Cottages.

Ein Licht in einem der Fenster da drüben. Hettie, das Schaf, graste vor der einzigen mit Rosen bewachsenen Tür. Ein Licht oben und eines unten. Julians Wagen parkte vor der Einfahrt des Hauses, wie üblich. Plötzlich wußte Edward, wo sein Bruder war, und ihm wurde übel.

Er polterte nach unten, vielleicht hatte er sich ja geirrt, und pirschte zur Rückseite des Hauses, wo Julians Zimmer gleich neben dem von Jo lag. Beide Türen standen halb offen, beide Zimmer waren leer. Er kehrte in sein eigenes Zimmer zurück und sah erneut zum Fenster hinaus. Er sah eine nackte Sarah Fortune vor sich, die wie ein spöttischer Geist vor ihm zurückwich. Was für ein Modell für ein Gemälde – die Handtasche auf dem Kopf und die Arme ausgestreckt, um das Gleichgewicht zu halten. Welch perfekte Pose. Erlöse mich von meinem Verlangen, flehte er mit der Inbrunst eines Betenden, für die er sonst nur Verachtung übrig hatte. Rette mich.

Er lief in die Küche hinunter, stolperte über seine Angelrute, fluchte, stolperte über die Zeitung auf dem Boden der Speisekammer und fluchte erneut. Als er nach einem Stück Brot griff, spürte er ein Kitzeln im Nacken und wandte sich um. Mutter stand hinter ihm, noch immer mit dem Federhut vom Morgen und einem dicken Mantel über dem Kleid. Sie war sichtlich überrascht. Und was noch besser war, sie hatte Angst. Wie eine Sklavin wich sie vor ihm in die Küche zurück und fuhr mit der Hand über die Haken auf dem Tisch. Sie gab schrille kleine Schreie von sich, wie ein Papagei, und hob die Hände, als wollte sie beten, bevor er sie schlug. Ein Schlag nur auf die Seite ihres albernen Hutes, aber er war fest. Sie krümmte sich und klammerte sich, ein, zwei Haken in der Hand, an der Rückenlehne des Stuhles fest. Sie schnappte nach Luft, stürzte jedoch nicht, sondern richtete sich wieder auf, griff mit der anderen Hand nach der Tischkante und stand aufrecht, wenn auch leicht schwankend da. Der Hut war noch weiter zur Seite gerutscht, die Federn bogen sich und streiften ihr linkes Ohrläppchen, aus dem ein Tropfen Blut quoll, der langsam herunterfiel. Sie öffnete die Handfläche, in die sich zwei Angelhaken gebohrt hatten, und seufzte theatralisch.

»Was hab ich denn getan, Ed, mein Kleiner, was hab ich denn getan?«

Von der Hintertür kam ein kalter Luftzug. Joanna stand da, mit feuchtem, vom Regen gekräuseltem Haar, und betrachtete die Szene. Mutter setzte sich umständlich an den Tisch und fing an, sich die beiden Haken aus der Hand zu ziehen, wobei sie nur leicht zuckte und leise vor sich hin murmelte. Es waren Widerhaken, die sich in die Haut bohrten und in den Knochen eines Fisches drangen, ohne ihm Schmerz zuzufügen. Joanna hatte Edwards Demonstrationen und Erläuterungen dazu schon so oft gehört, daß sie sie beinahe auswendig konnte. Im Inneren einer Hand wirkten sie allerdings weniger harmlos.

»Da!« sagte Mutter triumphierend, zog vorsichtig den ersten Haken aus dem Fleisch und wandte sich dem anderen zu. »Erst so und dann so, siehst du? Kinderleicht.« Joanna war beruhigt. Unfälle passieren nun mal, und Angeln war sowieso ein alberner Sport. Doch da war auch dieser Blutstropfen, ein einzelner Tropfen, der hinter dem Hut hervor auf den Tisch fiel, wo Mutter ihn mit ihrer verletzten Hand abwischte und gierig aufsaugte. Weg war er, der hellrote Fleck, völlig verschwunden. Jetzt erst entdeckte sie Joanna. Ihre Stimme wurde abwehrend. Furchtsam blickte sie zu Edward hinüber.

»Weg!« sagte sie munter und zog auch den zweiten Haken aus der Hand. »Höchste Zeit zum Schlafengehen. Hätte gar nicht mehr aufstehen sollen.«

Edward füllte den Kessel am Becken. Joanna warf einen langen und harten Blick auf seinen gebeugten Rücken und führte dann ihre Mutter aus dem Raum.

»Möchtest du ein Sandwich, Ma?« fragte sie, als sie langsam die Treppe hinaufgingen. »Hast du vielleicht Hunger?«

»Nein, danke, danke, nein«, antwortete ihre Mutter und setzte dann, wie in einem nachträglichen Einfall, noch hinzu: »Ich sollte wirklich keine Ohrringe tragen, Liebling, sie tun so weh, wenn man fällt.«

Joanna war froh, daß ihre Mutter nichts mehr essen wollte. Sie hatte keine Lust, in die Küche zurückzugehen, wo ein Gemisch aus Körpergeruch, drückender Hitze, Anschuldigungen und ein angeschlagenes Vertrauen in Bruder und Mutter in der Luft hingen.

Die Flut zog sich zurück. In einem Schiffstau am Kai hatte sich ein rotes Hemd verfangen. Es sah lustig aus im Mondschein, wie ein Kirchengewand, das man am Ende des Sabbats zum Trocknen aufgehängt hat. Zwei Sandalen tanzten auf den Wellen und sanken dann tiefer, wo sie mit den Fischen anderswohin trieben.

Julian Pardoe regte sich in Sarahs Armen ohne jeden Anflug von Schuld oder Schmerz.

»Sarah?«

»Ja?« Sich enger an ihn kuschelnd.

»Wenn der Schmerz einen wahnsinnig macht, was tut man dann? Was hast du beim erstenmal getan?«

»Das«, murmelte sie schläfrig. »Nur das.« Dann später noch ein Murmeln. »Ich war nie eine gute Juristin, weißt du, noch nie gut in irgendwas. Das Recht ist so langsam. Es macht überhaupt keinen Spaß. Es sollte mehr sein als reine Arithmetik ... Es gibt so viele bessere Arten, eine Krankheit zu heilen.« Er verstand sie nicht, aber das war egal. Er zog sie näher an sich heran, fand zurück in den Kuß. Als er die merkwürdigen Narben auf ihrem Arm spürte, war es längst zu spät für Fragen, und er versank in der ältesten Medizin der Welt.

Neun

Sie könnten den Geist aufspüren und sich verdient machen. Stonewall und Rick saßen unten im Boot, einem arg lädierten alten Ruderboot mit einem kleinen Motor, eine halbe Pferdestärke, wie Rick sagte, aber gut genug für die Priele, und wenn man sich von der Flut treiben ließ, hätte es gar bei den Olympischen Spielen mitmachen können. In der milchigsüßen Morgendämmerung, die Stonewall immer erzittern ließ, warteten sie auf das Wasser. Das Boot lag dicht an der Hafenmole. Stonewall beugte sich mit seiner Schnur über die Kante und suchte nach Krabben, die er als Köder verkaufen oder, was wahrscheinlicher war, zurückwerfen konnte, wenn er sie fing. Statt dessen entdeckte er ein dunkelrotes Hemd, das an einem Schiffstau hing, wickelte es sich um den hageren Bauch und empfand ein absurdes Glücksgefühl über seinen Fund. Rick lag auf dem Rücken und starrte in den Himmel.

Er stand auf, um sich die Beine zu vertreten und zu gähnen. Sein Kopf war von der anderen Seite der Mole nicht sichtbar. Plötzlich hörte er Edward Pardoe in seinen unangemessen schweren Schuhen vorbeipoltern. Rick stellte sich auf die mittlere Bank des Bootes, packte das Ende der Mole und schwang sich hinauf Edward, der geistesabwesend vor sich hin marschierte, warf nur einen kurzen Blick auf die Schwäne, die auf den Wellen schaukelten, und bemerkte sonst nichts. Als Stonewall neben ihm auftauchte, legte Rick einen Finger auf den Mund. Beide wußten, was der andere dachte. Stumm stützten sie sich mit den Ellbogen auf die Motorhaube eines Wagens und beobachteten durch die Windschutzscheibe und das Heckfenster, wie Edward auf die Straße zuging, die zum Strand, zum Campingplatz und dann zum Wäldchen führte.

Rick schnippte mit den Fingern und nickte in Edwards Richtung. Es sah aus wie die Parodie eines militärischen Befehls und stieß auf entsprechenden Anklang. Stonewall salutierte spöttisch und trabte mit seinen schmutzigen Tennisschuhen hinter der sich entfernenden Gestalt her. Rick beschattete die Augen mit der Hand und setzte das Spiel fort. Die Sonne stieg von Minute zu Minute höher. Stonewalls Mutter würde es ihm übel ankreiden, wenn der Kleine nicht pünktlich zum Frühstück zurück war, doch bis dahin war noch viel Zeit. Viel wichtiger war, was dieser Mistkerl von Edward vorhatte. Er stand doch nicht umsonst in aller Herrgottsfrühe auf. Er würde überhaupt nicht aufstehen, wenn er nicht müßte. Rick wandte sich ab und spuckte auf die Erde. Es tat gut auszuspucken, auch wenn es eine Gewohnheit war, die er erst kürzlich angenommen hatte und derer er sich eigentlich schämte.

Erst vor wenigen Wochen war Edward in der Spielhalle erschienen und hatte ihm geraten, die Finger von Joanna zu lassen. Was geht dich an, mit wem sie ausgeht? hatte Rick gefragt. Ich tue ihr schon nichts an. Schlag sie dir aus dem Kopf das ist alles, sie kann dich sowieso nicht leiden, sie tut bloß so, und hinter deinem Rücken lacht sie über dich, hatte Edward hervorgestoßen. Also laß sie in Ruhe, oder wir ziehen andere Saiten auf mit der Spielhalle, deinem Job und dem Lebensunterhalt deines Vaters. Da hatte Rick zum erstenmal ausgespuckt, mehr als Reaktion auf die erste Hälfte der Warnung als die zweite, machtlos, wie er sich fühlte – es war die Geschichte seines Lebens.

Pardoes und Väter hatten immer das letzte Wort. Aber damit war jetzt Schluß. Er blickte über die Straße auf das Königreich seiner Spielhalle. Selbst mit einem Dad wie seinem war er gut genug für jedes Mädchen der Welt. Er hatte über alles nachgedacht. Heute war der Tag, an dem er Jo wiederfinden mußte.

Rick stieß die Tür zum Spielsalon auf, trat ein und ging von Schalter zu Schalter. Plötzlich war der Raum voller funkelnder Lichter und jenem wunderbaren Dröhnen, das ihm neue Kraft schenkte.

Stonewall glaubte in etwa zu wissen, wo Edward hinwollte, da es auf dieser Straße nicht viele Möglichkeiten gab. Wollte der faule Sack etwa zur Abwechslung mal selbst nach Würmern buddeln? Aber er hatte ja nicht die nötigen Utensilien dabei. Die Straße führte tatsächlich nur zum Campingplatz, zum Strand und zum Wäldchen, und Stonewall konnte sich nicht vorstellen, was ein Pardoe auf dem Campingplatz zu suchen hatte. Edward ging jetzt über den Deich, der parallel zur stumm daliegenden Straße verlief. Stonewall folgte ihm. Selbst mit dem roten Hemd um den Bauch fiel er kaum auf. Er war erregt, mehr ärgerlich als freudig, und zum erstenmal ein wenig gekränkt darüber, so unscheinbar zu sein. Er hatte Hunger, aber er beschattete Ed, der ihm Geld schuldete, und ihm gefiel diese Verfolgung. Stonewall nahm eine Abkürzung. Er lief quer über den Campingplatz, flitzte wie ein Schatten zwischen den schläfrigen, schneckenähnlichen Wohnwagen hindurch, in denen das morgendliche Leben gerade erst begann, und weiter in den Wald, wo der Wind leise seufzte. Ed mußte zum Strand gegangen sein, er würde ihn abfangen. Stonewall folgte einer Reihe von Wegen, die den duftenden Kiefernwald durchzogen. Sie führten durch sandige Täler, hoben und senkten sich bis zur letzten mit Bäumen bewachsenen Erhebung vor dem Strand, auf der sich ein Fußpfad entlangschlängelte, immer wieder unterbrochen von künstlichen und natürlichen Durchgängen zum Strand. Stonewall suchte den Strand ab und bewegte sich langsam nach links.

Da draußen hatte er den Geist zum erstenmal gesehen, der sich mit Edward unterhielt. Mitten in der Wildnis hatten sie sich getroffen, wie zwei Männer, die zu einem Duell verabredet waren.

Das war Wochen her. Heute hörte er zuerst die Stimmen und wäre dann fast über die beiden Männer gestolpert. Sie saßen auf halber Höhe des Hangs, der sich vom Wald zum Strand hinzog, Edward und der weißhaarige Mann, der in seinen alten Klamotten dahockte und mit den Händen den Griff eines Stocks umklammerte, den Stonewall ebenfalls wiedererkannte. Es war Miss Gloomers Stock. Stonewall ließ sich flach auf den Boden fallen, als hätte jemand auf ihn geschossen. Dann stützte er den Kopf in die Hände. Er konnte sie kaum hören, kein Wunder bei dem Wind in den Bäumen und dem Kreischen der Möwen unten am Strand. Dennoch strengte er sich an, etwas zu verstehen. Sein Magen knurrte, er furzte und hätte sich um ein Haar laut entschuldigt. So was machten die Leute in seinen Videos nicht, und die Aussicht, daß es ihm noch mal passieren könnte, hinderte ihn daran, näher heranzukriechen.

Rick liebt mich: Er hat es gesagt.

Die Sonne sickerte allmählich durch die Äste über ihm und wärmte seinen Hinterkopf, nicht jedoch den Sand, auf dem er lag. Der Himmel schwankte zwischen Hell und Dunkel, es war wie in der Disco über dem Ark Royal mit ihrer Lichtorgel. Stonewall zitterte, ein unbehagliches Gefühl. Er hatte Angst, als er beobachtete, wie die Sandflöhe vor seiner Nase herumhüpften. Was hast du mit meiner Sal gemacht, du mit dem weißen Haar wie der Schuldirektor? Sals Halsband drückte noch immer gegen seine Leiste, und dann wich die Angst zunächst der Wut und dann dem Gefühl der eigenen Bedeutung, weil er den Geist vor sich hatte, an den die anderen nun auch glaubten. Sie würden ihn zu gegebener Zeit schon schnappen, Rick und er.

Rick liebt mich. Zusammen packen wir alles.

Eine Spinne kroch ein vom Morgentau sichtbar gemachtes Stück ihres Netzes entlang, das nicht weit von Stonewalls Nase hing. Eines war nicht zu übersehen: Edward und der alte Mann gingen nicht gerade wie zwei alte Kumpel miteinander um. Die Unterhaltung verlief abgehackt, zögernd, mit vielen Pausen, in denen sie aufs Meer hinausstarrten. Man sah, daß sie sich nicht wohl fühlten, nicht wie Rick und er.

»Sie haben ja einen neuen Stock«, sagte Edward gerade. »Wo stammt der her? Ich dachte, Sie hätten kein Geld.«

»Oh, ich habe eine gute alte Seele zum Tee besucht, und wir haben ein wenig geplaudert. Irgendwie fiel mir der Stock beim Hinausgehen in die Hände.«

Edward schnalzte mißbilligend mit der Zunge und drehte einen Grashalm in der Hand. »So was sollten Sie nicht tun«, sagte er verdrießlich.

»Ein Mann muß essen. Ich sollte auch nicht in die Praxis Ihres Bruders einbrechen, aber das hat Ihnen weniger Sorgen gemacht.«

Schweigen, das Seufzen des Windes, ein verschwommenes Rauschen.

»... Sie gefunden?«

»Die medizinischen Berichte einer gewissen Elisabeth Tysall. Einzelheiten eines umfangreichen Rezeptes für diverse Schlafmittel. Indizien für Ehebruch und Mord, wenn Sie mich fragen.«

»O nein, das nicht«, protestierte Edward. »So einfach ist das nicht.«

»Doch, ist es. Es gibt Briefe von ihr. Bittere Briefe von ihm, die er nie abgeschickt hat. Warum bewahrt er die eigentlich nicht zu Hause auf?«

»Vermutlich weil meine Mutter so neugierig ist.«

»Ich könnte ihn umbringen«, sagte der Mann ruhig. »Darum geht's doch, oder?«

»Sie meinen, Charles Tysall könnte ihn umbringen?«

»Mit bloßen Händen«, sagte der Mann lakonisch. »Obgleich ich sagen würde, daß er ein bißchen raffinierter vorgehen würde.«

Edward rutschte unbehaglich hin und her. Der Mann veränderte seine Stellung und rückte ein Stück weg. Seine durchdringenden blauen Augen wandten sich endlich von der Küste ab und suchten Edwards Blick. Sie schienen ein wenig verschleiert, und der Mann selbst sah einem Landstreicher ähnlicher als je zuvor. Nur seine Sprache war vollkommen beherrscht.

»Was Ihren Zielen entgegenkäme, nehme ich an – die wir bereits erörtert haben, wenn auch indirekt. Und Ihnen wäre sogar noch lieber, wenn Ihre Mutter gleich mit umkäme. Dann wären Sie und Ihre geliebte Schwester Herr und Herrin über alles, was Sie überschauen. Ist das nicht eine hübsche Vorstellung?«

»Mag sein«, murmelte Edward. Er fühlte sich immer noch unbehaglich, doch sein Körper brannte vor Erregung. Allerdings hätte er es vorgezogen, wenn seine Wünsche nur erraten, wenn sie unausgesprochen geblieben und ohne sein Wissen ausgeführt worden wären. Im Licht dieses Morgens erschienen ihm seine Träume plötzlich vulgär und grausam; am liebsten hätte er nur darin geschwelgt und sie dann verschoben.

»Wir haben immer noch diese Frau zu Besuch«, sagte er hastig. »Das macht die Sache ein bißchen schwierig.«

»Die mit den roten Haaren...«

»Hören Sie, wir sollten noch einmal über alles nachdenken.«

»Aber selbstverständlich. Ich denke die ganze Zeit darüber nach.«

»Ich meine, wir sollten noch warten...«

»Wollen Sie Ihre Meinung etwa ändern?«

»Nein, nein.«

»Aber Sie würden es vorziehen, nichts zu wissen?«

»Können wir nicht einfach ein neues Treffen ausmachen, sagen wir, in zwei Tagen? Ich habe Ihnen den Schlüssel zu einem Wohnwagen mitgebracht, supermodern eingerichtet, vierte Reihe links, ganz am Ende... Was ist denn los?«

Der große, hagere Mann lachte, aber es klang nicht eben fröhlich. Es war ein unangenehm pfeifendes Belfern, das seinen ganzen Körper durchschüttelte und selbst den Stock erzittern ließ.

»Nichts. Aber es ist zu spät, um die Meinung zu ändern. Und glauben Sie wirklich, ich würde mich an einem Ort einrichten, den Sie aussuchen und wo Sie mich immer finden könnten?«

»Ich könnte Sie jederzeit der Polizei übergeben«, platzte Edward heraus.

»Weswegen? Damit ich unsere Gespräche wiederhole? Wirklich!«

Wieder einmal wurde das Machtgleichgewicht zwischen ihnen deutlich. Edward tat so, als existierte es nicht, dabei hatte es von Anfang an bestanden, vom ersten Augenblick an. Es verhinderte, daß er den Mann unter Kontrolle hatte, und strafte die kleine Illusion Lügen, daß er der große Wohltäter und der andere sein dankbarer Diener war.

»Dann unternehmen Sie wenigstens nichts, bis ich es Ihnen sage.«

Der Mann hob die Augenbrauen und breitete die Arme aus. »Wie könnte ich? Hat Ihre süße Schwester Ihnen heute eigentlich gar keine Sandwiches gemacht?«

»Doch – tut mir leid, ich habe sie vergessen.«

Edward brach auf, ohne sich noch einmal umzusehen, und fing bald schon an zu laufen. Er rannte unbeholfen, verstört, als könne er es kaum erwarten wegzukommen. Auch der Mann stand auf und ging zur anderen Seite davon.

Stonewall hatte das meiste nicht verstanden, abgesehen von dem merkwürdigen Gerede über Wohnwagen. Irgend etwas lähmte ihn vom Bauch an abwärts. Es war die Trägheit des Hungers, die ihn davon abhielt, aufzustehen und dem Geist zu folgen, aber auch die Sonne auf seinem Hinterkopf, das lange Schielen auf die Spinne, das Licht, das unregelmäßig durch die Bäume fiel. Er dachte an seine Mutter und fragte sich, ob es nicht besser war, hier zu warten, bis ihr Zorn durch Angst gemildert wurde, und kam dann nach zehn Minuten Unschlüssigkeit zu der Einsicht, daß das die Sache nur noch schlimmer machen würde. Er dachte auch daran, welche Lügen er erfinden konnte, um zu erklären, warum er sich an einem Montagmorgen in aller Herrgottsfrühe aus dem Haus gestohlen hatte. Es war die verlockende Aussicht auf eine Ausfahrt mit Rick gewesen, aber davon durfte er nichts sagen, denn das konnte unter Umständen Hausarrest nach sich ziehen. Und trotzdem, bei all dem Hin und Her nagte etwas an ihm, das mehr war als nur die Erinnerung an Sal. Es war so ähnlich, wie auf halbem Weg zur Schule zu merken, daß man seine Turnschuhe vergessen hatte, obwohl doch Sport war. Stonewall haßte alle Montage, auch wenn er keine Schule hatte, so wie heute: Es waren die Tage für Gewissensbisse.

Rick liebt mich.

Zögernd rappelte er sich auf und machte kehrt, um den Hang hinab und zurück in den Wald zu laufen. Im selben Augenblick hielt er inne, zu Tode erschrocken, stolperte, stürzte rückwärts und blieb atemlos liegen. Wie aus dem Boden gestampft stand der weißhaarige Mann vor ihm und sah auf ihn herab. Er stützte sich auf seinen Stock, allerdings wie einer, der es gar nicht nötig hat.

»Ich kenne dich«, sagte der Mann. »Nicht wahr? Und du kennst mich.«

Stonewall schüttelte heftig den Kopf und versuchte sich aufzurichten, doch der Sand war so weich, daß er keinen Halt fand. Doch ja, jetzt erkannte er ihn. Fast auf den Tag genau war es ein Jahr her, daß dieser Mann über die Priele hinaus Richtung Meer gegangen war. Stonewall hatte versucht ihn daran zu hindern und ihn vor der Flut gewarnt, die schneller kam, als man rennen konnte, doch der Mann hatte ihn bloß beiseite gestoßen. Er schien größer und dünner geworden zu sein und hatte sich obendrein diesen Heiligenschein aus weißem Haar zugelegt. Wahrscheinlich hatte er wie ein Tier gelebt, um sich dermaßen verändern zu können. Seine Arme waren dünn wie Stöcke, außerdem war er sehr schmutzig.

»Du bist ein Spitzel für den guten Doktor«, sagte der Mann sanft. »Ein billiger Schnüffler. Hast du ihm geholfen, sie zu begraben? Habt ihr sie mit euren dreckigen kleinen Pfoten betatscht, du und der Doktor? Ist das ihr Hemd, das du dir um den Bauch gewickelt hast? Hast du ihre Titten angefaßt? Ja?«

Der Junge öffnete den Mund, um zu protestieren: Ich hab nie was gemacht! Ich weiß gar nicht, wovon Sie reden, hauen Sie ab, lassen Sie mich in Ruhe! Und was haben Sie mit meinem Hund gemacht? Doch es kamen keine Worte, nur ein einziger gellender Schrei.

Stonewall hob die Hände zum Kopf, doch da hatte ihm der Griff von Miss Gloomers Gehstock bereits drei Finger gebrochen. Der zweite Schlag traf seinen Schädel. Er spürte ein schmerzloses Knirschen wie beim Zahnziehen, und den dritten Schlag merkte er kaum noch. Sein Körper, der sich halb aufgerichtet hatte, brach zusammen, fiel und rollte über Kiefernnadeln und Gestrüpp den Abhang hinunter. Dornen und Stacheln zerrten an seinen Shorts, doch er merkte es nicht, empfand keinen Schmerz. Die Augen sahen, wie das Licht durch die Kiefern funkelte, bevor das Seufzen des Windes in ein Rauschen und dann in gewaltige Stille überging. Endlich sah er auch die Sonne nicht mehr, empfand jedoch leichtes Erstaunen, als sein Körper noch einmal zuckte und dann reglos liegenblieb, zusammengerollt wie ein Fötus. Rick hatte ihm beigebracht, so zu fallen.

Das letzte, was er wahrnahm, war, daß seine Wange sich gegen die Rinde eines braunen Baumstamms preßte, und ganz zum Schluß erzeugte dieses Kratzen Schmerz, Erniedrigung, ein vages Gefühl, zur falschen Zeit am falschen Ort zu sein, blöd wie ein Baby, das einfach nur weinen wollte, statt sich so quälen lassen zu müssen. Er konnte die Augen nicht schließen, aber er sah auch nichts mehr.

Rick liebt mich.

Der Mann blickte gleichgültig nach unten. Wenn er ihm folgte, um sein Werk zu beenden, würde er sich die Kleider wahrscheinlich endgültig ruinieren, und andere hatte er nicht. Er hatte nicht mal welche, um nach Hause gehen zu können. Wo immer das war.

Ein selten gemütliches Frühstück. Ihr großer Bruder hatte ausnahmsweise gute Laune, wie Joanna auffiel. Mutter saß draußen in der Sonne, von Edward keine Spur, und niemand war böse auf den anderen. Mutter trug ihren besten Montagsstaat und einen Turban mit Brosche. Mit zögernder Fairness, bei der sie sich stets verrenken mußte, um den jüngeren ihrer beiden Brüder in Schutz zu nehmen, gestand Joanna sich ein, daß Julian wohl am besten mit Mutter umgehen konnte. Er paßte sich ihrem kindischen Niveau an und machte ihre Spiele mit, außer wenn sie dem Herd zu nahe kam. Auf der Wange ihrer Mutter hatte sie eine Prellung bemerkt, da, wo sich gestern der Ohrring ins Fleisch gebohrt hatte. Heute schien sie nicht ganz so verrückt zu sein wie sonst und auch weniger Aufmerksamkeit zu brauchen, merkwürdig. Das war ungewöhnlich: Normalerweise ließ sie sich keine Gelegenheit entgehen, den anderen ihre Ticks unter die Nase zu reiben. Das Kleid unter dem Turban glänzte türkis und hatte Puffärmel. Die rosafarbenen Turnschuhe waren die von gestern. Joanna konnte sie sehen, vor der Küchentür, wo Mutter die Vögel fütterte, indem sie mit unnötigem Getue ihre Krümel ausstreute. Joanna spürte ihre Ruhelosigkeit. Sie war selbst unruhig und wollte Julian von der Szene erzählen, die sie in der vergangenen Nacht zu sehen geglaubt hatte. Doch die Loyalität Edward gegenüber vereitelte jede Enthüllung, sogar vor sich selbst. Edward würde so etwas nie tun, ihre Phantasie ging mit ihr durch. Das alles schien Teil jener Vorgänge zu sein, die ihre Familie erfaßt hatten, seit Sarah Fortune vor drei langen Tagen bei ihnen angekommen war.

»Jo, mach dir nicht die Mühe, heute abend zu kochen«, sagte Julian heiter. »Mutter ist es ohnehin egal, also wäre es reine Zeitverschwendung. Übrigens, ich wollte dich schon lange danach fragen: Was ist eigentlich aus dem Jungen geworden, mit dem du immer ausgegangen bist? Hieß er nicht Rick? Der aus der Spielhalle. Netter Bursche. Hab letztes Jahr sein Knie zusammengeflickt, und er war unheimlich tapfer. Ich weiß, wir reden nie über so was. Ich hab dir, glaube ich, nicht mal gesagt, daß ich ihn mochte...«

»Das ist das erste Mal, daß ich das höre!« Sie war so überrascht und nervös, daß es wie ein Fauchen klang.

»Was in aller Welt meinst du damit?«

Mutter kam wieder herein. Den Rock ihres türkisfarbenen Kleides hatte sie sich auf einer Seite in den Schlüpfer gestopft. Sie drehte sich im Walzertakt einmal um sich selbst und winkte dem Schaf, ihr zu folgen.

»Darf Hettie reinkommen?« erkundigte sie sich honigsüß. Das Schaf schien zu kichern, es war genauso albern wie sie. »Es ist bloß, weil's ihr heute soviel besser geht – da hab ich sie zum Kaffee eingeladen.«

»Montags nicht, Mutter, das weißt du doch«, antwortete Julian ruhig. »Joanna, was meinst du damit? Was ist los mit Rick? Habt ihr euch verkracht? Ich hatte gehofft, na ja...«

Joanna explodierte vor Wut. Wie konnte er so ruhig und gelassen sein? Er hatte doch bloß eines im Sinn: Mutter in ein Heim zu stecken, wo sie niemals ihre eigenen Kleider würde tragen dürfen. Außerdem war er doch derjenige gewesen, der ihre Chancen bei Rick ruiniert und ihn mit seinen Drohungen eingeschüchtert hatte.

»Ich meine ... nein, wir haben uns nicht verkracht«, stieß sie hervor. »Aber es ist ein bißchen schwierig für einen Mann, weiterhin mit einem Mädchen zu gehen, wenn ihr großer Bruder ihm geraten hat, die Finger von ihr zu lassen, weil er sonst seinen Job verlieren könnte. Verstehst du, was ich meine? Fang jetzt bloß nicht an, dich rauszureden.«

Mit zitternden Händen beförderte sie das Frühstücksgeschirr in die Spülschüssel mit der Seifenlauge. Julians Ruhe heizte ihre Wut immer noch mehr an.

»Jo«, begann er.

»Nenn mich nicht Jo!« schrie sie zurück. Mutter brach in Gelächter aus und ging wieder nach draußen, wobei sie seltsam zufrieden vor sich hinsummte. Julian ließ Joanna eine volle Minute gewähren, bis ihre heftigen Bewegungen langsamer wurden, dann trat er zu ihr ans Waschbecken und half ihr beim Abtrocknen. Plötzlich tat es ihm leid, daß er das nicht häufiger tat. Er mußte an Sarah denken. Das Leben ist zu kurz, um es zu vertrödeln, hatte sie irgendwann am frühen Morgen gesagt. Er lächelte. Ich liebe meine Schwester, dachte er, nur sage ich es ihr nie. Ich liebe dieses Dorf und auch das Haus, und ich bin bestimmt nicht der schlechteste Arzt, den sie je hatten. Ich kann leben, wenn ich mich leben lasse.

»Da ist die Tür«, sagte er. »Ich schlage vor, du gehst und fragst deinen Rick, welcher von deinen Brüdern ihn so eingeschüchtert hat. Ich war's jedenfalls nicht. Ach ja, und vergiß nicht, daß es auch reine Nervosität sein kann, die einen Mann dazu treibt, ein großartiges Mädchen wie dich aufzugeben. Ihr schönen Frauen scheint keine Ahnung zu haben, welche Angst ihr einem einjagen könnt. Ihr erschreckt uns zu Tode.«

Sie war immer noch bockig und schrecklich unsicher. Es war soviel einfacher, jemand anders die Schuld in die

Schuhe zu schieben als selbst zu handeln, soviel einfacher, sich in Selbstmitleid zu ergehen.

»Großartig!« fauchte sie.

»O ja, genau, einfach großartig«, sagte Mutter und nickte wie das Schaf im Türeingang.

»Großartig und gutaussehend«, sagte Julian. »Sieh dich doch bloß mal so wie andere.«

»Wer zum Beispiel?« gab sie trotzig zurück und warf das Haar aus der Stirn. Er tat, als ob er nachdenke und einen Menschen suche, dessen Meinung ihr etwas bedeutet. Nicht der Vikar, nicht der höfliche Küster, der Mutter nach der Kirche auf die Wange küßte, es gab überhaupt keinen Mann in ihrem kleinen Kreis, den er zitieren konnte.

»Sarah Fortune zum Beispiel. Sie hat es mir von sich aus gesagt, ich habe sie nicht danach gefragt. Eine gutaussehende Frau erkennt eine andere auf den ersten Blick.«

Die Vordertür knallte. Edwards charakteristisches Husten hallte im Haus wider. Joanna hätte Edward jetzt nicht ertragen können. Sie machte eine Geste grob in Richtung Hettie, doch für alle Anwesenden bestimmt. Sie war sprachlos, besänftigt, geschmeichelt, unfähig, mit Anstand ein Wort rauszubringen, und versuchte noch immer die Warnsignale in ihrem Kopf abzustellen, die mit der Gewalt von Kirchenglocken alles übertönten, was Edward je gesagt hatte.

»Komm rein und trink deinen Kaffee, Mutter«, sagte Julian. Er versuchte sie davon abzubringen, Hettie in die Küche zu locken: Damit wollte er auch von Joanna ablenken, denn solange sie im Mittelpunkt stand, würde sie nie eine Entscheidung treffen. Sieh dir die beiden doch an, dachte Joanna, würde er Ma wirklich in ein Heim stecken, wie Edward immer sagt? Doch am Ende hatte sie keine Lust, weiter über die beiden nachzudenken – sie wollte nur weg.

Die kräftigen Streifen auf ihrem leichten Baumwollrock tanzten, als sie rasch die Straße entlangschritt. Das Gehen hatte eine beruhigende Wirkung. Dank Sarah Fortunes Einfluß hatte sie ihren Kleiderschrank und die Geschäfte im Ort nach Sachen durchforstet, die ihr wirklich gefielen. Wenn sie Sarah wäre, wie würde sie Rick dann anpacken? Ruhig, direkt, ohne rot zu werden oder großes Theater. Sie würde sagen: Kann ich bitte mal mit dir reden? So hatte Sarah es angefangen. Und weiter hatte sie zu ihr gesagt: Finde die Wahrheit heraus, und wenn es sein muß, such dir einen anderen. Es war ein langes Gespräch gewesen.

Die Spielhalle war ein leerer, dröhnender Saal, noch nicht ganz bereit für die Leute, die später hereinströmen, die Bürgersteige am Kai mit ihren Autos vollstellen, wie Zombies dasitzen und Pommes essen. Joanna strich weder ihren Rock glatt, noch fuhr sie sich durchs Haar, sondern trat – für einen Augenblick wie geblendet – in die relative Dunkelheit. Rick war dabei die Geräte auf Hochglanz zu bringen. »Thunderbirds V«, las sie, »Street Fighters«, »Space Wars X«, »Kung Fu«, ein echter Vergnügungsfriedhof. Er hielt inne und sah sie an.

Dann breitete sich langsam ein Lächeln über sein Gesicht. Aus der Dunkelheit hinter ihm tauchte der große rote Kopf seines Vaters auf. Eine knorrige Hand legte sich warnend um den Arm seines Sohnes, während er mit der anderen die Mütze vor Joanna zog. Heuchler, dachte sie, Tyrann und Heuchler. Ricks Prellungen waren noch immer ziemlich deutlich zu sehen. Ihr Blick wanderte zu dem alten Mann und wieder zurück, herausfordernd. Er schien vor ihren Augen zu schrumpfen.

»Wir nehmen den Wagen«, sagte Rick.

Als sie zum Wald draußen am Strand fuhren, ließ Rick sein Glöckchen bimmeln und ignorierte die frühen Aufgebote winkender Kinder. Joanna saß aufrecht wie die Queen. Hinter dem Campingplatz, wo ein verwittertes Straßenschild, »Für Fahrzeuge ungeeignet«, den Weg in den Wald anzeigte, bog Rick nach links ab und blieb zweihundert Meter weiter stehen. Der menschliche Herdentrieb hatte ihn schon immer verwundert: Kaum verließ man die ausgetretenen Pfade, begegnete man keiner Menschenseele mehr, dabei tummelten sich in nächster Nähe mindestens zweitausend Leute. Man könnte auf die Idee kommen, daß Menschen einander wirklich lieben, sowie sie sich verhalten, hatte er zu Stonewall gesagt.

»Ich wollte auch mit dir reden«, sagte Rick zu Joanna und blieb hinter dem Lenkrad sitzen. »Aber du bist zu mir gekommen, also hast du den Vortritt.« Ihre Hände lagen in ihrem Schoß, und er konnte sehen, daß sie an den Nägeln gekaut hatte. Jetzt holte sie übermäßig tief Luft.

»Magst du mich wenigstens ein kleines bißchen, Rick? Oh, ich weiß, das ist eine dumme Frage, natürlich kannst du jetzt nicht nein sagen...«

»Doch, könnte ich, aber es wäre nicht wahr. Natürlich mag ich dich.« Er ärgerte sich über das Zittern in seiner Stimme. »Du und Stonewall, ihr seid alles, was ich habe.« Dann holte auch er tief Luft, ohne sich im mindesten zu verstellen. »Aber dein Bruder Edward hat mir erklärt, daß du nur mit mir spielst, und das konnte ich doch nicht einfach so hinnehmen, oder?«

»Edward?« sagte sie langsam.

»Wer denn sonst? Außerdem hat er gesagt, daß er uns die Spielhalle wegnehmen könnte. Ich hätte nicht auf ihn hören dürfen, stimmt's, Jo? Hätte ich nicht, oder?«

Sie hatte angefangen zu weinen, ob aus Erleichterung oder dem Gefühl eines Verrats heraus, wußte sie nicht genau. »Nein, hättest du wirklich nicht. Wir würden doch so was nicht tun. Dad hätte es nicht getan, und Julian würde es auch nicht tun. Edward... Weißt du, was wir mit all dem Zeug, das wir besitzen, machen sollten, Rick? Es zurückgeben, alles, es endlich loswerden und anderen Leuten überlassen.« Die Tränen waren ihr peinlich.

Draußen im Wald war es kühl. Schweigend gingen sie nebeneinander her, instinktiv in Richtung Meer. Man konnte noch so lange hier draußen leben, man wurde doch immer wieder von ihm angezogen: Alle Schritte führten in seine Richtung, sommers wie winters. Am liebsten hätte Rick auf der Stelle mit ihr geschlafen, gleich hier auf den Tannennadeln. Seit Monaten träumte er davon, aber er war zu nervös, um es zu versuchen, denn es bedeutete so viel, und er hatte schreckliche Angst, daß es nicht klappen würde. Statt dessen umfaßte er ihre Taille. Das Weinen verebbte langsam.

»Mir ging's so schlecht, Rick«, sagte sie schließlich mit einem großen, zittrigen Seufzer. »Ich hab versucht, drüber wegzukommen, aber es hat einfach nicht geklappt.«

»Dir und mir auch.« Er verstärkte seinen Griff. »Du bist bald nur noch Haut und Knochen. Werd bloß nicht noch dünner.«

Sie wollte lachen, wollte immer noch weinen und drehte sich im selben Augenblick ihm zu, als er sich ihr zuwandte. Sie schmiegte sich an seine Brust, und ihr Haar strich über sein Gesicht. Er streichelte es zärtlich und sah auf ihren Kopf hinab. Schließlich gingen sie Arm in Arm weiter, auf der Suche nach einem verschwiegenen Plätzchen, einer sandigen Kuhle, in der sie sich niederließen. Die Sonne war noch erträglich.

»Ich könnte deinen Bruder Edward umbringen«, murmelte Rick. »Übrigens war er heute morgen schon in aller Herrgottsfrühe auf den Beinen. Ich hab ihm Stonewall hinterhergeschickt, aus Jux.« Joanna wollte nichts von Edward hören. Lieber festhalten an dem Glauben, daß die Verbindung von Edward und diesen kleinen Lügen eine Art Irrtum war, der sich zu einem späteren Zeitpunkt aufklären würde.

»Dann hat Stonewall ihn wohl verloren. Edward kam nach Hause, als ich gerade ging, und ich habe den Jungen nirgends gesehen.«

Rick hielt inne, vage beunruhigt, doch nicht genügend, als daß es ihn von seinem Herzklopfen abgelenkt hätte. Wenn es so weiterging, würde er noch sterben; doch solange er hier mit ihr sitzen und ihre Hand halten durfte, hatte alles andere Zeit.

Seine Füße spielten im weichen Sand ihrer Kuhle, die links vom Weg lag, abgeschirmt durch einen verwachsenen Baum und auf halbem Weg die letzte Erhebung hinauf. Dahinter erstreckte sich die Weite des Strandes, nichts für zwei Sucher nach sanfterem Licht. Sie saßen nebeneinander, friedlich, aber verlegen. Er hatte plötzlich alle Geduld der Welt, er wollte so gern alles richtig machen, und die Zeit war seine Verbündete.

»Willst du mich, Jo? Bist du sicher?«

Aus seinem Mund war die Kurzform ihres Namens in Ordnung, sie hörte es gern. Sie betrachtete ihn, ließ den Blick wandern, und plötzlich veränderte sich ihr schönes Gesicht. Der faszinierte, träumerische Ausdruck wich, und ihre Pupillen verengten sich, leugneten die Liebe in ihren Augen, verwandelten sich in eine verwirrte, wenn nicht gar panische Maske.

»Da ist einer, der uns beobachtet«, murmelte sie. »Da drüben.«

Rick sprang auf und rief laut: »Wer ist da?« Er versuchte sich in dem durch die wogenden Baumwipfel verursachten Wechsel von Hell und Dunkel zurechtzufinden, lauschte und hörte doch nichts als das Seufzen des Windes. Mißtrauisch und mit geballten Fäusten sah er sich um. Da entdeckte er etwas Rotes.

Ein Ärmel und eine Hand, die hinter einem Baum hervorschauten, ein dünnes Rinnsal Blut, das in einem hellroten Tropfen an den Fingerspitzen endete. Der Tropfen sah aus, wie kurz vor dem Herabfallen erstarrt. Eine bloße Hand hätte Rick nie erkannt, doch die Farbe des seidenen Strandguts hatte er nicht vergessen. Stonewall, der dumme

Schnüffler, der immer nur Unsinn im Kopf hatte. Kleiner Mistkerl.

»Komm da raus, du Verrückter!« brüllte Rick.

Ganz langsam rutschte die Hand herab. Beide beobachteten sie gebannt, bereit loszulachen. Dann erschien Stonewalls Gesicht, völlig entstellt, mit schmutzigroten Striemen übersät und weit aufgerissenen Augen. Die Hand bewegte sich wie zu einem majestätischen Gruß, vollführte eine langsame, theatralische Geste, ein wenig Schaum trat ihm aus dem Mund, und dann rutschte Stonewall ihnen, sanft und heftig zugleich, vor die Füße.

Kurz nachdem Julian gegangen war, noch vor acht, schätzte Sarah, ohne auf die Uhr zu sehen, verspürte sie einen so brutalen Schmerz, daß sie sich auf den Rand der altmodischen Badewanne setzte und mit beiden Händen ihren Kopf umklammerte. Das Zischen der Wasserleitungen, die eher zufällig als nach physikalischen Gesetzen kochendheißes Wasser zu produzieren schienen, Rohre, die in den Wänden widerhallten wie eine Orgel beim Stimmen, betäubten die Erinnerung und erstickten jeden Gedanken. Sie hätte schreien können. Der Schmerz war durchdringend, verebbte nur zögernd, und sie wußte, daß es nicht ihr eigener war und sie nichts dagegen machen konnte. Sie würde weder seine Ursache noch ein Gegenmittel finden, sie konnte ihn nur durchstehen, hoffen, daß er wieder verschwand.

Es war immer das gleiche, ein Übermaß an Wissen, das nicht ihr gehörte, sondern einem anderen. Schon immer hatte sie die Fähigkeit besessen, Einsamkeit in einem anderen Zimmer, auf der anderen Straßenseite aufzuspüren, wie eine Exocet-Rakete auf der Suche nach Wärme, doch jetzt schien es umgekehrt, als sei aller Schmerz, der physische ebenso wie der psychische, auf der Jagd nach ihr. Von einem fremden Körper floß er in ihren, nistete sich in ihren Gliedern ein, und sie konnte sich nur mit ihrer Art von Gebeten, die sich an keinen bekannten Gott richteten, gegen ihn zur Wehr setzen. Häufig waren sie ein Fluch gegen die allzu große Empfindlichkeit, die sie auf irgendeine Weise erworben hatte.

So was wie Telepathie, hatte Malcolm gesagt. Sehr nützlich in jenen Tagen vor Charles Tysall und Malcolm, als sie ihr Einkommen durch ausgesuchte Männerbekanntschaften verbessert hatte, wobei sie weniger der Verdienst interessierte als der Spaß und die Freiheit. Sie war eine Frau, die ihr Talent auslebte, ohne konventionelle Moral, die einerseits irrelevant und andererseits hinderlich schien. Im übrigen schlief sie gern mit Männern, vorausgesetzt, sie gefielen ihr. Zuneigung oder Respekt waren die Schlüsselworte, eines davon genügte. Manche unterhielten sich lieber mit ihr, aber nicht viele. Eine Hure mit Herz zu sein bedeutete, entweder vorher oder nachher zuzuhören, dabei spielte es keine Rolle, was sie wollten, Hauptsache, sie enttäuschte sie nicht, und nicht selten hatte auch sie etwas davon gehabt.

Sarah badete ausgiebig und bedauerte, dabei den Geruch nach Sex zu verlieren. Daß sie die Gewohnheit diskreter Promiskuität im Zusammenleben mit Malcolm aufgegeben hatte, bedeutete nicht, daß sie auch das Gefühl oder den Instinkt dafür nicht mehr besaß. Malcolm und seinesgleichen lebten nach bestimmten Regeln, sie nach anderen, das war alles. Sie konnte nichts Schlechtes an ihren entdecken und wußte auch nicht, warum sie nicht so weiterleben sollte.

Bis sie in den Spiegel sah, wie jetzt. Der Dampf zerfloß, der Hauch von Sex war verschwunden und der Schmerz zu einem dumpfen Gefühl in Kopf, Rippen und Hand geschrumpft. Sie wollte sich nicht so anstarren und konnte doch die Augen nicht abwenden. Sie schienen wie gelähmt und blickten ins Leere. Sie drehte den Hahn am Waschbekken auf, um den Dampf wieder zu verstärken, und kratzte an den kleinen Larven auf ihren Armen, die sie an Charles Tysall erinnerten. Sie wußte, daß er am Leben war, er, der seine Spuren auf ihrer Haut hinterlassen hatte, wie bei Elisabeth und jetzt vielleicht auch bei einer anderen. Erneut ballte sich der Schmerz zusammen. Sie starrte in den Dampf. Einen Moment lang wünschte sie, daß irgend jemand, egal wer, aus dem Spiegel zurückstarren würde, daß eine Hand über ihrer nackten Schulter erscheinen und die Würmer wegwischen würde, was noch niemandem gelungen war, nicht mal Malcolm, trotz all seiner Anstrengungen, niemandem, weil es unmöglich war.

Sarah rührte sich nicht, sondern starrte auf das verschwommene Spiegelbild ihres Gesichts und konzentrierte sich darauf, die Augen offenzuhalten, damit sich andere, unschuldigere Augen nicht auch schlossen.

Zehn

»Alle ausgeflogen! Keiner zu Hause!« Wenn sie sich selbst überlassen war, neigte Mrs. Jennifer Pardoe dazu, herumzuwerkeln und Selbstgespräche zu führen, ein leicht exzentrisches Verhalten, wie sie fand, aber auch eine Methode, sich die geistige Gesundheit zu erhalten angesichts des ewigen Versteckspielens. Das Problem war, es wurde allmählich schwierig, ihre verschiedenen Persönlichkeiten auseinanderzuhalten. Gelegentlich ertappte sie sich dabei, daß sie selbst, wenn sie allein war, in ihr sonderbares Verhalten verfiel. Eine tägliche Haushaltshilfe kam schon seit langem nicht mehr in Frage. Mouse Pardoe war es jedoch mehr als zufrieden, ihre Existenz durch mehr als nur ihre Verrücktheit zu rechtfertigen. Sanft, aber nicht allzu gründlich polierte sie die Möbel, backte aus einer Laune heraus einen Kuchen, wenn ihr danach war, und machte gelegentlich eine Runde mit dem Staubsauger. Es war ja nicht so, daß sie Joanna zur Sklavin hatte machen wollen. Sie hatte gehofft, ein Übermaß an häuslichen Pflichten würde das Kind womöglich dermaßen zur Rebellion herausfordern, daß es die Männer dazu brachte, ebenfalls mitzuhelfen. Der Plan hatte aber nicht funktioniert: Joanna nahm ihre Aufgaben als Haushälterin weit ernster, als es ihrem Alter entsprach.

Mouse seufzte. Ein hübsches Mädchen von achtzehn sollte was Besseres zu tun haben, als über die Küche nachzudenken oder ihrem Bruder zu erlauben, sich mitsamt seinem dämlichen Angelzeug überall breitzumachen. Sieh dir das an, immer muß er zumindest eine Hälfte des langen

Tisches mit Beschlag belegen. Rollen, Gewichte, lauter häßlicher Kram, der nur dazu bestimmt war, die Macht des Mannes zu demonstrieren. Mr. Pardoe war genauso gewesen. Mouse Pardoes träges Aufräumen in der Küche diente mehreren, nicht genau definierten Zwecken. Zum einen verschaffte es ihr die Möglichkeit, die Spuren ihrer nächtlichen Beutezüge in die Speisekammer zu beseitigen. So konnte sie die eigene Gefräßigkeit um so leichter den Männern in die Schuhe schieben. Außerdem würde sie womöglich dem Verlangen nachgeben, einen ihrer wahrhaft gräßlichen Kuchen zu backen, die nie jemand anrührte und die damit reichlich Gelegenheit boten, die anderen zu ärgern. Kein Mensch hatte den Kuchen probiert, den sie zu Sarah Fortunes Ankunft gebacken hatte.

»Sie haben ihre eigene Welt, Liebes«, sagte sie zu Hettie, die an der Hintertür Wache schob wie ein aufmerksamer Wachhund. Mrs. Pardoe mußte bei ihrem gedämpften Blöken immer an Husten in der Kirche denken – es klang wie ein höfliches, unterdrücktes Räuspern ins Taschentuch. Wobei ihr einfiel, daß der Küster, der sie am Sonntag so liebevoll begrüßt hatte, heute nachmittag zum Tee kommen würde. Das war wirklich sehr nett von ihm, er kam seit Jahren jeden Montagnachmittag. Mrs. Pardoe lachte. Zuerst klang es wie ein Schnüffeln, dann wie ein Kichern und zum Schluß wie eine Trompete, die sie mit ihrem Handtuch dämpfte, wobei ihr Kinn auf dem Tisch ruhte. Ich komme zum Tee, o ja. Es gab mehrere solcher Ausdrücke, der Pfarrer zum Beispiel sagte immer: Ich läute Sie an, wenn er meinte, daß er anrufen würde, oder Joanna mit ihrer Frage: Wo ist bloß wieder das Rohr vom Staubsauger? Rüde Beschreibungen, aber mit einer solchen Unschuld vorgebracht. Mouse saß am Ende des Tisches, den Kopf auf die Knöchel gestützt, und gluckste in sich hinein, bis die gewöhnlich auf einen ihrer Lachanfälle folgende Nüchternheit einsetzte. Nur bei besonderen Gelegenheiten, die eigentlich

Schweigen erforderten, konnte sie manchmal einfach nicht mehr aufhören zu kichern.

Da war etwas, das sie Sarah Fortune noch hatte erzählen wollen. Etwas Wichtiges. O je, o je, o je. Ihr Gedächtnis ließ nach. Vielleicht drehte sie wirklich allmählich durch.

Sie machte den Tisch sauber und brachte dabei eine Sammlung von Päckchen mit Angelhaken durcheinander. Ähnlich wie die federleichten von gestern abend, aber etwas größer. Sie betrachtete sie vorsichtig und mit dumpfem Abscheu. Edwards kleine Spielzeuge, Edward, der angeln mußte, um sich mit seinem Vater zu messen. Plötzlich kam die alte, unterdrückte Leichtfertigkeit und Verspieltheit wieder in Mouse Pardoe auf. Ein boshafter Impuls. Sie würde alle Rollen verstecken, die Gewichte wegwerfen, die Angelschnüre verknoten und die Haken einsammeln. Und dann sagen, oh, ich habe gespielt, mein Kleiner. Ich habe nur gespielt, so wie du, als du mich geschlagen hast.

Auf dem Tisch neben der Milch stand ein Teller mit weicher Butter, in der Speisekammer gab es Leberpastete und Käse und im Brotkorb geschnittenes Weißbrot. Sie würde den Männern ein Sandwich machen. Und nein, keine Torte, aber ein paar Teekuchen zur Begrüßung. Sie würden sie niemals essen, und die Verschwendung dessen, was sie nicht essen wollten, würde sie zur Weißglut treiben.

Julian wußte, daß er das Bimmeln des Eiswagens nie wieder würde vergessen können. Es war ihm entgegengeschallt, als er die Straße vom Friedhof zurückgekommen war, wo er seinen Frieden mit Elisabeth Tysall hatte machen wollen. Er hatte Länge und Breite des Grabes ausgemessen, um gegenseitige Vergebung gebetet und über den Grabstein nachgedacht. Das verrückte Big-Ben-Geläute, das von der Geschwindigkeit des Wagens verzerrt wurde, erwischte ihn auf dem Rückweg in die Praxis. Als er in den Wagen kletterte, schockiert von dem vielen Blut auf den Kleidern seiner

Schwester und beeindruckt von der Art, wie sie den Jungen gebettet und zugedeckt hatten, um ihn warm zu halten, schien es das beste zu sein, den Weg einfach so fortzusetzen. Es hätte womöglich eine ganze Weile gedauert, bis der Krankenwagen eingetroffen wäre. Das Krankenhaus lag ein paar Meilen entfernt, doch der Wagen war stabil und er selbst pragmatisch. Von einem Arzt erwartete man, daß er stets wußte, was zu tun war, aber er wußte es nicht. Alles verschwamm in Blut und Angst, doch um der anderen willen mußte er wenigstens so tun, als sei er Herr der Lage. Die Wege, die sie entlangfuhren, standen voller Mädesüß, und das Fahrzeug rollte dahin wie ein Leichenwagen. Joanna war eine vorsichtige, gute Fahrerin. Rick hielt Stonewalls Hand, während der Arzt ihm ein feuchtes Tuch auf die Stirn legte und einen Kommentar von Fachausdrücken zu dem unzusammenhängenden Gemurmel des Jungen abgab, das von dessen geschwollener Zunge halb erstickt wurde.

»Rede mit ihm«, sagte Julian zu Rick. »Erzähle ihm etwas. Sorge dafür, daß er die Lider einmal schließt.«

Die Augen des Jungen waren weit aufgerissen und verdreht. Rick sprach auf ihn ein.

»Was denkst du, Stoney, hm? Ich finde, Omen III ist ein Haufen Scheiße. Ich dachte, wir würden das mit den Tigern kriegen. Street Fighters VIII? Bißchen einfach, findest du nicht? Aber du bist wirklich auf Zack, mein Kleiner, du knackst sie alle. Ich sag dir was, das nächste suchst du ganz allein aus. Und ich besorg dir ein Spezialkissen für den Hokker. Wie die Queen. Nein? Na schön, dann kriegst du ein Pin-up-Foto von Madonna. Wer hat das getan, Stoney?«

»Geist«, sagte der Junge laut und deutlich. »Der eine. Ertrunken.«

»Du hattest recht mit Omen, sag ich dir«, fuhr Rick ruhig fort, als unterhielten sie sich ganz normal. »Ein Scheißspiel. Ein Spiel übers Ertrinken wär nicht schlecht. Geist, hast du gesagt? Das kenne ich noch gar nicht.«

»Geist«, sagte der Junge. Er hob die Hand, wie um zu protestieren, und schloß die Augen. Rick wandte den Kopf ab, zitternd vor Wut.

»Bringt das was?« murmelte er. »Dieses Schwein! Bringt das was?«

»Wunderbar«, sagte Julian. »Ganz wunderbar. Mach weiter. Egal, wie. Red einfach. Frag ihn was.«

»Nach Geistern?«

»Hauptsache, er bewegt die Augen.«

Der Tag war lang gewesen, die Leute waren gereizt. Wählerische Feriengäste, die, passend zum Wetter, die Würze des Mittelmeeres verlangten und gegen die ewigen Pommes frites rebellierten. Um ein Haar wäre es am Campingplatz zu einem Handgemenge gekommen, als im Laden dort das Eis ausging und der Eiswagen einfach nicht auftauchte. Beim Friseur war die Hitze unerträglich, genauso wie der Klatsch, abgedroschene Wiederholungen uralter Geschichten ohne aktuellen Bezug. Keiner wollte ein Gewitter, aber jeder brauchte es, nicht den sanften Regenschauer vom Tag zuvor, sondern ein richtiges Gewitter mit richtigem Krach.

Als die ersten Gerüchte durchsickerten, daß Stonewall Jones gegen einen Baum gelaufen war und Rick ihn im Eiswagen ins Krankenhaus gefahren hatte, weil Mr. Pardoe meinte, das ginge schneller, als auf den Krankenwagen zu warten, nahm das niemand ernster als den Unfall morgens auf der Norwich Road oder die Tatsache, daß einer der Fremden Mr. Walsingham sein gemietetes Fahrrad nicht zurückgebracht, sondern es betrunken vom Kai geworfen hatte. Irgendwer ging los, um Stonewalls Mutter zu benachrichtigen, aber sie war nicht zu Hause, sondern hatte irgendwas zu tun, wie alle Frauen um die Zeit. Beim Friseur, wo unter den drei Trocknern der Schweiß in Strömen floß (jeden Montag vierzig Prozent Ermäßigung für Senioren), sehnte man sich nach Mrs. Pardoe, schon wegen ihrer Farben und ihres Geruchs, wegen ihrer Vorliebe für Türkis, Gold und Silber und dem schwachen Hauch von Yardley's Lavendel.

Sie warteten um zwölf auf sie und dann noch mal um eins, dann sahen sie zum Himmel und warteten auf Regen.

Charles, der vom Strand zurückkam, bemerkte früher als alle anderen die Vorzeichen gespenstischer Düsterkeit. Von der Tür seiner Strandhütte aus beobachtete er sie, englische Urlauber, die hätten wissen können, daß Regen und Kälte nie weit waren an einer Küste, die über kein »Klima« verfügte, sondern höchstens über Wetter. Er beobachtete, wie sie das Bleiben über Gebühr lang ausdehnten. Er starrte in die Luft empor und machte Bemerkungen über den Himmel, der sich so tief über das Land senkte, daß er mit ihm zu verschmelzen schien. Und immer noch sah er ihnen zu, und erst als die ersten großen Tropfen fielen und es viel zu spät war, suchte er Schutz. Es traf ihn genau wie all die, die jetzt mit ihm zusammen vom Strand wegstrebten. Charles fragte sich, ob er unterwegs noch ein Eis schnorren sollte, solange seine weißen Haare an den Kopf geklatscht waren, die Ärmel aufgekrempelt, die Hose umgeschlagen, das Jackett über dem Arm, die Augen gerötet und voller Sand.

Aber kein Eiswagen, nichts zu essen, nur ein stetiges Brennen, das sich von den Eingeweiden bis ins Hirn ausbreitete und wieder zurück, eine Infektion, die ihren Lauf nahm. Wie ein Sträfling setzte er sich wieder in Gang, inmitten der anderen, die sich in ihre Wohnwagen verkrochen, und der wenigen Durchnäßten, denen das Lachen noch nicht vergangen war und die über den Deich in Richtung Dorf marschierten.

Im Grunde war er längst über alles Essen hinaus. Das Papier in seiner hinteren Tasche knisterte, wenn er es berührte, sein Hunger war dem Haß gewichen. Visionen, Hirngespinste von Rache, geplatzte Träume. Wie sie sich im

Dunkeln hin und her wälzte, stöhnte und der Mann nicht aufhörte, sie zu treten. Wie er den Hals der rothaarigen Schlampe mit einer Glasscherbe traktierte. Der Hund am Strand, der sich unter seinem Griff gewunden hatte. Was hatte er mit Sarah gemacht?

Neben dem Fußweg standen vereinzelt Bänke. Irgendwann setzte er sich hin. Der Himmel war schwarz, jedes einzelne Gebäude scharf umrissen. Der kurze, heftige Schauer ließ nach, vorübergehend seiner Kraft beraubt, und nur das Licht blieb zurück, das phantastische, verheißungsvolle Licht kurz vor einem Gewitter.

Sarah, diese Hure! Sie hatte ihn verzaubert, als er sie durchs Foyer von Ernest Matthewsons Büro hatte rauschen sehen. Der Inbegriff unschuldiger Vollkommenheit. Gegrinst hatte sie wie ein kleines Mädchen, das im Leben nichts anderes sah als einen herrlichen Spaß, in ihrem roten Mantel, der mit dem Haar kontrastierte. Bewußte Anarchie, die sich mit einem unglaublichen Stil paarte – offenbar ihr Wahrzeichen – und damit eine glänzende Verbindung schuf. So hatte Ernest es ihm jedenfalls versichert, nachdem Charles mehrere Schichten von Mißtrauen hatte abtragen müssen. Ernest beantwortete alle Fragen wichtiger Mandanten, wie Charles Tysall einer war, wenn auch nicht immer wahrheitsgemäß. Unsere Sarah, hatte er gesagt, so eine anständige junge Frau, geht ganz in ihrer Karriere auf. Und Charles hatte angebissen. Hatte sich mit ihr zum Essen verabredet, hatte sie warten lassen und dann eine irritierende Gleichgültigkeit in ihr entdeckt. Er war ihr gefolgt, hatte sie beschatten lassen. Dabei war es eigentlich umgekehrt – sie hatte ihn verfolgt. Sie war das Ebenbild seiner früheren Frau, das ideale Modell einer neuen und bisher nur von Loyalität berührt. Vollkommen rein und gut, elegant, charmant... Andere Frauen sprangen durch seine brennenden Reifen wie Zirkustiger und reagierten auf ein Fingerschnippen. Sarah nicht. Nicht diese Hure, die mit alten Männern schlief und mit jungen, mit Richtern, Kronanwälten und Halbwüchsigen, die sich befleckte mit den Einsamen und am Leben Gescheiterten, ihr leichtfertiges, schmutziges Dasein seinen exquisiten Geschenken vorzog und ihn damit entehrte. Unvollkommen rein, unvollkommen gut.

Die Vorstellung nagte an ihm wie eine Ratte an einem Stück Leder. Von da an hatte nichts mehr seinen Hunger stillen können. Charles betrachtete seine Hände, sah die Adern und die Knöchel, die jetzt, da er so abgemagert war, noch deutlicher hervorstanden als früher. Seine ineinander verschlungenen Finger umklammerten den Griff von Miss Gloomers Gehstock wie die eines alten Mannes. Töricht, unklug, und mit Tapferkeit hatte es auch nichts zu tun, daß er hier am Rand eines Dorfes saß und mit einem Gegenstand spielte, den er gestohlen hatte. Er hatte ihn genommen, weil er ihn haben wollte: wie eine Frau, eine Geliebte oder Geld. So war es immer gewesen. Bis sich eine geweigert und ihn zu dieser düsteren Hölle verurteilt hatte. Ein anderer Mann hatte ihn ausgestochen. Charles hatte seine Macht verloren, bis das Meer ihn tot an Land trieb.

Verächtlich zog er sein Jackett über, knöpfte es über der dünnen Brust zu und versteckte den Stock darunter. Der Griff bildete eine Ausbeulung an der Schulter, und das Ende lugte unten heraus. Er setzte seinen Marsch fort, über den Kai, der jetzt verlassen dalag, bis auf die wenigen, die in ihren Autos saßen, dem Blick entzogen durch den Regen draußen und die beschlagenen Scheiben drinnen, und gequält versuchten sich die Laune nicht verderben zu lassen. In der Spielhalle mischten sich Menschen, Musik und elektronische Geräusche. Der Geruch von Zuckerwatte und gebratenen Zwiebeln ließ Charles schlucken, er schlug den Kragen seines Jacketts hoch und ging den Kai weiter in Richtung Osten.

»Noch etwas Tee, Liebster? Ich bringe ihn dir.«

Mouse Pardoe lag auf dem Bett, neben dem Küster. Beide hatten eine Tasse Tee in der einen Hand und eine Zigarette in der anderen. Über ihre Knie hatten sie eine Decke gebreitet. Alle Welt lobte den Küster für seine guten Taten, etwa die Besuche bei Kranken und Alten. Zwar gehörte er auch selbst längst zu letzteren, doch war er körperlich noch erstaunlich fit. Allerdings wußten nur er und seine Freundin Mouse, daß diese Montagsbesuche nicht aus reiner Menschenliebe erfolgten. Die beiden hatten einander ganz einfach erkannt, im biblischen Sinne. Das war schon lange, sehr lange her und hatte zu einer Selbsterkenntnis geführt, die Mrs. Pardoe während der langen Geschäftsreisen von Mr. Pardoe mit mehreren Männern aus dem Dorf teilte, vorausgesetzt, sie verfügten über die richtigen Qualifikationen. Dazu gehörte, daß ihre Zuneigung frei von jeglichem Besitzanspruch und ihre Diskretion größer war als ihr Körpergewicht. Sie mochte Männer, die klein und schlank waren, im Gegensatz zur mächtigen Statur Mr. Pardoes. Ihre unbedeutenden Seitensprünge hatten als kleine Racheakte begonnen – wie du mir, so ich dir –, waren mit der Zeit jedoch zu einer angenehmen Gewohnheit geworden. Irgendwie mußte man ja zurechtkommen.

Heutzutage genügte es dem Küster und ihr normalerweise, sich aneinanderzukuscheln und sich an dem tröstlichen Gefühl ihres heimlichen Bündnisses zu erfreuen. Ihrer beider Ansicht nach bedeutete wahre christliche Haltung nichts anderes, als sich des Urteils über andere zu enthalten, niemanden zu verletzen und Gottes Gaben anzunehmen, wo immer sie sich anboten.

Der Küster wollte soeben einer weiteren Tasse Tee und angesichts des prasselnden Regens draußen vielleicht auch einem Schuß Alkohol zustimmen, als Mouse, deren Instinkt ebenso einwandfrei funktionierte wie ihr Gehör, das warnende Blöken des Schafes unter ihrem Fenster vernahm. Schließlich verwöhnte sie Hettie nicht umsonst. Sie legte sich einen Finger auf die Lippen. Der Küster stellte die Tasse mit größter Sorgfalt auf die Untertasse zurück und grinste sorglos, denn es war keineswegs das erste Mal, daß sie unterbrochen wurden. Er brauchte bloß vom Bett in den Sessel zu wechseln und die weniger bequeme Haltung eines Trostspenders der Kirche von England einzunehmen, während Mouse ihr Kleid glattstrich und den Hut geraderückte. Dann würde sie anfangen, mit lauter Stimme zu ihm zu sprechen, und schon hätte alles wieder seine Ordnung. Doch diesmal schüttelte sie den Kopf.

»Warte«, sagte sie. »Das ist kein Wagen. Ich gehe runter und sehe nach.«

Der Schmerz in Sarahs Kopf hatte sich verflüchtigt, als der Himmel anfing zu rumpeln wie der Bauch eines Riesen und die Erde mit Regen überzog. Sie hatte den Vormittag damit verbracht, an der Vermögensaufstellung zu arbeiten, Listen für die verschiedenen Grundstücke angelegt, notiert, wann Pachtverträge ausliefen, ob es Verkaufsmöglichkeiten gab, und die jeweiligen Marktwerte eingesetzt. Das Ganze lief auf ein ziemliches Rätselraten hinaus, was durch die Stiche hinter ihren Augen nicht gerade einfacher wurde. Mehrere Exkursionen in die Küche ergaben, daß nach wie vor nur ihr eigener Wagen vor dem Haus stand. Ein zweiter parkte außerhalb des Grundstücks, wahrscheinlich gehörte er einem Spaziergänger. Vielleicht fürchtete sich Mrs. Pardoe vor dem Donnergrollen, wenn sie allein war. Doch Sarah machte sich nicht vor, die nasse Wiese allein aus Nächstenliebe zu überqueren, es war auch die Lust auf Gesellschaft, auf Fortsetzung des gestrigen Gesprächs, das mehr Fragen aufgeworfen als beantwortet hatte. Mouse hatte etwas, das Sarah an eine Art Seelenverwandtschaft mit ihr denken ließ, etwas, das ihr gefiel, und obendrein einen Grad an Skrupellosigkeit, den sie nur bewundern konnte.

Das Schaf galoppierte auf sie zu und wanderte dann wieder davon, als sehe es in ihr mehr eine Freundin als eine Fremde. Sarah trat durch die offene Hintertür in die Küche des Hauses, das in der einschläfernden Stille des späten Nachmittags vor sich hindöste. Ein Stapel ziemlich ungewöhnlicher Sandwiches lag auf dem Tisch. Das Brot war zentimeterdick geschnitten, und gelber Käse und Leberpastete quollen unappetitlich und starr aus dem weißen Teig. Der Stapel erinnerte an einen überzogenen Witz, eine Karikatur, es waren Sandwiches, wie sie ein Kind nach seiner ersten verzwickten Lektion in Hauswirtschaftslehre fabriziert hätte. Daneben lag eine Reihe mißratener Teekuchen, wogegen die aus dem Tea Shop der Inbegriff an Vollkommenheit waren.

Sarah hatte noch ein anderes Motiv für ihren Besuch, abgesehen von dem teils persönlichen, teils professionellen Bedürfnis, mit Mrs. Pardoe zu sprechen, solange sie allein war: Sie brauchte Milch. Aber zuerst Mrs. Pardoe. Sarah trat in die Halle, die zum Vordereingang, dem Eßzimmer und den Wohnräumen führte. Sie nahm eine Wärme wahr, die auf die kürzliche Anwesenheit eines Menschen schließen ließ, den Duft unregelmäßig aufgetragener Möbelpolitur, die verwelkten Blumen auf dem Tisch, die noch vom Abendessen am Donnerstag übriggeblieben waren, die halbgeschlossenen Vorhänge und auf der ersten Stufe der Treppe, die nach oben führte, eine Feder von Mrs. Pardoes Hut. Sarah wußte, daß sie ein Eindringling war, trotzdem stieg sie hinauf und blieb auf dem oberen Treppenabsatz stehen. Aus einem der vorderen Schlafzimmer hörte sie Stimmengemurmel, wich zurück und blieb dann wieder stehen. Eine andere Tür stand halb offen. Sarah ging darauf zu und spähte hinein.

Edwards Zimmer, das sah man sofort. Neben dem Fenster, das die schönste Aussicht im ganzen Haus hatte, stand eine Staffelei. Es war diese Aussicht, die sie vor allem anlockte, und dann die Staffelei, auf der eine absonderliche, fotografisch getreue, von Düsternis inspirierte Version des Ausblicks prangte. Verstört wandte sie sich ab. Dann blickte sie in das Puppenhaus, dessen Dach zusammengebrochen war, während die Räume noch intakt schienen. Kleine groteske Figuren, die sich aneinanderklammerten. Bücher auf dem Boden, das Zimmer eines Träumers. Mit einemmal überwältigte sie Scham, sie benahm sich wie eine Spionin und konnte jetzt unmöglich noch nach Mouse Pardoe rufen. Leise schlich sie die Treppe hinab und zurück in die Küche.

Sie hätte die Milch für ihren vierzehnten Kaffee an diesem Tag einfach so mitnehmen können. Ein großer, ehrwürdiger Kühlschrank brummte in der Ecke vor sich hin, Baujahr irgendwann in den Fünfzigern, mit abgerundeten Kanten und einem verrosteten Griff. In seinem Inneren ein Durcheinander von Lebensmitteln und Resten, aber keine Milch, und die vom Tisch mitgehen zu lassen, brachte Sarah irgendwie nicht fertig. Dann fiel ihr ein, daß Joanna die Flaschen immer aus der Speisekammer holte.

Überrascht blieb sie gleich hinter der Tür stehen. Die Kammer schien für einen Belagerungszustand ausgerüstet. Dutzende von leeren und vollen Marmeladengläsern, Honig, Lemon Curd, stapelweise Pakete mit Zucker, Tee für ein ganzes Jahr, sechs Flaschen Milch, zwei davon offen und sauer, ein paar welke Salatköpfe, zwei schon leicht angeschimmelte Kohlköpfe aus dem Garten, vier Brote, eine Schinkenhälfte, eine Dose Leberpastete, ein halb aufgegessenes Biskuitdessert, ein gutes Dutzend Pfirsiche, Ananas, Thunfisch, Sardinen, Mais und Bohnen in Dosen. Es sah aus wie der vorgeschriebene Lebensmittelvorrat für private Schutzräume. Der schiefe Schokoladenkuchen, den sie bereits kannte, war nicht angerührt und durchs Aufbewahren auch nicht besser geworden. Auf dem Kachelboden lag Zeitungspapier, aufgeweicht und zerknüllt, irgendwie fehl am Platz zwischen all den Vorräten.

Plötzlich fiel die Tür hinter ihr zu, und die Kammer lag im Dunkeln. Nur ein schwaches Licht vom gewitterschweren Himmel drang durch das einzige kleine Fenster, das mit einem feinen Maschendraht bespannt war, um die Fliegen draußen zu halten. Einige hatten trotzdem hereingefunden und summten träge herum. Sarah verspürte das Verlangen, das Papier vom Boden aufzuheben, nur um ihre Stärke und Neugier zu testen. Es wäre eine Mutprobe, denn sie wußte, was da unten in einem Zustand der Reglosigkeit lauert. Die Verwandtschaft hatte auf ihrem Küchenboden gelegen.

»Verdammt...«, fluchte jemand auf der anderen Seite der Tür.

Dieser Jemand war in der Küche. Ein abgehacktes Husten. Sarah erstarrte, denn plötzlich wurde ihr bewußt, wie unmöglich sie sich benahm. Sie war zwar eingeladen, Sir, so würde das Gesetz es ausdrücken, nach allgemeiner Ansicht besaß sie die Erlaubnis, als Gast das Haus zu betreten, ganz sicher aber nicht, auf dem Kachelboden der Speisekammer herumzuschnüffeln. Die Aussicht, hier in der Kammer ertappt zu werden, war alles andere als angenehm.

Aber da war noch etwas anderes. Sarahs Gespür für Klang sagte ihr, daß das Husten und Herumschlurfen da draußen weder zu Edward noch zu Julian, Joanna oder Mouse paßte. Jede Stimme hat eine bestimmte Höhe, einen Tonfall, der unverwechselbar ist. Diese hier klang zwar entfernt vertraut und aristokratisch, aber nicht so, als habe Sarah sie in jüngster Zeit gehört. Vor dem Kammerfenster blökte Hettie geradezu rührend in ihrer Aggressivität, zuerst fern und vom Regen gedämpft, dann jedoch ganz nahe, als sei sie um die Ecke gebogen und schrie nun vor Überraschung.

»Herrgott!« Das klang nicht nur nach einem Fluch, sondern auch nach Verwunderung. Jemand stieß heftig gegen den Küchentisch. Dann hörte man etwas rascheln, Papier, einen Stuhl, der über den Fußboden scharrte, plötzliche Stille, ein würgendes Geräusch, zufriedenes Rülpsen; alles im Abstand von wenigen Sekunden. Sarah trat vorsichtig an die Kammertür. Die Tür schloß nicht richtig, war vom jahrzehntelangen Gebrauch verzogen, und nie hatte irgendwer darauf geachtet. Es war eine Tür, die zwar knallte, aber nicht schloß. Sie versuchte durch den Ritz zu spähen, der den Blick aber nur auf eine Hälfte der Küche freigab. In der verzweifelten Anstrengung, den Mann am Tisch zu erkennen, schob Sarah die Tür ein kleines Stückchen weiter auf. Ein großer, hagerer Landstreicher. Sein weißes Haar endete in einem Rattenschwänzchen, dennoch war er nicht die freundliche Ratte aus dem Comic-Heft. Im selben Moment griff er nach dem letzten überdimensionalen Sandwich, nahm einen Schluck aus der Milchflasche und beäugte die Teekuchen, nicht um ihren Geschmack oder ihre Form abzuschätzen, nur ihre Größe...

Mouse Pardoe polterte die Treppe hinab und drückte sich dabei den Hut fester auf den Kopf. Sie schien eine Feder verloren zu haben, hob sie von der letzten Stufe und steckte sie in ihren Ausschnitt. Schließlich verwandelte sie ihren Gang in den einer würdevoll senilen Frau und näherte sich der Küchentür. Am Tisch saß ein Mann, bohrte den Finger in einen der Teekuchen und steckte dann die ganze Faust auf einmal in den Mund. Er trug ein Jackett, das sie schon einmal gesehen hatte, vielleicht hatte er es aus dem Kleiderschrank oben mitgehen lassen, wo noch immer die Anzüge des verstorbenen Mr. Pardoe hingen. Aber das fiel ihr erst später ein. Im Augenblick konnte sie nur an ihren Text denken. Sie schob den Hut in einen kecken Winkel, drehte die Feder, die sie auf der Treppe gefunden hatte, zwischen den Fingern, hob den Rock ihres Abendkleids bis über die Knie und betrat leichtfüßig die Küche.

»Hallo-oo«, gurrte sie. »Hallo-oo, hallo-ooo!« Es war die Begrüßung einer Taube, sanft, einschmeichelnd und dennoch fordernd.

»Machen Sie gerade Tee?« fragte sie und bewegte sich auf die Spüle zu. »Oh, bitte seien Sie so nett. Ich hätte auch gern welchen, bloß weiß ich nicht, wie ich es anstellen soll. Es geht doch nichts über einen richtigen Mann, wenn man Hilfe braucht.«

Sprachlos stand er auf, hob den Kessel vom Rand des Herdes und schüttelte ihn. Sie grinste manisch, riß ihm den Kessel aus der Hand und knallte ihn zurück auf den Herd. Ihre üppigen Hüften wiegten sich in einem unhörbaren Takt, und die ganze Zeit summte sie vor sich hin, bis das Summen in eine Art Operngesang überging, der von theatralischen Gesten begleitet wurde.

»Sagt, edle Damen«, trällerte sie, »wenn ihr die Liebe kennt... Ist es Liebe, dieses Fieber, das mich quält... Ist es Lie-be, was mich quält?«

Erneut strahlte sie ihn an. Und während der Kessel, der noch warm war, zu summen begann, beugte sie sich vor, zog den Mann neckisch am linken Ohr und flüsterte ihm ins rechte: »Ich hab einen Freund bei mir oben, wenn Sie verstehen, was ich meine.« Dabei blinzelte sie ihm schelmisch zu. Sie spielte ihre Rolle wirklich gut. So gut, dachte Sarah von ihrem Ausguck aus, daß es beinahe absurd war. Mouse Pardoe verdiente einen Oscar, doch der Mann hatte keine Lust auf kokette Spielchen.

»Kommen Sie öfter her?« trällerte sie. »O ja, natürlich. Ich hab Sie ja schon mal gesehen. Sie sind ein Freund meines Sohnes Edward, und ich glaube, Sie tragen das Jackett meines Mannes. Oje, oje, Sie haben diese Sandwiches gegessen, Sie dummer Kerl!«

Sie stand mit dem Rücken zum Herd auf der anderen Seite des Tisches, beugte sich darüber und sammelte mit heftigen Bewegungen die Teekuchen ein.

Das brachte das Faß zum Überlaufen. Der Eindringling war schon zusammengezuckt, als sie ihn am Ohr gezogen hatte, die Berührung war zuviel für ihn gewesen und hatte ihn aus der Trance gerissen, in der ihn ihre Vorstellung versetzt hatte: als sei Mouse Pardoe plötzlich aus dem Rampenlicht getreten und zu einem Menschen, das heißt, einer Bedrohung geworden. Daß sie vor seinen Augen das Essen wegpackte, obwohl sein Hunger bei weitem nicht gestillt war, stachelte seine Wut nur noch mehr an. Er packte sie grob an den Trägern ihres Kleides und zog sie an sich, bis sie auf Zehenspitzen und an ihn gepreßt dastand. Dann drehte er sie um und ergriff mit einer einzigen raschen Bewegung ihre Hände, die er gegen den Kessel drückte und dort festhielt. Die Reaktion kam verzögert, während beide vor Anstrengung keuchten.

Von ihrem Versteck aus verstand Sarah erst überhaupt nicht, was los war. Bewußte Grausamkeit kann man sich nur schwer vorstellen, zudem lähmt sie einen eher, als daß sie eine impulsive Reaktion auslöst. Mouse Pardoe stieß einen schrillen Angst- und Schmerzensschrei aus und fing an zu zappeln, doch Charles hielt ihre zusammensackende Gestalt aufrecht, indem er mit seinen Knien ihre Schenkel stützte und ihre Hände wie ein Schraubstock gegen den Kessel gepreßt hielt, der langsam zu kochen begann. Erst da begriff Sarah.

Sie reagierte, ohne nachzudenken, stürzte durch die Tür und schleuderte ihm den Inhalt des Zeitungspapiers ins Gesicht, während Mrs. Pardoes Schrei zu einem Wimmern verebbte. Etwas Braunes, Feuchtes, Starres bewegte sich über den Hals des Weißhaarigen, zuckendes Leben landete zischend auf Herdplatte und Kessel, Armen und Füßen des Mannes. Er machte einen Satz zurück, glitt auf dem Gewürm aus und mußte sich am Tisch festhalten. Als er auf den Fußboden starrte, sah er Schlangen.

Langsam hob er die Augen, fing Sarahs Blick auf, die nur einen Meter von ihm entfernt war und noch immer die Zeitung in der Hand hielt. In ungläubigem Wiedererkennen musterten sie sich. Sie hätte es wissen müssen, dachte sie später, vom ersten Augenblick an hätte sie wissen müssen, wer er war, von der Art dieser Umarmung, dem Ansichreißen dessen, was er quälen wollte. Sie hätte es wissen müssen, aus eigener Erfahrung.

Mouse Pardoes Wimmern schwoll zu einem Crescendo und flaute dann wieder ab. Von oben hörte man das Geräusch schwerer Tritte. Der Mann wich vor den beiden Frauen und den Würmern, die sich auf Herd und Fußboden wanden, zurück, ohne den Blick von Sarahs Gesicht zu nehmen. Gleichzeitig griffen seine Hände nach den Teekuchen und der Milch auf dem Tisch, blind, aber dennoch präzise, als hätten sie sich deren Position genau eingeprägt, und stopften alles in seine Taschen. Erneut stieß der Gehstock gegen ein Stuhlbein und machte dabei ein lautes Geräusch. Sarah merkte, wie sie gegen ihr besseres Wissen langsam auf ihn zuging, besessen von einer Wut, die keine Furcht kannte, kein Risiko sah, nichts anderes verlangte als grausame Rache. Ein Knurren stieg in ihrer Kehle auf. Ihre Hände wurden zu Krallen, und ihre Stimme klang wie die einer fauchenden Katze.

»Charles ... du Mistkerl.«

Die Tür zum Flur tat sich auf, der Küster platzte herein und prallte gegen Sarah, die mit kampflustig erhobenen Händen dastand. Ihr Gesicht war weiß vor Wut. Der Küster packte ihre Handgelenke und rief: »Was ist hier los?« Er platzte fast vor Spannung, sie aber wand sich nur unter seinem Griff. Charles tauchte durch die Tür und in den Regen. Sarah sah, daß der kräftige kleine Mann sie zurückhielt, und schrie: »Laß mich los, du verdammter Kerl, laß mich verdammt noch mal los!«

»Nein«, rief Mouse Pardoe plötzlich entschieden, obgleich sie immer noch zitterte. »Nein, tun Sie das nicht. Noch nicht. Es wäre das Schlimmste, was Sie tun könnten.«

Endlich kam Sarah wieder zur Besinnung und wußte, daß Mouse recht hatte. Einen Geist sollte man nicht verfolgen.

Der Donner rollte davon, doch der Regen hielt an und prasselte in schierer Ungeduld auf die Erde. Miss Gloomer mochte den Regen. Nach einem besonders wohlschmeckenden Tee war sie aus dem Sessel aufgestanden, um nach ihrem Stock zu greifen, eine mechanische Reaktion, für die sie sich ausschalt. Es gab noch den Ersatzstock, doch den mochte sie nicht sehr, und so beschloß sie, sich gar nicht zu bewegen, sondern lieber eine Decke über die Beine zu legen. Der nette Arzt, der gar nicht wußte, was für ein guter Mann er war, wollte gegen sechs wieder hereinschauen. Es war nicht nötig, daß er das tat, und wahrscheinlich würde er auch nicht lange bleiben, denn er drängte sich nie auf. Er war energisch und respektierte ihre Privatsphäre. Der Einbruch hatte sie sehr mitgenommen und auch geschwächt, aber nicht so, daß sie nicht mehr denken konnte. Was man im Leben braucht, erklärte sie einem imaginären Publikum, wie sie es auch dem Arzt sagen wollte, wenn er kam, ist die unerschöpfliche Gabe zu verzeihen. Menschen sind nur kleine, geschäftige Wesen, verstehen Sie, Babys und Tiere, sie tun, was sie können, sind gedankenlos und selbstsüchtig und lieben nichts so sehr wie ihr eigenes Fleisch und Blut, aber so sind sie nun mal. Wenn sie dabei mitmachen wollen, lieber Doktor, legen Sie sich eine Familie zu.

Mit diesem Gedanken gab Miss Gloomers kleiner, zäher Körper sein Leben auf. Sie starb in ihrem Sessel mit der geraden Lehne, während sie über Kinder nachdachte und wie wenig im Leben sie wirklich bereute, nicht mal ihre Unfähigkeit, einen Kuchen zu backen. Warum sich die Mühe machen, wenn man einen besseren beim Bäcker kaufen kann? Das war eines der Geheimnisse des Lebens.

Julian fand sie. Er saß da, hielt ihre erkaltende Hand und rief dann den Krankenwagen. Er drückte ihr die Augen zu, schloß ihr den Mund und beobachtete die unmittelbare, erlösende Wirkung des Todes.

Rick brachte Joanna nach Hause und verabschiedete sich mit einem gedankenabwesenden Kuß, was Joanna instinktiv verstand. Dann fuhr er den Wagen zurück und parkte ihn vor der Spielhalle. Klar, er würde überleben, der freche kleine Nichtsnutz, er mußte überleben, hart wie Stahl, hatte der Arzt gesagt, noch ein Schlag auf diesen Kopf, und der Stock wäre abgeprallt. Erschöpfung und Übelkeit waren so groß, daß er kaum aussteigen konnte, doch der Lärm, der Gestank, das Spektakel und die Ablenkung zogen ihn unwiderstehlich an. Allerdings ging er nicht gleich hinein, sondern war vernünftig genug, weiter den Kai hinunterzugehen, um sich erst eine Portion Fish and Chips zu kaufen. Er aß, ohne das Geringste zu schmecken, stand im Regen, ohne daß es ihm aufgefallen wäre. Das Essen runterzukriegen und im Magen zu behalten war das Wichtigste. Er stieß auf, behielt den Fisch und die Pommes frites aber unten und ging dann zur Arbeit.

»Du bist spät dran, Junge, wir haben jede Menge zu tun, wo, zum Teufel, hast du gesteckt?« fuhr ihn sein Vater an. Rick packte ihn am Jackenaufschlag, schüttelte ihn heftig und setzte ihn auf die Erde. Dieser kurze Meinungsaustausch verlief ohne Worte, ein Präzedenzfall war geschaffen. Beide keuchten, das reichte.

»Hör mal, Dad«, sagte Rick und half ihm gedankenabwesend beim Aufstehen. »Morgen kannst du dich echt nützlich machen.«

»Ja ... worum geht's denn, Junge?« fragte sein Vater beinahe respektvoll.

Rick zögerte. »Wir müssen ein eigenes Haus finden, damit wir von niemandem mehr abhängig sind. Aber zuerst müssen wir uns zusammentun und diesen Geist ausfindig machen. Er hat Stonewall um ein Haar umgebracht. Wir müssen ihn finden.«

Malcolm Cook stand verzweifelt und ein wenig trotzig in Sarahs Wohnung und sah sich um. Geradeaus hing der elegante Spiegel, der den schmalen Flur beherrschte. Malcolm erwartete nie, die Wohnung genauso vorzufinden, wie er sie beim letzten Mal gesehen hatte, denn Sarah, die schöne Dinge liebte und ständig irgendwas einkaufte, gab sie mit der gleichen Leichtigkeit auch wieder weg oder stellte sie unermüdlich um. Da war Malcolm ganz anders; er bevorzugte spartanische Gegenstände, die ewig hielten.

Eng an ihn geschmiegt, stand die rothaarige Hündin neben ihm, die sonst so immun gegen die Schwingungen dieser Wohnung war, und konnte seiner nachdenklichen Stimmung nicht widerstehen.

Noch mal von vorn. Mach die Tür auf und stell es dir vor. Sieh es von ihrem Standpunkt. Hatte die neue Farbe an den Wänden etwas an ihrer Meinung ändern können? Würde sie angesichts dessen, was passiert war, diese Wohnung überhaupt vermissen? Wenn er sie je verstehen wollte, würde er sich zwingen müssen, jeden Schritt dieser Zerreißprobe nachzuvollziehen. Aber im Moment konnte er nur sich selbst in der Wohnung sehen, wie er die Flecken beseitigte, so viel Blut, daß er es kaum fassen konnte. Er zwang sich, sein Denken zurückzudrängen, es nur zu spüren, und zitterte.

Das war es, was er zuerst für sie getan hatte – er hatte die Wohnung gesäubert, während sie sich erholte, hatte alle Spuren mit Kitt und Lack ausgebessert, drei Schichten jeweils. Vielleicht war es falsch gewesen, genauso falsch, wie sie zu ermuntern, die Einzelheiten zu vergessen, die ganze Episode beiseite zu schieben wie einen nutzlosen Gegenstand. Vielleicht hätte er sie zwingen sollen, das Ganze wieder und wieder zu durchleben, den Schmerz der Ohnmacht auszutreiben, mit sich ins reine zu kommen. Statt dessen hatte er gesagt: Sieh mich an. Sieh mich an, bitte. Nimm mich, statt zurückzublicken. Ich bin für dich da.

In der Wohnung war es stickig wie überall, wo im Sommer nicht gelüftet wird. Am liebsten hätte er die Fenster aufgerissen, aber er widerstand der Versuchung und stellte sich statt dessen die Wohnung im Dunkeln vor. Er zwang sich zum Nachdenken. Was war das Allerschlimmste an jener Nacht im letzten Juli gewesen, die für ihn so wichtig war, weil sie ihm Sarah in die Arme getrieben hatte?

Er ging zurück zur Eingangstür und drehte sich um, als trete er gerade erst ein. Wie sie es damals getan hatte, im Dunkeln, seine sorglose, zauberhafte, unmoralische Sarah. Ein Anflug von Angst hatte sie überkommen, als sie ihre eigene Wohnung betrat und im Flurspiegel Charles Tysall entdeckte, der ihr im Wohnzimmer auflauerte. Als sie viel zu spät kehrtmachte, um zu fliehen, war Charles schon hinter ihr gewesen, hatte sie an den Haaren gepackt und gezwungen, sich im Spiegel zu betrachten und sich vor ihrem eigenen Spiegelbild auszuziehen. Hatte sie verspottet, erniedrigt, eine Flut von Haß losgelassen und sie als Hure beschimpft. Dann den Spiegel von der Wand gerissen, der in tausend Stücke zersprang, große Scherben, scharfkantige Stücke und Splitter, die überall funkelten. Charles, der Sarahs Körper in dieses Bett aus Blut und Schmerz stieß und dort festhielt. Sarah, die sich im Glas wälzte, während er es kaum abwarten konnte, das Ganze zu beenden, ihr Gesicht zu zerschneiden, ihr die Kehle aufzuschlitzen mit irgendwas, das ihm gerade in die Finger kam. Doch sie riß sich los, und er schlug zu, ohne darauf zu achten, ob er seine eigenen Finger zerschnitt.

Malcolm schauderte erneut, mit offenem Mund, und seine Augen sahen wieder, was er damals entdeckt hatte. Angeführt von seinem Hund und dessen segensreicher Leidenschaft für offene Türen, abwegige Orte und rohes Fleisch. Charles hatte das größte Stück Glas in den Hals der Hündin gebohrt und sie beinahe getötet. Hundeblut, vermischt mit menschlichem Blut. Der Geruch war der gleiche.

Soviel Blut, soviel Glas. Er hatte nicht gewußt, wie er sie bewegen sollte. Es war wie in einem Schlachthaus. In weiße Badetücher hatte er sie gehüllt, die im Nu durchtränkt waren. Jede Berührung ihrer Haut löste kleine, atemlose Schreie aus, die sie so eisern unterdrückte, daß schließlich auch ihre Lippen bluteten. Sie konnte weder stehen noch sitzen oder liegen – ein von Glas zerfetztes Geschöpf, dessen Wimmern gegen die Wände des Raumes prallte.

Woran würde sich Sarah am meisten erinnern, wenn sie ihre Narben berührte? Unzählige Glassplitter waren in sie eingedrungen, ihre Arme, Teile ihres Unterleibs, ihr Rükken und die Schultern waren mit Narben übersät. Sie berührte sie häufig. Sie jucken, sagte sie entschuldigend wie jemand, der einen Schluckauf hat. Er versuchte ihren Schmerz zu analysieren. Viel zu lang war er nur damit beschäftigt gewesen, Trost, Wärme, Vergessen und das Allheilmittel Liebe anzubieten, statt sich in sie einzufühlen.

Die Erniedrigung, daran würde sie sich am meisten erinnern. Ihre Unfähigkeit, sich zu wehren, ihre Feigheit, die verlorene Kontrolle, die obszönen Bitten, die sie ausgesprochen hatte, nur um ihre Qualen zu beenden. Da war die Scham, geweint, um ihr Leben und einen letzten Rest von Würde gebettelt zu haben. Die Scham, nichts getan zu haben, nicht gesehen zu haben, was auf sie zukam, erst zurückzuschlagen, als es zu spät war, die Lage falsch eingeschätzt zu haben, vollkommen hilflos zu sein. Das mußte die Seele töten, und das entstandene Vakuum füllte sich mit Haß.

Er stand vor dem Spiegel und fühlte wie sie. Malcolm hatte sich seiner eigenen verdammten Unbeholfenheit geschämt, obwohl das sicher nichts im Vergleich zu ihrer Scham war. Er hätte sie zum Reden zwingen müssen. Niemand gewinnt eine Zukunft, indem er die Vergangenheit unterdrückt.

Morgen war Dienstag. Ein harter Arbeitstag. Der Tag danach ebenfalls. Er mußte sein Leben so arrangieren, daß er sie suchen konnte, eine angemessene Aufgabe für einen Mann, der zu lieben behauptet.

Wenn er ruhiger war. Wenn er sie sich vorstellen konnte, nicht so, wie er sie haben wollte, sondern wie sie wirklich war. Unvollkommen rein und gut nur nach eigenen Maßstäben.

Elf

Zitternd kam Edward nach Hause. Die beinahe tropische Feuchtigkeit weckte ein Verlangen nach fernen Ländern und einem Bad, aber dann brachte er es nicht über sich, das Haus zu betreten. Den ganzen Vormittag hatte er im Büro gesessen und an den weißhaarigen Mann gedacht. Wenn er auf die Straße blickte, sah er nur weißhaarige Männer. Selbst sein weißhaariger Chef erschien ihm heute eher bedrohlich als verächtlich.

Edward haßte die Arbeit bei dem Grundstücksmakler, haßte es generell zu arbeiten, Punktum. Seine augenblickliche Stellung war zwar einträglich, doch konnte er sie noch weniger leiden als andere, schon deswegen, weil sie ihn die ganze Zeit daran erinnerte, wie viele Grundstücke seine Familie besaß. Dann kam er auf die schlimmsten Ideen. Dabei besaßen die Pardoes kein einziges wirklich repräsentatives Gebäude – die gab es hier ohnehin nicht. Sonst hätte ihm seine Arbeit vielleicht Spaß gemacht. Am besten riß man den ganzen Ort ab: Wie sollte ein Mensch mit Geschmack sich hier wohlfühlen können?

Heute jedoch schienen sich seine Aggressionen und Abwehrmechanismen verflüchtigt zu haben. Er fühlte sich nackt, verletzlich und böse. Es spielte keine Rolle, daß er in einem Büro arbeitete, das die Pardoes praktisch besaßen. Gegen Gewissensbisse half auch kein Geld.

Edward wußte, er hätte den Einbrecher, den er auf frischer Tat ertappt hatte, besser unter Kontrolle halten müssen. Mit seinen Maklerinformationen hatte er dem Weißhaarigen seit drei Monaten ein Dach über dem Kopf und häufig auch etwas zu essen besorgt. Alles der leicht grausamen, leicht romantischen Träumerei wegen, mit der er sein tägliches Leben würzte und es lebenswert zu machen versuchte. Zuerst war er stolz auf sich gewesen, doch jetzt hätte er sich am liebsten vor sich selbst versteckt. Die Wirklichkeit, jener Ausdruck des Hasses im Gesicht dieses Mannes, trieb das Ganze über die Grenze hinaus, die seine Feigheit ihm gesteckt hatte. Es konnte sein, daß er seine alberne Mutter gelegentlich schlug und seinen Bruder verabscheute, aber der Wunsch, sie aus dem Weg zu haben, hieß noch lange nicht, daß er sie tatsächlich tot sehen wollte.

Das Unbehagen, das mit dem Einbruch bei Miss Gloomer begonnen hatte, wurde durch die Anwesenheit Sarah Fortunes noch verstärkt und hatte sich nach der Unterhaltung am Morgen zu einem unverdaulichen Kloß in seinem Magen zusammengeklumpt, wie es ihm häufig nach Jos Essen und den neckischen Kuchen seiner Mutter ging. Und dieser Kloß wuchs noch um ein Vielfaches, als zwei seiner Kollegen von einem billigen Lunch im Pub zurückkamen, den die Pardoes ebenfalls besaßen, und über den »Geist« redeten. Ein durchdringender Gestank nach Käse und Zwiebeln breitete sich im Büro aus, nach Bier, das sie zum Essen getrunken hatten, und aus ihrer Unterhaltung erfuhr er, daß der Weißhaarige in den Dünen Stonewall Jones begegnet war und ihm den Schädel eingeschlagen hatte. Die Frau hinter dem Tresen des Pubs arbeitete vormittags in der Arztpraxis, bevor sie sich in eine weniger sterile Atmosphäre flüchtete. Dank ihrer so unterschiedlichen Informationsquellen war sie die ergiebigste Tratschtante im Ort.

Edwards Blut fing an zu rasen. Je mehr sich die Neuigkeiten setzten, um so stärker schwitzte er unter seinem Baumwollhemd, das Joanna so perfekt gebügelt hatte und das jetzt nur noch ein verknittertes Etwas war. Es juckte ihn am ganzen Körper, als sei er von tropischen Insekten gestochen und mit ihrem Gift infiziert worden. Nicht daß er je in den entsprechenden Breiten gewesen wäre: Das hätte er gar nicht gewagt. Er hatte weder das Geld noch den Mut oder das nötige Durchhaltevermögen. Jetzt hockte er vor dem Haus und sehnte sich ans andere Ende der Welt. In einen fernen Dschungel, wo ihn niemand kannte.

Vor dem Eingang parkten wie üblich mehrere Wagen – Jos, Julians, der ihres Gastes und noch einer. Offenbar war das Haus zum Schauplatz einer Konferenz geworden. Der Regen war beruhigend. Edward hatte das Gefühl, auf alles und jeden allergisch zu reagieren, besonders auf Joanna. Über dem feuchten Gras des Rasens sah er den unheimlichen Schatten der nackten Sarah Fortune, das einzig Schöne, was er seit Wochen gesehen hatte. Ach was, sagte er sich, während der Regen sanft auf die Windschutzscheibe pladderte, hör auf damit. Sei ein Mann. Ein Mann schämte sich nicht seiner Natur, selbst wenn sie ihn träge, gekünstelt, egoistisch und inzestuös machte. Ein Mann mußte groß sein, nicht schwächlich, unentschlossen und ängstlich. Edward betrachtete seine gepflegten Hände in einer Aufwallung von Einsichten, die er sich lieber erspart hätte. Seine Hände bebten, mehr noch als gestern abend, als er die Beherrschung verloren und seine Mutter geschlagen hatte. Ein Mann mußte sich besser unter Kontrolle haben. Und außerdem brauchte er jemanden zum Reden.

Schwankende Lichter dort draußen. Er saß da und blickte hinaus aufs Meer. Er wünschte, es käme auf ihn zu, auch wenn seine Nähe ihn mit Angst erfüllte, ebenso wie das Haus, das erleuchtet war wie ein häßlicher Weihnachtsbaum. Eines war klar: Er haßte diese Gegend, seit er denken konnte. Er blinzelte durch die Scheibe und sah zweierlei: Erstens, daß der fremde Wagen Constable Curl gehörte, dem einzigen hauptamtlichen Polizisten Mertons, und zweitens, daß das Licht vor Sarahs Cottage aus der Nähe blinkte wie ein flackernder Stern.

Er warf einen Blick auf seine Uhr. Neun Uhr dreißig, da fing eine Sommernacht doch gerade erst an. Bei näherem Hinsehen erschien ihm Sarahs Licht mehr ein Verbots- als ein Willkommenszeichen, eine Waffe gegen das frühe Dunkel, das aus dem langen, spöttischen Gewitter entstanden war. Eine Ironie des Schicksals, dachte er in seiner anhaltenden Nervosität, daß er so lammfromm den Spuren seines Bruders folgte, den gleichen Weg mit ähnlicher Ergebenheit einschlug. Er klopfte laut an der Tür und machte eine kleine Melodie daraus, rat-a-tat, rat-a-tat, statt einfach nur kräftig zu pochen. Er wollte beweisen, wie lässig er war, und würde pfeifend wieder verschwinden, wenn sie nicht aufmachte. Dennoch wartete er.

Sie kam erst nach einer Weile, weniger einnehmend als in seiner Erinnerung, aber immer noch schön. Eine Frau, die erst ungehalten aus dem Fenster sah und dann »Kommen Sie rein« sagte.

»Welchem Umstand verdanke ich das Vergnügen?« sagte Sarah. »Alle Mitglieder ihrer Familie haben mich bereits besucht. Sie machen den Eindruck, als fühlten Sie sich anderswo wohler als zu Hause. Setzen Sie sich.« Da waren sie wieder, der Charme und die Wärme, vor allem aber der spöttische Unterton. Die Gereiztheit war schon fast verflogen.

»Waren Sie schon drüben?« fragte sie auf ihre gleichmäßige, beruhigende Art. Edward verströmte genau wie seine Kollegen heute mittag einen leichten Geruch nach Pub. Tatsächlich war er nach einer ergebnislosen, zögernden Suche auf dem Campingplatz und in den Dünen, die keine Spur von dem Weißhaarigen zutage gefördert hatte, einen Schluck trinken gegangen. Nachdem er die Suche angesichts des menschenleeren Strands und des Sonnenuntergangs abgebrochen hatte: Insgeheim fürchtete sich Edward vor dem Dunkel. Er schüttelte den Kopf.

»Ich habe jemanden gesucht«, murmelte er. »Warum?«

»Nun, dann wissen Sie es vielleicht noch nicht. Der Dorfgeist hat heute nachmittag menschliche Form angenommen. Er ist hergekommen und hat Ihre Mutter angegriffen. Aber es geht ihr gut«, setzte sie hinzu und beobachtete ihn aufmerksam, während sie mit verschränkten Armen vor ihm stand. Edward ließ sich schwer auf die Couch fallen und rieb sich mit einer rührenden Geste die Augen, was ihn aussehen ließ wie ein überdimensionales Baby.

»Es war nicht das erste Mal, daß er hier war, stimmt's?«

Edward antwortete nicht, doch sein Schweigen war wie ein Geständnis.

»Ich war dabei, verstehen Sie«, fuhr sie fort, »als dieser Nichtgeist auftauchte. Ihre Mutter hat zu ihm gesagt – ich zitiere: ›Sie sind ein Freund meines Sohnes Edward, ich habe Sie schon mal gesehen.‹ Sie kriegt eine Menge mit, Ihre Mutter. Wahrscheinlich nehme ich deshalb an, daß Sie sein Verbindungsoffizier sind. Man kann sich ja kaum vorstellen, wie ein Mensch, selbst wenn er so einfallsreich wie Charles Tysall ist, unentdeckt überleben kann, wenn er für tot gehalten wird. Ohne Hilfe ist das unmöglich. Wenn auch nur eine kleine Hilfe, er ist schließlich ein Einzelgänger.«

»Was soll das heißen?« fuhr Edward auf »Charles Tysall? Der ist letztes Jahr ertrunken. Mein... Bekannter sagte, er sei von der Familie geschickt worden, von der Familie der Frau, heißt das. Vielleicht dem Bruder der Frau. Er verbringt einen längeren Urlaub hier, hat er gesagt, und experimentiert mit Überlebenstechniken. Außerdem wollte er wissen...«

»... wer Elisabeth Tysall im Sand vergraben hat«, beendete Sarah den Satz.

»Ja«, erwiderte Edward verdutzt. »Woher wissen Sie das?«

»Ich fange langsam an, Sie für einen Dummkopf zu halten, Edward. Nicht einen völligen Trottel, aber so was Ähnliches.« Sie ließ die Arme sinken. Er sah zu ihr auf wie ein Tier, das auf die Peitsche wartet. Sie lächelte leicht, was ihre Strenge keineswegs minderte.

»Ihrem Bruder habe ich einen Drink angeboten: Wollen Sie auch einen?« Es war nicht zu fassen. Edward fühlte sich wie gelähmt von seiner Schwäche und jenem ekelhaften, geradezu körperlichen Verlangen, von dem er wußte, selbst in diesem Moment, daß es seine Zunge lösen würde.

»Ich kenne Charles Tysall«, sagte sie. »Ich weiß auch, wie besessen er war vom Schicksal seiner Frau. An seiner Identität besteht nicht der geringste Zweifel. Welche Rolle spielen Sie also?«

»Heute morgen hat er Stonewall Jones angegriffen«, platzte Edward heraus, ohne die Frage zu beantworten. »Ich kann einfach nicht glauben, daß er das getan hat. Ich kann mir nicht vorstellen, warum. Er ist kein Geist, sondern ein Ungeheuer. Der Junge ist schwer verletzt. Gott, ich habe das nie gewollt. Ich schwöre, das habe ich nie gewollt.«

Sarah stieß einen kleinen Schrei aus und fuhr sich mit der Hand an den Kopf. Sie tastete über ihr Gesicht, wo der Schmerz gewesen war. Tränen stiegen ihr in die Augen. »Der arme Kleine! Oh, ich wünschte, ich könnte ihm helfen.«

Edward nippte an seinem Drink und fragte sich, ob er darauf antworten sollte, da er selbst nichts für Stonewall Jones empfand, sondern vor seinem inneren Auge nur die Umrisse eines großen Mannes über einem hilflosen kleinen Jungen sah. Julian würde jetzt bestimmt gern hier sitzen und diesen vorzüglichen Glenfiddich schlürfen, dachte er, um sich abzulenken. Der Gedanke kam ihm ohne jede Spur von Bitterkeit. Nur die Eifersucht wollte nicht weggehen.

»Ich sollte keine Spielchen treiben, nicht wahr?« sagte er jetzt. »Ich hab ihn im Cottage nebenan aufgestöbert, wo er sich eingenistet hatte.« Er deutete mit dem Kopf zur Seite und wand sich ein wenig. »Es schien amüsant, ihn nicht anzuzeigen. Diesen Sommer wollte ich keine Mieter hier bei uns, ich hasse sie: Kinder, Eimer, Schaufeln, Autos, die den Blick verschandeln. Also hat Charles, wenn wir ihn denn so nennen wollen, ein kleines Feuer für mich gelegt. Nichts Großes. Nichts, was sich ausbreiten konnte.«

Sie senkte den Kopf, als würde sie vollkommen verstehen.

»Es gab auch ein paar Gemälde von mir da drin. Akte von Joanna. Ich wollte nicht, daß sie die bei ihrem Frühjahrsputz entdeckte, wußte aber auch nicht, wie ich sie sonst loswerden sollte. Sie waren ein bißchen... anzüglich. Aquarelle, ganz einfach zu verbrennen. Sie waren natürlich aus der Phantasie gemalt. Wunschdenken, wenn Sie so wollen.«

»Sie lieben sie?« Eine sanfte Frage, ohne Kritik oder Verurteilung. Dafür war er dankbar.

»Tue ich das? Ich weiß es nicht mehr.«

»Aber Sie sind eifersüchtig auf andere Männer?«

»Ja.«

»Auf Julian?«

»Ja! Ja! Ja!« rief er. »Er ist so verläßlich, so verdammt erwachsen, so scheißdiszipliniert, und mein Vater hat ihn geliebt.«

Er verstummte ebenso schnell, wie er die Stimme erhoben hatte, und warf sich verdrießlich auf das von einem Tuch verhüllte Sofa zurück. Die angeborenen Rechtfertigungsmechanismen meldeten sich zurück. Er sah ihre erbarmungslosen Augen und wandte den Blick ab.

»Jedenfalls war es ein netter Zeitvertreib, eine Weile einen Geist zu besitzen«, murmelte er. »Meist langweile ich mich einfach nur. Und dann fing er an, sich nach Julian zu erkundigen, wie gut er Elisabeth gekannt hätte. Nun ja, da wußte ich natürlich Bescheid. Julian hatte geradezu den Verstand verloren wegen dieser Schlampe, ich hab's mit eigenen Augen gesehen. Mein Geist wollte einen Beweis, daß Julian etwas mit ihrem Tod zu tun hatte. Ich tat so, als ob es einen gäbe, wußte aber, daß es nicht so war. Julian ist viel zu schwach, um jemanden umzubringen.«

»Elisabeth Tysall ist übel mitgespielt worden«, sagte Sarah scharf. »Wagen Sie es nicht, Sie zu beschimpfen. Sie haben ja keine Ahnung, wer sie war.«

»Nein«, gestand Edward. Ein schlechtes Gewissen war etwas Schreckliches, es steckte ihm im Hals wie eine Gräte.

»Also haben Sie Charles zu Ihrer Kreatur zu machen versucht und ihm was vorgegaukelt?« fragte Sarah. »Glaubten, Sie müßten die Oberhand behalten, was? Wo steckt er, Ed?«

»Keine Ahnung«, flüsterte Edward. »Ich weiß es nicht. Ich habe ihm den Schlüssel zu einem leerstehenden Wohnwagen gegeben, aber da ist er nicht. Vielleicht in einer der Hütten am Strand. Er liebt den Strand.«

Er zappelte an ihrem Haken wie ein Fisch, der nicht mehr fliehen konnte. Sie stand noch immer vor ihm und zog plötzlich ihr Hemd hoch. Hübsche Farbe, rostbraune Seide, dachte Edward, und im nächsten Augenblick: O Gott, sie ist verrückt, sie wird mich mit dem Ding erwürgen. Doch sie zog das Hemd nur bis zu den Schultern, ließ es um den Hals liegen und drehte ihm den Rücken zu. Er keuchte hörbar auf und fuhr zurück.

»Sehen Sie sich meinen Rücken an«, befahl sie. »Na los, machen Sie schon. Mit Ihrem künstlerischen Auge. Sehen Sie genau hin und sagen Sie mir, was Sie sehen.«

Er wollte den Blick abwenden und der Situation entfliehen, und doch blieb er unbeholfen sitzen. Ein anmutiger Rücken, der in einer schmalen Taille endete, doch die seidige Oberfläche war mit Narben übersät, drei, vier größere Schnitte, die Mehrheit aber kleine Pockennarben, die sich weiß und häßlich von der braunen Haut abhoben. Mit einer abrupten Bewegung zog sie sich das Hemd wieder herunter.

»Ich wollte Ihnen nur etwas demonstrieren«, sagte sie und zog eine Grimasse. »Schnitte wie diese sind die Strafe dafür, wenn Sie mit Charles Tysall spielen. Er wälzt Sie in

Glassplittern, preßt Sie in die Scherben eines zerbrochenen Spiegels. Und wenn Sie aufhören zu bluten, obwohl solche Wunden niemals ganz verheilen, läßt er Sie auch noch mit dem Gedanken zurück, es sei alles Ihre eigene Schuld gewesen.«

Edward saß nur da und starrte sie an. Übelkeit stieg in ihm auf. Er hatte ein Auge für Farben und konnte sich lebhaft vorstellen, wie das Blut aus diesen Wunden quoll, wie Fleisch und Haut wie in einem Ritual zerschnitten wurden. Er sah das kühle Lächeln des Mannes heute morgen vor sich, die Präzision seiner Bewegungen, sein selbstbewußtes Auftreten.

»Das war er?«

»O ja. In aller Ruhe.«

Plötzlich war es zuviel. Edward stolperte in die Küche und übergab sich ins Spülbecken, doch es kam nur Galle. Er hatte den ganzen Tag nichts gegessen. Es hatte keine schwesterlichen Sandwiches gegeben, um die Leere in seinem Magen zu füllen, nichts bis auf zwei Bier, drei Schluck Whisky und eine Diät aus reiner Angst. Er trank ein wenig Wasser, sah hinaus ins Dunkel, riß sich zusammen und kam mit einer gemurmelten Entschuldigung zurück in das kleine Wohnzimmer.

»Ist schon gut«, sagte Sarah ruhig und trocken. »Ich muß allerdings zugeben, daß ich normalerweise keine so schmeichelhaften Reaktionen bekomme, wenn ich mich ausziehe.«

Edward wurde rot, sichtlich erleichtert. Selbst wenn sie so war, ernst und furchteinflößend, konnte sie einem Mann doch das Gefühl geben, daß noch Hoffnung für ihn bestand.

»Was soll ich tun, Sarah? Was, um alles in der Welt, soll ich tun?« fragte er ergeben.

Ihr fiel auf, daß er nichts über die Narben wissen wollte. Da war nichts, das Interesse für irgendwen außer sich selbst gezeigt hätte. Männer *in extremis* waren immer so. Sarah war die erwachsene Version gewöhnt, Edward war noch ein

Junge. Sie musterte ihn und dachte an ihre ganz persönliche Methode, Leiden durch das einfache, wenn auch flüchtige Mittel körperlicher Wärme zu heilen. Die Männer, die dafür in Frage kamen, mußten jedoch Zuneigung oder Respekt in ihr hervorrufen, was dieser hier beides nicht tat. Alles, was er verdient hatte, war eine Chance, Buße zu tun.

»Ich weiß es nicht. Hören Sie auf, von Reichtum zu träumen und die Landschaft in etwas verwandeln zu wollen, das Ihnen gefallen könnte. Wenn Sie die Gegend hier hassen, gehen Sie woandershin. Sie sind der jüngere Sohn, der ganz im Schatten seines Bruders steht. Sie werden hier immer machtlos bleiben. Gehen sie weg, bevor auch Ihre letzte Verbündete Sie durchschaut.«

»Weg von hier? Ohne einen Penny?« fragte er ungläubig und warf einen Blick auf die Papiere, die sauber geschriebenen Notizen, Aufstellungen und Listen, die auf dem Tisch lagen.

»Ja. Vielleicht auch mit genug, um Sie eine Weile über Wasser zu halten. Das Erbe wird ohnehin nicht groß sein, wenn Ihre Mutter damit fertig ist.«

Er sah sie an. Die rosigen Flecken auf seinen Wangen waren eine monströse Version derer seiner Schwester. Sarah erklärte es ihm geduldig: »Sie will alles zurückgeben, mein Freund. Sie will den gesamten Grundbesitz an die Leute hier verteilen, die ihn nötiger haben. Das ist ihr Plan.«

Da fing er an zu lachen, ein wieherndes Glucksen, das gar nicht mehr aufhören wollte, bis seine Augen tränten.

»Sie brauchen was zu essen und vor allem eine gehörige Dosis Vernunft, Edward Pardoe. So haben Sie sich wohl noch nie gefühlt, seit Sie Ihren Job bei dem Grundstücksmakler aufgenommen und entdeckt haben, was da womöglich auf Sie wartet, nicht wahr? Sie können nicht ihr ganzes Leben damit vertun, zu träumen, zu malen und mit Puppenhäusern zu spielen. Vielleicht könnten Sie ja sogar davon leben, aber mit einem Mord kommen Sie nicht davon.«

Essen. Der Gedanke war nicht mehr verlockend. Charles torkelte durch die schmale Gasse, die sich an der Rückseite von Miss Gloomers Cottage entlangschlängelte und in die High Street mündete. Das Dorf war durchzogen von ähnlichen Vierteln, alten Wegerechten, Kohle- und Fischanlieferpfaden, die noch aus einer Zeit stammten, da man sich im Traum nicht hatte vorstellen können, einmal mit Pferd und Wagen vor den kleinen Häusern vorzufahren, in denen ganze Familien wie Sardinen zusammengepfercht gelebt hatten, Häusern, die in Ricks Augen gerade groß genug für eine Person waren.

Essen war nicht mehr das Problem für Charles: nicht nach den Sandwiches, die seine faulen Zähne kaum berührt hatten. Irgend etwas Spitzes, Leichtes im festen Teig der Teekuchen, wie Haare, die im Hals kitzelten, reizte ihn zum Husten. Er blieb stehen und würgte. Außerdem hatte er Durst, trotz der Milch, mit der er das alles runtergespült hatte.

Auf dem Campingplatz gab es Trinkwasserhähne, die im Dunkeln, wenn ihn niemand sah, leicht zu finden waren. Doch es war zu früh, um zum Strand zurückzukehren, und zu weit ohne Wasser.

»Gebt mir Wasser, und es gibt keinen Ort, an den ich nicht gehen könnte, selbst wenn ich von Weibern besiegt worden bin, vom schwachen Geschlecht außer Gefecht gesetzt. Dabei hätte ich ihnen den Hals umdrehen können wie ein paar Hühnern, einfach so.«

Er hatte keine Pläne, es war sinnlos, etwas zu planen, nur das verschwommene Gefühl, daß ihm nicht viel Zeit für seine Rache blieb. Das Bild Sarah Fortunes, die ihn wütend angefaucht hatte, schob sich über Elisabeths Gesicht, aber die beiden Bilder waren für ihn immer schon schwer auseinanderzuhalten gewesen. Rotes Haar, rote Schlampen; ein Gefühl von Schwäche. War ich immer schon so? War ich denn nie stark? Wer hat mich je geliebt?

Auf dem Friedhof gab es einen Wasserhahn. Wenn er zum zweiten Grab seiner Frau ging, da, wo er die Disteln niedergelegt hatte, vielleicht würde sie ihn zum Schlafen hereinlassen. Zu ihm zurückkehren, geläutert und schön, so wie sie vorher gewesen war. Porphyria. Vollkommen rein und gut. Er wollte ihr sagen, daß er ihr vergab, wollte sie von den Toten erwecken, so wie sie selbst aus dem Meer auferstanden war.

Seine Schritte waren in der Dunkelheit kaum zu hören, ein alter Mann, der durch ein Dorf tappte, unfähig, sich zu seinem gewohnten raschen Marschschritt zu zwingen, träge und von seiner Kraftlosigkeit irritiert. Aus Verachtung für den eigenen Zustand spuckte er auf die Straße neben der Friedhofspforte, ohne das Blut im Schleim zu bemerken. An ihrem Grab hatte er das Gefühl, daß sie tatsächlich jeden Moment auferstehen und ihn begrüßen könnte. Demütig sank er auf die Knie und tastete nach ihr.

Seine Hände streiften die Blüten. Irgendwer war vor ihm dagewesen. Die Erde war bedeckt mit frischen, regenfeuchten Blumen, die himmlisch dufteten. Geschenke für eine holde Dame.

Irgendwer. Ein Mann, ein Dieb in der Nacht hatte ihr diese Huldigung erwiesen. Außer sich vor Wut traktierte er die Blumen mit flatternden Händen, achtete nicht auf den zunehmenden Schmerz, als er sich bückte und Rosen und Margeriten zerfetzte, die Stiele knickte und wegschleuderte, so weit er konnte. Ohne sich darum zu kümmern, wieviel Lärm er machte, versetzte er der Vase einen heftigen Fußtritt und trampelte auf den Blüten herum, als müsse er ein Feuer löschen mit seinem rasenden Tanz. Schließlich legte er sich auf die nackte Erde, die Elisabeth bedeckte. Ein unschuldiges Stück Erde. Selbst über den Tod hinaus, noch jetzt, da er ihr verziehen hatte, machte ein anderer seinen Anspruch geltend, genau wie zuvor. Alles war umsonst gewesen.

Mouse Pardoe gefiel die eigene Unschlüssigkeit nicht, kein bißchen. Zudem gestattete man ihr immer nur einen Verbündeten, und die meisten verließen sie schließlich aus diplomatischen Gründen. Der Küster zuerst, Sarah später. Sie hatten noch ein wenig über den Geist geredet und wer er war, und die ganze Zeit hatte Mouse ihre Hände in Eiswasser gehalten. Der Küster, der aus einer Fischerfamilie stammte, hatte sich um die Würmer gekümmert. Noch jetzt hing der ekelhafte Gestank nach verbranntem Fleisch im Raum, der sich um den Herd konzentrierte und nur zögernd aus den Fenstern abzog.

Der Himmel hatte noch immer die Farbe dunklen Metalls. Mouse wußte, daß sie all die Farben nie im Leben vergessen würde – die schwarze Robe des Küsters, die sich von seiner rosigen Haut abhob, Sarahs Blässe, ihre Sommersprossen, das Dunkelrot ihres Hemdes, dann die Farben des besten Pardoe-Hutes mit den alten Federn, den Tisch, dessen Oberfläche schmutziggelb zu glühen schien. Und erst jetzt fiel ihr auf, daß die hellgelben Teekuchen mit den runden verbrannten Sultaninen allesamt verschwunden waren. Sie mußte verrückt gewesen sein. Wie hatte sie das bloß tun können? Sie stand da und hielt die Stelle im Blick, wo die Teekuchen gelegen hatten. Niemand hatte ihr beim Backen zugesehen, aber sie hatte sie gemacht.

Mouse fröstelte in ihrem Abendkleid und dem wollenen Bademantel, einer Kombination, die sie normalerweise genossen hätte. Sie dachte daran, wie zurückhaltend und praktisch zugleich die gute Miss Fortune auf die Frage reagiert hatte, ob man die Polizei rufen sollte. Beim Wählen hatten sie einen Blick des Einverständnisses getauscht, der auf beiderseitigem Mißtrauen gegenüber Obrigkeiten gründete. Mouse dachte daran, daß die Polizei womöglich die Qualität ihrer Backkünste in Zweifel ziehen würde. Und auch ihre Motive, an die sie sich im Moment nicht erinnern konnte.

Endlich war auch Joanna nach Hause gekommen. Und

dann kam Constable Curl. Nach einer halben Stunde Befragung, einem Prozeß, der ebenso zäh gewesen war wie Sarahs Antworten prompt, hatte sie ihm den Kuli aus der Hand genommen und alles für ihn aufgeschrieben. Dann ging auch Sarah, kurz bevor Julian kam. Seine Neuigkeiten rückten alles in ein neues Licht, und so saßen sie dann da, »en famille« und mit allen damit verbundenen Schwierigkeiten.

Das Problem war, Mouse Pardoe wußte nicht, ob sie weiterhin die bemitleidenswerte Verrückte spielen oder eine deutliche Besserung zeigen sollte. Es war so angenehm gewesen, trotz der verbrannten Hände, mit den einzigen beiden Leuten auf der Welt zu sprechen, die von ihr wußten, daß sie bei Sinnen war. Das fehlte ihr plötzlich sehr, und so konnte sie sich nicht entscheiden, ob sie ihre Rolle vor den Kindern weiterspielen sollte. Sie wußte nicht mal mehr, wann alles angefangen hatte und warum – und wie sollte sie jetzt die monatelange bewußte Täuschung rechtfertigen?

Julian beobachtete sie aufmerksam. Ihr war nicht entgangen, daß er die Brandsalbe außergewöhnlich zärtlich aufgetragen hatte. Nein! Lieber Himmel, nein! Sie konnte nicht weitermachen mit ihrem närrischen Vogelzwitschern, nicht, nachdem sie gehört hatte, was dieser Mann mit dem kleinen Stonewall Jones gemacht hatte, der ihr immer gewunken hatte und für sie durch den Garten getanzt war, wenn er die Köder für Edward brachte. Was bedeuteten schon ihre Hände und ihr Schicksal im Vergleich dazu, und außerdem hörten ihre Kinder ihr mit einemmal zu, statt höchstens so zu tun, als ob.

»Ich glaube, der Schock hat dir gut getan, Mutter«, sagte Julian, und es war das erste Mal seit langer Zeit, daß er nicht so mit ihr redete, als wäre sie taub. Sie warf ihm einen verstohlenen Blick zu. Er schien keine Spielchen zu treiben: Genau wie Joanna war er einfach und aufrichtig besorgt und hörte aufmerksam zu, wenn sie etwas sagte. Jo sauste in der

Küche herum und stellte alles mögliche zu essen auf den Tisch. Essen war schon immer ein Allheilmittel gewesen. Julian holte Wein. Jedesmal, wenn Jo vorbeikam, drückte sie ihre Mutter kurz. Mouse hatte derlei Zärtlichkeiten vermißt, wenn nicht beim Küster, so doch bei ihren Kindern.

»Ja, mein Lieber«, antwortete sie zurückhaltend. »Ich glaube, es geht mir besser. Was wird Constable Curl denn jetzt machen?«

»Er schickt uns einen Streifenwagen für heute nacht, und morgen früh organisiert er einen Suchtrupp. Dieser Mensch ist langsamer als eine Schnecke, er kann einfach nichts sofort erledigen.«

Sein Vater war nicht so langsam, dachte Mouse heimlich lächelnd. Oh, er war ein gutaussehender, gelenkiger Kerl gwesen, und immer hatte ihm der Schalk aus den Augen gesehen. O ja. Dienstag nachmittags war er gekommen, lange Zeit.

»Eine Geisterjagd«, murmelte sie und vergaß, das verrückte Kichern anzuhängen. Sollte sie sagen, daß sie wußte, wer der Geist ist? Daß sie ihn zusammen mit Edward gesehen hatte? Am besten blieb sie auf der Hut, bis sie rausgekriegt hatte, was die anderen wußten. Die Regungen ihres Gewissens waren unzuverlässig, doch Edward lag ihr immer auf der Seele, egal, was er tat.

»Rick sollte besser nicht daran teilnehmen«, sagte Jo. »Weiß der Teufel, auf welche Ideen er noch kommt. Hör mal, Julian, wieviel Hoffnung gibt es für Stonewall? Rick hat ihn so gern.«

Sie saßen gemütlich am Tisch, Ellbogen an Ellbogen.

»Nun, ich kann nur sagen, daß allein das schon eine Menge ausmacht.«

Sie legte den Kopf kurz an seine Schulter. Es war das erste Mal, so weit sie zurückdenken konnte, daß sie sich berührten. Zärtlich fuhr er ihr durch das blonde Haar, und sie ließ es sich gefallen.

Mouse sah die beiden an. Kinder, liebt einander. Und wo ist mein kleines Sorgenkind Edward. Liebt mich, liebt einander, aber hört gelegentlich auch auf mich. Das war doch alles, was ich je wollte. Glaube ich. Sie kicherte.

»Wenn dieser Stonewall mit dem Eiswagen nach Hause kommt, tanze ich wie Tallulah Bankhead.«

Die Küche war erfüllt von einem köstlichen, hysterischen Gefühl der Erleichterung. Julian schenkte nach. In diesem Augenblick, vereint in ihrer Achtlosigkeit allen Außenstehenden gegenüber, dachte keiner an Sarah Fortune, dafür aber jeder für sich und unterschiedlich besorgt an Edward.

»Wahrscheinlich ist er beim Angeln«, sagte Joanna plötzlich.

Mouse blickte auf den Tisch, wo die Teekuchen gelegen hatten, und dachte daran, wie eng Glück und Trauer beieinander lagen und daß Wahnsinn nicht immer nur vorgetäuscht war.

Das Schweigen zog sich hin. Sarah fiel plötzlich der Geruch der Würmer ein.

»Werden sie es erfahren?« fragte Edward. »Ich meine, Jo, Julian oder sonst jemand. Daß ich diesen Charles kenne? Den Geist?«

»Ja. Wenn Ihre Mutter auspackt. Wenn sie erzählt, daß Sie Charles schon früher ins Haus und ins Cottage nebenan gelassen haben. Und wenn der kleine Stonewall wieder gesund wird und sich erinnert, wo er Sie überall zusammen gesehen hat, wird er es auch wohl sagen.«

»Lieber Himmel!«

»Nicht, daß einer wüßte, worüber Sie gesprochen haben«, fuhr sie gleichgültig fort. »Vielleicht hat er Ihnen ja nur leid getan. Vielleicht haben Sie sich die Zeit mit einem interessanten Fremden vertrieben.« Sie sprach ohne den geringsten Anflug von Bitterkeit.

»Und was werden *Sie* sagen?«

»Nichts, was Ihrer Aussage widersprechen wird. Ich bin Anwältin: Wir wiederholen nur das, was wir sollen. Darin habe ich Übung.« Ernest Matthewson kam ihr wie ein böser Spuk in den Sinn. »Das hat natürlich seinen Preis. Helfen Sie mir, Charles zu finden. Helfen Sie, Ihre Familie und sich selbst zu retten.«

»Ist das alles?«

»Es ist genug und nicht zuviel verlangt. Sie haben Charles ermuntert. Sie haben den Plan ausgeheckt, die Welt von Ihrem Bruder und Ihrer Mutter zu erlösen, selbst wenn es nur ein mieser Tagtraum war. Oder etwa nicht?«

»Ja.« Seine Stimme war trocken.

»Nun«, sagte sie mit einer Entschiedenheit, die weder eine Drohung noch ein Versprechen enthielt, »ich glaube, es wäre das beste, wenn niemand je davon erfahren würde.«

»Ich glaube, ich würde gern von hier weggehen«, sagte Edward scharfsinnig, »und versuchen, woanders zu leben.«

»Eine wirklich gute Idee«, antwortete sie so gelassen und anerkennend, daß er um ein Haar geglaubt hätte, selbst auf die Idee gekommen zu sein. »Und jetzt gehen Sie besser nach Hause.«

»Wollen Sie nicht mit rüberkommen? Ich meine, Sie sollten nicht unbedingt allein hier im Cottage bleiben. Zu Ihrer eigenen Sicherheit.« Sein Anflug aufrichtiger Sorge verwirrte ihn, aber das Gefühl war so angenehm wie ein heißer Schluck Tee. Sie schien einen Augenblick nachzudenken.

»Nein, danke. Flucht ist nicht unbedingt die beste Art, mit seiner Angst umzugehen. Es könnte zu einer Gewohnheit werden.«

»Soll ich bei Ihnen bleiben? Aus demselben Grund?« Sie zögerte und schüttelte dann den Kopf.

»Nein.«

»Als Garantie für gutes Benehmen in der Zukunft?«

»Oder um Standfestigkeit zu üben?« fragte sie ironisch.

»So was ähnliches.«

Mit der Flut war Wind aufgekommen, der das Wasser in Bewegung brachte und den Wellengang verstärkte. Kein heulender Wintersturm, der die Wogen draußen aufpeitschte, sondern ein unbeständiger Wind, vom Regen angeschwollen, der die Küste unsichtbar machte und die Wellen sanft vorwärtsschob. Er drängte gegen den Kai, schlug über den Rand, fuhr über den Parkplatz, zögerte am Anfang der Straße, kroch in die Eingänge von Spielhalle und Souvenirläden, fegte den Müll der Nacht zusammen und trug ihn davon. Hinter dem Rumpf eines vergessenen Bootes eingeklemmt, lag der aufgeblähte Kadaver eines Tieres, der sich jetzt löste und an einen anderen Teil der Küste trieb. Zwei holländische Jungs von einem Trampschiff borgten sich das Beiboot und ruderten an Land, auf der Suche nach hellen Lichtern.

Die Flut knabberte am Strand, dem Wind ohne große Begeisterung folgend. Die Schlafenden in den Wohnwagen regten sich im Dunkeln, irgendwie erschien der Erdboden unter ihnen plötzlich weicher, ihre Zuflucht nach dem Regen fester im Untergrund verankert. Das Meer kroch bis zum Rand der Dünen vor, weit über die Fluthöhe des Nachmittags hinaus, die sich an der starren Grenzlinie der verschiedenen Seegräser ablesen ließ und unvorsichtige Spaziergänger zu der Annahme verleitete, weiter könne es nicht vordringen. Als milde Strafe für die Arroganz der Menschen umspülte das vordringende Wasser die Pfähle der beiden äußersten Strandhütten, die von ähnlichen Attacken bereits stark mitgenommen waren. Diejenige, die der Geist requiriert hatte, stürzte mit einem langgezogenen Ächzen auf die Seite, wie ein Betrunkener auf Krücken. Charles Tysalls gestohlene Decke und andere Souvenirs wirbelten mit den zurückweichenden Fluten davon.

Eine Jacht mußte für den Stolz ihrer Besitzer büßen, die alle Markierungen ignoriert hatten und auf eine Sandbank gelaufen und gekentert waren. In den frühen Morgenstunden ließ das Rettungsboot seine schauerliche Sirene heulen, aus Ärger über soviel Dummheit.

Julian hörte sie in der Tiefe eines Schlafes, der ihm Träume von einem schrecklichen Mord, von seiner Familie, der Unzulänglichkeit der medizinischen Versorgung in der Gegend und Sarah Fortunes Körper brachte. Er hörte es wie ein Requiem für die Toten, hielt sich die Ohren zu und verschloß sich allen Botschaften, die nicht von Hoffnung sangen.

Zwölf

Rick rannte. Rannte unbeholfen in Richtung Rettungsstation, während das Dorf hinter ihm im Morgenlicht glänzte. Die Hafeneinfahrt war nur halb mit Wasser gefüllt, und die Dämme der Wellenbrecher lagen in ihrer schlammbedeckten Pracht bloß. Watschelnde, kreisende Vögel, deren Namen ihn nie interessiert hatten, fielen ihm ins Auge, Vögel, die hüpften, liefen und wie zum Hohn kreischten, Teil der Landschaft, *seiner* Landschaft, und er hatte sie nie bemerkt. Stonewall war in die Hocke gegangen, um mit den Vögeln zu reden, damals, als er ihn gelehrt hatte, die Priele zu schätzen, und Rick hatte ihn ausgelacht. Ein Junge, der mit den Vögeln redet... Wie lange braucht man, um jemanden richtig kennenzulernen?

Er rannte, setzte einen Fuß vor den anderen, begann zu keuchen und hätte gern einen Vorwand gehabt, um stehenzubleiben.

Eine Meile bis zur Rettungsstation, wo die Hafeneinfahrt in den breiteren Strand überging. Zu Fuß war es viel weiter als mit dem Wagen. Stoney wußte das alles, obwohl er nur halb so groß war wie Rick, wußte alles über die Vögel und die Bienen auch. Rick rannte und sah dabei die Welt mit anderen Augen, die Brachvögel, die Fußspuren im Schlamm, Dinge, die sonst nur Stonewall sah.

Er rannte, um zu vergessen, bis seine protestierenden Muskeln, die solche Übungen nicht gewöhnt waren, ihm alles andere aus dem Kopf trieben: die jüngsten Unterhaltungen über Geister und Vergeltung, die Gespräche mit seinem

Onkel, dem Polizeibeamten, das Ausbleiben tröstlicher Nachrichten und Jos tränenreiches Flehen: Geh nicht mit ihnen, Rick, bitte. Wenn Liebe eine Frage von widerstreitenden Forderungen war, konnte er nur auf die stärkste hören, und das war noch nicht die ihre. Deshalb rannte er jetzt die eine Meile zum Strand, machte einen Bogen um den Wald, passierte schließlich die Rettungsstation und sprang vom Deich aus direkt in den Sand. Dort lief er langsamer, der Sand war weich, und seine Füße waren naß von den seichten, mit Schlamm gefüllten Tümpeln. In seinen Ohren sang eine leichte Brise. Es war ein Tag mit einer launischen Sonne, Aussicht auf Wind und ein paar Unverbesserlichen, die trotz allem an den Strand gekommen waren. Ein guter Tag zum Jagen.

Er lief an den Strandhütten zu seiner Linken vorbei und registrierte, daß zwei davon zusammengebrochen waren, hätte aber nicht sagen können, wann das passiert war. Er notierte es sich im Geiste als Faktum, beschleunigte seine Schritte auf einem glatten Sandstreifen und wurde allmählich wirklich müde. Der Schweiß rann ihm in die Augen, und er wischte ihn abwesend und erfolglos mit dem Handrücken weg, blinzelte, stolperte und blinzelte wieder.

Da kam ein Hund auf ihn zu, und einen Augenblick lang hielt er ihn für Stonewalls Sal. Der Anblick erschreckte ihn derart, und die Erwartung, Stonewall im nächsten Moment auftauchen zu sehen, war so stark, daß er schwankend und keuchend stehenblieb.

Der Hund verharrte ebenfalls und sprang dann bellend um ihn herum, als wolle er ihn zum Spielen auffordern. Trotz seines heftig klopfenden Herzens und des Kloßes im Hals spürte Rick, wie sich sein Gesicht zu einem breiten Lächeln verzog. Natürlich war das nicht Stonewalls dunkelroter Köter, sondern ein langhaariger roter Spaniel, der mit Sal nur das ausgelassene, spielerische Temperament gemeinsam hatte, das Stoney so gefiel. Das brachte Rick auf eine Idee, den ersten positiven Gedanken in all dem verwirrenden Durcheinander. Man sollte dem Burschen einen neuen Hund schenken, dann würde es ihm bestimmt bessergehen.

Ein Mann folgte dem Hund und lief mit der Sonne im Rücken. Er bewegte sich mit der geübten Lässigkeit, die Rick nie beherrscht, dafür aber um so stärker bewundert hatte, weil sie so ganz anders war als die ungeschickt schlingernden Bewegungen, mit denen er selbst nur Energie und Atem verschwendete. Der Mann hatte einen völlig anderen Stil, seine Bewegungen waren sparsam und mühelos, so daß es beinahe erleichternd war, sein schweißtriefendes Gesicht zu sehen, als er jetzt stehenblieb.

»Morgen.« Eine angenehme Stimme. »Sie tut nichts. Sie mag einfach nur jeden.«

Der Kloß in Ricks Hals wollte nicht weggehen. Er hatte die Leidenschaft des Jungen für seinen Hund nie ganz verstanden, doch jetzt, als er die weichen Ohren des Spaniels streichelte und spürte, wie er sich an seine feuchten, bloßen Beine drückte, war es plötzlich anders. Begeisterte Hingebung lag darin und unendliches Vertrauen.

»Das hat Stonewalls Hund auch getan«, platzte er heraus. »Menschen geliebt. Viel zuviel geliebt.«

Der Hund stupste die Schnauze gegen seine wackligen Knie. Nachdem er nun einmal angefangen hatte, mußte Rick auch weitermachen, sonst wäre dieses seltsame Stück Information, das er dem Fremden so willkürlich hingeworfen hatte, noch seltsamer geworden. Er stellte seine Stimme schroff, so als wären die ersten Worte mehr der Erinnerung entsprungen als seiner Schwäche.

»Passen Sie nur gut auf Ihren Hund auf«, warnte er. »Es gibt einen Verrückten hier in der Gegend, der sie zum Frühstück ißt und dazu versucht, kleine Jungs umzubringen.«

»Du machst wohl Witze.« Der Mann pfiff seinem Hund, der sich neben ihn setzte. Rick war gekränkt.

»Nein, mache ich nicht. Der Constable organisiert gerade einen Suchtrupp hier am Strand. Wir haben diesen Kerl den ›Geist‹ genannt, aber er ist keiner. Passen Sie also auf, wenn Sie ganz allein hier langlaufen. Auch wenn Sie so schnell sind wie eben.«

Er war neidisch und quasselte zuviel. Aber er mußte quasseln, und mit einem Fremden zu reden, war einfacher als der Versuch, mit sich selbst klarzukommen. Plötzlich streckte der Mann die Hand aus. Rick warf einen ungläubigen Blick darauf.

»Malcolm«, sagte der Mann mit einem Lächeln, das keinen Widerspruch duldete.

Es war eine so unpassende Geste, sich mitten am Strand einander vorzustellen und die Hand zu schütteln, daß Rick tatsächlich einschlug, obgleich er am liebsten laut gelacht hätte. Jedenfalls fühlte er sich schon viel entspannter. Vielleicht lag das ja am Laufen. Sie gingen nebeneinander den Strand hinunter, bis sie die Stelle erreichten, wo sich auf einer Sandbank neben der Rettungsstation der Suchtrupp formierte. Es war eine bunte Mischung von entschlossenen Männern, denen klar war, was sie zu tun hatten.

»Vielleicht kann ich helfen«, sagte Malcolm.

»Wahrscheinlich. Sehen Sie sich die Mannschaft nur an. Alles Tattergreise. Da ist jeder willkommen. Sogar mit einem Hund wie Ihrem.«

Es gab keinen einzigen jungen Mann in dem Trupp. Rick musterte die Gruppe verbittert. Dieser Malcolm war neben ihm der jüngste. Besser, man spannte ihn ein. Der Rest sah aus wie eine Auswahl der Kirchengemeinde.

Immerhin waren sie Manns genug, um ohne Murren ihre Arbeit zu tun, mit der gleichen Gründlichkeit, die sie ansonsten auf ihre Gärten verwandten. Vielleicht hatte Onkel Curl gewußt, was er tat, als er sie aussuchte, doch am Ende des langen Tages hatten sie den weißhaarigen Mann immer noch nicht gefunden. Weder Rick noch der Fremde aus London, der sich als so hilfreich erwies, und auch die drei Dutzend anderen nicht, die durch den Wald streiften, in Wohnwagen eindrangen, Strandhütten auseinandernahmen, von denen eine leerer war als die andere, die durch die Priele stapften und in die Boote sahen. Die ins Dorf schwärmten, den belebten Kai meidend, weil sich dort ohnehin niemand verstecken konnte, und von der Küste aus vorrückten, um in leere Ferienhäuser zu spähen, und noch tiefer ins Landesinnere drangen, an der Wohnsiedlung und der Kirche vorbei zu den Scheunen im Hinterland. Malcolm und Rick marschierten über den Friedhof, schüttelten beim Anblick der zerfetzten Blumen den Kopf, beobachteten, wie der Steinmetz einen Grabstein aus feinem weißen Marmor aufstellte, und blieben sogar kurz stehen, um ihn zu bewundern. Ansonsten brachte die Suche nach dem Mann mit dem weißen Haar und dem Gehstock, einem Schemen ohne Bedürfnisse, ohne Gestalt, wenig Belohnung und noch weniger Ruhm. Schließlich glaubten sie tatsächlich an einen Geist, der geflohen war oder dahin zurückgekehrt, woher er gekommen war: in die Arme des Meeres.

Am Ende saßen Rick und sein Verbündeter Malcolm in der Bar des Crown on the Green, Mertons einzigem Hotel, einem Ort, den Rick in seinem Leben nur zweimal betreten hatte. Malcolm hatte ihn eingeladen, er wohnte hier. Edel. Sollte Dad sehen, wie er in der Spielhalle zurechtkam.

Stonewall Jones träumte vom Meer, der Spielhalle, seinem Hund und erinnerte sich daran, daß ihn jemand liebte, mehr als alle anderen.

Lautlos senkte sich die Nacht über das Land. Sarah Fortune packte ihre Koffer, ohne Bitterkeit und ganz in ihr Tun vertieft. Sie spürte, daß sie hier nicht mehr gebraucht wurde. Sie war in die Stadt gegangen und hatte erneut vor dieser wenig anregenden Kuchenauslage gesessen. Sie wußte, was um sie herum vor sich ging, und mehr wollte sie nicht wissen. Wahrscheinlich würden sie ihn finden, in seiner Verzweiflung würde er unvorsichtig werden. Sie wollte aber nicht, daß er gefunden wurde. Außer vielleicht von ihr selbst, als Abrechnung für ein Jahr voller Alpträume. Sie wollte ihm zeigen, was er ihr angetan hatte, wie es sich anfühlte, wenn man so erniedrigt wird. Ihn zu finden, würde das Brennen vielleicht mildern, das sie von innen her auffraß, dieses Verlangen, ihn kriechen zu sehen, sein Gesicht mit langen, polierten Nägeln zu zerkratzen und ihn um sein Leben betteln zu hören. Nackt, wie sie es gewesen war, schreiend und schluchzend wie sie, in einem leeren Haus, leidend, wie sie ihn leiden sehen wollte, im Wissen um das Gefühl der Ohnmacht, wenn man allen Stolz verliert.

Sie spürte einen Schmerz im Magen und begriff ihn als Folge all ihrer Selbstbeherrschung, der guten Manieren in ihrem täglichen Leben. Lieber sollte sie nach der Unbekümmertheit schreien, die sie einmal besessen hatte. Es war ein Schmerz, der mit der Trauer um Elisabeth Tysall und um sich selbst begonnen hatte und nie wieder verschwunden war. Ein Sehnen wie der angestrengte Versuch eines Agnostikers zu beten, der letzte Widerhall all ihrer gewalttätigen und bösen Phantasien. Wenn ein Zuhause das war, woran das Herz hing, dann gab es so was für sie nicht. Sie packte lustlos, halbwegs auf irgend etwas wartend, doch niemand beachtete sie.

Mouse Pardoe riß sich unter dem Vorwand, schlafen zu gehen, vom Busen ihrer Familie los, verschwand in Wirklichkeit aber zur Vordertür hinaus. Die weiß verbundenen Hände zeigten ihr den Weg durchs Dunkel. Die Rücksichtnahme der Kinder den ganzen Tag über, ihre Zuneigung und überwältigende Sorge lösten ein verrücktes Schuldbewußtsein bei ihr aus, eine Art emotionales Bauchweh, das sie beunruhigte. Ein schlechtes Gewissen gehörte sonst nicht zu ihren hervorstechendsten Eigenschaften, doch jetzt sorgte es dafür, daß sie auf Zehenspitzen über die Wiese schlich. Dabei nahm sie es Sarah Fortune bereits übel, daß sie sie brauchte. Sarah wußte bereits zuviel über sie alle, und jetzt sollte sie, nur weil es sonst niemanden gab, dem Mouse Pardoe es erzählen konnte, noch mehr erfahren. Hettie, das Schaf, folgte ihr, doch Mouse hatte keine Angst. Nur der Grund für ihre Furchtlosigkeit, im Hinblick auf den Geist, machte ihr zu schaffen.

»Was machen Sie?« rief sie, als sie vor dem Cottage stand und die Tür sich ohne Zögern öffnete. »Ich wollte bloß sehen, ob mit Ihnen alles in Ordnung ist«, setzte sie ohne große Überzeugungskraft noch hinzu. Beide wußten, das stimmte nicht. Sarah hatte ihre Aufgabe erfüllt, und Mouse hatte allen Grund, ihr dankbar zu sein. Sich zu verstellen, war nicht mehr notwendig. Das Tuch, mit dem Sarah das häßliche Sofa bedeckt hatte, war verschwunden, die Tischlampe stand wieder an ihrem Platz, und die Blumen, die den Raum so anheimelnd hatten wirken lassen, hatten ebenfalls dran glauben müssen. Alles wirkte wieder so anonym wie in einem x-beliebigen Feriencottage.

»Ich packe mein fahrendes Bordell zusammen«, antwortete Sarah lächelnd. Sie macht es einem so leicht, sie zu mögen, dachte Mouse. Das war keine Frau, die einen erst küssen und es dann überall rumerzählen würde. Sie war hart, aber irgendwie auch schrecklich beruhigend. Sie hatte alle möglichen Ideen in den Augen und im Kopf, aber nie einen Anflug von Kritik.

»Sie packen? Aber warum denn, Kleines? Wir brauchen Sie doch!«

»Nein, das tun Sie nicht. Ich bin fertig hier.« Sarah deutete auf einen sauberen Stapel Papiere am Boden. »Meine Aufstellungen. Edward hat mir gestern abend geholfen, deshalb habe ich ihn so lange hier festgehalten.« Ihre Blicke trafen sich und wandten sich dann im Wissen um eine beiderseits akzeptierte Lüge ab. Mouse nahm eine Flasche aus der Spüle, zwei Gläser vom Abtropfständer und goß ohne Aufforderung ein. Sie nahm an, daß der Claret für sie bestimmt war: Sie war bereits leicht beschwipst und keineswegs gewillt, mit dem Trinken aufzuhören. So war das mit dem Gewissen. Warum sollte sie sich Gedanken machen? Wenn ein Dieb ihre Teekuchen klaute und ihr die Hände verbrannte, hatte er sich selbst um seine Verdauung zu kümmern.

Sie setzten sich, und Sarah sagte ohne den Hauch eines Vorwurfs: »Die Pardoes neigen zum Übertreiben. Wie auch immer, wenn Sie meine Notizen lesen können – und meine Handschrift ist deutlich –, werden Sie sehen, daß ich mir erlaubt habe, die Grundstücke aufzulisten, die Sie am raschesten abstoßen können. Das heißt, Sie können sie zu absoluten Spottpreisen und lächerlichen Bedingungen an die Leute verkaufen, die sie momentan nutzen. Ich denke da an den Pub, die Spielhalle und die übrigen Geschäfte. Geben Sie der Stadt ihre Lebenskraft wieder. In Ordnung?«

Mouse nickte und trank den Wein, ein guter Jahrgang.

»Sie werden natürlich nicht mittellos dastehen«, fuhr Sarah fort. »Eine weitere Ausbildung für Edward und Jo, ein bescheidenes Nest für die Familie sowie ein guter Tropfen und rauschende Feste für Sie selbst lassen sich mit den Feriencottages finanzieren. Selbst wenn Sie sie zu sehr niedrigen Preisen verkaufen, an Familien aus dem Ort, mit Kindern zum Beispiel, bleibt immer noch genug für Ihr eigenes Alter. Vorausgesetzt natürlich, Sie legen das Geld richtig an.«

Mouse gefiel diese Art. Sie streckte ihr Glas aus, damit Sarah nachschenke.

»Wir brauchen Ernest Matthewson nicht, um das alles auseinanderzudividieren?«

»Sie brauchen ihn nicht, nein. Es wird ihm zwar nicht gefallen, aber Sie brauchen ihn nicht. Nur einen Steuerberater von hier und einen ehrlichen Grundstücksmakler... das ist Ihrer übrigens nicht.«

»Eine Katastrophe im Bett, dieser Ernest«, sagte Mouse wehmütig. »Immer in Hektik.«

Sarah nippte ohne Kommentar. Mouse seufzte zufrieden. »Was für eine Erleichterung«, sagte sie munter. »Ich meine, wirklich: Wir haben heute darüber gesprochen, und sie sind einverstanden. Sie leben hier, sie wollen dazugehören. Was für wohlerzogene Kinder. Genau die richtige Einstellung. Sie sind einstimmig der Meinung, daß sie nicht mehr wollen als unbedingt nötig. Genug ist genug, finden Sie nicht auch?«

»Absolut«, sagte Sarah gerade so inbrünstig, daß Mouse weitersprach. Das Brennen in ihrem Unterleib wurde immer schlimmer, da half auch kein Wein, es war ein jagender Schmerz, der nach anderen Angriffspunkten suchte.

»Aber wäre es nicht schrecklich gewesen, wenn ich es ihnen hätte sagen müssen, damit sie zustimmen?« fuhr Mouse fort und nahm noch ein Glas, als sei sie ein besonders gern gesehener Gast. »Widerlich!«

Mouse steckte wieder in der Rolle der Empfangsdame, die, wie Sarah bemerkte, nicht ganz gespielt gewesen war.

»Widerlich!« stimmte sie lächelnd zu.

»Ich meine, wenn sie nicht auf mich gehört hätten? Ich hätte damals, als Mr. Pardoe sein Testament machte, nicht gedacht, daß sie mir jemals zuhören würden, verstehen Sie? Wir kamen so gut miteinander aus, Mr. Pardoe und ich, ich wußte, er würde gar nicht merken, wie das Ding formuliert war. Allen meinen Kindern...«

O doch, das hat er, dachte Sarah. Vielleicht hatte er Stonewall Jones vorne in der Einfahrt gesehen, wenn er seine Köder ablieferte, hatte ihn gesehen und Bescheid gewußt. Der Junge würde groß und stark werden, genau wie sein richtiger Vater, mit Augen wie Julian Pardoe. Seine stämmige Figur, Haut und Haare würden sich zu einem

Spiegelbild seines weit älteren Bruders entwickeln. Wer mit einem Mann ins Bett geht, kennt die Farbe seiner Augen, weiß, ob er sie in einem anderen Gesicht schon mal gesehen hat – wie bestimmte Gesten oder eine Art, zu essen und zu trinken. Man weiß es einfach.

»Ich hätte es ihnen gesagt«, fuhr Mouse fort, »ganz bestimmt. Wenn sie nicht selbst zu dem Schluß gekommen wären, daß wir allen Grundbesitz zurückgeben sollten, und zwar so schnell wie möglich.« Sie seufzte. »Ich meine, ich hatte mir diese Szene tausendmal vorgestellt, bevor ich beschloß, verrückt zu werden. Daß wir alle mit Ernest Matthewson als Testamentsvollstrecker um den Tisch sitzen würden, und keiner würde zuhören. Wie hieß es noch? Ich müßte es wissen, ich habe es selbst formuliert: ›... allen meinen Kindern ...‹ Das heißt, seinen Kindern. Nicht seinen und meinen, *seinen.*« Sie bekam einen Schluckauf, wartete, bis sie ihre Haltung wiedergewonnen hatte, und fuhr fort. »*Seinen* Kindern? Nun, ich nehme an, Julian ist sein Sohn. Jedenfalls habe ich allen Grund, das zu glauben. Die anderen? Joanna wahrscheinlich. Edward nicht. Das scheint mir offensichtlich. Vielleicht ist das auch der Grund, warum Mr. Pardoe und er nie miteinander auskamen. Es ist so schwierig, es zu erklären. Aber das muß ich nun auch nicht mehr.«

»Müssen Sie nicht?« Sarahs Stimme klang traurig.

»Nein«, sagte Mouse. »Genausowenig wie man dem Menschen, mit dem man gerade im Bett ist, erklären muß, mit wem man vorher geschlafen hat. Es ist völlig in Ordnung, wenn ihr jungen Leute die Pille nehmt. Mir hat die Natur geholfen: Ich hätte oft schwanger werden können, wurde es aber nicht. Was gut ist, denn ich hätte nie gewußt, von wem die Kinder sind.«

»Ich habe einen Zusatz für Ihr neues Testament entworfen«, murmelte Sarah. »Die Hälfte dessen, was von Ihrem Vermögen übrigbleibt, einschließlich eines anständigen

Hauses und eines eigenen Stück Strandes, soll nach Ihrem Tod an Stonewall Jones übergehen.«

Mouse nickte bloß, ohne eine Frage zu stellen. »Ich bin vollkommen einverstanden«, sagte sie. »Ich hatte bereits selbst daran gedacht. Kann sein, daß ich egoistisch bin, aber ganz gewiß nicht unredlich.«

»Ende gut, alles gut«, sagte Sarah und goß den Rest aus der Flasche in Mouse Pardoes Glas.

»Nicht ganz«, sagte Mouse. »Obwohl wir uns nun mehr oder weniger geeinigt haben. Wegen meiner Familie habe ich allerdings kein schlechtes Gewissen, was bei mir ohnehin selten ist. Aber da ist noch das hier.«

Sie fummelte in der Tasche ihres Morgenmantels herum, den sie, bis zum Hals zugeknöpft, über einem krausenbesetzten Nachthemd trug, dazu Ohrringe, die über einem kuchenverschmierten Kragen baumelten. Schließlich zog sie eine aufgerissene Schachtel heraus. »Größe 2/0«, las Sarah. »Superscharfer feiner Draht, speziell zum Küstenangeln geeignet.« Sie drehte die Schachtel um und las weiter: »Erstklassige Haken aus Edelstahl.« Sie schnippte einen davon auf ihre Handfläche. Die Spitze war scharf und mit einem sauberen kleinen Widerhaken versehen. Der Haken war schwarz. Viele schwarze Haken mit schmalen Ösen am Ende des Schafts, die sauber ineinander verschlungen in ihrer unschuldigen Plastikhülle lagen.

»Die machen mir Sorgen«, sagte Mouse Pardoe leichthin. »Ich habe jede Menge davon in den Sandwiches verteilt. Und in den Teekuchen auch.«

Sie hielt sich das Glas an die Nase und spielte damit.

»Für mich war es natürlich bloß ein Spaß. Edward hat sie überall rumliegen lassen und mich damit auf die Palme gebracht. Höchstens Hettie hätte aus Versehen einen davon fressen können. Sonst ißt keiner das Zeug, das ich fabriziere: Ich mache es bloß, um sie zu ärgern. All die Jahre, in denen ich kochen mußte, jetzt kann ich nach Lust und Laune experimentieren; wie bei den Sandwiches. Ich hätte ihnen von den Haken erzählt, wenn sie ihnen zu nahe gekommen wären. Nur um Ed etwas klarzumachen, damit er nie wieder was in der Küche rumliegen läßt. Genau wie sein Vater früher. Oder mich schlägt. Was haben *Sie* eigentlich mit Edward gemacht, meine Liebe? Er ist plötzlich so nett.«

Sarah sah Charles Tysall vor sich, wie er rückwärts aus der Küchentür stolperte und sich die Taschen mit Teekuchen vollstopfte.

»Und dann hat dieser Mann alle Sandwiches gegessen«, fuhr Mouse lässig und mit einer Spur von Genugtuung fort. »Ich weiß zwar nicht, wie, aber er hat es getan. Den ganzen Haufen.«

Sarah betrachtete den Haken, der auf ihrer Handfläche lag, und erinnerte sich daran, wie Charles die Sandwiches verschlungen hatte. Der Haken maß höchstens zwei Zentimeter und war gerade so klein, daß ein halbverhungerter Mann ihn runterschlucken konnte. Sie preßte den kleinen Widerhaken zwischen Daumen und Zeigefinger und spürte, wie er in die Haut eindrang.

»Scharf, nicht wahr, Kleines?« bemerkte Mouse.

Der Schmerz in Sarahs Unterleib nahm zu.

»Schlafen wir mal drüber, würde ich vorschlagen«, sagte Mouse und verzichtete lächelnd auf irgendeine Art von Entscheidung. »Er hat verdient, was er bekommen hat.«

Rick vertrug keinen Alkohol, ein Glas reichte für den ganzen Abend. Deshalb hatte er aufgepaßt und war jetzt nicht betrunken, sondern nur geschwätzig. Wie seltsam, in einer Nacht wie dieser und in seinem eigenen Dorf auf die Gesellschaft eines Fremden angewiesen zu sein. Von Stonewall gab es keine Neuigkeiten, das hatte er von Jo und dem Arzt erfahren. Also konnte er auch mit diesem Mann zusammensitzen. Beide waren so verdreckt, daß die anderen Gäste in dieser feinen Bar Abstand von ihnen hielten.

Zwei Bier brachten die Gefühle etwas mehr an die Oberfläche. Am liebsten hätte Rick in Jos Armen Trost gesucht, doch er blieb, um Malcolm zu erzählen, was Onkel Curl und andere hatten durchsickern lassen. Malcolms sanfte Kreuzverhörtechniken funktionierten in einer Bar ebensogut wie in einem Gerichtssaal, besonders wenn das Opfer aus dem inneren Gleichgewicht gebracht, verwirrt und beeinflußbar war, Malcolm kannte Namen, Identität, Geschichte und Persona des Mannes, den sie jagten. Wie Sarah Fortune war er kein Geist, sondern im Gegenteil nur allzu echt.

»Dein Vetter Stonewall hat geglaubt, daß diese Sarah Fortune Mrs. Tysall ist, stimmt's?« fragte Malcolm.

»Nur am Anfang. Wie mein anderer Vetter beim Friseur auch. Was glauben Sie, wollte der Geist bei den Pardoes? Abgesehen davon, daß das Haus ziemlich einsam liegt und er vielleicht was zu essen gesucht hat? Ein Haus, das nur von einem Schaf bewacht wird.« Bei der Erwähnung von Sarah Fortunes Namen war er rot geworden. Er dachte mit schuldbewußter Zärtlichkeit und einem kleinen Ziehen in der Leistengegend an sie und merkte, wie er unwillkürlich den flachen Bauch einzog. »Sie meinen, er könnte wegen Sarah hingegangen sein?« fuhr er jetzt fort. »Ach, kommen Sie, das macht doch keinen Sinn. Er konnte ja nicht mal wissen, daß sie da war.«

»In seinem anderen Leben war Charles Tysall besessen von Sarah Fortune«, sagte Malcolm.

»Ach, wirklich?« murmelte Rick leicht benebelt. »Das kann ich verstehen.«

Sie tranken nachdenklich weiter. Nicht mit diesem Burschen, dachte Malcolm, ganz sicher nicht. Nicht mal Sarah.

»Vielleicht kommt er noch mal zurück. Aber das ist okay. Sie haben jemand da, der das Haus bewacht. Jo hat es mir am Telefon erzählt. Außerdem gibt es zwei Männer in der Familie, na ja, anderthalb, wenn man Edward mitzählt. Ich schätze allerdings, daß der Kerl längst über alle Berge ist. Er hat es geschafft, Monate ohne eine Menschenseele zu überleben, warum sollte er jetzt jemanden brauchen?«

Rick trank sein Bier aus, mehr wollte er nicht sagen.

»Oh, ich glaube nicht, daß es darum geht, ob Charles zurückkommt, um Sarah zu finden«, sagte Malcolm. »Eher umgekehrt.«

»Wie meinen Sie das?«

»Ich meine, daß Sarah uns zu Charles führen wird. Sarah wird ihn finden.«

Rick verstand nicht. »Ich sag Ihnen was«, sagte er. »Wir treffen uns vor der Spielhalle. Um sieben, wenn die Sonne scheint. Wenn's regnet, um acht. Einverstanden?«

Malcolm schwieg. Sein guter Whisky hatte plötzlich einen bitteren Nachgeschmack.

Der Raum, in dem er saß, wurde unheimlich. Wie ein Mantra sprach er immer wieder vor sich hin: »Ich heiße Charles und habe keinen Namen.« Als er sich schließlich bewegte und auf den gesprungenen, unbenutzten Spiegel zuging, der im Nebenzimmer an der Wand lehnte, auf gleicher Höhe wie die hohe Steinspüle, sah er nicht mehr als sein gelbglühendes Gesicht, die braunen Zähne und Augen, die rosig und stumpf waren. So lange hatte er in keinen Spiegel mehr gesehen, daß ihn der Anblick ziemlich aus der Fassung brachte. Er begriff, wie unmöglich es war, je wieder in sein altes Leben zurückzukehren. Er fing an zu stinken. Nach Blut, Schmutz und Kälte, Schweiß und Verwesung. Irgendwas in seinem Inneren war tödlich verwundet. Tritt zur Seite und betrachte mich, Liebling. Ich sterbe. Immer wieder machte er den Mund auf und hob die Hand, um sich den Schaum abzuwischen, der sich auf den schmerzverkrampften Lippen sammelte. In der Stirn pochte das Wissen um seine Hilflosigkeit. Sein langer, hagerer Körper rollte sich wie ein Fötus zusammen. Da, wo er aufgewachsen war, hatte es Bilder an den Wänden gegeben. Porträts von rothaarigen Frauen mit dem bedrohlichen weißen Teint seiner Vorfahren. Dagegen war er selbst ein düsterer Wechselbalg.

Schließlich brüllte er vor Wut und Frustration wie ein hysterisches Kind und hörte dann, wie das Schreien in Weinen überging. Als er wußte, daß die Dämmerung eingesetzt hatte, tappte er mühsam auf die Fensteröffnung zu. Das Licht fiel auf sein Gesicht und das schmutzigweiße Haar. Er war nur Meter von Hilfe entfernt, doch niemand sah oder hörte ihn, denn der Saal war voller Lärm.

Das Rattern von Maschinengewehren, unheimliche Musik, hallende Gongs, Popsongs in voller Lautstärke, Jahrmarktslärm, das Klirren von Münzen und Kinder, die triumphierend kreischten. In den Pausen eine monotone Stimme: »Noch ein Bier, Super-Vier, sei vernünftig, fünfundfünfzig, nach Belieben eine Sieben . . . « Mystische Lockrufe von Maschinen, die Besessenen ihre Ware andrehten.

Die Anstrengung des Schreiens verebbte in einem Anfall stummen Gelächters, das die Tränen entschuldigen sollte. Welche Ironie des Schicksals, daß ein gebildeter Mensch wie er ein solches Konzert vulgärer, elektronischer Klänge ertragen mußte. Und dazu die roten Lichter, die über seine gelbe Haut huschten. Er hatte das Gefühl, sie einfach abziehen zu können, während er mit seinen schmalen Händen den Unterleib umklammert hielt.

Ein Gast auf der Suche nach einer Toilette, die gar nicht existierte, stolperte über die Füße, die aus dem Eingang des Vorraums ragten, fluchte und ging zurück. Später kam noch einer, der Charles nicht beachtete, obgleich sich dessen Mund erneut zu einem stummen Schrei öffnete. Er hielt ihn für einen Betrunkenen, nicht für einen Sterbenden. Der Gedanke an etwas zu trinken schnürte Charles die Kehle zusammen, er war durstig, war nur wegen des Wassers hergekommen, an das er nicht herankam. Vor einer Ewigkeit.

Charles döste. Als er die Augen öffnete, waren alle Geräusche verstummt, und er starrte in die Stille absoluter Dunkelheit. Die Gelegenheit zur Rettung war verpaßt. Voller Panik sah er das Blut im Urin, der seinen Trainingsanzug durchnäßte. Sein Geruch ekelte ihn an. Auf allen vieren kroch er vorwärts.

Weg von den toten Maschinen, die wie Särge im Hinterzimmer standen, über den unheimlichen, mondübergossenen Boden zur Vordertür, die auf die Straße hinausging. Er packte den Türgriff und spürte, wie er klapperte und die ganze Tür in ihren Grundfesten bebte, als er sich halb hochzog und flehend in die Nacht hinaussah, auf der Suche nach dem Mond und nach Erlösung.

Er sah eine Gestalt, die sich umdrehte, mit den Füßen aufstampfte, sich wieder umwandte und eine Zigarette ausdrückte, als jemand vorbeikam und »Guten Abend, Officer« sagte. Eine Frau, die einen Polizeibeamten mit gebührender Hochachtung grüßte, während ihr Hund sich gelangweilt seinem Hinterteil zuwandte. Besser sterben wie ein Hund, als wie einer zu leben.

Er schleppte sich zurück, ganz langsam, und lehnte sich gegen Omen III und Street Fighters W. Durst. Durst, Durst. »Raum für Raum«, wisperte er, »werd ich das Haus durchsuchen... Und dann sie selbst! Nicht die Wirrnis hinter ihr.«

Browning auf den Lippen. Die Strophen waren wie eine Litanei für einen kraftlosen alten Mann, der sich an nichts erinnerte als Obszönitäten. Längst kein Heimatloser aus freien Stücken mehr, sondern ein echter. Als er das Hinterzimmer wieder erreichte, konnte er dem Drang, sich zu entleeren, nicht mehr widerstehen. Seine Scham war so unerträglich und der Akt selbst so schmerzhaft, daß ihm die Tränen übers Gesicht liefen.

Stonewall Jones wachte auf mit dem Gefühl, dringend aufs Klo zu müssen, und schämte sich dafür. Er war verwirrt, doch seine Bedürfnisse waren klar: Cola, nicht Milch, die Zärtlichkeit seiner Mutter, nicht die der Krankenschwester.

Sarah hatte die Kunst, mit leichtem Gepäck zu reisen, noch nie beherrscht. Außerdem schaffte sie es bei der Abreise nie, auch alles wieder einzusammeln, was sie mitgebracht hatte. Selbst im trüben Licht des Morgengrauens sah sie, was fehlte: ein rotes Hemd, Hose und Schuhe, die dem Meer geopfert worden waren, und eine schwarze Jacke mit Leggings. Sie hoffte, daß Joanna etwas damit anfangen konnte. Das Mädchen war nicht mehr bei ihr aufgetaucht, aber das wunderte Sarah nicht. Sie wußte, daß sie ihre eigene Art von Gift verbreitete, eine versteckte, moralische Verwirrung, die Menschen mit normalen Neigungen Unbehagen einflößte.

Schmerz durchzog sie. Charles hatte ihre Träume beherrscht, das Gefühl seiner Gegenwart war überwältigend. Das Wissen um die tödlichen Haken in seinem Körper verzehrte Sarah. Sie war zum fröhlich schrillen Klang zwitschernder Vögel erwacht. Vielleicht war es das Signal, daß sie ihn gefunden hatten.

Der Dunst über dem Meer hatte sich gesenkt. Die Luft war weich und feucht, und das erste Licht kämpfte sich hindurch.

War es feige, so zu verschwinden, sich im kühlen Dunst des Morgens davonzustehlen, zu einem Heim, das keines war, seit Charles den sorglosen, heimlichen, herrlich ungebundenen Lauf ihres Lebens unterbrochen und sie als Hure beschimpft hatte? War es feige zu gehen, bevor ihn jemand fand und sie bat, die Beute zu identifizieren? Mit derselben Furcht zu gehen, demselben Mangel an Entschlossenheit, derselben Scham, zurück in dasselbe angeschlagene Leben?

Sie schloß die Tür des Wagens mit dem eingebeulten Kotflügel, nachdem sie ihre Sachen darin verstaut hatte. Hettie, das Schaf, blökte zufrieden. Und sie hatte Zeit.

Zu Fuß ging sie in das stadtgewordene Dorf und lauschte dabei dem Gurgeln verborgener Wasserläufe. Ging über den Kai und hinaus auf den Deich. Das rote Dach der Rettungsstation war kaum sichtbar, und die Sirene, die ihre Warnung vor dem Nebel bereits verkündet hatte, blieb stumm. Sarah wandte sich um und suchte den Kai ab. Er war klein und leicht zu überblicken. Harmlos. Sie konnte sehen, wie sich die Schiebetüren der Spielhalle einen Spalt öffneten. Dann sah sie einen Mann, der lustlos die Fenster putzte. Ein Sonnenstrahl bohrte sich durch den feinen Dunst, setzte die Fensterscheibe in Flammen und verschwand ebenso rasch, wie er gekommen war. Es war wie ein Signal. Plötzlich wußte Sarah mit völliger, unlogischer Sicherheit, wo Charles Tysall war. Langsam ging sie zurück, beobachtete ihre Füße, spürte den zunehmenden Schmerz in ihren Eingeweiden und lauschte dem Pochen ihres Herzens.

Dreizehn

Einen Augenblick lang verbargen sie die Autos, die wie feste Bestandteile des Parkplatzes waren, die Schellfischbude und ein langsam vorbeirumpelnder Lastwagen mit Tierfutter. Das Brummen des Motors wirkte unheimlich in der Stille. Als Malcolm den Kai erreichte, um Rick zu treffen, wobei er davon ausging, daß Rick sich verspäten würde, war Sarah bereits verschwunden. Ein älterer Mann bog wütend um die Ecke. Seine Mütze hing ihm schief über einem Auge.

»Entschuldigen Sie, haben Sie einen Burschen namens Rick gesehen, der hier arbeitet?« fragte Malcolm.

Das klang wie eine Anklage. Ricks Vater schreckte zurück.

»Nein.«

»Ich war hier nämlich mit ihm verabredet«, sagte Malcolm und fühlte sich ziemlich albern.

Der ältere Mann lachte nervös. »Er mag den frühen Morgen nicht, unser Rick. Hat mir erklärt, ich soll die Fenster putzen, nicht er. Dachte, er hätte die Frau dafür angestellt. Ich hab sie gesehen. Sah echt gut aus.«

»Wo ist sie hingegangen?«

»Die sucht nach Rick, schätze ich. Das tun sie doch alle.« Ricks Dad lachte, stolz auf seine Erklärung. Vielleicht hatte er seinen Spaß an Ricks Eroberungen.

»Wo ist sie hingegangen?« wiederholte Malcolm geduldig.

Ricks Dad dachte nicht viel, doch langsam dämmerte ihm eine Erkenntnis, Reste einer anderen Unterhaltung kamen zurück und erinnerten ihn an die im Augenblick wichtigste Sache, die Jagd auf den männlichen Geist, nicht auf Frauen. Er nahm an, daß die Frage damit zu tun hatte, wußte aber nicht, warum, und redete einfach ins Blaue, nur um diesem Kerl zu gefallen und ihn sich vom Hals zu schaffen.

»Ich glaub, ich hab grad jemand die High Street raufgehen sehen.«

Beide wandten sich um und suchten unsicher den Hügel ab.

Das erste, was Sarah bemerkte, war der Geruch. Ein Tier in seinem Bau, das den Gestank von Fäkalien und Angst ausströmt. Er lehnte mit dem Rücken an einer der leblosen Maschinen, als brauche er eine Stütze. Im fahlen Licht waren zunächst nur seine jämmerlichen Umrisse erkennbar, dann erst er selber. Die Trainingshose hatte er beim Kriechen verloren, und die dünnen Hände umklammerten den Bauch über den Genitalien. Auf dem Gesicht, das schmutzig und voller Tränenspuren war, lag ein starres Lächeln.

Sie versuchte ihre Stimme hart klingen zu lassen und ihren ganzen Haß hineinzulegen.

»Hast du was Falsches gegessen?« Sie stand über ihm und wünschte, er würde sie mit seinen leeren Augen ansehen, die statt dessen aber ins Licht blickten. »Schäm dich, Charles Tysall, erst hast du dich wie ein Schwein benommen, und jetzt siehst du aus wie eins.«

Was für eine erbärmliche Beleidigung. Plötzlich liefen ihr die Tränen übers Gesicht. Er war einmal ein gutaussehender Mann gewesen, geschmeidig wie ein Tiger, mit feinen Gliedmaßen, breiten Schultern, ein Herumtreiber von unendlicher Eleganz, ein Räuber, ja, aber ein wirklich schöner Mann, stolz, besessen und anspruchsvoll, böse und dennoch schön. Kein Mann, der zu kriechen verstand: Das bekam ihm so schlecht wie einem verwundeten Raubtier, einem bösartigen Elefanten, der nichts ahnte von menschlicher

Qual. Sie dachte an die Haken, die das verbrauchte Gewebe dieses hageren, halbverhungerten Flüchtlings mit dem schrecklichen Glitzern in den durchdringenden blauen Augen von innen zerfetzten. Sein starres Grinsen ging in ein erkennbares Lächeln über, er streckte die Hand aus, die langen, biegsamen Finger zuckten und fingen dann bei dem Versuch, einen Rest seiner alten Arroganz in eine kleine Geste zu zwingen, an zu zittern.

»Unvollkommen rein und gut«, flüsterte er. »Sieh mich an, Elisabeth. Bist du zufrieden?«

Sie erinnerte sich an die Hände, lang und schmal, weich und gepflegt, die ihren Körper liebkosten, ihren Hals umfaßten, und die Schnalle seines Gürtels preßte sich gegen ihr Rückgrat, seine weichen Genitalien schmiegten sich wie ein Kissen an sie, und dann splitterte das Glas und mit ihm alle Schranken seiner berechnenden Grausamkeit. Sie spürte einen letzten großen Schwall von Wut, und dann erstarb mit den eigenen Schreien in den Ohren auch aller Haß. Sie versuchte ihn zurückzuholen, das Bedürfnis nach Rache festzuhalten, am Ende jedoch siegte der Ekel, vermischt mit Mitgefühl, einem verräterischen, sinnlosen Mitleid mit ihm. Dieser Körper da vor ihr war kaum mehr ein Mann, war ein Ding, das zuckte und Grimassen schnitt und jetzt versuchte sich in einem jämmerlichen Anfall von halberinnerter Scham die Hose hochzuziehen. Sie hockte sich neben ihn, ohne auf den ekelhaften Gestank von Blut, Schweiß und Kot zu achten, und half ihm. Er war warm und klebrig, und er schrie, als sie ihn berührte, doch nicht einmal das bedeutete Genugtuung.

Sie brauchte Wasser für den Speichel, der eine Kruste um seinen Mund gebildet hatte, denn sie wollte nicht, daß jemand ihn so sah. Als sie aufstand, um das Waschbecken zu finden, stöhnte er vor Verzweiflung. Sie feuchtete einen alten Lappen mit Wasser aus dem Hahn im Nebenraum an. Als sie sich wieder neben ihn kniete und damit sein Gesicht abwischte, stöhnte er erneut, doch diesmal vor Gier, und saugte an dem Lappen wie ein hungriges Baby.

So verharrten sie, wortlos. Sie legte ihm den Arm um die Schultern und spürte jeden Knochen. Sie preßte den Lappen auf sein Gesicht, sprach beruhigend auf ihn ein und fragte sich, was sie als nächstes tun sollte. Tränen rannen ihr über das Gesicht und fielen auf seine Haut.

»Vergibst du mir, Porphyria?« röchelte er, und seine Stimme klang, als sprudelte sie aus der Brust hervor.

Sie konnte es nicht sagen, brachte kein klares Wort heraus. Sie verzieh ihm nicht, weder das, was er ihr, noch das, was er ihrer Freundin Elisabeth angetan hatte, aber sie konnte es auch nicht ertragen, ihn so leiden zu sehen.

In diesem Augenblick öffnete sich knarrend die Tür zum Hinterhof. Sie hörte leise Schritte, sah ein Paar Turnschuhe, mehr Licht im Raum und dann einen langen Schatten, der über sie fiel. Charles hatte ihre Hand genommen, ihr Arm lag über seiner Brust. Jetzt verstärkte sie den Griff und spürte die pergamentartige Haut seiner Hand. Im selben Moment vernahm sie ein ungläubiges Keuchen, spürte die unheimliche Spannung von Knochen und Muskeln, das tiefe Luftholen vor einer Anstrengung und den Hauch einer grausamen Wut, die niemals von Charles stammen konnte. Sie drückte ihn fester an sich und sah auf wie ein wildes kleines Tier. Malcolm stand über sie gebeugt, mit geballten Fäusten und gespreizten Beinen, wie ein Kämpfer, der nur darauf wartet loszuschlagen. Er sprach mit zusammengebissenen Zähnen.

»Sarah? Ist das Charles? Was ist los mit ihm? Lieber Himmel, er ist um zehn Jahre gealtert. Ist er verletzt? Das Schwein! Was tust du da? Laß ihn los, um Gottes willen.«

Sie sah ihn abwesend an. Wie er hierhergekommen war, interessierte sie nicht. Ganz ruhig sagte sie: »Wenn du ihn anrührst, bringe ich dich um.«

Ihre Stimme kam aus großer Entfernung. Malcolm hustete, versuchte sich zu kontrollieren. Bitterkeit schnürte ihm den Hals zu. Er hatte mit dieser Frau geschlafen. Sie hatte ihn berührt. Und jetzt mußte er mit ansehen, wie sie diesen Kerl ebenso umarmte wie ihn.

»Ach, so ist das, mein Engel. Wie kannst du das nur tun? Gibt es eigentlich irgendwas, wovon du die Finger lassen kannst? Irgendwen den du letztlich nicht verachtest? Wie kannst du mir das antun?«

Sie brachte nicht mal Hohn zustande. Konnte nicht sagen, sieh her, er ist ein Gejagter, der unter unsäglichen Qualen stirbt, und nur das zählt jetzt für mich. Konnte in ihrer Verachtung für Malcolms geballte Fäuste nicht mal versuchen, etwas zu ihrer Rechtfertigung vorzubringen.

Der Schmerz verging, und sie hielt ihn weiterhin schützend umfangen. Sie wußte nur, daß er einmal der gutaussehende, stolze Charles gewesen war, der ihre Hand gehalten hatte wie einen Talisman. Und daß es nichts gab, das sie tun konnte, nur ausharren und ihm ihre Wärme schenken. Niemand verdiente es, allein zu sterben.

Nachdem sich immer mehr Leute in den Raum gedrängt hatten und das Rasseln in seinem Hals endgültig verstummt war, löste sie vorsichtig ihren Griff und beobachtete, wie sein erhitztes Gesicht wächsern und bleich wurde und wie sich die Spuren von Alter und Schmerz im Tod auflösten. Sie trat aus der Spielhalle und ging an einer schweigenden Schlange von Männern aus der Stadt vorbei, von denen sie einer vorwurfsvoller musterte als der andere. Mit hocherhobenem Kopf bewältigte sie diesen Spießrutenlauf, während der Nebel Locken in ihr wildes Haar zauberte. Sie hatte Blut an den Händen, und ihre frischen Kleider waren verschmutzt. Sie passierte die raunende Menge, das steigende Wasser in den Kanälen und die anmutigen Schwäne. Als sie außer Sichtweite war, fiel sie in Trab. Feucht legte sich der Dunst auf ihr Gesicht, die Meeresvögel waren stumm, die

Erde still, und ihr Lauf wurde nur von einem verzweifelten Schluchzen begleitet.

Hettie, das Schaf, stand an der Tür und trug seine ungleichen Hörner und seine endlos gutmütige Natur zur Schau. Wie schön, ein Schaf zu sein, gefügig, sorglos und zufrieden, bis das spitze Horn des Lebens einem ins Auge wuchs. Sarah pflückte ein paar Rosen, die um die Tür wuchsen, das schuldeten sie ihr, und legte sie in den Kofferraum. Dann wühlte sie im Koffer auf dem Rücksitz nach frischen Kleidern. Da, wo sie gerade stand, unsichtbar im feinen Nebel, streifte sie die alten ab, wischte sich die Hände daran ab und knöpfte schließlich mit zitternden, aber geschickten Händen die saubere Bluse zu. Mit einem Fußtritt beförderte sie, was sie getragen hatte, zur Seite. Sie war schon immer achtlos mit ihren Kleidern umgegangen, gleichgültig, was sie gekostet hatten. Kleider spielten keine Rolle, hatten es nie getan und würden es auch in Zukunft nicht tun. Genüßlich machte sich Hettie über ihre zweite Ausstattung in dieser Woche her.

Spätes Frühstück in der von allem Angelzeug befreiten Küche der Pardoes. Edward gab das Angeln auf, er wollte von Merton weggehen. Irgendwohin, hatte er erklärt. Joanna sagte sich längst, daß er bei allem, was er getan hatte, immer nur das Beste im Sinn gehabt habe, obgleich sie seine Vorstellung vom Besten nicht länger teilte. Es war schwieriger, aufzuhören, jemanden zu bewundern, als aufzuhören, jemanden zu lieben. Irgendwann würde alles gut werden.

Julian und Edward stritten sich. Nichts hatte sich geändert, nur der Ton, der Tenor und das Ergebnis. Edward hatte noch immer diesen schwer zu ertragenden Unterton in der Stimme, den er wohl nie ablegen würde, und wenn er je rauskriegen sollte, warum, würde es nur noch schlimmer werden.

Ich muß mich verabschieden, dachte Sarah an der Tür,

und Edward in die Augen blicken, damit er meine Drohung ernst nimmt. Julian hielt sich bei dem Streit zurück. Joanna stand am Herd, erhitzt und munter, mit diesem Anflug von Nervosität, der so typisch für sie war. Mouse saß an einem Ende des sauber aufgeräumten Tisches, aß Nüsse zum Frühstück und trug einen Badeanzug unter ihrem Morgenmantel. Sie hatte später noch was zu erledigen. Und sie würde nie Konzessionen an Kleiderordnungen machen oder sich gar neue kaufen. Allerdings würde sie sich unter Umständen dazu überreden lassen, ihre Hüte aufzugeben, wenn auch widerwillig.

Sarahs Erscheinen, frisch und blaß, sonnig und rein, zog die Aufmerksamkeit auf sich und zauberte eine leichte Röte auf die Gesichter. Joanna errötete nur deshalb, weil sie ihrem Gast gegenüber so unaufmerksam gewesen war angesichts größerer Dramen, doch es bedurfte ohnehin keiner großen Dinge, um ihr schlechtes Gewissen gegenüber dieser Frau zu aktivieren, die ihr für ganz kurze Zeit eine intime Freundin und ein Vorbild gewesen war. Sie wurde rot wie eine reife Erdbeere.

Bei Julian war es nicht ganz so offensichtlich, obwohl auch er bis zu den Ansätzen seines sandfarbenen Haars errötete und das gleiche beißende Schuldgefühl angesichts seiner mangelnden Gastfreundschaft empfand wie Jo, doch schämte er sich auch für seine Geständnisse, für alles, was er mitten in jener Nacht so unbekümmert gesagt und getan hatte. Die leichte Verfärbung von Edwards fahler Haut dagegen war nichts weiter als das Resultat der flüchtigen Sorge, ob ihr Gast gekommen war, um ihn zu verraten, eine aufflackernde Panik, die er rasch wieder abschüttelte. Und Sarahs Lächeln, ihre gewollte Fröhlichkeit, die mehr an das nette Mädchen von nebenan als an eine dynamische Anwältin erinnerte, die nach Tagessätzen bezahlt wurde, sorgte mit dafür, daß alle sich schnell besserfühlten. Sie saß da, als könne nichts auf der Welt sie je verletzen, als sei sie auf dem Weg zum Korbballspiel mit ihrer Mannschaft. Joanna schob ihr einen Becher Kaffee hin, für den Sarah ihr dankte. Alle beruhigten sich. Nur Mouse steckte ihre Nase immer noch in die Zeitung.

»Alles in Ordnung«, sagte Sarah leichthin, ohne dabei jemanden anzusehen, und ignorierte den Kloß in ihrem Hals. »Sie haben ihn gefunden. Armer Kerl, er ist tot. Hatte sich im Hinterzimmer der Spielhalle verkrochen. Er muß irgendwas Schlechtes gegessen haben.«

Rund um den Tisch waren Seufzer der Erleichterung zu hören. Julian erhaschte Sarahs Blick und lächelte beschwörend. Sarah wünschte, sie könnte Abneigung gegen blanke Schwäche aufbringen, aber das war genau wie Haß und Kritik reiner Luxus.

Und jetzt fahre ich nach Hause, wollte sie sagen, doch da kamen ihr die Glocken von Big Ben dazwischen, erst von fern und dann immer lauter, schriller: dah-da, dah-da! Und der Wagen selbst fuhr nicht etwa nach vorn zum Eingang des häßlichen alten Gebäudes, sondern am Gemüsebeet vorbei und hielt vor der Küchentür. Offensichtlich hatte sein Fahrer eine neue Beziehung zu diesem Terrain gefunden. Bald würde es keine landbesitzenden Pardoes mehr geben, und jeder war willkommen.

»Ernest wird die Rechnung schicken«, rief Sarah Julian über den Lärm zurückrückender Stühle zu, während sich der Rest der Familie, allen voran Mouse Pardoe, erleichtert über die Ablenkung, der Tür zuwandte.

»Natürlich. Danke für alles.« Mehr sagte er nicht.

Als der rote Wagen mit der Beule im Kotflügel langsam am Haus vorbeifuhr, bimmelte die Glocke des Eiswagens immer noch, wie Kirchenglocken bei einer Hochzeit, ein Überbringer guter Nachrichten, und das so fordernd, daß niemand das Geräusch des Motors hörte, der sich entfernte. Ricks Neuigkeiten wurden endlos wiederholt, genau wie die

Melodie der Glocken. Stonewall war auf dem Weg der Besserung und verlangte ein Video. Ob er das Schaf ausleihen könnte, um ihn zu besuchen? Und was für einen Hund sollten sie ihm schenken? Dabei war es Rick längst klar. Und dieser Irre, der Geist, diesmal hatte es ihn wirklich erwischt.

Eine halbe Stunde nach dem Eiswagen fuhr ein anderes Auto, klein, blau, tadellos in Schuß und gut gepflegt, zögernd vor dem Haus vor. Malcolm Cook quälte sich heraus und ging in Richtung des feierlichen Läutens. Rick war zu benebelt von zuviel Wein und Kaffee, um ihn vorzustellen. Im Moment war dieser große dunkle Mann, der so traumhaft laufen konnte, nichts weiter als ein Fremder.

»Ich wollte Miss Fortune abholen«, sagte er im halb entschuldigenden, halb feindseligen Ton eines Taxifahrers.

»Die ist schon weg«, antwortete irgendwer, er war nicht sicher, wer. »Sie kommen zu spät.« Rick warf ihm einen Blick von der Seite zu und fragte sich zum erstenmal, wer dieser Malcolm eigentlich war.

»Zu spät«, wiederholte er, und er klang genauso wie Stonewall.

Sie hatte die Stadt hinter sich gelassen und fuhr, bis sie die Abzweigung fand und den Weg hinunterholperte, den sie damals entdeckt hatte. Sie fuhr bis zum äußersten Rand der flachen Küste, wo der grobe Kies in feinen Sand überging. Der Nebel hatte sich aufgelöst. Sie blickte auf das zurückweichende Meer und den Streifen warmen Sandes, aber sie blieb im Schutz des Wagens sitzen, mit ihrem Bordell auf dem Rücksitz, dem Tuch für ein Sofa und der Tugend, um ein Leben zu schmücken, den diversen Flaschen in der Kiste und den zusammen mit den Kleidern im Koffer verstauten Überbleibseln ihrer Angst. Sie fühlte sich nicht länger zum Meer hingezogen. Mit vager Befriedigung dachte sie an Elisabeths Grabstein. Wer liebt dich, meine Schöne? Ich.

Sie dachte an ihr Flehen vor einem Jahr, als sie vor dem

Spiegel in ihrer Wohnung gestanden und Charles Tysall sie beschimpft hatte. Du verfügst über keine Moral, die es zu schützen lohnt, nicht wahr? hatte er gesagt und das Angebot ihres Körpers für ihr Leben verächtlich abgetan. Du bist nichts wert: Eine Frau ohne Tugend ist nichts wert.

Sie blickte aufs Meer und dachte daran, was sie geantwortet hatte und was sie heute wohl sagen würde. Du täuschst dich. Ich quäle oder mißbrauche niemanden. Ich gehe, wenn ich nicht willkommen bin. Ich dringe nirgendwo ein und nehme niemandem etwas weg, höchstens meine Bezahlung, die nicht unbedingt in klingender Münze erfolgen muß. Ich wahre Geheimnisse, die mir anvertraut werden. Ich weiß nicht mal genau, was Bosheit ist. Ich lebe gern ohne Regeln, das ist alles, und das ist eine Art von Tugend, die niemand zu schätzen weiß.

Aber es ist eine Tugend. Sie ließ den warmen Sand mit seinen Verlockungen hinter sich und wandte sich von der Küste ab. Fand einen verlassenen Feldweg, wo das Mädesüß so verschwenderisch und von Menschenhand unberührt blühte, daß der Wagen völlig darunter verschwand. Sie nahm eine Flasche warmen Champagner aus der Kiste und einen Becher aus dem Handschuhfach und streckte gemütlich die Beine aus dem Seitenfenster. Dann zündete sie sich eine Zigarette an und fragte sich: Und wohin jetzt? Wer soll ich als nächstes sein, jetzt, da ich frei bin?

Es schien nichts dagegen zu sagen zu sein, wenn sie genauso weitermachte wie bisher.